FEITIÇO para COISAS PERDIDAS

Jenna Evans Welch

Tradução de Lígia Azevedo

Copyright © 2022 by Jenna Evans Welch
Publicado originalmente nos Estados Unidos por Simon & Schuster Books for Young Readers, um selo de Simon & Schuster Children's Publishing Division, Nova York, NY.

Publicado mediante acordo com Sterling Lord Literistic e Agência Riff.

TÍTULO ORIGINAL
Spells for Lost Things

REVISÃO
Laiane Flores

DIAGRAMAÇÃO
Ilustrarte Design e Produção Editorial

IMAGENS DE MIOLO
Flávia Borges (chave na página 1 e salgueiro nas aberturas de capítulo) e Larissa Fernandez Carvalho e Leticia Fernandez Carvalho (estrelas nas aberturas de capítulo)

ILUSTRAÇÃO DE CAPA
Flávia Borges

DESIGN DE CAPA
Larissa Fernandez Carvalho
Leticia Fernandez Carvalho

CIP-BRASIL. CATALOGAÇÃO NA PUBLICAÇÃO
SINDICATO NACIONAL DOS EDITORES DE LIVROS, RJ

W471f
    Welch, Jenna Evans
      Feitiço para coisas perdidas / Jenna Evans Welch ; tradução Lígia Azevedo. - 1. ed. - Rio de Janeiro : Intrínseca, 2023.
      384 p. ; 21 cm.

      Tradução de: Spells for lost things
      ISBN: 978-65-5560-830-4

      1. Romance americano. I. Azevedo, Lígia. II. Título.

23-81929   CDD: 813
                                  CDU: 82-31(73)

Meri Gleice Rodrigues de Souza - Bibliotecária - CRB-7/6439

[2023]
Todos os direitos desta edição reservados à
EDITORA INTRÍNSECA LTDA.
Rua Marquês de São Vicente, 99, 6º andar
22451-041 – Gávea
Rio de Janeiro – RJ
Tel./Fax: (21) 3206-7400
www.intrinseca.com.br

Para minha mãe,
uma bruxa da cozinha
que sempre foi
um pouco
Mágica

Prólogo
Willow

FERNWEH (substantivo): Palavra alemã que significa "anseio pela distância", oposta a *Heimweh*, que significa "anseio pela casa", ou saudade. É um desejo por lugares longínquos, em especial os desconhecidos. No meu caso, uma condição crônica e quase debilitante que me consome e causa um sentimento frequente de pânico, claustrofobia e angústia — aliviada apenas por viagens, pesquisa obsessiva sobre viagens ou pelo conforto do meu quarto, que é basicamente uma grande colagem de fotos de viagem.

Ver também: *wanderlust*, palavra em inglês para "desejo de viajar o mundo", só que de um jeito muito mais intenso.

Ver também: *Willow Haverford* (eu).

Ver também: *excelente maneira de ignorar o fato de que, embora eu tenha um lugar onde morar, não pertenço a lugar nenhum. Descobri na prática que uma coisa não está necessariamente relacionada à outra.*

Mason

ASTRÓFILO (substantivo): Indivíduo excessivamente interessado (talvez até obcecado) no estudo das estrelas e outros fenômenos celestiais que ocorrem fora da atmosfera terrestre. Em geral amador, o astrófilo faz uso de ferramentas como um diário de observação (um caderno em que registra as observações do céu noturno), binóculos e, com sorte, um telescópio. Não confundir com astrólogo, alguém que prevê o futuro a partir das estrelas, o exato oposto do que faço.

Ver também: *sonhador*, a palavra que a assistente social usou para me descrever de maneira muito equivocada em nossa última conversa. Eu não *sonho*. Eu estudo. Faço desenhos. Tomo notas.

Ver também: *Mason Greer* (eu).

Ver também: *excelente distração do fato de que não exerço controle algum sobre minha vida aqui no planeta Terra e de que há anos não tenho contato com a pessoa com quem eu deveria ficar.*

Willow

Assim que eu me formar no ensino médio, vou botar tudo que é importante em uma mala e pegar um avião para Londres, sem olhar para trás.

A menos, lógico, que eu decida começar por Praga. Ou Roma. Ou Dubai. Ouvi dizer que Edimburgo fica deliciosamente instável no verão, e que as praias de areia branca de Mykonos têm o poder de dissolver toda e qualquer preocupação. Para minha sorte, o destino não faz muita diferença: o que importa é o *planejamento*. No momento em que o sinal tocar pela última vez no meu último dia de aula, vou caminhar (tá, *correr*) porta afora, descer voando os trintas degraus até a saída, entrar num táxi e ir direto para o aeroporto internacional de Los Angeles para pegar um voo para Istambul.

Ou Tóquio.

Talvez Sydney.

O que importa é que vou embora. Vou me mandar daqui e me afastar de tudo isso. Minha vida de antes vai ser apenas uma das muitas paradas de uma grande viagem pelo mundo.

Esse meu desejo de percorrer o mundo começou quando fui a Paris no verão entre o nono ano do ensino fundamental e o primeiro ano do ensino médio. Oficialmente, a viagem para Paris era para fazer companhia a minha prima Beatrice, já que o pai dela estava trabalhando em um filme e a mãe estava dando aulas em um curso de curta duração. Mas a verdade é que fui porque estava arrasada.

Seis meses antes, no último dia das férias de fim de ano, meus pais haviam me levado a nosso restaurante chinês preferido, um lugarzinho mal iluminado com cardápios engordurados e a melhor carne de porco agridoce do Brooklyn. Tinham acabado de trazer as bebidas quando minha mãe disse, baixinho:

— Precisamos conversar com você.

Assim que levantei a cabeça, notei como os dois estavam afastados e entendi tudo.

Divórcios são como terremotos. Sim, acontecem todo dia, no mundo todo, mas nem por isso são menos chocantes quando acontecem com você.

Em menos de um mês, meus pais já tinham dividido nossa vida, e o divórcio foi oficializado em pouco menos de cinco meses. Até onde sei, eles não brigaram um contra o outro nem um pelo outro. Só acabou. O casamento deles se dissolveu como um cubo de açúcar no chá quente, e uma parte de mim também.

Acho que o mais surpreendente foi a rapidez com que meus pais seguiram em frente depois do divórcio. Foi como se tivessem acumulado energia durante anos, se preparando para quando pudessem decolar. A empresa de organização de eventos de luxo da minha mãe de repente se tornou um enorme sucesso, o que a levou a conseguir uma nova sócia chamada Drew e se mudar para Los Angeles, levando a filha (relutante) com ela. Achei que, depois da mudança, minha mãe e eu íamos encontrar um novo ritmo, que começaríamos a viver nossos sonhos de mãe e filha juntas. Mas ela foi ficando cada vez mais ocupada.

No Brooklyn, meu pai começou a namorar Chloe, uma designer gráfica com quem trabalhava havia alguns anos. Em dez meses, eles já estavam noivos e grávidos de trigêmeos (sim, isso mesmo, trigêmeos).

Gostaria de poder dizer que encarei tudo isso com dignidade, mas o fato é que os catorze e os quinze anos de idade não foram meus melhores momentos.

Eu gritava. Atirava coisas. Uma noite, saí com amigos e só voltei às quatro da manhã. O pior de tudo era que não me importava com mais *nada*. O divórcio tinha um peso físico. Era como se um monstro gigantesco e voraz tivesse se alojado no meu peito e devorado tudo o que antes me fazia feliz. Eu não conseguia comer ou pensar direito, não me interessava por nada. Minhas notas despencaram e parei de ligar para meus amigos no fim de semana, de jogar tênis e de garimpar em brechós no caminho de volta da escola. Eu me sentia perdida e desorientada. Ia da casa do meu pai para a da minha mãe, sem que nenhuma das duas parecesse meu lar.

Como acontece muitas vezes, Paris foi a resposta para os meus problemas.

Foi ideia da minha mãe me mandar para ficar com minha prima (ou quase isso) Beatrice. Meu pai e o pai dela tecnicamente já foram meios-irmãos, mas quem tem uma ligação com ela sou eu: ela é minha melhor amiga e a pessoa de quem mais gosto no mundo. Em parte porque é uma cidadã do mundo: morou em cinco países, e quando alguém pergunta em quantos idiomas ela é fluente, Beatrice dá de ombros e diz algo superlegal, tipo: "Depende do que você considera fluente." Ela conhece todas as linhas do metrô, consegue pedir *café crème* em qualquer cafeteria de Paris, convence seguranças de aparência intimidadora a nos deixar entrar em baladas e combina tênis surrados com vestidos de um jeito que parece *très chic*. Até o nome dela é elegante e tem uma ótima sonoridade. *Bê-á-trrrisse*, ou *Bê-á*, para encurtar.

Eu, por outro lado, era um desastre absoluto na França. Pedia para colocarem gelo no refrigerante e vivia esquecendo de dizer "*Bonjour!*" quando entrava em uma loja. Saía na estação de metrô errada pelo menos uma vez por dia e sorria para desconhecidos sem motivo. Um dia, quando Bea estava ocupada, fui para o Louvre sem comprar o ingresso antes (*mon Dieu!*).

O que estou tentando dizer é que nunca me senti tão deslocada. E *amei cada minuto*.

Desde o último jantar em família no restaurante chinês, eu vinha me arrastando em uma espécie de estupor, me perguntando em desespero se voltaria a me encaixar em algum lugar. Com minha mãe, eu era só mais um detalhe para ser gerenciado em sua vida atarefada. Com a nova família do meu pai em crescimento, eu só atrapalhava.

Mas, em Paris, eu aproveitei cada minuto. Eu era deslocada *por definição*. Apareci lá sem ter ideia de quem era, e a Cidade Luz disse apenas: "Tudo bem. Faz décadas que recebemos estadunidenses esquisitões e aleatórios. Já conheceu o Quartier Latin? *Pas de problème*! Eu te mostro o caminho."

Quando digo que mergulhei em tudo que Paris tinha a oferecer, quero dizer que fui de cabeça e de uma só vez. Durante o dia, eu devorava a cidade, arrastando uma Bea relutante comigo. Eu a levei a parques e jardins enormes, museus, barraquinhas de livros e lembrancinhas à margem do Sena, catedrais gigantescas e todas as cafeterias com mesinhas ao ar livre que encontrava. À noite, íamos com os amigos dela às baladas, aos cinemas e aos bistrôs maravilhosos. Amei tanto cada dia da viagem que quando ia dor-

FEITIÇO PARA COISAS PERDIDAS   ᙗ 11 ᙘ

mir, depois de puxar as cobertas até o queixo, eu precisava levar uma mão ao peito para me certificar de que meu coração ainda estava ali. E não foram só as ruas sinuosas, as pontes iluminadas e o cheiro divino das lojinhas de crepe que me encantaram. Não. Em cada uma daquelas aventuras, eu via algo transformador.

Possibilidade.

Para ser mais específica, a possibilidade de um dia *voltar a me sentir em casa*. Tinha embarcado no avião para visitar Bea e seus pais me sentindo perdida, mas nas ruas desconhecidas de Paris havia me encontrado. E daí se eu mal via minha mãe, e mesmo quando a via parecia que ela estava a milhões de quilômetros de distância? E daí se a nova família do meu pai ocupava o antigo apartamento, se meu quarto tinha virado o quarto dos bebês, se cada centímetro do lugar estava cheio de coisas que não eram minhas? E daí se eu não me sentia em casa em lugar nenhum? Havia um mundo inteiro lá fora.

Como disse Santo Agostinho: "O mundo é um livro, e aqueles que não viajam leem apenas uma página dele." Bem, *eu* vou ler todas as páginas que puder. E uma delas vai me dizer qual é o meu lugar. Meu lar está em algum lugar.

Só preciso encontrá-lo.

Mason

Na Idade Média, acreditavam que as estrelas regiam nossas vidas. Achavam que os planetas controlavam o destino, causavam doenças, definiam sorte ou azar e coisas assim. Alguns ainda acreditam nisso. Minha mãe era uma dessas pessoas. Provavelmente ainda é. Ela lia o horóscopo religiosamente, e mesmo quando as coisas estavam péssimas para nós, sempre achava que nossa sorte ia mudar. O que não fazia sentido, porque nossa vida era uma série de relações tumultuadas e empregos perdidos. Não eram as estrelas que controlavam nossa vida: era o vício dela.

Nos dias em que minha mãe estava por perto e lúcida o bastante para sair da cama, a primeira coisa que fazia era ler seu horóscopo e depois me chamar para ler o meu. Ela era pisciana, e dizia que era por isso que confiava demais nas pessoas e estava sempre atrás de atenção. Eu tinha minhas próprias teorias, mas sabia que não devia compartilhá-las. Sou sagitariano, o que minha mãe dizia que fazia de mim um idealista. O planeta regente de Sagitário é Júpiter, o que significa que tenho sorte.

De novo, prefiro não comentar.

O horóscopo sempre dizia coisas vagas que poderiam se aplicar a qualquer um, como: "A ambição pode ser usada para o bem, mas é melhor mantê-la sob controle" ou "Seu entorno físico vai ter forte efeito sobre seu bem-estar". Mas minha mãe o encarava como instruções do universo, uma carta de amor enviada para ela. Depois que ela lia o horóscopo, passávamos vinte minutos arrumando o apartamento em que estivéssemos morando de favor ou tentando descobrir como a ambição a estava tirando dos eixos, até que ela recebia uma ligação do namorado ou do traficante (às vezes era a mesma pessoa) e voltava para o quarto.

Uma manhã, acordei com minha mãe sacodindo meu ombro. Era bem cedo, o que significava que ela ainda não tinha ido para a cama. Seus olhos estavam arregalados e brilhantes demais.

— Mason, leia isso — pediu ela, enfiando o celular na minha mão.

O navegador estava aberto no site do Meu Horóscopo Diário, o preferido dela, na página de Capricórnio. A tela do celular emanava uma luz roxa na penumbra do quarto, e tive que esfregar os olhos algumas vezes para conseguir ler. *Fique atento. Os sinais vêm sempre em três.*

Ela se inclinou para mais perto de mim.

— Viu? Tudo o que precisamos fazer é abrir os olhos. Vamos esperar os sinais. Os três.

Não fazia ideia do que ela estava falando, por isso só murmurei:

— Legal, mãe.

Achei que minha mãe fosse esquecer aquilo, mas o número três não saiu mais da cabeça dela. Aonde quer que fôssemos, ela o procurava. Só escolhíamos quartos de hotel em que o número fosse divisível por três; ela entrava em qualquer rua que tivesse o número três; esperava três pássaros piarem antes de sair de casa pela manhã; sempre que íamos ao mercado comprar pasta de dente ou cereal, ela pegava três de cada. Em certo verão, chegamos a nos mudar para o Maine, só porque três pessoas haviam mencionado o estado no período de um mês.

O problema era que eu nunca vi nada que parecesse um sinal de verdade, muito menos três.

A última vez que minha mãe falou comigo sobre os sinais foi em uma visita supervisionada em um parque de Boston. Àquela altura, eu vinha saindo e entrando em lares temporários já fazia quatro anos, e minha mãe parecia pior do que nunca. Estava horrivelmente magra, e dava para ver que tinha dificuldade em se manter sentada no banco do parque. Eu sabia que ela estava louca por um cigarro, e preferia que simplesmente a deixassem fumar. Ela ficou me chamando de "meu bebê" e tentou arrumar meu cabelo, o que eu odiava. Também ficava repetindo que estava dando um jeito em sua vida e que logo estaríamos juntos. Minha mãe já havia abandonado vários programas de reabilitação, e eu sabia que a assistente social não ia deixar que eu ficasse com ela a menos que estivesse sóbria por pelo menos um ano e tivesse um imóvel. Lembro que tudo naquele dia me irritou: minha mãe, o sistema, o tempo que aquilo tudo estava levando e até mesmo as piadas bobas dela, que me faziam rir.

Como era possível ficar tão frustrado com uma pessoa e ainda a amar muito?

Quando nosso tempo acabou, minha mãe segurou meu queixo e sorriu para mim. Talvez seja só meu cérebro tentando registrar nosso último momento juntos como algo agradável, mas gosto de pensar que foi legal. Ela disse:

— Não se esqueça de que vamos ficar juntos, meu bebê. Vai dar tudo certo. Fique atento. Os sinais vêm sempre em três.

Depois ela foi para o carro, levando a mão ao bolso de trás da calça para pegar um maço de cigarros. Seu longo cabelo preto estava com mechas descoloridas que haviam ficado laranja. Quando ela abriu a porta do veículo, vi sua tatuagem de relance. Era uma concha com uma pérola dentro, cor-de-rosa. Minha mãe havia feito em homenagem àquilo que mais amava no mundo: sereias.

Teoricamente eu não fazia ideia de que seria a última vez que a veria em anos, mas, quando vejo o que escrevi em meu diário de observação aquela noite, eu me pergunto se não desconfiava:

5 de junho. Poluição luminosa demais para ver qualquer coisa além da Sirius A.

Uma estrela sumiu ontem. Ficava em uma galáxia a 75 milhões de anos-luz e não passava despercebida: era gigante, quente e bem azul. Cientistas a observavam fazia décadas, mas foram localizá-la agora e tinha desaparecido.

Mas estrelas gigantes não somem em silêncio. Elas explodem e se transformam em supernovas, cujo brilho ofusca tudo em volta, até que se tornam buracos negros. Quanto maior a estrela, maior o espetáculo. Todo mundo teria visto uma explosão assim.

Há algumas teorias. Talvez sua luz tenha enfraquecido pouco a pouco, até que poeira cósmica a escondeu.

Talvez não fosse uma estrela no fim das contas, mas a luz de uma supernova. Não consigo parar de pensar nisso. Estrelas grandes e brilhantes assim não desaparecem do nada.

Foi a última vez que vi minha mãe. Depois de anos de prisão, de tentativas de reabilitação e sem uma casa para morar, ela se apagou de repente e desapareceu na atmosfera, sem deixar rastro. Mas não é assim que estrelas gigantes funcionam. E, diferente da outra estrela, minha mãe deixou instruções. *Não se esqueça de que vamos ficar juntos, meu bebê. Vai dar tudo certo. Fique atento. Os sinais vêm sempre em três.* É a isso que me agarro. Um dia, estaremos juntos de novo, e minha vida vai voltar a fazer sentido.

Até lá, eu me concentro nas estrelas.

1
Willow

Não quero parecer exagerada, mas eu deitada de bruços em uma boia de piscina murcha em formato de pizza parece um retrato fiel do meu estado mental.

Dramático? Sem rumo? Um pouco ridículo?

Sim, sim e com certeza.

Viro de barriga para cima — algo que exige um grande esforço, considerando a boia murcha — e olho para o sol. Los Angeles não está cooperando com meu momento de angústia. Tudo parece até mais bonito que o normal. O azul do céu está brilhante, e a fonte nova da minha mãe borbulha alegremente no gramado. Como a janela está aberta, também consigo ouvir minha mãe falando com seus colegas de trabalho no tom tranquilo que é um de seus superpoderes. Mary Haverford nunca perde o controle, mesmo quando está sob pressão.

A não ser por ontem à noite, talvez. Nossa conversa com certeza arranhou sua bolha impenetrável, mas ainda estou tentando entender por quê.

Tudo estava indo bem. Eu tinha preparado todo um discurso, que até mesmo Bea havia dito que estava impecável. Só precisava explicar para minha mãe os muitos motivos pelos quais era uma excelente ideia ir morar com Bea e concluir meus estudos na escola de ensino médio internacional em que o pai dela trabalha como professor de Cinema. E os argumentos eram: seria uma experiência cultural incrível e economicamente acessível (eu já tinha onde morar e poderia aproveitar o desconto na mensalidade a que o pai de Bea tinha direito, portanto ia sair *mais barato* que a escola em que estudo em Los Angeles), eu passaria mais tempo com nossa família e seria uma experiência interessante para as cartas de admissão nas universidades.

Achei que seria irrefutável.

É difícil apontar exatamente quando tudo começou a dar errado. Será que foi quando mencionei as palavras "fazer o último ano no exterior"? Ou "sair de casa um pouco antes do esperado"? Minha mãe pareceu atordoada. Quase atacada. E depois magoada. Foi isso que mais me surpreendeu, porque, para ser sincera, achei que ela fosse ficar aliviada. Se eu estivesse em Paris, ela poderia focar cem por cento no trabalho, em vez de noventa e nove por cento.

Minha mãe e a sócia dela, Drew, estão em uma reunião com toda a equipe na sala de jantar. A voz dela continua chegando até mim pela janela aberta:

— Um sólido plano de contingência é crucial para esse evento. Há muitas variáveis, e não posso arriscar nosso relacionamento com o cliente.

É óbvio que ela não está preocupada em arriscar o *nosso* relacionamento. Mas por que minha mãe ficou petrificada quando contei minha ideia? Porque ela não vai ter como controlar cada detalhe da minha mudança para Paris, já que não foi ideia dela?

Olho para a espreguiçadeira em que deixei meu celular, ansiosa. Estou louca para falar sobre esse assunto com Bea, mas ela está fazendo um intensivo de balé este verão, ou seja, praticando *arabesques* e *fouettés* enquanto várias professoras assustadoras gritam com ela. Isso significa que não vai responder por pelo menos mais uma hora, e estou literalmente contando os segundos.

Bea vai saber o que fazer. Ela sempre sabe.

A boia bate na parede da piscina e eu dou um impulso com os pés em direção à parte funda. Se estou me sentindo sem rumo, posso muito bem ficar sem rumo também.

Volto a ouvir a voz da minha mãe:

— ... precisamos planejar absolutamente tudo...

Suspiro e me ajeito na boia para que meus braços e pernas toquem a água. Esse é o problema. Minha mãe detesta deixar as coisas ao acaso, mas eu estou sempre querendo me arriscar.

A noite de ontem só deixou ainda mais evidente algo que eu sentia lá no fundo há cerca de um ano. Minha mãe e eu somos tão diferentes que nem parece que vivemos no mesmo continente. Não importa o quanto eu queira fingir que isso não dói, a verdade é que magoa. Parte de mim achava que, depois que viéssemos para Los Angeles, teríamos um relacionamento como o que Bea tem com a mãe dela, mas dois anos se passaram e me sinto ainda mais distante da minha mãe.

Talvez isso estimule um pouco meu desejo de viajar pelo mundo. Quando eu estiver longe, haverá uma explicação física para a distância que nos separa. Então talvez não seja tão doloroso.

— WILLOOOOOOOOOOOOWWWWW!

A porta dos fundos da casa se abre com tudo. Noah, filho de Drew, e um número não identificado de amigos pré-adolescentes dele vêm correndo para a beira da piscina. Desde que minha mãe instalou a piscina, Noah e os amigos são uma presença constante em minha vida. Eles são irritantes e barulhentos, e estão sempre com um cheiro forte de desodorante.

Não tenho nem tempo de me proteger.

Os meninos pulam na piscina, e eu caio da boia. Até aí tudo bem. Só que, antes que eu consiga me recuperar, um deles começa a me atacar com uma arminha de água, e outro dá um mortal para trás no trampolim e de alguma forma aterrissa em cima de mim, enquanto outro tenta pegar meus óculos escuros.

— *Aff!* Noah, controla esses garotos! — grito, e nado para longe para me proteger.

Saio da piscina e vou até meu celular. Mando uma mensagem para Bea: SOCORRO.

Noah se aproxima, movimentando as pernas para manter a cabeça fora da água.

— Você recebeu minha mensagem sobre sair na sexta-feira?

Ele sorri, revelando o brilho do aparelho. Os garotos perto dele acham graça. Tenho que reconhecer que Noah é corajoso. E persistente, com certeza. É a terceira vez que me convida para sair só este mês.

Suspiro e deixo o celular de lado.

— Noah, a gente até pode ir ao cinema, mas não seria *nada* romântico. Você tem doze anos.

Ele ergue as sobrancelhas molhadas. Noah se esforça ao máximo para me olhar de maneira sedutora.

— Vou fazer treze no ano que vem. Você é só três anos mais velha que eu.

Admito que esse tipo de confiança é admirável. Ele estuda na mesma escola que eu, o que significa que Drew paga uma mensalidade absurda, e mesmo assim o filho não entende matemática básica.

— Você tem doze anos e eu vou fazer dezessete em três semanas. São cinco anos de diferença — explico, tentando ser gentil, porque é um saco levar um fora, independentemente da idade; por outro lado, estou começando a perder a paciência.

— Vou encarar como um "talvez" — retruca Noah, abrindo o sorriso com aparelho.

— Encare como um "não" — insisto, firme. — Você é novo demais. Além disso, eu não saio nem com gente da *minha* idade.

Ele inclina a cabeça, com uma mão na orelha esquerda.

— Por que não?

Porque namoros de ensino médio são uma bobagem que só serve para limitar e distrair. Porque não acredito que a vida é como a história da Cinderela. Porque não quero perder tempo me apaixonando por alguém, já que pretendo ir embora daqui assim que possível.

Aponto para a piscina.

— Pode procurar meu brinco lá no fundo? Acho que deixei cair mais cedo.

Ele morde a isca, mas na pressa espirra água em mim. Eu me enrolo na toalha e me estico na espreguiçadeira, colocando os óculos escuros. Sinto o sol na pele enquanto as palavras da minha mãe martelam minha cabeça. "Willow, não é hora de viajar. É hora de se preparar para a faculdade. Já leu os livros que deixei na sua cômoda?"

Eu li os livros. O problema é que nenhum deles tinha dicas do que fazer se mais um ano de silêncios desconfortáveis entre mãe e filha fizer alguém se sentir como se tivesse se sentado em um ninho de vespas.

A situação ficou tão crítica que cometi um ato desesperado e mandei uma mensagem para o meu pai pedindo ajuda. Ele só respondeu com um coração e **A gente se fala.**

Era melhor esperar sentada. Embora meu pai tenha muito mais chances de apoiar minha caminhada por um percurso não convencional, agora ele está muito ocupado com os trigêmeos. Qualquer filho que não passe o dia tentando engolir pequenos objetos vai para o fim da lista, e mesmo quando meu pai se lembra de me ligar está sempre tão cansado que mal consegue elaborar frases completas. Mas eu entendo. Cada um tem sua vida.

Meu celular começa a tocar. Olho para a piscina, onde os meninos parecem estar fazendo as brincadeiras bobas de sempre. Quando vejo o nome na tela do celular, suspiro aliviada. *Até que enfim.* Atendo a videochamada.

FEITIÇO PARA COISAS PERDIDAS

— Boa noite, Bea.

— Bom dia, Willow — diz ela. Como melhores amigas em continentes diferentes, sempre nos cumprimentamos assim.

Ela está sentada na sacada do apartamento dos pais. Atrás dela, Paris se estende escura e cintilante, o que me dá um aperto no coração. Por um momento, penso em não contar nada, mas é lógico que Bea, sendo quem é, percebe meu estado na mesma hora.

— O que aconteceu com o seu rosto? — pergunta ela.

— Não aconteceu nada — rebato, tentando ao máximo não me ofender. Bea pode ser muito direta às vezes. — Meu rosto é assim mesmo. Como foi no balé?

— Willow, tem alguma coisa errada — insiste Bea. — Você está desviando o olhar e esse seu sorriso é falso. O que foi? Seu pai não está atendendo suas ligações outra vez?

Essa é a única coisa que não suporto nela. Sempre que tento esconder o que estou sentindo, Bea insiste em arrancar isso de mim. Meu pai e a família dele estão passando o mês na Austrália, em uma visita à avó de Chloe, que não anda muito bem. Não, eu não fui convidada. Não, não vejo problema nisso. Quer dizer, eu ia passar a maior parte do verão com eles, e Melbourne está no topo da minha lista de destinos, mas a passagem é muito cara.

Dou de ombros e me esforço para parecer indiferente.

— Faz, tipo, uma semana que não consigo falar com ele, mas a culpa é da diferença de fusos. O problema mesmo é que tem pré-adolescentes dando em cima de mim.

Noah desistiu de procurar meu brinco inexistente e agora está se preparando para dar um mortal no trampolim.

A sobrancelha direita de Bea se ergue mais um pouco.

— Willow?

Solto o ar com força.

— Tá. Falei com a minha mãe ontem. Sobre a nossa ideia.

Bea solta um gritinho e se aproxima da tela. Seu rosto se torna um círculo iluminado e radiante enquanto ela pula de empolgação.

— *La vache!* Ontem foi o dia, né? Não é à toa que você está toda estranha comigo, esqueci de perguntar como foi. O que ela falou? Achou nossa ideia brilhante?

Seguro o celular com um pouco mais de força.

— Bem... Mais ou menos.

Bea não repara no meu tom de voz e continua falando, a todo vapor:

— Minha mãe e eu já pensamos em tudo. Vamos dividir o quarto e você pode ir para a escola comigo. Eu saio cedo e vou para o balé, mas você pode voltar de ônibus sozinha. Você pode passar o Natal com a gente, ou talvez a gente possa visitar seu pai e...

— Bea. — Tento interromper, mas ela não escuta. Quando começa a falar, ninguém a para.

— A matrícula termina na semana que vem, mas, se precisar de mais tempo, minha mãe pode pedir para a diretora abrir uma exceção. Você vai precisar escrever uma redação e mandar seu histórico escolar. Acho que é melhor chegar uma ou duas semanas antes das aulas. E tudo bem por você a gente dividir o quarto?

Meu estômago dá cambalhotas como os pré-adolescentes na piscina, porque ela está tão empolgada quanto eu estava, e agora vou ter que dar a péssima notícia.

— Bea! — Meu tom de voz finalmente chama sua atenção. Respiro fundo. — Bea, minha mãe não vai me deixar ir.

A boca dela fica um pouco entreaberta.

— Hã?

— Minha mãe disse não.

As palavras pairam pesadas no ar úmido.

— Mas por quê? Está tudo planejado. Pensamos em tudo.

— Quando Bea está impaciente, seu sotaque francês fica mais acentuado.

Sinto uma queimação no estômago. Trago as pernas junto ao peito e procuro respirar com calma.

— Ela disse que preciso me concentrar em entrar na faculdade.

— Mas... o que isso tem a ver? Dá pra fazer isso aqui.

Abraço as pernas com mais força.

— Foi o que eu disse.

— E...? — questiona Bea.

Minha expressão desolada fala por mim.

— *Merde* — sussurra Bea. Ela franze a testa, e ficamos em silêncio por um momento. — Quer que minha mãe converse com a sua? Talvez ela ajude a ver a situação de outra maneira. Minha mãe *adora* quando os alunos fazem intercâmbio.

A mãe de Bea é professora de escrita em uma pequena universidade de Paris. Na teoria, ela poderia ajudar, mas depois da força — não, depois da *intensidade* — da reação da minha mãe ontem à noite, tenho certeza de que não tem jeito. A melhor opção é apelar para o meu pai, mas como vou fazer isso se ele não retorna minhas ligações?

Antes que eu consiga impedir, meus olhos começam a marejar, o que é óbvio que Bea percebe.

— Willow, vai ficar tudo bem. Sério. Talvez...

Ela também parece triste, e a culpa me inunda no mesmo instante. Odeio estar passando meu mau humor para ela, então mudo de assunto.

— Chega de falar de mim. Como está a Julia?

Julia é a namorada com quem Bea fica terminando e voltando. Em geral, posso puxar esse assunto para acabar com qualquer outro que eu queira evitar. Mas, pelo jeito, dessa vez não vai rolar.

— Willow, você pode falar comigo sobre assuntos difíceis também, sabia? — diz Bea, com os olhos arregalados e insistentes. — Não precisa fingir que está sempre tudo bem. Estou aqui para o que precisar.

Uma poça se formou a minha volta, e uma leve brisa esfria minha pele. Uma parte de mim quer dizer a Bea que o verdadeiro motivo para eu querer sair de casa é a mulher que está discutindo a probabilidade de chover no dia do evento beneficente que está organizando.

— Vamos manter as tendas à mão — diz minha mãe. — O plano B precisa ser impecável.

Bea me observa com atenção.

— Willow... tem mais alguma coisa? Você está bem?

Como sempre, ela lê minha expressão, e sinto um nó na garganta. Mas explicar a bagunça gigante que é minha cabeça para quem quer que seja, até mesmo Bea, parece impossível. Fecho os olhos, que estão escondidos pelo óculos escuros, e uma imagem surge: minha mãe, meu pai e eu em nosso apartamento no Brooklyn, apertados à mesa, jogando *Scrabble*. A verdade é que me sinto sem chão e desconfortável. Não me sinto em casa desde o dia em que eu e minha mãe fomos embora. O que é ridículo. Tenho uma casa incrível. Duas, aliás. Mas tenho saudade de *me sentir* em casa.

Já tentei explicar minha necessidade de viajar para Bea, mas toda vez as palavras falham. Li muitas matérias e postagens em blogs de pessoas com o mesmo desejo de viajar pelo mundo, pessoas com uma sensação constante de que o mundo as puxa pelo braço. Mas, às vezes, eu me pergunto se o que sinto é algo que se encaixa em outra categoria. Parece mais uma necessidade do que um desejo. Parece que, se eu não sair para procurar meu lugar no mundo, vou mergulhar no nada, sem nenhuma ligação com ninguém ou o que quer que seja. Minha respiração começa a acelerar, e sinto a ansiedade vindo. É melhor pensar em outra coisa e mudar o rumo da conversa.

— Eu só estava louca para viajar — murmuro. É verdade, ainda que não seja toda a verdade. — Depois a gente se fala. Vou dar uma corrida na esteira da minha mãe.

Fico de pé, desesperada para me movimentar. Se ficar sentada com meus pensamentos mais um minuto, vou explodir, e não quero descontar minha ansiedade em Bea.

— Willow... — começa Bea, desaprovando minha atitude.

— Desculpe, Willow...?

A voz vem de cima de mim. Assustada, olho para o sol. É a assistente da minha mãe, Phoebe, relativamente recém-contratada para cuidar do setor cada vez maior de redes sociais da Mary Haverford Eventos. Como a maior parte dos funcionários da minha mãe, Phoebe adotou o uniforme dela: calça social, camisa branca e o mínimo de joias. Minha mãe não se contenta em contratar funcionários, ela contrata seguidores.

— ...posso falar com você um minuto? — O tom de urgência na voz dela me desanima.

Essa é outra parte da vida em Los Angeles que eu adoraria deixar para trás. Estou sempre sendo intimada.

— Preciso ir, Bea. A gente se fala?

— A gente se fala *em breve*.

Bea me lança um último olhar preocupado, depois me manda um beijo e desliga.

Eu me levanto. Ainda estou pingando, meus braços e pernas estão arrepiados.

— Oi, Phoebe. O que foi? — indago, tentando esconder o nó em minha garganta.

— Desculpe interromper, Willow, mas a reunião terminou agora e sua mãe quer conversar com você. Lá dentro. — Ela hesita. — E, hã, tem que ser *agora*.

A última palavra sai carregada de significado. Óbvio. Minha mãe provavelmente quer continuar a conversa de ontem à noite.

Uma parte boba e otimista de mim esperava que ela fosse dar um tempo, que fosse tentar digerir melhor o assunto antes de voltar a ele. Mas ela não é assim. Minha mãe é enérgica, implacável e está sempre no controle. Nas palavras de seu poema preferido de Dylan Thomas, minha mãe *nunca* entra na noite acolhedora com doçura.

Ela provavelmente quer garantir que não vou ter mais nenhuma ideia maluca.

Phoebe está piscando mais do que o normal.

— Você está bem, Willow? — pergunta ela.

Sinto minha visão ficar turva. A ansiedade se espalha por meu corpo a toda a velocidade. Sou um balão. Sou uma folha ao vento, solta, prestes a sair voando rumo ao desconhecido. Por sorte, tenho um truque para esses momentos.

Não preciso mais folhear minhas revistas de viagem. Tudo o que preciso fazer é me concentrar e visualizar os cartões-postais do meu futuro. Vejo as luzes brilhantes das cidades, pequenas vilas de pescadores, montanhas encobertas por nuvens e praias tranquilas — lugares que meus pés nunca tocaram, mas que eu conheço. As imagens parecem estar gravadas em minha alma, meu coração parece um passaporte em branco pronto para ser carimbado. O desejo de sair para o mundo e ver todas as coisas é tão visceral que quase o sinto correndo em meu sangue.

Vai, vai, vai.

Em breve. Só preciso sobreviver a mais um ano como uma ilha, e depois ninguém poderá me impedir.

— Willow? — repete Phoebe. Seu sorriso vacila. Está preocupada com a possibilidade de decepcionar minha mãe. — Você está bem?

Respiro fundo e forço um sorriso.

— Muito bem. Obrigada por perguntar.

2
Mason

No fim do século XVII, dezenove pessoas inocentes foram julgadas por bruxaria em Salem, Massachusetts, consideradas culpadas e condenadas à morte. Imagino que esse seja o motivo pelo qual estou sendo levado para lá em um Corolla dourado, ao som de R&B do começo dos anos 2000, que tem o azar de pegar todos os semáforos vermelhos de Boston.

Para morrer. Ou pelo menos para sofrer muito.

O nome da nova assistente social é Kate ou Kaitlin, não consigo lembrar, e não tenho como descobrir sem perguntar ou olhar no crachá dela, que está posicionado entre seus peitos, o que deixaria tudo ainda mais desconfortável do que precisa ser. Ela é jovem, acho que deve ter pouco menos de trinta anos, então por isso ainda carrega consigo alguma esperança. Mas dá para ver que está exausta de tanto trabalhar, como qualquer assistente social. Vê-la desanimar pouco a pouco ao longo dos últimos meses, enquanto os Morgan iam passando pela aprovação do sistema de acolhimento familiar, foi deprimente. Parecia as plantas que minha mãe trazia para casa do mercado. Ela entrava carregando uma novinha, com as folhas firmes e bonitas, deixava em um canto da casa e a regava apenas na primeira semana, se tanto, e depois eu acompanhava sua morte lenta e insípida.

Foi assim com Kate/Kaitlin. Ela parece as plantas moribundas da minha mãe. É o que o sistema de acolhimento familiar faz com as pessoas. Foi o que fez com ela em um único ano, e eu estou há onze anos nele.

— E a música? — questiona Kate/Kaitlin. — Tudo bem por você?

Não está nem um pouco bem por mim, mas só assinto, sem expressar minha opinião. Estou fingindo ler *Astrofísica para apressados*, muito embora quase saiba o livro de cor e olhar para as páginas esteja me deixando enjoado. Com a outra mão, seguro meu diário de observação. Já perdi tanta coisa indo de um lar temporário para outro que fiquei paranoico. Eu o carrego comigo praticamente o tempo todo, e quando viajo não me contento em guardá-lo na mochila ou na mala — prefiro segurá-lo nas mãos.

Kate/Kaitlin suspira.

— Sinto muito pelo trânsito. E pelo calor. Eu queria ter saído mais cedo, mas a papelada levou mais tempo do que eu esperava. E acho que preciso levar o carro na oficina, para consertar o ar--condicionado. Não está funcionando direito desde ontem.

A temperatura não chega aos trinta graus, mas a umidade está deixando manchas nas minhas costas e axilas. Estou suado, grudento e furioso, mas não é culpa de Kate/Kaitlin. Ela só está fazendo seu trabalho.

— Sem problemas — digo, tentando parecer mais animado do que estou, porque, para ser honesto, quem está sofrendo mais aqui é a assistente social.

Ela está usando uma camisa branca e calça de um tecido que parece grosso. A maquiagem está literalmente derretendo, deixando manchas escuras sob seus olhos.

Kate/Kaitlin briga valentemente com o ar-condicionado antes de desistir. Nós dois nos recostamos e continuamos suando.

— Você conhece Salem? — pergunta ela.

Tenho uma lembrança muito vaga de ter visitado a cidade com minha mãe uma vez, talvez naquele estilo de viagem que envolvia chegar, irritar todo mundo e ir embora, mas não tenho nenhuma lembrança do que fizemos. Além do mais, se eu voltar a mencionar minha mãe, há uma boa chance de que um nó se forme em minha garganta.

— Acho que não.

Ela se endireita no banco.

— É bem incrível que tenha dado tudo certo, sabe? Estou muito animada com seu novo lar. E *Salem, Massachusetts...* Que interessante, né? Você gosta de história?

Será que *alguém* gosta mesmo de história? Minha própria história me afeta. Toda a minha vida foi moldada pelas escolhas que meus pais fizeram e as escolhas que os pais deles fizeram e por aí vai. Mas estou tentando controlar a ansiedade que sei que está chegando, por isso só solto um:

— Sim, sim. O julgamento das bruxas. É interessante.

Ela vira o queixo ligeiramente em minha direção e suas sobrancelhas se erguem como em um desenho animado.

— Pois é! O que eu acho fascinante é que as pobres pessoas nem praticavam bruxaria. Elas foram executadas sem motivo. Culpavam pessoas marginalizadas por coisas que não conseguiam entender. E hoje Salem é cheia de bruxas modernas. Tenho certeza de que Emma vai contar tudo a respeito. Ela tem um grande envolvimento com as sociedades históricas locais. Até trabalha como guia em um dos museus.

Emma.

Não pira, digo a meu cérebro, mas a ansiedade o ignora e vai direto para a corrente sanguínea. Emma Morgan. Alguém que lembro vagamente de ter conhecido e que de repente se materializou em minha vida de maneira avassaladora.

Uma parte de mim esperava reconhecê-la, mas, assim que a vi, perdi a esperança. Era uma desconhecida, como todos os outros. Eu nem me lembrava de que ela era mexicana-estadunidense.

Emma e Simon tinham ido me visitar algumas vezes no lar coletivo, mas eu havia saído com amigos e só conheci os dois no encontro oficial. Emma foi tranquila e direta, sem ser muito calorosa. Eu não soube o que pensar. Olho pela janela e deparo com um centro comercial feio. Carros buzinam uns para os outros no estacionamento. Eu me ajeito no banco, desconfortável, tentando controlar os batimentos cardíacos enquanto repasso mentalmente os poucos fatos de que tenho conhecimento. *Simon e Emma vão me acolher. Eles têm quatro filhas. Eles entraram no sistema por minha causa.*

— É, você me falou sobre o trabalho dela — murmuro.

— E eles são uma família reconstituída. A mais velha é filha do primeiro casamento de Simon. As três mais novas são filhas dos dois. — Kate/Kaitlin diz "reconstituída" como se fosse algo delicioso, tipo um sundae ou uma bala de caramelo coberta de chocolate. Obviamente acha que é um sinal de que vou me encaixar. — Simon está todo empolgado que não vai mais ser o único homem da casa.

Ela já havia mencionado isso, e Simon também. Ouvir de novo não alivia o estresse. Quem tem quatro filhos? Na minha experiência, a maior parte das pessoas não se sai muito bem cuidando de um único filho. E o que Simon espera de ter outro homem na casa? Acha que vamos falar de esportes? De carros? Porque não tenho nenhuma experiência com esses assuntos.

— Ah… — É tudo o que digo.

Parte de mim queria que eu tivesse estado lá quando os Morgan foram me visitar, porque assim já conheceria as meninas. Quatro pessoas novas é muita coisa.

Dá para ver que Kate/Kaitlin esperava uma resposta mais entusiasmada, porque ela assente e afunda no banco. Voltamos a suar em silêncio.

Entramos em Salem de fato. Quanto mais vejo da cidade, mais nervoso fico. Tecnicamente, Salem fica em Boston, mas

FEITIÇO PARA COISAS PERDIDAS

parece um lugar completamente diferente. É perceptível que faz parte da Nova Inglaterra, com as ruas de pedra e as Dunkin' Donuts a cada duas esquinas, e tenho certeza de que tem várias pessoas discutindo quem faz os melhores sanduíches de rosbife, como em toda Boston. Mas Salem tem uma atmosfera única. A história é levada muito, muito a sério, porque é verão e tem sinais de bruxas em toda parte: lojas de bruxaria, placas em formato de bruxa, bruxas no símbolo das viaturas policiais... até o mascote da escola é uma bruxa. Se a cidade já é assim agora, como vai ficar no Halloween?

Kate/Kaitlin está um pouco perdida. Conforme ela reduz a velocidade, minha mente começa a se desligar como faz sempre que estou nervoso. Não demora muito e estou me vendo dentro do carro dela, com a respiração curta, suando mais do que o necessário. *Por que estou tão ansioso?* Já fiz isso tantas vezes, seria de imaginar que tivesse me acostumado. Minha mãe e eu nos mudamos com certa frequência, mas eu sempre tinha a companhia dela, e mesmo nos piores momentos ela conseguia fazer com que tudo parecesse mágico. Fora que, independentemente de onde estivéssemos, encontrávamos um telhado onde subir para estudar as constelações.

Em lares temporários, esperam que eu me encaixe em um ambiente já estabelecido, e cada lugar é completamente diferente dos outros. Pelo menos com minha mãe eu sabia o que esperar.

Kate/Kaitlin provavelmente nota que estou imerso em pensamentos, porque volta a falar:

— Não é incrível que Emma seja alguém que você já conhece? É muito, muito raro encontrar um lar temporário assim. Fora que é incrível que eles tenham entrado no sistema só para acolher você.

Considerar Emma "alguém que eu já conheço" é um pouco demais. Eu sabia o nome dela antes do encontro oficial, mas só porque minha mãe a mencionava de vez em quando, como alguém que eu havia conhecido na infância. As duas tinham crescido juntas no sul de Boston e, de acordo com minha mãe, haviam sido muito próximas. Minha mãe provavelmente estragara a amizade aparecendo drogada ou pedindo dinheiro emprestado, porque era como todas as amizades dela acabavam. Isso faz com que eu me pergunte por que Emma estava tão determinada a se aproximar de mim agora.

— Hum... — digo.

Ninguém acharia que estou entusiasmado pelo meu tom de voz, mas pelo menos não pareço prestes a ser assado em uma fogueira, que é como me sinto, com as chamas da ansiedade lambendo meu estômago e minhas costelas. Então o carro vai desacelerando e se aproximando do meio-fio. Sou forçado a levantar o rosto e reconhecer que chegamos.

— É a rua Skerry? Ah, sim, acho que é, sim — diz Kate/Kaitlin, dando seta. — Geralmente essas casas maiores estão divididas em apartamentos. O deles fica embaixo, acho, à direita.

Eu me obrigo a olhar para cima, e meu pavor se transforma em ruína iminente. A casa é revestida de tábuas brancas, a porta é cor de cereja e as janelas têm floreiras com plantas pendentes. A varanda de madeira tem um número indeterminado de bicicletas, patinetes, patins e alguns tênis e sandálias perdidos. Minha ansiedade aumenta ainda mais com a representação visível da quantidade de crianças que moram na casa. Eles já têm quatro filhas. Por que decidiram receber mais alguém?

— Olha só para isso — diz Kate/Kaitlin, animada. — Sei que vai ser diferente para você, ainda mais considerando que estava morando no lar coletivo, mas uma casa de família é muito melhor que um lar coletivo. E eles se esforçaram muito para conseguir entrar no sistema. — Ela tamborila os dedos no volante por um momento, depois olha para mim. Sei na mesma hora que vamos ter uma Conversa Séria. — Olha, Mason, é uma situação meio atípica. Os Morgan querem que você escolha se vai ficar com eles ou não. Mas daqui a pouco você vai atingir a maioridade. Eu realmente acho que este lugar é uma boa opção para você. Eles podem te ajudar a ir para a faculdade e ter outras experiências também. Sugiro que tente fazer dar certo. Esse lugar pode ser um lar de verdade, Mason. Chega de fugir e de ficar fora até tarde, tudo bem? Está nas suas mãos.

Cerro os punhos. Não consigo evitar. Esse lugar aleatório definitivamente não é a minha casa. Minha casa é alguém que não vejo há anos. E agora estou pensando na minha mãe e, como sempre, depois que começo a pensar nela não consigo parar. É como uma rachadura numa represa: só fica pior. *Esta não é minha casa. Eu deveria estar com a minha mãe.* Esse fato simples gira em minha cabeça e pulsa em minhas veias. Fora que já estive em três outros lares e nenhum deles funcionou no longo prazo. Por que eu acreditaria que agora vai dar certo?

— Mason? — chama Kate/Kaitlin. — Está nas suas mãos. Você entendeu, né? Está nas suas mãos.

— Aham — concordo, mas estou perdendo rapidamente qualquer sensação de gravidade que meu corpo tivesse.

Sinto o coração martelando meu peito e a vista embaçando. Quando foi que *qualquer coisa* esteve nas minhas mãos? Passo a mão pelo cabelo, tentando respirar. Eu deveria estar acostumado com a falta de gravidade. Não encontro o chão desde que minha mãe perdeu minha custódia. Sete anos é um longo tempo para o que quer que seja, e mais ainda para os pés não pisarem em terra firme.

3

Willow

Eu não diria que estou *enrolando* para entrar em casa, mas certamente não estou com pressa.

A casa da minha mãe é o que Bea chamaria de *le moderne*: grande e espaçosa, com muito vidro e metal, uma paleta de cores que vai do branco ao cinza-claro e piso de cimento queimado que, apesar do sistema de aquecimento central, nunca parece esquentar. Ela se dedicou muito à nova casa, e, para ser objetiva, é linda. A única questão é que, quando não estou no meu quarto, me sinto na casa de um desconhecido. Já faz dois anos que moro aqui e ainda parece que estou esperando a hora de voltar para casa.

Ao atravessar o corredor, faço o meu melhor para desviar os olhos do editorial que minha mãe emoldurou recentemente e pendurou perto da entrada. Em dezembro, ela ganhou o prêmio de executiva do ano de uma revista importante de planejamento de eventos e fizeram a sessão de fotos em nossa casa, onde a maior parte do planejamento de eventos acontecia. Fiquei emocionada quando minha mãe me convidou para participar, até que, durante a sessão, o fotógrafo nos levou para a cozinha e nos disse para fazer "coisas normais de mãe e filha com que estão acostumadas, talvez usando piadas internas". Ficamos as duas ali, parecendo estátuas, até que o homem ficou com pena e dirigiu nossas poses.

Foi péssimo.

As fotos saíram boas, e é bizarro como minha mãe e eu ficamos parecidas nos figurinos da revista, mas sempre que olho para as fotos sinto um vazio. A sessão tornou difícil ignorar o abismo gigante entre nós duas, que continua crescendo cada vez mais. Pelo jeito, as "coisas normais de mãe e filha" com que estávamos acostumadas eram apenas… conversas desconfortáveis. Silêncios incômodos.

Às vezes me perguntam se fico feliz com o sucesso da minha mãe. Embora eu tenha orgulho dela, não parece que isso tenha muito a ver comigo. No máximo, parece que a estou observando a distância. É como se não existíssemos mais na mesma esfera.

Enquanto cruzo a sala, meus olhos são atraídos por um toque de cor no mar de tons neutros. Agora estou *mesmo* enrolando, porque quero ver o que é. Tem um pote de vidro na beirada da mesa de centro, cheio de flores vermelho-sangue e raminhos verdes. Eu me debruço para analisar e reconheço as flores que parecem copinhos. Papoulas. Sei disso porque minha mãe trouxe dez tipos diferentes para um casamento no verão passado. Mas essas papoulas estão diferentes das flores perfeitas que minha mãe costuma usar. Parecem murchas e bagunçadas, cada caule de um tamanho e algumas pétalas faltando. Os raminhos verdes são alguma erva… será que é alecrim? Chego mais perto para sentir o cheiro. Lembra pinheiro e hortelã. Só pode ser alecrim, reconheço da comida do meu pai. Quem fez isso?

Então me dou conta de algo que me deixa inquieta: o silêncio. Uma hora atrás, quando fiz minha triste caminhada até a piscina, a casa estava cheia de funcionários ocupados com os preparativos do próximo evento. Guardanapos, amostras de cores e meia dúzia de buquês estavam espalhados na mesa de jantar, que agora está… vazia. Cadê todo mundo?

— Mãe? — chamo.

Vou até o hall de entrada. A casa está imaculada e silenciosa como um túmulo. Até mesmo os sapatos de marca que estavam à porta sumiram. A única coisa que se ouve são os ruídos abafados de Noah e seus amigos lá fora.

Então ouço outra coisa, parece as patinhas de um hamster ou de um esquilo correndo. Será... alguém fungando? Alguém *chorando*?

— Mãe? — chamo de novo, a voz um pouco trêmula.

A resposta dela é imediata:

— Aqui. — A voz vem do escritório, mas parece estranha. Abafada.

Meu coração acelera junto de meus passos.

O escritório da minha mãe talvez seja o cômodo mais bonito de toda a casa, que já é bonita. De acordo com o fotógrafo da revista, é com certeza o que sai melhor nas imagens. Tem uma mesa grande com tampo de mármore, uma poltrona de couro envelhecido maravilhosa e a quantidade exata de objetos perfeitamente posicionados. Na parede de frente para a mesa ficam os *mood board* — seis molduras com ideias para futuros projetos, incluindo tecidos, paletas de cores, palavras escritas, entre outros materiais. E suas pastas ficam retas como soldados na estante que ela mandou fazer especificamente para isso. É possível ver a caligrafia cuidadosa da minha mãe em cada lombada. As pastas estão organizadas pela data do evento e contêm registros obsessivos de todos os detalhes de cada um. Se quiser saber quantas colheres foram usadas no casamento Berlusconi e Bridget, é só conferir na pasta dele.

A visão das pastas tranquiliza meu coração acelerado. Olho em volta por um momento, para me certificar de que está tudo normal.

E, em muitos sentidos, está mesmo. Minha mãe está sentada com a coluna ereta à mesa, com a mesma aparência de sempre: o cabelo ruivo na altura dos ombros, a camisa branca, a maquiagem e as joias discretas. Mas em outros, quase imperceptíveis, ela está diferente. Algo aconteceu.

— Mãe?

Ela não olha nos meus olhos.

— Entra, Willow. E fecha a porta, por favor.

Faço o que ela pediu, mas isso também é estranho. Não sei se já vi a porta do escritório dela fechada. Em geral tem gente demais na casa para isso.

— Senta — diz minha mãe.

Quando me aproximo um pouco, percebo com um sobressalto que o rímel dela está manchado, formando meias-luas debaixo dos olhos. Esse detalhe faz meus batimentos cardíacos ganharem velocidade, primeiro só um pouco, depois muita. Não pode ser. Minha mãe não chora. Ela sempre diz que não tem canais lacrimais. Mesmo no dia de nossa mudança, quando a peguei dando uma última olhada no nosso apartamento no Brooklyn, seus olhos estavam completamente secos.

Tem algo errado. E não acho que ela tenha perdido um fornecedor importante ou uma noiva tenha cancelado um casamento milionário. Está mais para algo como *o mundo está desmoronando e nunca mais será o mesmo.*

Qualquer lembrança de nossa discussão desaparece de minha mente, substituída imediatamente por pânico.

— Mãe? O que foi? Alguém se machucou?

De repente, penso no meu pai e nos trigêmeos, e sinto um aperto no peito. Eles estão bem, não estão? Têm que estar.

Ela aponta para que eu me sente a sua frente, e vejo um envelope rasgado e algumas folhas de papel na mesa. A carta está virada de cabeça para baixo, e um selo de cera rompido — da mesma cor das papoulas na sala — marca a parte de cima e a de baixo da última folha. Eu estranho aquele vermelho profundo duplicado e me deixo distrair. Aperto os olhos para tentar distinguir a letra que está estampada no selo. É um P rebuscado? Minha mãe percebe que estou olhando e puxa a carta de lado.

— Willow, preciso te contar uma coisa. Acabei de descobrir que... bem... — Ela inspira fundo, depois solta o ar depressa. — É minha irmã. Ela morreu no começo do ano, mas só fiquei sabendo agora.

Então ela finalmente olha nos meus olhos e fica esperando uma reação.

Sabe quando uma notícia atinge você em ondas? É o que acontece. Primeiro registro o fato de que houve uma morte. Uma calamidade total.

E uma morte na família. Calamidade em dobro.

Então percebo os fatos importantes que não batem, de jeito nenhum, e o principal deles é que *minha mãe não tem irmã*.

Levanto um dedo.

— Desculpa. Acabou de dizer que *sua irmã* morreu inesperadamente? — pergunto, como se irmãs até então desconhecidas pudessem morrer de outra forma que não inesperadamente.

Fico com vontade de rir, mas consigo me controlar.

Os ombros da minha mãe caem um pouco, tão pouco que talvez seja impressão minha.

— Isso. Minha irmã gêmea morreu inesperadamente em fevereiro, mas só agora conseguiram me encontrar para avisar. A gente perdeu contato há alguns anos.

Irmã gêmea?

Será que "irmã gêmea" tem algum outro significado? Não, é óbvio que eu sei o que é uma irmã gêmea. Devo ter ouvido errado, porque se minha mãe tivesse uma irmã gêmea, se eu tivesse uma tia, eu saberia, né? Só pode ser uma brincadeira. Só que... será que já vi minha mãe fazendo alguma brincadeira na vida?

Não, nunca vi. Em *minhas* palavras, ela não tem senso de humor.

O que significa que ela tem uma irmã gêmea. Ou *tinha*. Sinto meu coração voltar a acelerar. Olho minha mãe de cima a baixo, seu estilo impecável, sua expressão cuidadosamente controlada. Uma portinha se abre, a portinha do "Será que conheço *mesmo* essa pessoa?". Quer dizer, sempre me senti a um milhão de quilômetros de distância dela, mas essa situação é muito diferente. É algo de outro nível.

— O que... eu...? — Inspiro fundo, mas só consigo dizer: — *Como assim?*

Percebo que meu choque dá o tempo necessário para minha mãe se recuperar. Ela passa uma mão pelo cabelo e se ajeita na cadeira.

— Ela tinha uma propriedade perto de Boston. Em... Salem, Massachusetts — explica ela com firmeza, quase como se fosse um desafio.

— *Salem?* — murmuro.

Imagens inundam minha mente, a maioria das quais tenho certeza de que são de filmes. Puritanos de chapéu preto com fivela. Bruxas voando em vassouras, acompanhadas de gatos pretos. E aquele filme das três bruxas, que uma voa em um aspirador de pó. *Abracadabra*? Minha mãe não está falando desse lugar, né?

Balanço a cabeça de leve.

— Salem, tipo... a cidade das bruxas? — indago.

Ela hesita.

— As pessoas julgadas em Salem não eram bruxas.

Sério? Ergo as sobrancelhas para ela, que deve ter se dado conta da irrelevância da informação, porque se endireita no lugar, depois se afasta da mesa e se levanta.

— Desculpe envolver você nisso, mas não vejo uma alternativa. A propriedade é... grande. E não posso pedir a ninguém da empresa porque meu passado é... hã... — Ela olha para a porta fechada. — Algo que eu gostaria de deixar no passado. Sei que posso confiar em você para guardar segredo.

Agora, sim, estou estupefata.

Minha mãe tem um passado? Tipo, é lógico que sim. Mas não sabia que ela tinha um *Passado*, com letra maiúscula. Ela escondeu isso de mim e, pelo que parece, de todo mundo. Até de seus *funcionários*. As perguntas se acumulam, formando um pequeno vulcão em meu peito. Para ser sincera, nem sei por onde começar.

Então repasso suas palavras mentalmente. Espera aí. Minha mãe está pedindo ajuda?

Odeio estar sentindo isso… essa ligeira alegria. Então minha mãe está me convidando para… o que quer que isso seja?

— Eu? — consigo perguntar.

— Gostaria muito que você fosse comigo — solta ela. — Não sei bem o que precisa ser feito, mas se trata de uma situação complicada, e posso precisar de, hã… uma mãozinha.

Algo está diferente no rosto dela. Preocupação? Vulnerabilidade? Minha mãe precisa de mim. Não tenho ideia do que fazer com isso. Essa constatação preenche meu peito e faz com que eu me sinta ao mesmo tempo maior e menor. Minha mãe, mestre em lidar com todas as situações, precisa de mim? Olho para as mãos dela. Estão tremendo. Só um pouco, mas estão trêmulas.

Não é brincadeira.

Ela perdeu a irmã. Sinto um aperto no coração. Nunca a vi tão abalada. *Nunca.* E agora ela está me pedindo ajuda, do jeito mais esquisito e formal possível.

— Vou com você, pode deixar — digo.

Minha mãe relaxa um pouco e seus ombros afundam por um momento.

— Obrigada, Pillow. — Ela fala a última parte tão baixo que quase deixo passar.

Pillow era meu apelido na infância, que significa "travesseiro" em inglês. Isso me leva de volta ao Brooklyn, a nosso apartamento, antes de Chloe e dos trigêmeos, antes de Los Angeles e da Mary

FEITIÇO PARA COISAS PERDIDAS

Haverford Eventos. Antes que eu sentisse que precisava marcar um horário na agenda para falar com minha mãe ou meu pai. De repente, penso nos fins de semana de feira, museus e bibliotecas. Uma vida completamente diferente — outra realidade, na qual eu sabia quem eu era. Sabia qual era o meu lugar no mundo. Um nó se forma em minha garganta, e por um momento meu corpo se lembra de como era a vida antes de meus pais se separarem. Tinham alguns problemas, sim, mas pelo menos eu sabia o lugar que me cabia no mundo. Pelo menos, quando alguém me perguntava onde eu morava, eu não hesitava antes de responder.

Agora, apenas um fio fino e cintilante, como o de uma teia de aranha, parece me ligar a minha mãe. Preciso desesperadamente que ele não se rompa. Respiro fundo.

— Como sua irmã morreu? — questiono.

Minha mãe hesita e responde:

— Câncer. Complicações no tratamento. Eu não sabia... — A voz falha um pouco, então ela leva a mão à garganta. — Desculpe. Eu não sabia que ela estava doente.

Uma onda de tristeza me atinge, não sei se por minha mãe ou por essa pessoa que nunca conheci. Minha voz sai baixa quando digo:

— Que terrível.

Minha mãe assente de leve, só baixando um pouco o queixo.

— Phoebe já reservou as passagens. Vamos para o aeroporto em uma hora. Muito obrigada, Willow.

Ela se levanta, pega a carta e se dirige à porta.

— Sem problema — respondo, mas não é verdade.

Minha mãe é a pessoa mais organizada, detalhista e cuidadosa do planeta. O fato de que vinha escondendo algo tão importante quanto uma irmã gêmea certamente é um *problema*.

Ela sempre foi um grande mistério para mim. Pela primeira vez, estou começando a achar que há um bom motivo para isso.

4

Mason

A casa dos Morgan fica perto de um parque grande cercado de casarões antigos, e só de olhar já sinto meu estômago se revirar. Para onde quer que eu me vire, há famílias passeando: avós empurrando carrinhos, pais carregando os filhos nos ombros, adolescente acompanhados dos responsáveis e cachorros grandes e bobos na coleira. É o tipo de lugar onde as pessoas estão há gerações e sabem exatamente onde vão se sentar no jantar de Ação de Graças e quem vai estar na plateia no dia da formatura. Em outras palavras, é o tipo de lugar a que não pertenço. Cada partezinha do meu corpo quer se virar e sair correndo.

— Está pronto, Mason? — questiona Kate/Kaitlin em uma voz que deixa evidente que não é a primeira vez que ela faz a pergunta.

Sei que minha resposta não vai mudar nada. É lógico que não estou pronto, mas desde quando isso importa? A assistente social deve ter lido em meus olhos o que estou pensando, porque me dá um sorrisinho tenso.

— Vou abrir o porta-malas — avisa ela.

Kate/Kaitlin continua falando, mas paro de escutar e coloco minha mochila nos ombros, o caderno debaixo do braço e pego a mala de mão que contém todos os meus pertences. Embora seja lamentavelmente pequena, parece que estou carregando uma tonelada de tijolos conforme abro caminho por entre os milhões de bicicletas, triciclos e patins tombados, com os pés tão pesados quanto chumbo.

Não quero entrar na casa dos Morgan, dizer as coisas que vou ter que dizer e fazer as coisas que esperam que eu faça. Não importa se por dentro a casa seja uma pista de skate ou se tenha um sistema de som incrível ou um mordomo cuja principal preocupação é me trazer refrigerante e biscoito Oreo sempre que toco uma campainha de cristal — nem assim eu ia querer entrar. Não posso recomeçar. Não aqui. Não com alguém que conhece minha mãe.

A porta dos Morgan fica escondida sob o beiral da varanda, e quando nos vemos diante dela eu paro, por causa dos *balões*. E das serpentinas cruzando a porta como lasers em um filme de espião. E... ah, não. É confete no chão?

Só pode ser confete. Multicolorido.

Sinto meu corpo ficar ainda mais lento, de modo que mal avança. Vejo meu reflexo na janela da frente e sinto uma pontada de desânimo. Como sempre, pareço todo errado. Alto demais, carrancudo demais, tudo demais. Meu cabelo até os ombros tem me dado trabalho e parece mais bagunçado do que o normal. Decido penteá-lo com os dedos, mas só pioro a situação. Talvez se eu endireitar as costas... Faço uma tentativa, mas a corcunda volta a se formar no mesmo instante.

Eu me esforço ao máximo para seguir em frente. Talvez a decoração não seja para mim. Talvez alguém nessa família enorme esteja fazendo aniversário. Então olho através da janela e vejo um cartaz cheio de purpurina em que está escrito BEM-VINDO, MASON, e a esperança se transforma em uma nuvem de fumaça. Sei que as famílias que acolhem menores de idade são aconselhadas a serem discretas e tornar a transição o mais natural possível. Será que os Morgan não receberam as instruções?

Então um pensamento horrível me ocorre. Será que os Morgan são o tipo de família que acolhe crianças para impressionar os outros? Se for o caso, talvez o cartaz seja mais para os vizinhos que para mim. Talvez devesse dizer algo como:

BEM-VINDO AO NOSSO LAR, POBRE MENINO ABANDONADO!
(VIZINHOS: ESTÃO VENDO COMO SOMOS GENEROSOS???)

Kate/Kaitlin deveria estar tão horrorizada com a decoração quanto eu, mas parece brilhar como uma supernova. Ou isso ou é só o suor dela refletindo a luz.

— Ah, nossa! Que recepção maravilhosa! Não falei que as meninas estavam ansiosas para conhecer você?

Ela faz menção de bater à porta, mas antes que eu possa entrar em pânico, a porta se abre e revela Emma. Ela está vestida de maneira mais informal do que da última vez que nos vimos e parece mais cansada. Está usando chinelos de dedo, uma camiseta larga e um short jeans. É baixa e magra, tem franja preta lisa e pele marrom. Na reunião, as roupas escondiam suas tatuagens. Laranjas e flores de laranjeira serpenteiam o braço esquerdo, e uma caveira mexicana bem colorida ocupa a maior parte de sua coxa direita. Ela tem até um beija-flor roxo saindo do pé esquerdo.

Emma abre a porta de tela.

— Oi — cumprimenta ela.

Emma ignora Kate/Kaitlin e olha para mim, mas não sorri, então decido que não preciso sorrir também. Só assinto de leve e fico com os pés inquietos. Ela me olha de cima a baixo. Eu me preparo para a pergunta que todo adolescente de mais de um metro e noventa com braços e pernas compridos e magros recebe: *Você joga basquete? Não? Devia!* Em toda escola que estudo, o professor de educação física me vê pelos corredores e conclui que sou o que estava faltando para ganhar o campeonato. Por sorte, bastam trinta segundos de uma performance desengonçada e descoordenada na quadra para que o cara compreenda que seus sonhos não vão se realizar. Todo mundo age como se eu estivesse desperdiçando um precioso recurso nacional: *Como ousa ser alto à toa?*

Mas Emma não comenta nada sobre minha altura. Está fazendo um tipo diferente de inventário. Está me avaliando, somando ponto a ponto, exatamente como fez na reunião. Não tenho ideia do que passa na cabeça dela. O que está tentando descobrir? Fora que literalmente nunca vi olhos tão grandes. Eu me sinto a própria Chapeuzinho Vermelho olhando para o Lobo Mau. *Que olhos grandes você tem!*

— É um prazer ver você de novo, sra. Morgan! — anuncia Kate/Kaitlin, animada. — Desculpe pelo atraso.

— Pode me chamar de Emma. E vocês não estão atrasados — responde ela, com os olhos ainda em mim. Tem vários piercings nas duas orelhas, além de um ponto dourado no nariz. — Vieram bem?

O sotaque dela lembra um pouco o da minha mãe, pronunciando o R um pouco mais suave do que normalmente escuto, o que faz meu coração palpitar.

A onda de saudade me atinge com tanta força que preciso baixar os olhos para os pés e me certificar de que ainda estão tocando o chão. Emma também deve dizer "porta" como minha mãe.

— Foi normal — digo.

Emma assente, como se fosse o que esperava que eu dissesse. Seu olhar vai para o caderno sob meu braço, depois se fixa em meus olhos, e de repente fico inseguro. Será que ela está arrependida?

Eu me sinto em uma areia movediça emocional.

Kate/Kaitlin parece desconfortável.

— Sim, foi normal. Mas, nossa, Salem é uma gracinha. As casinhas antigas! E a decoração toda é muito divertida. Que recepção!

De perto, o cartaz é ainda pior do que eu pensava. Foi pintado com um monte de estrelas prateadas que lembram vagamente a

Ursa Maior, o que indica que Kate/Kaitlin comentou com eles que gosto de astronomia. Odeio a existência de uma pastinha com minhas informações que é passada a qualquer adulto que vá interagir comigo. Faz com que eles pensem que me conhecem, mas na verdade não sabem de nada.

— As meninas que fizeram — revela Emma, ainda olhando para mim, o que me faz querer voltar correndo para o carro quente.

— Ele está aqui? Mason está aqui? — A voz animada de um homem ecoa pela entrada.

Emma abre espaço para Simon. Ele é branco, arrumadinho, tem cabelo loiro, um leve bronzeado e panturrilhas definidas. Está com uma camiseta com a imagem de uma bruxa de tênis e uma frase em vermelho: MEIA MARATONA HORRIPILANTE DO BANCO REALTY. Tudo em Simon grita "saúde". O sorriso dele é tão grande que quase me derruba para trás. Ele estende a mão para mim.

— Mason! Que bom te ver. Como foi a viagem? — pergunta ele.

Ir de Boston a Salem não é exatamente uma viagem, mas não vou corrigi-lo.

— Boa. Obrigado.

Estou a uma distância tão grande deles que chega a ser estranho e tenho que dar alguns passos desajeitados à frente para alcançar a mão de Simon. A alça da mala escorrega do meu ombro e atinge a parte de trás das minhas pernas.

Simon também aperta a mão de Kate/Kaitlin, depois se vira para mim e diz:

— Vou repetir o que eu disse da última vez, Mason. Você é bem parecido com sua mãe. Não é igualzinho a ela, Emma?

— Ele é a cara da Naomi — concorda Emma, murmurando o nome da minha mãe, mas sinto todo o impacto disso.

Faz muito tempo que ninguém toca no nome dela. Por um momento, eu me agarro à sonoridade dele. Sempre adorei o nome da minha mãe. Naomi parece o nome de uma executiva sofisticada do ramo da arte, alguém com um portfólio e que responde a e-mails o tempo todo e faz degustações de vinho no fim de semana. Não de alguém que vive entrando e saindo de programas de reabilitação, da prisão, de porões que servem de apartamentos e de todos os outros lugares em que minha mãe esteve nos últimos onze anos. Naomi é o nome de alguém que vai assumir o controle da própria vida. Um dos motivos pelo qual eu sei que vai ficar tudo bem.

— Obrigado — agradeço, desconfortável, muito embora não tenha certeza de que se trata de um elogio.

As pessoas que conheceram minha mãe quando jovem sempre fazem questão de mencionar a beleza dela, mas colocando-a no passado. Minha mãe era alta, como eu, e aparece em suas fotos do ensino médio com cabelo grosso e escuro e bochechas rosadas. Seu estilo de vida havia cobrado seu preço de muitas maneiras, e às vezes penso que sua beleza se desgastou. Mas talvez tudo melhore quando nos reencontrarmos.

Kate/Kaitlin continua brilhando como uma supernova. Até sei o que ela vai escrever sobre o dia de hoje em suas anotações. *Conexão imediata. Ótima escolha.*

— Agora refresque minha memória, Emma. Você e a mãe de Mason eram melhores amigas? — indaga Kate/Kaitlin, toda inocente, como se não soubesse a resposta.

— Éramos praticamente irmãs — responde Emma, e não consigo evitar olhá-la desconfiado.

Então onde ela estava quando minha mãe ficou sem ter onde morar? Onde ela estava da primeira vez que minha mãe quase sofreu uma overdose e teve que passar três semanas no hospital?

Emma olha diretamente para mim, como se soubesse o que estou pensando. Isso me irrita, porque sei que é óbvio que Emma não consegue ler minha mente, mas, ao mesmo tempo... será que consegue? Seus olhos grandes e escuros me assustam um pouco.

Pisco, e Emma pisca também. Uma conversa se dá entre nós, ainda que eu não saiba muito bem do que se trata. Desvio os olhos, mas eles parecem não encontrar outro ponto onde focar.

Kate/Kaitlin continua falando. Sua voz é como uma abelha no calor:

— Que legal que vocês vão ter o verão inteiro para se conhecer. Assim Mason vai ter um período para se adaptar antes de começar o último ano. É simplesmente perfeito.

Perfeito para quem? Simon assente, entusiasmado, mas Emma e eu nos mantemos em silêncio, desconfortáveis. Não sei o que fazer com esse clima no ar. Em geral, as mães do acolhimento familiar nessa hora já estão bajulando as crianças, mostrando o quarto, oferecendo bebida e comida. Emma parece estar esperando que eu tome a iniciativa, só que não sei como. Ela pode ser pequena o bastante para caber no meu bolso, mas teoricamente eu sou a criança aqui, ainda que me sinta como se tivesse trezentos anos de idade.

— Estamos muito felizes de te receber, não é, Emma? — Simon pega minha mala e coloca a alça no ombro. — Mas o que ainda estamos fazendo aqui fora? Está um calor dos infernos.

Simon nos conduz para dentro, e Kate/Kaitlin vai correndo atrás dele. Fico constrangido por uma fração de segundo, sem saber se devo entrar primeiro ou esperar que Emma entre, mas então ela faz sinal para que eu vá na frente, e eu vou, depressa, tomando cuidado para não encostar nela ao passar.

O interior da casa é uma explosão de objetos: a entrada está repleta de ganchos e cestos transbordando jaquetas, chuteiras e calçados purpurinados. Da porta, vejo a cozinha, com várias caixas de cereal abertas na mesa, em meio a pôneis coloridos e Barbies de cabelo bagunçado. Mesmo sem ver ninguém, é evidente que um monte de gente mora aqui, e volto a ter aquela sensação distante, de que esta casa, esta família, possui camadas e uma história que não têm nada a ver comigo. Sou alguém de fora. Um intruso. Como sempre. Minha mãe ter um passado com Emma não muda isso. Na verdade, talvez até piore a situação.

Enquanto seguimos na direção da escada, Emma diz em voz baixa:

— Sinto muito por tudo.

No mesmo instante, olho para ela. Faz três minutos que cheguei e Emma já está pedindo desculpas por não ter sido uma amiga presente para minha mãe? E ela acha que um pedido de desculpas vai resolver tudo? Só que ela aponta para a porta da frente, referindo-se ao cartaz e aos balões.

— Pela decoração, sabe? — Emma volta a olhar nos meus olhos. — Também sinto muito pelo que está prestes a acontecer.

— O que está prestes a acontecer? — indago, mas me distraio ao notar algo que faz com que eu sinta minha pulsação nas têmporas.

Emma tem uma conchinha rosa tatuada na parte de dentro do pulso direito. Igualzinho a minha mãe.

— ATACAR!

A voz jubilante vem do alto da escada, e de repente dezenas de bolas coloridas caem do alto ao som de vozes e gritos animados. Cambaleio para trás, tentando me proteger do que quer que esteja acontecendo; meu cérebro parece não reconhecer do que se trata.

De repente, sinto a mão de Emma em meu braço.

— São só balões — explica ela.

Balões. As bolas coloridas são balões. Qual é o meu problema? Meu coração está tão acelerado que é como se eu estivesse correndo.

— Agora as estrelas! — grita uma voz feminina.

Antes que eu possa reagir, começa a chover estrelinhas douradas de papel, que cobrem meu cabelo e minha camiseta. De repente, sinto o chão instável e a festa cintilante dos Morgan tremula na minha visão periférica. São tantas estrelas.

Não vomita. Não vomita.

Kate/Kaitlin bate palmas.

— Que divertido! — diz ela.

— Você está bem? — pergunta Emma.

Ela segura meu braço, e quando olho para baixo vejo a tatuagem de novo. Desisto de tentar fingir que esse é só mais um lar temporário. Não tem absolutamente nada a ver com os lares temporários em que já estive. O sangue corre para minha cabeça e sinto meu coração a mil. Dou um passo para longe dela e tropeço de leve nos balões enquanto tento espanar as estrelas do cabelo e do corpo.

— Aham — murmuro.

Só preciso me situar.

— Meninas, desçam! — grita Simon. — Você também, Nova. Não vá sumir.

Achei que eu já tinha atingido o máximo da minha capacidade sensorial, mas é só quando as garotas aparecem que isso acontece. *Saber* que há quatro delas é muito diferente de *vê-las*. Elas são um rebanho. Um bando. E são muito barulhentas. Um monte de cotovelos, joelhos e muito, muito, muito cabelo. Preciso de um minuto para processar que são seres individuais, e não só uma multidão.

Quando elas chegam ao andar de baixo, param e ficam me olhando. Olho também, porque não consigo evitar. O ponto de ruptura na "família reconstituída" é bem evidente: a mais velha é bem mais alta que as outras, tem cabelo loiro-claro e pernas compridas e magras, enquanto as três mais novas poderiam ser cópias em papel carbono de Emma: têm olhos grandes e escuros, pele marrom e cabelo preto com franja lisa.

Eu deveria cumprimentá-las, mas, infelizmente, minha garganta está tão seca quanto Marte, e nenhuma palavra sai. Minha mente começa a repetir fatos, como sempre acontece quando es-

FEITIÇO PARA COISAS PERDIDAS   51

tou nervoso. *Estrelas de nêutrons podem realizar seiscentas rotações por segundo. Há cem bilhões de estrelas na Via Láctea. Pegadas na Lua se mantêm por cem milhões de anos.*

— Meninas…? — diz Simon.

Há um coro de "Oi, Mason". A loirinha deve ter doze ou treze anos, está com uma saia tenista e uma regata desbotada, além de uma carranca que deixa óbvio quão feliz está em me ver. A segunda mais velha deve estar no segundo ou terceiro ano do ensino fundamental. Seu cabelo está preso em um rabo de cavalo e os dentes de leite da frente caíram. E ainda tem as duas mais novas. Nunca passei tempo o bastante com crianças pequenas para saber quantos anos elas têm. A mais nova mal deixou de ser um bebê e está agarrada a um pequeno cobertor rosa.

— Nova, Hazel, Zoe e Audrey. — Emma as apresenta devagar, mas os nomes passam pelo meu cérebro como água por uma peneira. Tenho que melhorar nesse sentido.

As três mais novas abrem um sorriso. A mais velha olha ainda mais feio para o chão.

— Sou o Mason — digo, sem graça, porque sempre estou sem graça.

É óbvio que elas já sabem meu nome. Escreveram "Mason" com purpurina, muito embora pela cara da loirinha eu imagine que ela não teve nada a ver com isso.

Puxo as pontas do cabelo. Preciso desesperadamente de um pente.

— Por que ninguém me disse que você tem cabelo de *menina*? — dispara a segunda mais nova. — E por que você não tem mais uma família?

— Zoe! — repreende Simon. — Não são só meninas que têm cabelo comprido, você sabe disso. E, sobre a outra pergunta, vamos conversar depois. — Ele se vira para mim e encolhe os ombros. — Desculpe, Mason.

— Tudo bem — murmuro, mas minha visão está começando a escurecer.

Preciso me esforçar ao máximo para não mexer mais no cabelo.

Kate/Kaitlin ri de nervoso atrás de mim.

— Crianças! Tão precoces...

— A gente fez um cartaz pra você — anuncia a segunda mais velha. — Nova não quis participar. Teve que parar de ouvir música e ficou *muuuuuito* brava, aí...

— Hazel! — interrompem Nova e Simon ao mesmo tempo.

O pescoço de Nova fica vermelho.

— Ah... Sinto muito por isso, acho — digo, como um pateta.

Estou começando a perder qualquer estabilidade recuperada depois do evento Balões e Confetes. O pânico faz os pelos do meu pescoço se arrepiarem e meu corpo se inclina na direção da porta, de maneira involuntária.

— Não é culpa sua — responde Nova, de uma maneira que deixa evidente que é culpa minha.

Percebo que Nova não faz contato visual, o que por mim não é um problema. Com certeza quero estar aqui tanto quanto ela quer que eu esteja.

A voz de Simon fica ainda mais estrondosa:

— Meninas, o que foi que conversamos mais cedo? Sobre fazer o novo membro da família se sentir bem-vindo?

— Nova vai ter que dividir o quarto com a gente agora, porque Mason é menino, por isso precisa de um quarto só para ele — lembra a segunda mais nova, rapidamente. — E Mason não pode morar com a mãe por causa das drogas. Mas ela é uma boa pessoa, que tem uma vida difícil.

Todos congelamos. Simon e Kate/Kaitlin engasgam ao mesmo tempo. Nova não levanta o rosto, mas vejo seus olhos se arregalarem. O restante das garotas me encara com seus olhos enormes e escuros.

FEITIÇO PARA COISAS PERDIDAS

De repente, sinto a mão fria de Emma em meu braço outra vez.

— Meninas, vamos deixar Mason decidir o quanto quer falar sobre a mãe, tudo bem? Devemos nos concentrar em fazer com que ele se sinta confortável, e acho que ele precisa de um tempinho para se acomodar e descansar. Por que não vão brincar um pouco no quintal? Mason, seu quarto fica lá em cima, é a segunda porta à esquerda. Acha que consegue encontrar sozinho?

Minha visão ainda não está cem por cento, mas sinto o chão se estabilizar.

Concordo, depressa. Só quero ficar sozinho no quarto nesse momento.

— Ah... — Kate/Kaitlin hesita, depois faz um movimento vago para a prancheta. — Em geral não é assim que funciona. Costumo fazer uma atividade para quebrar o gelo e...

— Pode se juntar a nós se quiser, mas fizemos nossos próprios planos para isso. Vamos jantar, jogar algum jogo e dar uma volta de bicicleta. Só queria dar a Mason um momento para se situar.

Emma fala com autoridade. Parece alguém acostumada a que os outros ouçam o que tem a dizer.

— Acho que tudo bem — diz Kate/Kaitlin depois de uma pausa.

Não posso evitar sentir certa admiração por Emma, ainda que relutante. Em geral, a assistente social não se deixa convencer.

Kate/Kaitlin continua:

— Eu adoraria conversar um pouco com vocês sobre detalhes do acolhimento, Emma. Mason, você precisa de alguma coisa no momento?

Preciso de uma carta ou de uma ligação da minha mãe. De um lar. De uma vida completamente diferente. Mas não são coisas que se possa pedir a uma assistente social suada. Além do mais, ela provavelmente vai passar uma hora ou duas com Emma e depois voltar para Boston.

JENNA EVANS WELCH

Balanço a cabeça.

— Então tudo bem. — O rosto de Kate/Kaitlin volta a brilhar, e ela abaixa a voz de maneira significativa. — Bem-vindo ao *lar*, Mason.

É sem dúvida a coisa mais idiota que ela já me disse.

Emma franze a testa. Pode ser só minha imaginação, mas ela olha para Kate/Kaitlin como se estivesse pensando exatamente a mesma coisa. Apesar disso, a ideia de que a assistente social vai embora me deixa um pouco em pânico. Depois que ela se despedir, tudo vai parecer real demais.

— No andar de cima — diz Emma, apontando para a escada. — Segunda porta à esquerda. Vamos pedir pizza mais tarde. Eu bato na porta quando chegar.

Antes que alguém mude de ideia, eu me dirijo para a escada, chutando os balões cobertos de estrelas pelo caminho. Primeiro, preciso chegar ao quarto. Depois, vou pensar em uma maneira de sair deste lugar.

5
Willow

Salem deve ter uma lei municipal que exige que todos os visitantes a percorram na velocidade de uma vassoura voadora. Pelo menos isso explicaria o que está acontecendo com minha mãe. Ela costuma andar depressa, mas sua velocidade hoje faz seu ritmo normal parecer um passeio de domingo. Dá para ver que ela está no meio de uma missão. Não que vá me dizer do que se trata, porque aparentemente não preciso saber nada além do básico. *Minha irmã morreu. Vamos resolver as questões da propriedade. Pretendo passar menos de vinte e quatro horas lá.*

No tempo que levamos nos arrumando para sair, minha mãe se recuperou completamente. Ela não me disse nenhuma palavra supérflua desde a conversa no escritório, incluindo as seis horas que passamos juntas no avião. Estou acostumada com minha mãe o tempo todo no telefone ou pensativa, mas hoje sua falta de atenção está me enlouquecendo. Aquele pingo de emoção que senti mais cedo se foi, aquele fiozinho que nos ligava parece ter sido cortado.

Às vezes, acho que meu relacionamento com minha mãe seria mais fácil se eu não me sentisse próxima dela de vez em quando. Minha mãe é como uma rainha em seu castelo: interessante, linda, generosa, mas também fortemente protegida por um fosso, uma ponte levadiça e um dragão que cospe fogo. De tempos em tempos, eu a vejo de relance, mas na maior parte das vezes fico do lado de fora, pensando no que posso ter feito para ser banida. Para ser sincera, acho que foi isso que me fez acreditar nessa história misteriosa de irmã gêmea. Se alguém esconde segredos, só pode ser ela.

Agora minha mãe corre a minha frente, com toda a educação e compostura, embora um pouco irritada, e eu vou atrás dela, confusa, desarrumada e sem fôlego. Em outras palavras, tudo voltou ao normal.

Estamos indo para uma reunião. É tudo o que sei.

Recebo uma notificação no celular e paro por um momento para ler a última mensagem de Bea, que não para de me escrever desde que lhe contei a novidade. **Tem 100% de certeza que sua mãe nunca mencionou o fato de que tinha uma irmã gêmea?**

Como se eu pudesse esquecer uma coisa dessas... **Tenho 1000000000% de certeza**, respondo.

Também recebi uma mensagem do meu pai. **Desculpe não ter retornado ainda, filha. Crianças pequenas sentem muito a diferença de fuso, mas agora está todo mundo na cama. Nos falamos mais tarde?**

Solto um suspiro. Mesmo se eu estivesse à deriva no mar e mandasse um pedido de socorro para meu pai, provavelmente ele demoraria dois ou três dias úteis para responder. Sei que ele se importa comigo, mas é que sempre parece ter mais nas mãos do que dá conta. Já faz dois dias que mandei mensagem pedindo ajuda, e estou perdendo a fé de que isso vai acontecer. Sinceramente, eu nem deveria ter ficado surpresa quando ele avisou que eu não poderia visitá-lo nas minhas férias.

Será que ele se importa com não estarmos passando o verão juntos? Ou está aliviado porque é uma coisa a menos com que se preocupar?

Engulo a mágoa, porque pensar assim não ajuda. Se meu pai está fora do país este verão é porque precisa. E não é como se as visitas que fiz a ele tivessem sido incríveis. Amo meus meios-irmãos monstruosos, mas, sendo sincera, é sempre meio difícil.

FEITIÇO PARA COISAS PERDIDAS

Não apenas estou sempre tendo que carregar alguém de mochilinha, mas também é bastante desorientador ver essa nova família no apartamento que era da *minha* família. Sei que ela não existe mais, só que vê-la sendo apagada fisicamente é meio...

Levanto a cabeça bem a tempo de ver minha mãe desaparecer em meio às pessoas na calçada, sem nem verificar se continuo atrás dela.

— Espera, mãe! — grito, mas ela continua avançando.

Não tenho escolha a não ser correr para alcançá-la, o que não é fácil, considerando o ar denso, quente e úmido. Parece que estou respirando sopa de ervilha. Sinto que meu cabelo está frisado no rabo de cavalo, mas, se eu parar para arrumá-lo, tenho certeza de que minha mãe vai desaparecer e nunca mais vou encontrá-la.

Não que ficar perdida em Salem pareça ruim. Mesmo na velocidade a que estamos, o lugar está mexendo com meu espírito de viajante. A rua pela qual descemos é pavimentada com pequenos tijolos vermelhos irregulares e pontuada de construções de aparência antiga, com objetos fascinantes nas janelas. CRISTAIS, TARÔ E FEITIÇOS, diz a vitrine de uma loja. Talvez eu pudesse dar só uma paradinha... Só que, quando olho para a frente, o topo da cabeça ruivo da minha mãe agora está quatro casas adiante, sem que ela dê qualquer sinal de que vai parar.

Recebo outra notificação de mensagem. **E ela nunca mencionou Salem?**

Nunca. Tenho certeza disso. A própria revista em que aparecemos no verão passado comentava sobre as origens dela: *Vinda da icônica ilha Martha's Vineyard, Mary aprendeu sua arte organicamente, com a própria mãe.*

No entanto, quando olho à frente, minha mãe segue pela rua como se já tivesse feito esse caminho milhares de vezes. Ela conhece a cidade, sem dúvida. Será que passou algum tempo aqui com a irmã?

Quando chega ao fim da calçada, minha mãe é forçada a parar no semáforo. Começo a correr, finalmente encurtando a distância entre nós.

— Aonde estamos indo? — questiono, sem fôlego.

— Elizabeth — diz ela, com os olhos no celular.

— E... quem é Elizabeth? — pergunto, ofegante.

Seria outra irmã? A essa altura, eu não ficaria tão surpresa.

A luz fica verde para nós, e em vez de responder, minha mãe atravessa a rua, levando-nos a um pequeno parque onde me vejo cara a cara com uma figura conhecida. É Samantha Stephens, a personagem de *A feiticeira*, uma série antiga. Ela está sentada em uma vassoura diante de uma lua crescente, com um braço de cobre erguido em um aceno animado e o cabelo penteado para trás. Uma pequena placa tem o nome da atriz gravado: ELIZABETH MONTGOMERY.

Então Elizabeth é um lugar, não uma pessoa.

Curvo o corpo e descanso com as mãos nas pernas, tentando recuperar o fôlego.

— Quem... vamos... encontrar? — pergunto, quase sem ar.

Minha mãe passa os olhos pela multidão com tanta intensidade que poderia muito bem estar procurando um assassino.

— A advogada. Deve chegar a qualquer minuto — explica ela.

Como minha mãe mantém uma rotina de exercício com a bicicleta, nem perdeu o fôlego.

— Que... advogada... é essa?

Ela está prestes a responder quando uma voz fraca, abafada pelo trânsito de carros e pedestres, chega do outro lado do cruzamento.

— ROSEMARY. ROSEMARY BELL. ROOOOOSE! MAAAAAAARRYY!

Minha mãe levanta os olhos na mesma hora. Seu rosto fica pálido.

— Ah, não... — sussurra ela. O pânico em sua voz faz com que eu sinta um arrepio na espinha.

— O que foi? Mãe?

Resisto ao impulso de sacudi-la, embora ela pareça tão petrificada quanto a feiticeira e esteja olhando na mesma direção que ela, o que eu provavelmente acharia engraçado, se não estivesse preocupada.

— ROSE... MARY. ROSEMARY BELL. — A voz parece mais alta a cada sílaba, enquanto o rosto da minha mãe vai ficando mais rígido. — ROOOOOOSEEEEMARYYY. AH, MINHA NOSSA, OLHA ELA ALI.

Os olhos da minha mãe se arregalam em alerta, e ela solta uma sequência de palavras em voz baixa que nunca a ouvi dizer. Na verdade, são palavrões majestosos.

— Isso não pode estar acontecendo — diz minha mãe.

Não é difícil localizar a origem do barulho. São as duas senhoras que estão segurando o trânsito enquanto atravessam a avenida de quatro pistas. Uma está usando um lenço lilás bem fino e cheio de brilho, que combina com uma mecha tingida de roxo do cabelo comprido e branco como a neve. A outra está usando um vestido havaiano vermelho e óculos de armação grossa, e seu cabelo cacheado e grisalho está bagunçado. Embora devam ter entre oitenta e oitocentos anos e a de vestido havaiano esteja usando um andador articulado com bolinhas de tênis, as duas se movem como trens descarrilhados. Ouve-se uma buzina impaciente, e a senhora com a mecha de cabelo roxa mostra o dedo do meio antes de voltar a acelerar.

Uma risada supera minha ansiedade.

— Quem são essas? — indago.

A senhora de vestido havaiano olha para minha mãe e começa a agitar os braços no ar.

— ROSEMARY.

Ela continua olhando para minha mãe. Fico confusa.

— É com você que elas estão gritando? — questiono.

Minha mãe pega meu braço e pede, com urgência na voz:

— Willow, preciso que você volte para o hotel. Agora. Depois eu expli...

A frustração substitui minha confusão. Puxo meu braço.

— Não. Não vou voltar para o hotel.

As duas mulheres chegam à calçada. Só então a senhora com a mecha roxa no cabelo me vê. Seu queixo cai.

— Pela deusa! Ela trouxe a FILHA.

Aí é que elas aceleram mesmo o passo.

É mais um ataque do que qualquer outra coisa. A de vestido havaiano vem para cima de mim e me dá um abraço inacreditavelmente apertado, seus braços são macios como travesseiros.

— Você está aqui! Ah, meu bem! Você está aqui! — comemora ela no meu ouvido.

— Moça? — ofego.

Além de ser robusta, a mulher exala um cheiro forte de canela. Esse poderia ser um dos melhores abraços de vó da história, se não fosse pelo fato de que ela não é minha avó. Por cima do ombro dessa senhora, vejo que minha mãe foi atacada pela outra, que a abraça com a mesma ferocidade.

— Desculpa — digo, tentando me livrar dos braços da mulher, sem sucesso.

— Eu sabia que ia funcionar. Sabia que Rosemary ia voltar. Pena que foi só agora! — diz a de vestido havaiano, se afastando um pouco e avaliando meu rosto.

O rosto dela é doce e todo enrugado, como uma maçã assada, o que, junto com o cheirinho de canela, a torna a personificação da comida caseira. Sei que se trata de um mal-entendido, mas sinto um calorzinho no que Bea gosta de chamar de meu coração morto e gelado.

FEITIÇO PARA COISAS PERDIDAS

Com cuidado, eu me solto do abraço.

— Oi. Desculpa, acho que houve algum engano. Nenhuma de nós se chama Rosemary.

Ela solta uma risadinha arquejante.

— Eu *sabia* que a carta ia funcionar. Violet disse que era mais fácil gotas de chuva voltarem para as nuvens no céu, mas eu polvilhei canela na carta e a deixei uma noite toda ao luar. Lógico que funcionou!

Luar? Canela? Fico ainda mais confusa, mas tudo o que consigo fazer é sorrir.

— Que... legal — observo.

— Poppy Bell, eu nunca disse isso, e você sabe — rebate a outra mulher, cujo nome aparentemente é Violet, franzindo a testa de leve.

Poppy Bell. Poppy significa papoula, em inglês. Um nome encantador para uma senhora encantadora. Quero segui-la até o conto de fadas de onde saiu.

Poppy pega minhas mãos. Seu rosto se contrai em um sorriso e ela aponta para o meu coração.

— Sabe quando você sente que tem uma coisa faltando? Como se sua vida não parecesse completa sem ela? Você sente aqui, e faria qualquer coisa para encontrar o que precisa?

Ela continua apontando para o meu coração, e de repente as emoções me inundam, porque sei do que está falando.

Mas como é que ela sabe que me sinto assim?

— Aham...?

Poppy sorri e me segura mais forte.

— Foi como me senti enquanto procurava por vocês duas. Você não vai acreditar em tudo o que tentamos. Círculos mágicos, encantamentos, velas, runas...

— E não se esqueça dos feitiços! — comenta Violet. Ela finalmente soltou minha mãe, que está tão pálida que consigo ver suas sardas através da maquiagem. — Vocês não têm ideia de quantos feitiços fizemos.

Tudo finalmente se encaixa. Feitiços? Círculos mágicos? Encantamentos?

Ahhhhhh. Eu me viro para olhar para a estátua de bronze, diante da qual turistas posam. Uma mulher usando um chapéu de bruxa preto monta na lua crescente e estica o braço, imitando Elizabeth Montgomery. Agora tudo faz sentido. Essas senhoras são *atrizes*. Rosemary deve ser o nome de uma famosa figura histórica da antiga Salem, e essas duas, com suas roupas esquisitas e suas vozes exageradas, estão nos envolvendo em seu teatro de rua ou em um tour pela cidade. É tudo para os turistas.

Olho em volta e percebo alguns espectadores interessados. Minhas suspeitas são confirmadas. Isso deve acontecer de hora em hora com turistas desavisados. E pareço estar um ou dois passos à frente da minha mãe, que, como Bea diria, está *stupéfaite*.

— Ah, entendi — digo, alto. — Vocês são bruxas, né?

Poppy abre um sorriso largo.

— *Lógico*, meu bem. Afinal, somos Bell. Todas as mulheres da família são bruxas, embora imagino que você concorde que toda mulher seja um pouco bruxa. É de nascença!

Minha mãe solta um barulhinho contido, e Poppy dá uma piscadela travessa para mim.

São atrizes mesmo. Isso vai dar uma bela história para meu diário de viagem.

— Muito prazer — cumprimento, passando a usar uma voz mais alta e teatral também. — Infelizmente, temos uma reunião agora. Não é, mãe?

Mas minha mãe não olha para mim. Parece estar sem ar, o peito subindo e descendo. Será que está bem?

— Mãe?

— Respire, Rosemary, respire! — pede Violet, séria.

Ela lhe dá um tapa nas costas, o que parece funcionar. Tem um círculo rosa em cada bochecha da minha mãe.

Poppy pega minha mão e a leva até seu coração, atraindo minha atenção.

— Ela vai ficar bem. É o choque de vir para cá! Sua mãe não passava de uma menina da última vez que a vimos. Nossa, como ela nos assustou, desaparecendo no meio da noite!

Elas não vão desistir.

— Não é melhor a gente ir, mãe? — questiono, mas os olhos dela me evitam.

Poppy segura minha mão com mais força.

— Tentamos contato por anos. *Anos*. As mulheres da família sempre foram excelentes em desaparecer. É óbvio que Rosemary seria boa nisso também, ela é boa em tudo. Simplesmente desapareceu do mapa. Sei que teve seus motivos, mas não poderia pelo menos ter mandado um mísero cartão-postal? Ou ligado rapidinho no Beltane ou no Yule?

Violet começa a falar também, olhando para minha mãe:

— Ah, você foi espertinha. Se não fosse pela matéria na revista, talvez nunca tivéssemos encontrado você.

Espera.

Espera, espera, espera.

Sinto minha pulsação acelerar um pouco. Elas não podem estar falando da mesma revista que estou pensando, né? Aquela matéria que está emoldurada na entrada de casa. Não pode ser, porque é óbvio que essas duas não conhecem a gente. Nem sabem o nome da minha mãe. Ainda assim, não posso ignorar a tensão que cresce em meu peito. Eu me viro para olhar para minha mãe. Não sei onde há mais tensão: em seus ombros ou em sua expressão.

— Poppy desconfiava que você estaria no ramo de eventos, e é lógico que estava no topo — comenta Violet. — Ah, aqueles lustres com flores! Simplesmente maravilhosos!

— Foi por isso que mandei papoulas e alecrim! — revela Poppy. — O frete custou uma fortuna, mas eu sabia que você precisava de flores do nosso jardim. As flores sempre falaram com você.

Foi Poppy quem mandou o buquê para minha mãe.

É a última peça de que eu precisava.

O choque e a compreensão invadem meu peito. De novo, eu me viro para olhar para minha mãe. Sua expressão é inescrutável. Ela morde o lábio inferior. Essas mulheres não apenas a conhecem como a conhecem por um nome diferente. Foi por isso que ela tentou me mandar de volta para o hotel: para que eu não descobrisse ainda mais segredos.

Meu coração bate tão forte que tenho certeza de que todo mundo ouve.

— Mãe — chamo, com urgência.

As pessoas que estavam olhando já seguiram em frente. Isso não é um espetáculo para atrair turistas ou uma improvisação teatral. Essas mulheres são parte da vida da minha mãe. O nome dela é, ou era, Rosemary. Eu tenho toda uma história familiar de que *nunca* ouvi falar.

E não consigo fazer com que minha mãe olhe para mim.

— Mãe — chamo de novo, com mais firmeza.

— Posso explicar, Willow — diz ela. Suas mãos vão para a bolsa e depois para a blusa. Seus olhos continuam me evitando. Minha mãe balança um braço para mim, como se eu fosse uma migalha de que quer se livrar. — Mais tarde eu explico.

Sério?

Confusão e decepção borbulham em meu peito, o que me impede de pensar direito, mas o modo como ela me dispensou me deixa irritada. Ela acha mesmo que vou ficar esperando? Vai mesmo continuar me excluindo?

É óbvio que sim. Excluir a filha está no topo da lista de seus consideráveis talentos.

FEITIÇO PARA COISAS PERDIDAS

O sol está quente demais, e de repente nem sei como consigo respirar com essa umidade. É sufocante.

Dessa vez, não vou tolerar.

— Você precisa se explicar *agora* — exijo. — Quem são Poppy e Violet, e por que elas chamam você de Rosemary? — Minha voz sai dura e fria, o que parece pegar nós duas de surpresa. Na verdade, soei exatamente como minha mãe.

Poppy e Violet trocam um olhar rápido.

As bochechas da minha mãe estão bem vermelhas, assim como as minhas, tenho certeza.

— Willow, essas são… — Minha mãe solta o ar. — Minhas tias-avós. Ajudaram a criar minha irmã e eu, com minha tia Daisy.

— Ah, não merecemos *tanto* crédito assim — diz Poppy. — A Daisy que ficava com a maior parte do trabalho enquanto estávamos fora, fazendo sabe-se lá o quê. Ah, ela era um anjo, uma força da natureza! Tão criativa! Tão generosa! Ela sempre encarou todos os projetos. Não que vocês fossem um projeto. Vocês foram uma bênção.

No entanto, nunca ouvi falar dessa mulher.

Minha mãe volta a olhar para mim, os olhos cheios de culpa.

— E… meu nome era Rosemary. Eu o encurtei para Mary. O nome da minha irmã era Sage.

Não sei por que esse último detalhe tem tamanho impacto em mim, mas de repente sou eu que estou prestes a surtar.

— Ro-rosemary e Sage? — gaguejo, fazendo minha mãe se encolher um pouco.

— Dahlia, sua avó, escolheu nomes relacionados à magia. Rosemary, que significa alecrim, para sabedoria e Sage, ou sálvia, para sorte. A deusa sabe como ela precisava de ambos — explica Violet, com um suspiro.

Daisy. Poppy. Violet. Dahlia. Rosemary. Sage. Margarida, papoula, violeta, dália, alecrim e sálvia. E eu. *Willow. Salgueiro.* Todo um jardim de que eu não sabia que fazia parte.

Algo enorme explode dentro de mim, disparando farpas do meu coração para o restante do meu corpo. Muito embora a sensação seja familiar, preciso de um momento para reconhecê-la. *Traição.* É mais uma coisa que minha mãe não me falou sobre si mesma. Mais um muro que eu sentia, ainda que não visse. Lágrimas surgem em meus olhos, o que é irritante. Mas essa foi a gota d'água.

Encaro minha mãe, e seus olhos cinza encontram os meus. As informações recém-adquiridas borbulham em meu peito.

— Por que não me contou? — indago, devagar. — *Por quê?*

— Contou o quê, meu bem? — pergunta Poppy, curiosa.

— Depois conversamos, Willow — diz minha mãe, firme, mas seus olhos se alternam entre mim e as duas mulheres, então ela começa a mexer nos brincos, o que não é nem um pouco do feitio dela.

O que quer que tenha a dizer, não é algo que queira dizer. E essa constatação consegue fazer a faísca dentro de mim aumentar ainda mais.

— Você precisa me contar, mãe. Precisa me contar a *verdade.* — As palavras saem das profundezas dentro de mim.

Minha mãe não pode ignorar a intensidade na minha voz. Ninguém pode. Até mesmo a turista de chapéu de bruxa me olha preocupada e desce da lua crescente.

— Ah, querida… — diz Poppy. Ela entrelaça o meu braço no dela. — A verdade pode nos libertar, não é? Sugiro que a gente continue… — Seus olhos brilham. — Ou melhor, que *comece* esta conversa em casa. Não temos tempo a perder. Voando, minhas lindezas!

6
Mason

Tem alguém me observando. Sei disso como qualquer pessoa sabe que tem uma tempestade chegando: o ar fica carregado, elétrico. Meus músculos estão tensos e prontos para entrar em ação, para me levar para longe do perigo. Espero estar errado, mas ao virar na cama de solteiro me deparo com dois pares de olhos castanhos enormes a centímetros dos meus, e meu corpo reage como se um raio tivesse caído na minha cabeça.

— Mas que po… — começo a dizer, então meu cérebro me alcança e engulo o restante da palavra, com o coração martelando minha caixa torácica.

Não são olhos de assassinos treinados. São as garotas mais novas, Zoe e Audrey, e sei disso porque Emma me passou discretamente um papelzinho com os nomes e as idades delas após o jantar de ontem, depois que confundi as duas pela terceira vez. Nomes agora são uma questão para mim. É como se meu cérebro tivesse decidido que, depois de tantos lares temporários e escolas, é inútil lembrar que o vizinho se chama Henry, ou que a pessoa que senta ao meu lado na sala de aula se chama Ella, porque Henry e Ella provavelmente vão se tornar irrelevantes na minha vida em menos de seis meses, então por que se importar em decorar esse tipo de coisa?

Volto a me afundar na cama e tento controlar a respiração. Sempre fui sensível a estresse ou perigo, mas meu coração parece estar batendo ainda mais forte que o normal.

— Oi, Mason — cumprimenta Zoe.

As duas estão usando a mesma camisola das princesas da Disney. Audrey tentou passar batom vermelho na boca, só que ficou com um pouco mais de cara de filme de terror do que estou conseguindo lidar no momento.

— Oi, gente.

Esfrego os olhos com força. Estava sonhando com algo no espaço sideral, com um vazio profundo estranhamente agradável, mas a luz do dia me trouxe de volta à realidade, e não posso dizer que fiquei feliz com isso.

Bocejo, torcendo para que sirva de dica para as duas irem embora. Quando recolho as mãos, elas continuam me encarando com os olhos arregalados.

— Hã? Você desenha nesse caderno? — pergunta Audrey, apontando para a mesa de cabeceira, onde deixei meu diário de observação.

Sinto meu coração voltar a acelerar e meus olhos correm para o caderno. Outras pessoas já o usaram como arma algumas vezes, roubando-o ou tentando lê-lo para ver como eu reagia. Mas tenho que me lembrar de que Audrey e Zoe são pequenas. Definitivamente não estão atrás do meu caderno. Mesmo assim, eu o pego.

— Geralmente escrevo — revelo.

— Deixa eu ver — pede Zoe, firme.

Com certa relutância, eu o entrego. Acho que ela nem sabe ler, então não deve ter problema, mas ainda assim é difícil perder o controle sobre ele.

Zoe começa a folheá-lo, com a testa franzida, enquanto os olhos de coruja de Audrey continuam fixos em mim.

Depois de mais alguns momentos dolorosos, Zoe me devolve o caderno, já tendo perdido o interesse.

— Tá — diz ela.

Ainda não consegui superar o tanto de garotas nessa casa. São garotas na escada, na cozinha, às vezes até no meu quarto, aonde não deveriam ter acesso. Na segunda noite, tinha uma garota literalmente pendurada no lustre, até que Emma chegou e gritou com ela, proibindo-a de ver TV por um dia. E, apesar da minha dificuldade com nomes, aprendi a distingui-las.

Nova é uma nuvem carregada de pura angústia adolescente, com fones de ouvido que parecem fazer parte de sua cabeça. Hazel usa óculos e está sempre produzindo alguma coisa. Zoe é a pessoa mais extrovertida do universo. Audrey é a menorzinha e quase nunca fala, mas quando sua voz aguda surge é sempre fazendo uma pergunta, que sempre começa com "hã?".

— Vocês precisam de alguma coisa? — indago, sem ânimo.

— Hã? Você quer... tomar *fafé da manhã*? — questiona Audrey. Zoe faz "shh" para a irmã.

— Temos uma pergunta importante para você, Mason. — A camisola de Zoe está suja de calda. Quando ela se inclina para mim, o cheiro doce me atinge com tudo. — Por que sua mãe foi presa?

Os fragmentos finais do vazio do meu sonho.

— O quê? — É tudo o que consigo responder.

— Ela roubou um banco? Foi o que Hazel me disse. Ou talvez... — Zoe faz uma pausa, para confirmar que estou escutando. — Talvez... ela tenha matado alguém.

Ela bate palmas uma vez, animada com a última possibilidade. Audrey mantém os olhos arregalados, agora aterrorizados, fixos em mim. Sério, nunca vi olhos tão grandes quanto os dessas meninas. Elas parecem personagens de anime.

Fora que não vou explicar que minha mãe foi presa por posse de entorpecentes com intenção de venda. De jeito nenhum. Inspiro fundo.

— Ela não matou ninguém. Só cometeu um erro. Na verdade... vários erros.

Dezenas? Centenas? Seria uma descrição mais precisa. Nem tenho certeza de qual foi a última acusação, embora saiba que tenham dado mais chances que o comum a ela por minha causa.

— Mas isso faz um tempão. Ela não está mais presa — acrescento.

Depois que entrei no sistema de acolhimento familiar, minha mãe me visitou com frequência durante anos. Quando seu vício se tornou um obstáculo, ela apenas me ligava. As ligações foram ficando cada vez mais espaçadas, até que pararam por completo. Desde então, tenho poucas notícias dela. Sei que entrou em um programa de reabilitação há cerca de um ano, depois as coisas pioraram muito e a família com quem eu estava disse que perdeu contato com ela, o que provavelmente significa que ela mergulhou nas drogas de novo.

Zoe assente, como se soubesse das coisas.

— Por causa das drogas? Mamãe disse que às vezes a pessoa fica... *viciosa*, e aí não consegue se preocupar com mais nada, às vezes nem com os filhos.

Audrey me encara, triste. É como se uma estrela explodisse atrás dos meus olhos. Não mereço isso. Ninguém merece.

Olho para o teto, onde alguém colou estrelinhas que brilham no escuro, com certeza para mim. Além das de papel quando cheguei, essas são as únicas que consegui ver, o que me deixa inquieto. Dependo das estrelas para me ancorar. Sem elas, sinto que tenho ainda menos chão que o normal.

— Se quiserem saber mais, podem perguntar para os pais de vocês.

Zoe faz uma expressão de decepção.

— Não mesmo. Já perguntei, e eles disseram que depois a gente conversava. Não fala que perguntei pra você, tá? Eles disseram que não era pra eu fazer isso. Ah, e tem rolinhos de canela para o café. Papai pediu pra você descer.

Audrey confirma com a cabeça, solene.

— Hã? Você pode comer *roinho de canheia?*

— Vamos. — Zoe pega a mão de Audrey, que me lança um último olhar furtivo, e as duas vão embora. — Ele não vai contar nada pra gente.

No segundo em que fecham a porta, eu me jogo para trás e fico encarando o teto. Sem dúvida, os últimos dias foram os mais longos de toda a minha vida.

Para ser justo, o problema é menos os Morgan em si. É que tem coisas que lembram a minha mãe *por todo o lugar.* Quando vi a tatuagem da concha com uma pérola de Emma, achei que poderia ter a ver com a obsessão da minha mãe por sereias, mas, infelizmente, ela parece só compartilhar dessa obsessão. A cortina do banheiro tem estampa de sereias com cauda turquesa, e ao lado da porta da garagem tem uma placa com uma sereia brandindo um tritão com os dizeres RESERVADO PARA SEREIAS.

Sei que em geral sereias não representam nada de mais, só que, para mim, elas são bombas emocionais. Desde que me conheço por gente, minha mãe é obcecada por sereias. Filmes, camisetas, livros, quadros, fantasias, o que quer que seja. Uma vez, percorremos mais de cento e sessenta quilômetros para assistir a uma apresentação de sereias em um aquário em uma cidadezinha da Flórida.

Mas a tatuagem de Emma é um ponto fraco. Sempre que a vejo, é como se o meu cérebro pensasse que é minha mãe. De repente, fico tenso, com o coração acelerado e sinto dificuldade para respirar. Por sorte, tem sido fácil evitar Emma e sua tatuagem.

Ela está sempre ocupada, como todo mundo nessa casa, e a maior parte de nossa comunicação parece superficial, consistindo no geral em bilhetes passados por debaixo da minha porta. *As toalhas azuis novas no banheiro são suas. Macarrão às seis. Se precisar de algo do mercado (xampu? meias?), é só anotar na lista na geladeira.* Os bilhetes são estranhamente decepcionantes. É óbvio que não quero passar muito tempo com Emma, mas se ela teve todo esse trabalho para poder me receber, não deveria pelo menos tentar falar comigo? A única conversa de verdade que tivemos foi na minha primeira noite, quando me trouxe pizza e me contou o que Kate/Kaitlin havia dito a ela durante a *conversa*.

"Sei que você já fugiu e sei que teve seus motivos. Quero que sinta que pode recomeçar aqui, mas isso só vai funcionar por meio de confiança mútua. Confiamos em você e queremos que acredite nisso. A comunicação é nosso principal objetivo no momento", disse ela.

Emma claramente pensa em mim como um fujão, o que, aliás, não é verdade, porque minhas fugas tiveram mais a ver com as circunstâncias do que comigo. O primeiro lar em que fiquei era razoável, mas eles tiveram que se mudar para outro estado para cuidar de alguém que ficou doente do nada. A segunda família com quem fiquei era ótima em me dar espaço. Tanto que a pessoa que cuidava do meu caso decidiu que eu não podia mais ficar com eles. Felizmente ou infelizmente, quando me tiraram de lá eu já estava acostumado a ser independente, algo que a família que me acolheu em seguida interpretava como rebeldia. Eles impunham regras cada vez mais rígidas, até que me rebelei de verdade e a única maneira de ter sossego era fugindo. Eu vivia procurando outros lugares onde ficar — com amigos, nas ruas… Até que uma noite, depois de uma briga feia com o pai da família, fui parar em um abrigo para jovens. Acabaram me tirando daquela família e me mandaram para um lar coletivo, onde ouvi falar dos Morgan pela primeira vez, que pelo jeito haviam se esforçado muito para conseguir entrar no sistema. Se isso é verdade, por que não nos falamos mais no dia a dia?

Ontem escrevi "desodorante" na lista de compras, só porque precisava desesperadamente de um. Emma escreveu "qual?" do lado, e eu escrevi "qualquer um", porque nem sei de que tipo gosto, sempre usei o que tivesse disponível. Queria poder escrever "camisetas", porque as minhas estão velhas, e "canetas azuis", porque é a cor que prefiro usar em meus registros. Mas desodorante foi tudo o que tive coragem de pedir.

Já estive em lares piores, mas nunca fiquei tão desconfortável. O que é que estou fazendo aqui, afinal?

Saio da cama e estremeço de leve. Como tudo no quarto, o colchão é novo, e ainda está um pouco duro e cheirando a plástico. Além dele, tenho uma cama, uma cômoda branca com cinco gavetas, uma mesa de cabeceira e um tapete azul-escuro cujas bordas ainda ficam enrolando. Para ser sincero, é desorientador. Nunca tive nada muito novo, fora que fico encontrando vestígios das antigas donas do quarto, como um band-aid da Minnie na porta do closet e respingos de purpurina no peitoril da janela.

Não me apresso para vestir uma camiseta e uma bermuda enquanto penso em meus objetivos para o dia. Por ora, listo: *Evitar Emma e a tatuagem dela. Ler livros de astrofísica. Tentar não surtar.*

Vou ter um dia cheio pela frente.

E o mais importante: preciso descobrir como acessar o computador sem supervisão. Simon avisou que posso usá-lo a qualquer momento, mas o computador da família fica no meio da sala, à vista de todos, e sempre parece ter alguém por perto ou usando. Não quero que ninguém saiba que estou procurando pela minha mãe.

Pego meu caderno na mesa de cabeceira e leio a única ideia que escrevi sobre como deixar a casa dos Morgan. *Primeira opção: Dizer a Kate/Kaitlin que não está funcionando e pedir para voltar para o lar coletivo.* Tecnicamente, posso ligar para a assistente social dizendo isso em qualquer momento, o que não significa que algo vá acontecer. Kate/Kaitlin ficou toda empolgada com minha vinda. Ela vai me dizer para dar tempo ao tempo. Além do mais, será que quero voltar para o lar coletivo?

A ideia me lembra de travesseiros todos iguais e uma sala de jantar barulhenta. O aperto que sinto no peito é uma boa resposta.

Não quero estar em nenhum lugar onde minha mãe não esteja, e acho que esse é o ponto, então que diferença faz?

Acrescento mentalmente à lista a segunda opção: *Fugir para tentar encontrar minha mãe.* É uma fantasia. Eu nem saberia por onde começar a procurar.

Terceira opção: Dizer à assistente social e/ou a Emma que preciso muito falar com minha mãe e pedir que façam o que for preciso para restabelecer contato. Essa opção parece ainda mais improvável, porque já fiz isso. Dezenas de vezes. Ultimamente, a resposta tem sido variações de "Desculpe, mas ela precisa ter interesse em receber ajuda".

É isso que ninguém entende nela. Se minha mãe pudesse melhorar sozinha, ela não hesitaria. São eles que não estão tentando o suficiente.

Fora que ninguém faz ideia de qual é a sensação de ser separado da única pessoa com quem você deveria estar. É como se eu andasse por aí sem um órgão vital.

Se eu tivesse alguma ideia de onde minha mãe está, iria embora agora mesmo. Sempre nos viramos juntos, e mesmo quando ela não podia cuidar de mim eu estava lá para cuidar dela. Não que eu precise que alguém cuide de mim. Como muitas das crianças no sistema de acolhimento familiar, tive que crescer depressa. É por isso que ela precisa de mim: sou forte o bastante por nós dois. Dou uma olhada para o céu através da janela do quarto. *É só me mandar um mísero sinal que vou atrás de você.*

Escuto a voz de Simon chegar lá de baixo, e sou tirado de meus devaneios.

— Mason? O café está pronto.

Pelo jeito o café da manhã é obrigatório nesta casa. Pego meu caderno e meu livro de astrofísica, mas fico parado diante da porta por um momento, tentando me convencer a abri-la. É melhor andar logo com isso.

O corredor e a escada são um campo minado de Barbies e outras bonecas de plástico. Avanço devagar, tentando não pisar em nada cuja cabeça possa sair. Já estou no fim do corredor quando vejo Nova.

Encontrar Nova fora do quarto é como avistar uma ave rara. Ela está sentada no sofá, com os pés apoiados na mesa de centro, um rolinho de canela sem o recheio a seu lado e os fones de ouvido gigantescos na cabeça. Como sempre, sua silhueta raivosa desperta meu instinto protetor — não entendo Nova, mas conheço a raiva que ela sente. Já passei muito por isso.

— Oi, Nova — cumprimento.

Sei que me ouviu porque seus ombros ficam tensos, mas ela nem se vira. De acordo com Zoe, Nova mora com a mãe em Worcester e a cada quinze dias passa o fim de semana em Salem. Só que a mãe vai precisar viajar bastante durante o verão, então Nova está passando as férias inteiras com o pai. Acho que é uma bela disputa de quem gostaria menos de estar aqui. Eu proporia formarmos uma aliança, se houvesse qualquer possibilidade de tal coisa acontecer. No momento, acho que seria uma surpresa se conseguisse convencê-la a fazer contato visual comigo. Não digo mais nada.

Na cozinha, Simon está de pé diante do forno, usando roupa de corrida, tênis e avental. Ele está animado — a energia dele parece estar transbordando.

— Bom dia, Mason! Rolinho de canela? Faço todo sábado, sempre com um toque diferente. Esta semana tem xarope de bordo na massa e bacon por cima. Quer experimentar?

Não sou muito de tomar café da manhã, e só de pensar em comer algo com cobertura tão cedo já me deixa meio enjoado, mas não sei bem como lhe dizer isso. Fora que um rolinho de canela todo elaborado é muito melhor do que outras coisas que fui forçado a comer de café da manhã.

— Valeu — murmuro.

Simon me passa um prato. De maneira objetiva, o rolinho de canela tem uma aparência ótima, mas preciso reunir toda a minha força de vontade para conseguir dar uma mordidinha. Os sabores ficam razoáveis juntos, o bacon crocante equilibra a cobertura doce, mas ainda assim é demais para mim.

Simon fica esperando minha reação.

— Gostoso, né?

Eu me forço a engolir, apesar da onda de náusea.

— Bem gostoso.

Ele toma um gole triunfante de café. Como sempre, Simon parece radiante, quase zumbindo de animação. Há poucas pessoas nesse mundo que precisam menos de café que Simon.

— Eu disse para as meninas baterem baixinho à sua porta. Elas obedeceram?

— Aham.

Estou começando a ficar preocupado que os Morgan achem que só conheço um punhado de palavras. *Aham. Não. Tá. Beleza.* Mas parece que não consigo dizer mais do que isso, em especial com Simon. Ele é aberto e simpático, e, embora eu saiba que na teoria isso é ótimo, na prática é um pouco intimidante. Simon me chamou para sair com ele noventa vezes desde que cheguei, sempre para fazer algo que envolvesse algum tipo de coordenação física. Aliás, o que exatamente é picklebol?

A porta dos fundos se abre e a voz de Emma me faz endireitar a postura.

— Simon?

— Estou aqui. Mason está tomando café.

Emma entra, trazendo um pouco da umidade do verão consigo. Está outra vez de chinelo e camiseta larga. O guarda-roupa dela não parece ser muito variado, algo que em geral respeito, mas me incomoda que o pulso esteja sempre à mostra.

FEITIÇO PARA COISAS PERDIDAS

— Bom dia, meninos — diz Emma, deixando sobre a mesa as compras do mercado.

Vejo o desodorante que pedi quase pulando para fora de uma sacola; uma onda de pavor me invade quando penso na interação que será necessária para que eu o receba. A verdade é que odeio este lugar com a intensidade do calor de Vênus e Mercúrio juntos.

— Rolinho de canela? — oferece Simon.

O corpo de Emma estremece ligeiramente.

— É cedo demais para isso. Tem café?

Simon aponta para a bancada, onde tem um bule cheio. Parece delicioso. Antes que eu consiga me impedir, solto:

— Posso pegar um pouco?

Os dois se viram para me olhar, provavelmente surpresos de me ouvir falando uma frase inteira.

— Ah... Acho que crianças não podem... — começa Simon.

— Puro ou com creme e açúcar? — interrompe Emma, olhando para meu rolinho de canela quase intocado.

— Creme — respondo.

Ela enche uma caneca enorme, depois pega creme semidesnatado da geladeira e completa para mim. Assim que Simon se vira, Emma pega o prato com aquele horror açucarado de mim e o deixa na pia.

Sinto as bochechas quentes. Não quero ter que lidar com uma piscadela, um sorriso ou algo do tipo, mas por sorte Emma não faz nada disso. Está concentrada em seu próprio café, portanto posso me concentrar no meu e desfrutar da sensação da caneca quase queimando meus dedos. Café era proibido no lar coletivo, e eu não tinha percebido o quanto me fazia falta. Minha mãe me deixava tomar café desde pequeno, e, apesar de fazer careta, eu adorava o sabor amargo. Os Morgan tomam um café muito melhor do que estou acostumado, por isso inspiro fundo e deixo o sabor suave e encorpado preencher minha boca. Ficar sentado aqui parece um breve momento com minha mãe.

Depois de se servir, Emma se recosta na bancada. Há uma longa pausa, e de repente fico esperançoso. Talvez agora seja um bom momento para usar o computador. Antes que eu vá para a sala, Simon ergue sua espátula e olha de maneira significativa para Emma.

— Ah, é! Mason, preciso dar uma olhada em algumas propriedades esta manhã e seria ótimo contar com sua ajuda. Quer vir comigo? Pode ser uma boa oportunidade de ver a cidade. — Ele sorri, e meus sonhos de um momento de sossego estouram como bolhas de sabão.

Sutil. Muito sutil.

Conheço essa tática. Recusei seus convites anteriores para jogar picklebol, andar de bicicleta e jogar basquete, então agora ele mudou para a tática do "seria ótimo contar com sua ajuda". É uma boa tática, de verdade, porque o que eu vou dizer? "Ah, desculpa, mas tenho que ficar à toa no meu quarto o dia inteiro outra vez"?

— Hum… — murmuro, sentindo o coração acelerar, sem ter o que fazer.

Emma passa a caneca de café para a outra mão e vejo de relance o cor-de-rosa na parte interna de seu pulso. Não quero ir a lugar nenhum com Simon, mas, sendo sincero, está começando a parecer que as paredes vão se fechar sobre mim, e qualquer coisa é melhor do que ficar no mesmo cômodo com Emma e sua tatuagem.

— Aham. Pode ser.

Simon parece ainda mais radiante.

— Você se vira bem de bicicleta?

Tento recordar quando foi a última vez que andei de bicicleta, mas não consigo. Sei que já andei, mas não lembro quando. No primeiro lar temporário?

— Mais ou menos.

O sorriso dele poderia iluminar uma pequena ilha.

7

Willow

— **Voando, minhas lindezas!**

E nós voamos.

Não em vassouras nem nada assim, muito embora a esta altura eu não fosse ficar surpresa se minha mãe sacasse uma capa e um chapéu preto e fosse rumo ao céu. Em vez disso, disparamos como se quiséssemos quebrar um recorde, com minha mãe e Violet sussurrando de maneira furtiva à frente e Poppy e eu logo atrás. Não sei se Poppy recebeu a tarefa de me distrair, mas é exatamente o que está fazendo.

— Bruxinha — diz Poppy, apontando com o andador para a vitrine de uma loja. — Faça-me um favor e não compre nada deste lugar. Você não ouviu isso de mim, mas eles tiram os feitiços da *internet*. — Ela solta um suspiro pesado e arregala os olhos por trás dos óculos. — As bruxas de hoje… Você sabe como elas são.

Na verdade, não tenho ideia, mas estou ocupada demais tentando entreouvir o que minha mãe e Violet estão conversando para responder.

Minha mãe parece estar tentando passar a casa da irmã para alguém.

— Eu assinaria a cessão hoje mesmo. Vocês poderiam usar como loja e fazer suas reuniões lá…

— Impossível! — intervém Violet. — Ela deixou para você.

— Ou podem abrir uma pousada — continua minha mãe, elevando o tom em desespero. — Podem até vender o lugar.

— *Impossível!* — repete Violet.

É isso mesmo. Por que minha mãe está tão desesperada para se livrar da casa? Aperto o passo para tentar ouvir melhor, e Poppy vem comigo, rápida demais para quem usa um andador.

— Magia da lua negra! Se precisa de um feitiço de banimento, esse é o lugar. Mas recomendo se manter longe de tudo ligado a maldições. *Lógico.*

— Hum… — murmuro, dando uma olhada rápida na loja.

A vitrine está cheia de cristais e velas. Tem uma placa numa mesinha redonda que diz LEITURA DE TARÔ/ORÁCULO. SÓ COM HORA MARCADA.

Minha mãe diz algo baixo para Violet, que joga os braços para o alto.

— Que bobagem! — diz Violet. — Você leu a carta de Poppy, não leu? Era tudo parte do plano de Sage.

Que plano é esse? Estou tão louca para ouvir o que dizem que chego perto demais e sem querer piso no calcanhar do sapato da minha mãe. Ela me olha de relance e diminuo o ritmo, fazendo o meu melhor para parecer interessada no que Poppy está dizendo.

Violet agora está gesticulando.

— … a casa inteira. Passou meses preparando a…

— Mais baixo — pede minha mãe, e Violet abaixa a voz.

A frustração cresce dentro de mim. Como vou descobrir o que está acontecendo?

— Se quer um feitiço sob medida, é melhor falar com a Marigold. — A voz de Poppy sobe alguns decibéis. — Ela faz isso há mais de cinquenta anos. Você vai adorar a Marigold. Ela saiu para dançar salsa ontem à noite, por isso não veio ver vocês. Mas logo vão se conhecer.

FEITIÇO PARA COISAS PERDIDAS

Minha mãe se inclina para mais perto de Violet e sussurra alguma coisa. Eu desisto.

— Quem é Marigold?

— Nossa irmã — explica Poppy. — Nossa bebê. Tem oitenta e três anos e é tão impetuosa quanto deve estar imaginando.

Minha expressão deve revelar exatamente o que acho de uma senhora de oitenta e três anos que é chamada de bebê, porque milhares de rugas tomam conta do rosto de Poppy.

— Você vai adorar Marigold. — Poppy aponta para outra loja. — Agora, enquanto estiver aqui, precisa dar uma passada na Helga. Nós a expulsamos do *coven* anos atrás, por lançar um feitiço em uma novata. Não suporto magia maléfica, principalmente contra iniciantes. Mas os doces dela são divinos!

Delícias Bruxescas da Helga é uma lojinha de doces pintada de roxo bem forte com doces anunciados na vitrine em uma caligrafia rebuscada.

— Tá, a loja é bem fofa — admito.

— Sua tia Sage adorava este lugar — comenta Poppy, e seus olhos brilham. — A bala preferida dela era a de caramelo.

Experimento o nome mentalmente. *Tia Sage.* Posso chamá-la assim se nunca nos conhecemos?

— Como ela era? — pergunto.

— Divina. Complicada. Uma típica Bell.

Poppy dá de ombros, voltando a sorrir. Olho para minha mãe. Não sei se ela é divina, mas com certeza é complicada.

Violet levanta a voz outra vez.

— Não vai demorar muito. Você só precisa ler e...

Minha mãe desiste de sussurrar.

— De jeito nenhum — diz ela, e fico um pouco aliviada em ouvir sua voz normal. — Só estamos aqui por causa da propriedade. Quando tiver terminado, vamos embora. E não vou mais discutir. Acabou.

A voz fria e definitiva faz meu coração congelar. Ah! Aí está a mãe que eu conheço e amo. Em vez de parecerem preocupadas, como a maior parte das pessoas fica quando minha mãe é tão assertiva, as tias dela trocam um sorriso que não agrada em nada minha mãe, a julgar por como o rosto dela fica vermelho.

— Como quiser, Rosey Posey — cantarola Poppy. — Vamos para casa.

Saímos do bairro Essex e entramos em um mais tranquilo, que leva o charme da Nova Inglaterra muito, muito a sério. As calçadas são de tijolinhos vermelhos e as casas são retangulares, altas e ficam bem juntinhas, as fachadas pintadas com camadas grossas de tinta. Há flores nas janelas e aldravas de metal brilhante em todas as portas.

As tias fazem uma curva fechada passando por uma igreja. Quando estou prestes a perguntar quanto ainda falta, todas param tão abruptamente que trombo com as costas de Violet.

— Bem-vinda ao lar da família Bell! — anuncia Poppy.

Ela aponta para cima, e quando meus olhos seguem seu dedo esticado... O mundo inteiro para.

Estamos diante do que só posso descrever como a casa mais encantadora e calorosa que já vi na vida. Tem o estilo da Nova Inglaterra — um sobrado de tijolinhos vermelhos, antigo e grandioso, mas ainda assim aconchegante, coberto de hera e com janelas alinhadas e um caminho de tijolos levando a uma porta azul-cobalto. Mas é o jardim que materializa a magia. Os canteiros profundos transbordam uma vegetação luxuriante, pontuada por flores de todos os tamanhos e cores. De uma treliça em arco pendem glórias-da-manhã roxas e azuis, rosas-trepadeiras cobrem a cerca que vai até a altura da cintura. Há três magnólias sob uma janela, com as flores cor-de-rosa em forma de taça se abrindo para o sol.

Pelo jeito, amor à primeira vista é um conceito que pode se aplicar a casas, e é o que estou sentindo. Inspiro fundo, puxando o aroma das milhares de flores. Quando solto o ar, parece que um peso deixa meu corpo. Isso me lembra da sensação que tive quando Bea me levou para conhecer a torre Eiffel — uma certeza assustadora de que meus pés tinham sido feitos para ficar exatamente ali.

— É aqui? — pergunto em um sussurro, sem conseguir tirar os olhos da casa.

Poppy entrelaça o braço com o meu.

— Consegue sentir, não é, meu bem?

Ela nem precisa explicar o que quer dizer, porque consigo mesmo. Uma paz e uma tranquilidade tomam conta de mim. É como se meus pés estivessem conectados ao solo, como se eu pudesse relaxar os ombros. Levo mais tempo do que deveria para reconhecer a sensação.

Eu me sinto *em casa* aqui.

Dou uma olhada em minha mãe, que está concentrada na casa, com a expressão solene.

— Você cresceu aqui? Sério? — Minha voz sai acusadora. Descrente.

Tenho um milhão de outras perguntas, como "Quem deixaria este lugar?" e "Por que parece que você quer sair correndo?", mas imagino que seja melhor começar com o mais óbvio.

— Esta casa está na família há gerações — explica Violet. — Era de Daisy quando as meninas eram pequenas. Depois que ela morreu, passou anos vazia. Sage teve muito trabalho.

Violet bate palmas uma vez.

— Rosemary, você vai ficar encantada! Ah, as melhorias que ela fez! Sage ficou *obcecada* pelos detalhes. Acredita que ela restaurou o jardim? Daisy sempre disse que queria fazer isso, e Sage fez. Está exatamente como nas fotos mais antigas.

Minha mãe não parece reparar na presença de mais ninguém. Ainda não se moveu, mas de alguma forma parece… murchar. Encolher. Cair na real. O que está acontecendo com ela? Sigo seu olhar e me dou conta de que não é para a casa que está olhando. É para a casa ao lado.

— Rosemary? — chama Poppy.

Minha mãe inspira com força.

— O fim. Como foi? — pergunta ela.

Por um momento, não entendo do que ela está falando, mas então percebo que é de Sage. Sinto meu coração acelerar.

— A morte é a morte, querida — diz Poppy, suavemente. — Mas ela estava em paz. Ainda mais por conta da casa. Foi a maneira dela de se desculpar. Espere só para ver…

Sou tomada pela curiosidade. Como uma casa pode ser um pedido de desculpas? E pelo quê? Eu me viro para voltar a olhar para a casa, desejando que alguém me explique. De repente, minha mãe parece exausta, com os olhos vermelhos.

— Está sentindo o cheiro? — indaga Violet, apontando para algumas rosas próximas, que têm o tamanho de uma caneca de café.

Quando me viro para olhar, sinto um aroma que lembra chá.

— São rosas-chá — explica Violet. — As roseiras têm cento e oitenta anos. Foram plantadas pela infame Lily.

Lily. Lírio. Outro nome de flor.

— Quem é Lily? — questiono.

Fico olhando para minha mãe. Ela está se recompondo, e ver isso faz com que meu coração pareça uma laranja apodrecendo. Não estou acostumada a vê-la tão vulnerável.

— Sua antepassada — revela Poppy. — Esse era o pai dela.

Poppy aponta para uma haste com uma placa dourada que diz:

CONSTRUÍDA PARA

FREDERICK BELL

MERCADOR DE ESPECIARIAS

1893

SALEM HISTÓRICA S.A.

— Salem foi um porto movimentado em seu auge — conta Violet. — Frederick navegou por todo o mundo. É o nome dele que está na placa, mas na minha opinião a história da nossa família começou de verdade com Lily Bell.

Ela diz o nome em um tom quase reverente, e sinto algo se revelando dentro de mim. Empolgação, óbvio. Mas também um anseio. Estou tão ansiosa para entender de onde minha mãe veio que é como uma sede física.

— Por quê? O que tinha de especial nela?

— Bem, para começar, ela é o motivo pelo qual todas recebemos nomes de plantas — começa Poppy. — Cinco gerações de mulheres nomeadas a partir das coisas lindas que crescem neste jardim. Agora vamos entrar. Lá dentro contamos tudo sobre ela.

É o incentivo de que preciso. Sigo na direção da porta de entrada, com o coração tão leve quanto meus pés. Se a casa é assim linda do lado de fora, nem consigo imaginar como é por dentro. Estou na metade do caminho quando ouço a voz da minha mãe atrás de mim.

— *Pare*, Willow. Não vamos entrar.

Dou meia-volta, com o coração partido. Ela não pode estar falando sério. Sinto como se um ímã me puxasse para dentro da casa.

Minha mãe parece menor à sombra da casa. Sua roupa austera está em forte contraste com as flores balançando ao vento atrás dela. Mas sua expressão está firme. Determinada.

— Mas, mãe… — Minha frase morre no ar.

Faltam-me palavras para expressar o quanto quero entrar na casa agora mesmo. Tampouco consigo entender por que ela não veio correndo atrás de mim. Não estamos olhando para a mesma casa?

— Vamos ficar em outro bairro, em Essex — anuncia minha mãe, virando-se para suas tias. — Só estou aqui para tratar de assuntos legais. Não temos tempo a perder.

Violet bate palmas uma vez.

— Bobagem! Você trouxe Willow por um motivo, todas sabemos disso. Você precisa concluir o plano de Sage.

Uma onda de empolgação se espalha por meu corpo.

— Que plano? — pergunto.

— Não tem *plano nenhum* — responde minha mãe, alto. — E não vamos ficar aqui. Se vocês duas não mudarem de ideia quanto a ficar com a casa, vou colocá-la à venda.

As palavras atingem meu peito com tudo.

— Mãe!

— Pense na Willow — pede Violet.

Em vez de entrar em pânico, as duas senhoras parecem só um pouco confusas. Minha mãe suspira como se fosse tudo muito irritante. Seu corpo está tenso, os ombros encolhidos quase tocando as orelhas.

— Estou pensando na Willow. E foi assim que decidi lidar com a situação. Fora que não temos muito tempo antes de precisar voltar para Los Angeles.

De jeito nenhum que ela está pensando em mim. Ela nem *olha* para mim.

— Mas, mãe, quero ver a casa, de verdade. Significaria muito para mim. — Minhas palavras parecem ricochetear no muro que cerca minha mãe; ela nem as escuta.

— Sage queria que você e sua filha passassem um tempo em Salem, e *nesta* casa — insiste Violet. — Estava no testamento. Ela especificou que você devia passar o verão aqui.

— Posso assinar a transferência para vocês esta semana — oferece minha mãe, desesperada. — Como falei, podem usar como quiserem: fazer reuniões, abrir uma pousada, o que for.

As duas olham para ela com carinho.

— Ela não é uma graça? Nossa Rosemary, sempre achando que está no controle. Deve ser *tão* cansativo. A casa vai ser um lugar maravilhoso para vocês descansarem.

Minha mãe cerra as mãos junto ao corpo.

— Eu já disse. Minha filha e eu não queremos nada com... — Ela hesita, depois prossegue, com a voz firme: — Não queremos nada com... *a propriedade.*

— Não querem nada? — repete Violet. Ela abre um sorriso, formando pelo menos outras mil rugas em seu rosto já muito enrugado. — Minha querida. Achou mesmo que poderia superar sua história? Ela sempre vai seguir você. — Violet olha para mim. — Seguiu você até aqui.

Hum.

Sou eu ou as coisas estão começando a ficar meio *sinistras*? Chego mais perto da minha mãe, nervosa. Preciso que ela comece a se explicar. Agora.

— Ela não tem nada a ver com isso — insiste minha mãe.

— No entanto, você deu a ela o nome de Willow — retruca Violet, mas sua cadência doce foi substituída por algo mais forte. Sua voz sai potente e inflexível.

Elas ficam olhando uma para a outra em silêncio. Tudo o que consigo ouvir é meu coração batendo forte, preenchendo o espaço vazio a minha volta. Por fim, Poppy dá um passo à frente e aponta para algo acima do meu ombro.

— Olhe ali — diz ela, simpática.

Eu me viro e, quando vejo, meus pés quase deixam a terra firme.

É um salgueiro enorme. Antigo e majestoso, com galhos compridos que caem graciosamente até o chão. Suas folhas verdes filtram a luz dourada do sol. Seu tronco é muito bem retorcido. Já vi fotos de centenas de salgueiros, mas nenhum deles chega perto desse, que parece reinar sobre todos os outros.

As palavras de Poppy voltam a minha mente. *Cinco gerações de mulheres nomeadas a partir das coisas lindas que crescem neste jardim.*

Acabei de encontrar a minha coisa linda. Essa é a árvore que me deu nome.

— Mãe!

Uma vibração toma conta de mim, e preciso me esforçar para não sair correndo para me certificar de que a árvore é real. Lágrimas se acumulam em meus olhos, o que me surpreende. É só uma árvore. Mas é a *minha* árvore. É prova de que em algum momento minha mãe me deu o nome de algo ligado a este lugar. Não sei bem o que isso significa, ainda mais porque ela parece ansiosa para ir embora, mas significa *alguma coisa*. Sei disso.

— Você me deu esse nome por causa dessa árvore? — indago, sussurrando.

Os olhos dela evitam os meus.

— Seu nome não tem nada a ver com essa árvore. Ou com… — Minha mãe hesita.

— Conte para ela, Rosey Posey — incentiva Violet. — Uma Bell precisa conhecer seu passado para planejar seu futuro. Ou estará perdida.

A palavra "perdida" me atinge como se eu fosse um gongo, e seu impacto reverbera por meu corpo. Eu me viro para encarar minha mãe.

— Contar o quê? — pergunto.

— Não. — A voz da minha mãe esmaga minha certeza. — Venha, Willow. Vamos embora.

— Mas…

Sinto a cabeça latejar. Minha mente tenta desesperadamente desvendar o que está acontecendo.

— Você sabe que não é assim que funciona, querida — avisa Poppy, em seu tom gentil.

Minha mãe balança a cabeça com vigor.

— É como vai funcionar para nós. Vamos, Willow. Vamos para o hotel. Vejo vocês depois. Amanhã?

— Espera! — digo, em pânico.

Meu instinto é me agarrar a uma roseira ou fincar os pés na terra. Não posso ir embora daqui, não quando mal conheci a superfície mágica deste lugar.

— Willow, por favor, não me confronte nisso — diz minha mãe.

Uma tristeza marca sua voz, e não sei o que fazer. Ela está sofrendo, é evidente. Mas não posso ir embora.

Violet parece perceber meu dilema, porque me dá um abraço apertado.

— Foi ótimo conhecer você, Willow. — Ela aperta meu braço e ouço sua voz em meu ouvido. — Livro das Sombras.

Antes que eu possa começar a processar o que as palavras significam, ela se afasta depressa pelo caminho que leva à casa, acompanhada pela irmã.

— Vocês vêm ao círculo da lua amanhã? — pergunta Poppy.

Não ouço a resposta da minha mãe. Estou concentrada no que Violet colocou na minha mão.

8

Mason

Posso ter exagerado um pouco ao confirmar minhas habilidades numa bicicleta.

Simon me faz montar em uma das três que tem na garagem, depois leva meia hora para colocar o banco na altura máxima e encontrar um capacete para mim. Quando finalmente estamos prontos para sair, as meninas se reúnem na garagem para assistir a minha saída triunfal.

A bicicleta deve pesar o mesmo que um clipe de papel, e os pedais têm uma espécie de cobertura, que não me lembro de ter visto antes. O banco não deveria ser um pouco maior? Penso em como era a última bicicleta que usei. Tinha uma cesta com um Snoopy na frente e fitas vermelhas nas manoplas. Isso não parece promissor.

— Está pronto? — pergunta Simon.

— Aham — digo.

Só quero acabar logo com isso. Aponto o pneu da frente na direção da saída, uso a perna esquerda para dar impulso e rezo por um milagre, que é óbvio que não vem. Balanço como gelatina em um terremoto antes de tombar para um lado e precisar dar vários pulinhos para não cair de vez.

— Ele é péssimo! — grita Zoe, feliz.

— Precisa de rodinhas? — pergunta Hazel. — Tem na bicicleta da Zoe.

Minha vontade é de me arrastar até a lata de lixo reciclável.

— Ah... Acho que faz tempo que não ando de bicicleta — justifico.

— Entrem, meninas! Você logo vai se acostumar, Mason, e ainda estamos na garagem. Vá com calma. Você vai se lembrar de como é — encoraja Simon.

Não consigo pensar em uma maneira de escapar, por isso prendo a respiração e tento de novo. Dessa vez, avanço uns dois metros antes de cair.

— Viu? — diz Simon. — Muito melhor.

Conseguimos sair da garagem, eu me mantendo mais ou menos de pé. Então estou mesmo me lembrando. Não que eu ande bem, mas pelo menos não parece que vou acabar estirado no asfalto.

— O que acha de dar uma volta pela cidade? — sugere Simon.

Mesmo com toda a tensão de estar montado em uma bicicleta, preciso admitir que é bom sair um pouco. Simon vai na frente, o que me deixa um pouco menos ansioso. Damos uma volta na praça asfaltada, então fica um pouco mais fácil circular nela do que nas ruas de tijolinhos irregulares.

— Recebi uma ligação falando de uma casa que deve entrar no mercado em breve — comenta Simon, por cima do ombro. — É histórica, como muitas casas por aqui, mas parece que pode ter algo de especial. Vamos deixar essa por último.

Não tenho ideia do que responder, então solto um "ah..." e me odeio imediatamente por isso. Simon deve achar que sou um tonto.

Ele olha para trás, sem parar de pedalar.

— Talvez depois a gente possa passar na escola, só pra ver onde você vai estudar. Também podemos apresentar você a outros alunos que estarão na sua turma.

O pânico começa a borbulhar dentro de mim, mas consigo manter os olhos voltados para a frente. Não quero ser apresentado a pessoas da minha idade por pena. Depois de anos convivendo com adultos diferentes, descobri algo crucial: eles sofrem de uma amnésia em relação à adolescência. Senão, por que fariam esse tipo de sugestão?

— Hummm — digo, quase subindo no meio-fio.

Há um momento de silêncio.

— Podemos fazer isso depois. Vou só te mostrar um pouco da cidade antes de irmos para as casas que preciso visitar. Assim você se situa. Vai ter a tradicional apresentação de um corretor de imóveis da cidade.

Quero dizer "Não precisa, obrigado", mas tudo o que sai é:

— Beleza.

É tudo de que Simon precisa. Ele acelera e eu sigo aos trancos e barrancos atrás dele, tentando ouvir, mas dedicando cerca de noventa por cento da minha atenção a não cair e morrer. De acordo com Simon, Salem é tecnicamente um subúrbio de Boston, mas tem uma atmosfera e uma identidade próprias de cidade universitária, com muitos comércios locais e um charme excêntrico. Embora atraia muitos turistas e haja um aumento temporário na população no Halloween, a maior parte das pessoas na cidade é moradora. A arquitetura é única, uma mistura de estilo quadrado georgiano e estadunidense. Simon tenta explicar as diferenças entre ambos. As construções são pintadas de cores discretas e coladas umas às outras, e as calçadas são de tijolinho vermelho.

Com o passar do tempo, meu equilíbrio melhora. Simon vai apontando tudo pelo que acha que posso me interessar conforme atravessamos a cidade. A Casa das Sete Torres, que inspirou o romance de Nathaniel Hawthorne de mesmo nome e tem uma aparência sombria e assustadora; um antigo desembarcadouro chamado Pickering Wharf, pelo qual se chega a um navio restaurado e a um farol; e o Burying Point, um antigo cemitério da cidade, onde vários grupos estão fazendo piquenique no momento. Simon me mostra a Casa da Bruxa, onde Emma trabalha como guia, e me pergunta se quero ver a pista de skate que foi inaugurada este ano, mas digo na mesma hora que não precisa. A única coisa mais patética do que eu em uma quadra de basquete sou eu em um skate. Mal estou dando conta dessa bicicleta.

Quando acabam os lugares que ele acha interessantes para mim, partimos para o que oficialmente viemos fazer. A primeira parada é uma casa revestida com tábuas de madeira perto da orla, cuja fachada está sendo renovada. Simon conversa com os homens que estão fazendo a reforma e depois eu o ajudo a colocar uma placa de VENDE-SE no curto gramado da frente. A casa seguinte é menor e parece mais nova. Tem uma fachada de estuque feia e um gramado quase morto. Simon liga para algumas empresas locais de jardinagem e consegue alguém que possa dar um jeito nele. Nas paradas três e quatro, ele dá uma olhada dentro das casas e depois eu o ajudo com trabalhos leves nas partes externas: arrancar ervas daninhas, regar canteiros, esse tipo de coisa. Na quinta parada, já estou começando a me perguntar se vamos ficar o dia inteiro nisso. Está bastante abafado, e o único refresco é a brisa ocasional que chega da praia. Tento não olhar para a água. Às vezes o mar faz com que eu me sinta melhor, mas às vezes motiva uma dor profunda. Minha mãe me disse uma vez que deve ter sido uma sereia em outra vida. O que mais além disso explicaria o fato de o mar parecer um *lar*?

— Última parada — anuncia Simon. — Essa é a casa de que falei. Recebi uma ligação de uma possível futura cliente. Ela quer colocar o imóvel à venda em breve. Era de uma bruxa.

Acho que Simon está brincando, mas então ele vira em uma rua residencial e para diante de uma casa enorme. Os tijolinhos foram desgastados até um vermelho suave e a fachada está tomada por hera. Tem flores em todos os cantos do jardim e as janelas brilham ao sol. Mesmo que em geral eu não dê muita bola para casas, não consigo desviar os olhos dessa. Ao descer da bicicleta, entendo o motivo. Parece uma das casas de que minha mãe gostava. Quando eu era pequeno, costumávamos sair só para admirar os casarões à beira-mar. Passávamos horas escolhendo aqueles em que moraríamos. Os da minha mãe eram sempre assim, extravagantes, com jardins enormes e dezenas de janelas, bandeiras balançando à brisa. Ela adoraria um jardim como esse, ainda mais considerando a proximidade do mar.

Engulo em seco, tentando reprimir a lembrança da minha mãe, então olho para Simon, que já se dirige ao gramado.

— Que jardim! — diz ele, o entusiasmo elevando sua voz. — Este lugar vai ficar lindo nas fotos.

— Você disse que uma bruxa morava aqui? — pergunto, passando por cima de algumas flores caídas.

Simon ri.

— É o que dizem. A casa está na mesma família há gerações, mas passou um longo tempo vazia. Faz mais ou menos um ano que a proprietária decidiu aparecer e fazer uma reforma. E foi uma bela reforma. Por uns seis meses, tinha gente trabalhando aqui o tempo todo. Trocaram tudo. Ela lia tarô, era sensitiva, algo do tipo. Morreu logo depois que a reforma acabou e deixou a casa para a irmã, que quer que eu faça uma avaliação. Vamos ver com o que estamos lidando.

São necessárias algumas tentativas para a porta abrir, mas, quando entramos e avistamos a cozinha, percebo que estou prendendo a respiração, porque a atmosfera do lugar obrigaria qualquer um a ficar quieto e prestar atenção.

É uma casa simples, mas aconchegante. Tem paredes brancas e piso de madeira cor de mel. A única luz vem do sol que entra pelas janelas, em raios densos e preguiçosos. Uma leve camada de poeira cobre tudo. Alguém deve estar cuidando do lugar, porque vasos de plantas adornam cada canto com suas folhas verdes e saudáveis. Mas é a tranquilidade da casa que me impressiona. Uma quietude a permeia, e o mundo fica trancado lá fora. Acho que Simon também está gostando, porque está em silêncio, o que é raro.

O térreo é tradicional. A cozinha tem bancadas de madeira e prateleiras abertas com pilhas de pratos brancos. O cômodo leva à sala de estar, que tem sofás de aparência confortável em volta de uma lareira. Diante da entrada há uma escada pintada, seguida por uma biblioteca com uma escrivaninha e uma poltrona grande. Quanto mais olho para a casa, mais evidente fica que são os detalhes que importam — cada item parece ter sido selecionado com muito cuidado. Os tapetes grossos, as almofadas convidativas, as velas, os cachepôs pendurados e as plantas neles, com folhas em formato de coração que vão até o chão. É mágico, relaxante e minimalista de um jeito que parece intencional, como se alguém tivesse criado uma tela em branco para que outra pessoa pudesse deixar sua marca.

Penso na casa em que minha mãe e eu passamos alguns meses certo outono. Era de alguém que ela conhecia, e enquanto minha mãe e seus amigos saíam para festas, eu passava a maior parte do tempo vagando pela casa fingindo ser um pirata à procura de ouro. Todo mundo acha péssimo que ela usava drogas na minha frente, mas, para ser sincero, era melhor quando eu não a perdia de vista. Assim eu sabia onde ela estava e o que estava acontecendo.

— As antiguidades fazem toda a diferença, não acha? — indaga Simon, quase em um sussurro. — Olhe só para isso. Aposto que costumava ficar na proa de um navio.

Ele aponta para a estátua desgastada de uma mulher, quase tão alta quanto eu, que está no canto da biblioteca. Eu me aproximo para dar uma olhada. O corpo da mulher está ligeiramente arqueado para a frente. A pintura foi corroída pelo tempo.

— É um acrostólio? — pergunto, conseguindo me lembrar do termo.

Simon assente.

— Deve ter sido do mercador de especiarias. — Ele aponta para a escada. — Quer ir subindo? Preciso dar uma olhada na calefação antes.

Meus pés me levam quase automaticamente na direção da escada de madeira. O andar de cima tem dois quartos e um banheiro, além de outro lance de escada, que leva para outro andar, com mais quartos. Cada um deles foi mobiliado e decorado com cuidado e conta com tapetes e travesseiros macios. O teto do último quarto do último andar é baixo e curvo, de modo que tenho que me abaixar para entrar. Assim que o faço, congelo, porque… *será que já estive aqui antes?*

Tipo, é impossível. Mas será?

Dou mais um passo, com cautela. O quarto é diferente dos outros — parece mais simples, só que passa uma sensação de maior exuberância que o restante da casa, talvez por causa das cores fortes. O papel de parede estampado azul-intenso tem espirais que lembram ondas; as cobertas da cama dourada parecem caras, e sobre elas há uma pequena montanha de travesseiros em tons de azul e verde-água. O tapete cinza é grosso e parece extravagante, e a luz brilha ao entrar pelas janelas imaculadas. O quarto até tem um cheiro bom — um aroma terroso e floral, com um toque de especiarias. Quando olho para as vigas expostas no alto, entendo o motivo. Há maços de flores e ervas secas pendurados nelas, cujas pétalas e hastes apontam delicadamente para o chão.

É, sem dúvida, o melhor quarto da casa.

Encontro o interruptor e penso que luzes vão inundar o cômodo, mas em vez disso uma única lâmpada ilumina uma pequena pintura a óleo pendurada sobre a cama.

Meu corpo reconhece a imagem antes que meu cérebro a processe, e quando me dou conta estou a centímetros do objeto. É a pintura de uma sereia, mas não de uma princesa sereia etérea;

é o tipo *certo* de sereia. Complexa, sombria e um pouco caótica. Ela está sobre uma pedra, com a cauda verde-escura estendida à frente. Seu cabelo é comprido e esvoaçante. O mar agitado às suas costas foi pintado em tons de cinza e azul. Os detalhes e o estilo da pintura são impecáveis, mas é o olhar sério e penetrante da sereia que me atrai. Ela está cercada de confusão e tumulto, mas continua focada em uma única coisa.

E que coisa é essa?

Sem pensar, eu me viro na direção em que ela olha e me sobressalto ao ver uma escada de madeira encostada na parede, levando a uma claraboia.

Meu estômago se revira como o mar na pintura. Minha mãe e eu sempre subíamos em telhados para ver as estrelas. Não consigo evitar me perguntar se a sereia está me indicando o telhado. É óbvio que vou ter que subir.

— Simon? — chamo na direção do corredor, mas não tenho resposta.

A escada fica um pouco instável com meu peso. Eu me movimento devagar, esperando cair a qualquer momento. No último degrau, levo alguns segundos para descobrir o que fazer com o trinco e depois abrir a janela, todo desajeitado. Quando saio para o ar úmido e tranquilo, vejo o que me espera e quase perco o controle. Estou alucinando? Ou será que isso é real?

É um pequeno observatório. Um espaço aberto e plano do tamanho de um quarto pequeno, delimitado por jardineiras. Tem uma cadeira de aparência confortável em um canto, protegida por um guarda-sol bege, e à direita, como se eu o tivesse invocado, um *telescópio*.

Um telescópio de verdade.

Fico tão embasbacado que congelo. O telescópio está apontado na direção em que a lua vai aparecer esta noite, e sei que será possível ver o céu limpo e infinito. Os galhos de uma árvore fazem o observatório virar um ponto cego para as pessoas na rua e nas casas vizinhas. E agora eu sinto algo que me é tão pouco familiar que levo um momento para reconhecer do que se trata. *Esperança*. Meu coração bate acelerado, porque, para ser sincero, se alguém pretendesse criar o lugar perfeito para mim, um lugar que me lembrasse da minha mãe e da minha vida antes de sermos separados, teria que ser este.

Levo a mão ao bolso de trás e sinto a espiral metálica do meu caderno. Eu poderia fazer inúmeras anotações daqui. Poderia encher cadernos inteiros se tivesse uma vista dessas.

Sei do que se trata. Sinto isso em meus ossos, em meu sangue, em minha alma, em meu coração. É um sinal.

Os sinais vêm sempre em três. E acabei de receber o primeiro. Minhas mãos e minhas pernas tremem mais do que quando eu estava na bicicleta. Não acredito em sinais, acredito? Só que uma sereia — do tipo exato que minha mãe gostava — me conduziu ao esconderijo perfeito, que tem até um telescópio.

O que explica isso?

O destino?, uma voz sussurra. Não acredito nisso, mas tampouco posso descartar. Não posso. Porque… quais são as chances?

— Mason? — A voz de Simon chega a mim de dentro da casa.

Fecho a janela depressa e desço a escada. Assim que piso no chão, ele enfia a cabeça pela porta.

— Ah… — diz Simon, olhando deslumbrado para o quarto. Seus olhos passam pelo papel de parede, pela sereia e pelas ervas secas. — Este lugar é cheio de surpresas. Está vendo como ela projetou todo o quarto em função do quadro?

Fico quase bravo comigo mesmo por não ter percebido isso antes. Todas as cores do quadro estão presentes no cômodo.

— Deve ser especial — comenta Simon.

Eu que o diga. Minhas mãos continuam tremendo, por isso eu as enfio nos bolsos. Sinto como se o olhar da sereia abrisse um buraco na lateral do meu rosto, mas consigo manter os olhos fixos em Simon.

— Preciso dar uma olhada no salgueiro que tem lá fora. É enorme, e eles gostam bastante de água. Quando ficam assim, grandes, podem causar problemas. Podemos ir?

Sinto uma pontada de pânico no peito. Não posso deixar a sereia e o telhado. Ainda não. Mas não posso dizer isso a Simon.

— Tudo bem se eu usar o banheiro antes? — pergunto.

— Lógico. — Simon aponta para o celular. — Emma mandou mensagem. Ela estava pensando que podíamos ir todos de bicicleta comprar donuts na nossa lojinha preferida hoje à noite. Prometi às meninas que iríamos depois do jantar.

— Legal. — Sorrio sem pensar, o que faz Simon sorrir de volta.

— Obrigado por ter vindo comigo, Mason. Vejo você lá embaixo?

— Aham.

Ele sai e eu corro até o quadro outra vez, tentando processar a sensação esperançosa que borbulha em meu peito.

É uma esperança cautelosa, mas ainda assim uma esperança. Isso parece maior, mais complicado e mais incômodo que qualquer outro sentimento que venho carregando até hoje. Procuro minha mãe há anos e não fiz qualquer progresso. Pedi ajuda a todos os adultos na minha vida, mas isso não me levou a lugar algum.

E agora tenho essa sereia, que me direciona a um espaço que parece que foi construído para mim.

Não, não faço ideia do que isso significa. Mas e se for um sinal de que as coisas estão prestes a mudar? E se o quadro e o telhado de alguma forma me levarem a algum lugar? É como se eu estivesse em meio ao ar rarefeito, lutando para respirar, e de repente fosse surpreendido por uma lufada de oxigênio.

Uma lufada de *esperança*.
Não posso me precipitar.
Mas *e se...*?

9
Willow

Estou tão angustiada, tão sensível e tão preocupada com a minha mãe que tenho vontade de dar uma sacudida nela.

Qual é o *problema* dessa mulher?

Sim, ela perdeu alguém que era importante, mas, pela experiência que tenho com perda, não é assim que as pessoas agem. Elas não fogem. Não mentem. Não fingem que não tem nada acontecendo.

As tias vão para um lado e minha mãe para o outro. Só consigo alcançá-la quando já estamos chegando na rua Essex. Ao nos misturarmos com os pedestres, sinto que me tornei um caldeirão de emoções. Mal consigo enxergar o que tem a minha frente, porque a imagem da casa parece estar gravada em minhas retinas. O leve balançar dos ramos de salgueiro, as janelas brilhantes e todas aquelas *flores*.

— Mãe! Precisamos conversar.

Estamos na contramão do fluxo de pedestres e temos que ficar desviando dos grupos. Passamos por uma placa colocada diante de uma loja com os dizeres CRIANÇAS DESACOMPANHADAS VÃO RECEBER UM CAFÉ *ESPRESSO* E UM LIVRO DE MALDIÇÕES.

— Fale mais baixo, Willow.

Minha mãe não para ou olha para trás. Isso me enfurece, porque ela não tem o direito de me deixar de fora de algo tão grande. Dessa vez, não.

Não abaixo a voz.

— Por que você diz para todo mundo que cresceu em Martha's Vineyard?

Ela continua andando, e por um momento acho que não vai me responder, então sua voz chega até mim:

— Eu morei lá. Um verão. Morei em um monte de lugares. Hotéis vagabundos. Uma casa abandonada. Uma vez passamos dois meses dormindo de favor na casa dos outros.

O quê?

Pego a mão dela e finco os pés nos tijolinhos do calçadão, forçando minha mãe a parar.

— Do que você está falando?

Ela desiste de andar, vira um pouco para mim e finalmente me encara.

— Willow, minha mãe… nunca estava bem. Quando as coisas ficavam difíceis, ou quando encontrava um novo namorado, ela deixava a gente com a Daisy. Às vezes por uma noite ou duas, às vezes por meses. Nunca sabíamos quando ia aparecer de novo, ou mesmo se voltaria.

O choque me inunda, e parece que estou em transe. Lógico que há coisas sobre minha mãe que desconheço, mas é possível que eu não saiba *nada* sobre ela?

— Mas… você disse para a revista que sua mãe era conhecida no ramo…

— Eu menti — revela ela, curta e grossa.

Tento juntar as peças e reconstituir o quebra-cabeça que é essa mulher diante de mim. Uma peça se destaca.

— Vocês não tinham onde morar?

— Com frequência — responde minha mãe. — Salem nunca foi meu lar de verdade, mas foi o mais perto que tive de um.

Seus olhos estão exaustos, e ela parece derrotada. Quase dói fazê-la continuar falando, mas tenho muitas perguntas.

— O que aconteceu com sua mãe?

Ela baixa os olhos.

— A última vez que a vi foi quando Sage e eu tínhamos catorze anos. Ela deixou a gente com a Daisy e... — Lágrimas se acumulam em seus olhos. Minha mão parece ter vida própria e volta a pegar a dela. — Recebemos uma ligação da polícia de Montana. Ela e o namorado tinham batido em um caminhão. Morreram na hora.

— Ah — murmuro. Totalmente inadequado. — *Mãe...* — digo, levando a mão até o coração, como sempre faço quando estou magoada.

Na minha idade, minha mãe já havia passado por muito mais do que posso imaginar.

Ela solta o ar, e por um breve momento ficamos imóveis. O sol já está se pondo atrás da minha mãe. Grupos de excursão e pessoas saindo e entrando de bares e restaurantes enchem as ruas. Não faço ideia do que dizer.

Minha mãe parece cansada como nunca. Sei que não devo insistir, mas não consigo evitar. Continuo:

— E agora você perdeu sua irmã...

O rosto dela se contorce de dor, mas se suaviza tão rápido que quase não percebo.

— Obrigada, Willow. Mas perdi minha irmã muito tempo atrás. — Minha mãe me encara diretamente. — Levei anos para seguir em frente. *Anos.* Quero que confie em mim quando digo que o passado precisa ficar no passado. Estou aqui para ajudar minhas tias com a propriedade. Temos um trabalho a cumprir, e isso é tudo. Depois, não pretendo voltar aqui nunca mais. Não quero que você se envolva nessa história. Entendido?

Um nó se forma na minha garganta, e eu tento engoli-lo. A porta para o passado da minha família se entreabriu ligeiramente, e agora ela me pede que eu volte a fechá-la.

— Entendido.

Um muro volta a se erguer entre nós, e dessa vez não tento impedir. Posso não entender o que está acontecendo, mas de uma coisa eu sei: minha mãe está sofrendo muito.

Depois do dia que tive, o hotel me parece estranhamente normal. É óbvio que Phoebe tentou impressionar minha mãe — trata-se de um hotel butique decorado ao estilo moderno dos anos 1950 com muitos detalhes peculiares, como almofadas de pelúcia, sofás azul-pavão e lustres que parecem fogos de artifício explodindo. Tem até um bar na cobertura (o único bar desse tipo em Salem!), um pequeno lounge e concierges ansiosos para listar todos os pontos turísticos de Salem, o que minha mãe logo recusa.

Phoebe reservou quartos conjugados para nós, com parede de tijolinhos expostos e vista para a rua Essex. Minha mãe me empresta seu cartão de crédito e me diz para pedir o que eu quiser para jantar, depois bate a porta na minha cara. Literalmente.

Eu me jogo na cama e repasso rapidamente tudo o que descobri nas últimas horas. Minha mãe herdou uma casa que parece mágica com o jardim mais lindo que já vi. Tem duas tias-avós excêntricas muito fofas — e uma delas deixou a chave da casa comigo. E minha mãe teve uma irmã que parece tê-la magoado muito. Além disso, passou um tempo sem ter onde morar quando criança, enquanto a mãe entrava e saía de sua vida.

Em meio a tudo isso, o que mais tenho dificuldade de aceitar é: como é possível que eu não soubesse de algo tão importante sobre minha mãe? Se Sage não tivesse morrido e deixado a casa para ela, será que eu teria descoberto tudo?

A casa.

Tiro do bolso a chave que Violet me deu e sinto seu peso na mão. Não posso sair entrando, né? E será que ouvi direito o que ela disse? Livro das Sombras? O que isso significa?

FEITIÇO PARA COISAS PERDIDAS

Antes que possa procurar no Google, recebo uma mensagem de Bea.

E aí??

Respondo: Minha mãe CRESCEU aqui. E ela tem umas parentes bruxas. A casa que herdou parece incrível, mas ela não me deixa entrar.

Bea: É sério? Não dá pra saber se você está brincando ou não. Ligo assim que puder.

Eu: É sério.

Bea: Incroyable! Ela sempre foi cheia de segredos.

Olho para a porta do quarto da minha mãe. Esta tarde só deixou mais evidente o que eu já sabia: tem um abismo enorme entre nós duas, e duvido muito que isso vá mudar.

Por puro desespero, tento falar com meu pai. Será que ele vai saber responder às minhas perguntas? Mas a ligação cai na caixa postal e ele me manda uma mensagem. Estou em reunião. Ligo depois.

Nem me dou ao trabalho de responder.

Peço comida tailandesa e tento ver TV, mas os minutos se arrastam. Só consigo pensar na porta fechada da minha mãe. Ela se abriu um pouquinho para mim hoje, e, por mais difícil que tenha sido o que me contou, a sensação de vislumbrar seu mundo interior foi boa.

Só que depois ela colocou um ponto final na conversa. *Não quero que você se envolva nessa história. Entendido?*

Enfio a mão no bolso e a fecho em volta da chave. Entrar na casa de tia Sage seria "me envolver" na história da minha mãe? Sim. Com toda certeza.

Mas, se eu não for, será que vou ficar sabendo de mais alguma coisa? E por acaso isso é justo comigo? Poppy e Violet devem concordar comigo, ou não teriam me dado a chave.

É impossível me concentrar no que quer que seja além do chamado da sereia da casa de tia Sage. E ver a casa por dentro não basta: também estou morrendo de curiosidade de saber o que

Poppy quis dizer quando sugeriu que a casa era um pedido de desculpas.

Minha mãe está no outro quarto falando com Drew pelo que parecem ser horas. Por volta das nove da noite, ela finalmente apaga a luz. Espero mais meia hora, depois dou uma leve batida na porta e espio lá dentro. Ela pegou no sono, e noto o frasco de suplemento para dormir na mesa de cabeceira. Quando minha mãe apaga, apaga *mesmo*.

Não perco nem mais um segundo.

Salem é tranquila e iluminada à noite, apesar da lua envolta em neblina. O ar está surpreendentemente fresco depois de um dia tão quente. Fico preocupada que seja difícil encontrar a casa, mas não é. O mesmo ímã de antes parece me puxar em sua direção. Desvio de pessoas carregando lanternas em passeios noturnos por Essex e dos que entram e saem dos bares fazendo barulho. A rua Essex, com todas as lojinhas de magia, parece muito mais sinistra quando escurece, com apenas alguns apartamentos iluminados.

Quando finalmente chego ao portão da casa de tia Sage, paro por um momento, sentindo o primeiro sinal de trepidação. As luzes das casas vizinhas estão apagadas, mas a que minha mãe herdou parece ainda mais escura, como um buraco negro bem aqui, no meio da Nova Inglaterra. Até mesmo as roseiras parecem ameaçadoras ao fraco luar.

Procuro a chave no bolso, então pego o celular e mando uma mensagem para Bea: **Vou fazer uma idiotice.**

Sigo pelo caminho da entrada, mas estou nervosa demais para usar a chave e tento espiar pela janela primeiro. A cortina de veludo bloqueia quase tudo. Tem um vitral na metade superior da porta da frente, mas não consigo ver nada além da ponta de um tapete estampado, e já é o bastante para fazer meu coração disparar. Vou mesmo fazer isso? E se minha mãe descobrir?

Antes que eu consiga me convencer do contrário, enfio a chave na fechadura. Ela entra com facilidade e produz um clique satisfatório depois de girar. Quando a porta se abre, sinto alívio e medo na mesma medida.

Está escuro do lado de dentro, e prendo a respiração ao entrar. Tateio a parede em busca do interruptor. Quando o encontro, um lustre antigo ilumina a entrada e eu arfo, encantada.

É ainda melhor por dentro.

Estou ao pé de uma escada com um corrimão brilhante de madeira nobre e dois cômodos amplos de cada lado. As paredes têm um tom de branco suave, e uma delas está coberta de prateleiras exibindo uma coleção de geodos coloridos e cristais roxos e rosa. À minha esquerda tem uma biblioteca, e à direita uma sala de estar confortável, com várias poltronas estofadas em volta de uma lareira, cuja cornija é toda elaborada. Há cortinas brancas drapeadas em todas as janelas, e velas e plantas preenchem o restante do espaço. A decoração é minimalista e mágica, além de muito, muito aconchegante.

Tiro as sandálias e deixo os dedos afundarem no tapete fofinho, depois começo a andar, com o coração parecendo maior e mais pleno a cada passo. Parece que solto o ar durante os dez minutos seguintes, enquanto percorro o andar de baixo. Até que entro na biblioteca.

Três paredes do cômodo têm estantes que vão do chão ao teto, com uma escada que ajuda no acesso. Além de livros, as prateleiras contêm todo tipo de item interessante. Mapas, cartas, dedais, sinos, pedras, estatuetas, vidro marinho, pilhas de postais antigos. Tem até um globo terrestre em miniatura diante de uma seção só de livros de viagem. *Peru. Bolívia. China. Austrália.*

Será que Sage foi a todos esses lugares?

Enquanto avanço, deixo a mão passar por títulos que não conheço. *Desenvolva habilidades psíquicas. A cura dos chacras. Guias espirituais. Feitiços para o dia a dia. Feitiçaria para todos.* Tem uma prateleira inteira dedicada a baralhos de tarô. E outra dedicada a livros sobre barcos e navegação. À frente, no chão, há uma estátua grande e de aparência antiga de uma mulher de cabelo escuro que parece estar inclinada para o vento. A tinta do vestido, branca como osso, parece desgastada. Cada item deve ter sua própria história, e gostaria que Sage estivesse aqui para contá-la.

Quanto mais olho, mais gosto. Sage era parecida comigo. Dá para sentir. Meu pai disse uma vez que a melhor maneira de compreender uma pessoa é vendo as coisas que ela guarda, e não consigo imaginar uma maneira melhor de contar uma história que essa casa. Tem tanta personalidade que parece que estou olhando para minha tia. Ela é eclética, aventureira, interessante e tem bom gosto. Sinto um nó se formando na minha garganta quando penso que nunca vou ter a chance de conhecê-la pessoalmente.

Faço o caminho de volta para a sala. Noto que há um único livro na mesa de centro, com velas dos dois lados. A lombada é rosa-bebê, e a capa é de um tom claro de roxo e tem um pentagrama pequeno no meio. Seja o que for, foi bastante lido, porque está cheio de orelhas e arranhões.

Talvez seja o lugar em que está posicionado, mas tenho a impressão de que é um livro importante. E quase familiar. Então vejo as palavras rabiscadas na capa: LIVRO DAS SOMBRAS.

Sinto meu coração dar um salto. É o que Violet disse. Nervosa demais para pegar o objeto, faço uma busca no Google.

Um Livro das Sombras é o registro mágico da jornada de uma bruxa. Em geral, não prevê outros leitores, a menos que seja deixado como legado ou artefato.

Então é uma espécie de... diário mágico?

Sinto o coração palpitar. Era de Sage? Pego o isqueiro que está na mesa e acendo as velas em volta do livro antes de pegá-lo. No verso da capa, está escrito:

FEITIÇO PARA COISAS PERDIDAS

SÓ OS CONVIDADOS

PODERÃO LER

TODOS OS OUTROS

SERÃO FORÇADOS A ACEITAR

AS CONSEQUÊNCIAS

Meus braços ficam arrepiados. Pelo jeito, minha tia Sage era um pouco exagerada. Parte de mim quer começar a folhear, mas outra parte, maior, me impede. O que seriam essas consequências?

Dou uma olhada no celular. *Em geral, não prevê outros leitores, a menos que seja deixado como legado ou artefato.*

Sage pode não ter deixado o diário para mim em específico, mas era minha tia, então o legado é meu. Ainda que não tenhamos nos conhecido, sou sua descendente. Será que se importaria se eu desse uma olhada no livro? Será que sofrerei "as consequências"?

Então eu vejo, na parte inferior. Abaixo dessa epígrafe ou o que quer que seja, há duas assinaturas cheias de volteios. *Rosemary & Sage Bell.*

Ver os dois nomes juntos me faz perder o fôlego. O livro também pertenceu a minha mãe. Agora não tenho como me segurar.

Começo a folheá-lo depressa. Eu estava esperando textos corridos ordenados por data, mas o que vejo parece mais uma versão colorida dos cadernos que descarto ao fim do ano letivo, com um monte de anotações apressadas, desenhos e uma ou outra coisa colada. Só que a maior parte do livro é dedicada ao que parecem ser feitiços mágicos. São páginas e páginas de instruções escritas em detalhes excruciantes. Alguns são mais sérios, como: *Feitiço para promessas quebradas, Feitiço para confiança, Feitiço para se livrar de energia negativa.* Outros, engraçados: *Feitiço para afastar um colega de trabalho irritante, Feitiço para fazer o cabelo crescer depois de um corte que não ficou bom.* Foram todos escritos à mão com canetas coloridas, com vários trechos riscados e reescritos, e as margens lotadas de anotações. *Da próxima vez, tentar na lua crescente. Usar velas vermelhas e brancas. Acrescentar um elemento de fogo.* Cada feitiço tem um R ou um S, às vezes os dois, e em muitos feitiços de Sage encontro comentários de incentivo escritos na caligrafia redonda da minha mãe. *Você consegue! Você é a bruxa mais descolada desta cidade!* No *Feitiço para passar em geometria mesmo tendo a pior professora do mundo*, minha mãe escreveu IRMÃS BRUXAS PRA SEMPRE! ACREDITO EM VOCÊ! ao lado de vários adesivos de estrelinha e um pouco de purpurina, que cai no meu colo. É um livro muito fofo e mágico. Se eu já sentia um aperto doloroso no coração antes, agora dói duas vezes mais.

É como conhecer uma versão totalmente diferente da minha mãe. Uma que acreditava em magia e que adorava a irmã.

De repente, eu me dou conta do que o Livro das Sombras me recorda. É como as pastas de eventos da minha mãe, só que com purpurina.

Penso na minha mãe hoje mais cedo, com a postura ereta de sempre, a boca em uma linha fina, depois volto a olhar para o livro. O que aconteceu com a antiga versão dela?

E ainda tem Sage. Dá para sentir a amizade das duas nas páginas. Houve traição? Uma briga? Deve ter sido algo imenso. Volto a folhear o livro, passando o dedo pelos nomes dos feitiços. *Feitiço para sorte. Feitiço para amizade. Feitiço para se livrar de um hóspede indesejado.* Meu dedo para em uma seção do livro totalmente diferente. Um texto mais denso que parece ter sido escrito em uma máquina de escrever e foi colado em duas páginas. No topo, está LILY BELL.

Lily. Violet e Poppy a mencionaram. Foi ela quem plantou as rosas-chá. Trago o livro para mais perto e estreito os olhos para as letras miúdas.

Esta história começou, como muitas histórias começam, com uma menina que cresceu demais para o espaço que o mundo havia aberto para ela. Seu nome era Cordelia Antoinette Bell, mas todos...

De repente, um ruído agudo perfura o silêncio. Dou um pulo e deixo o Livro das Sombras cair.

É o meu celular.

Eu o procuro no bolso, enquanto o toque continua ecoando. Meu coração bate acelerado, e fico aliviada quando vejo que não é minha mãe ligando. Atendo rápido.

— Bea, você me assustou — grito. — Estou até com a mão no peito.

— *Eu* assustei você? — pergunta ela. — O que foi aquela mensagem? Você disse que ia fazer uma idiotice.

— Entrei na casa. Uma das tias me deu a chave. — Agacho para pegar o livro embaixo do sofá. — Encontrei uma preciosidade. É um Livro das Sombras, e pertenceu a minha mãe e a Sage. As duas praticavam bruxaria juntas.

— É óbvio que você é de uma família de bruxas de Salem — diz Bea. — Como não seria?

Sinto um friozinho de empolgação na barriga.

— O livro está cheio de feitiços, acho que... — Então eu paro. Congelo.

Foi a minha imaginação ou...?

Viro o rosto devagar para o teto e aguardo. Ouço um *tum, tum, bam.* Prendo o fôlego.

— Willow, você está aí? — indaga Bea.

— Shh.

Fico atenta, mas é difícil ouvir o que quer que seja, porque meu coração está disparado. O sangue corre para a minha cabeça. *Será que estou imaginando isso?*

Então ouço de novo, bem acima de mim, nítido demais para ter imaginado.

Passos abafados. Minha mão volta para meu peito, quase como se eu tentasse impedir meu coração de pular do corpo.

— Bea — sussurro. — Tem alguém aqui.

Ela inspira fundo.

— Na casa da sua tia? Será que não são suas parentes?

Sinto meu coração na boca, mas as palavras dela me acalmam. Lógico, deve ser Poppy ou Violet. Elas praticamente me convidaram para vir. Devem estar lá em cima, prontas para me atacar com mais abraços.

— Tem razão — admito.

Então o barulho se transforma em *tum, tum, tum*. Como se alguém estivesse pulando. As tias podem ser cheias de energia, mas imagino que não façam polichinelo.

— Não acho que sejam elas — digo, meu coração voltando a bater mais rápido. — Talvez seja um bicho. Parece que tem alguém pulando no telhado. E... — Ouço um arrastar de pés. Ou seja lá o que for. Então silêncio. Respiro fundo. — Tem alguém no telhado.

— Tuuudo bem, então você vai embora agora — aconselha Bea.

— Não vou, não — rebato.

Sei que deveria estar com medo, mas, em vez de fugir, em vez de correr para salvar minha vida, eu olho para cima. E por motivos que não consigo compreender — talvez pura curiosidade, talvez a sensação poderosa que o livro me dá, talvez a ideia de que sou sobrinha de uma *bruxa* —, meus pés me levam rumo à escada.

— Vou dar uma olhada lá em cima — aviso a Bea. — Se eu não retornar em cinco minutos, liga para o celular da minha mãe e diz que estou aqui.

— O quê? Você está brincando? Lógico que não. Você tem que... — Bea começa a gritar.

— Eu ligo de volta.

Desligo e coloco um pé no primeiro degrau.

10

Mason

São quase dez horas da noite quando me levanto.

Estou deitado há uma hora, desde que todo mundo foi para a cama, contando os minutos e torcendo para que os números do relógio passem mais rápido. Depois do jantar, fomos de bicicleta até o Sugar Bean Café & Donuts. Durante o caminho, as meninas gritavam dicas para pedalar melhor enquanto eu cambaleava perigosamente perto da calçada. A única pessoa que se mostrava menos interessada no passeio do que eu era Nova, que fora forçada a colocar um capacete e depois parecia ter uma nuvenzinha de tempestade sobre sua cabeça no restante do trajeto.

Quando chegamos à cafeteria, pedi um donut de caramelo salgado e fui até as muitas mesas que os Morgan tinham pegado, nos fundos. Quando Emma viu meu donut, disse:

— Achei que fosse comer um donut de geleia açucarado.

O comentário me fez engasgar, porque donut de geleia é a comida preferida da minha mãe. Ela gosta de colocar um envelopinho extra de açúcar por cima, o que transforma os donuts de geleia comuns em donuts de geleia *açucarados*, e é óbvio que Emma sabe disso.

Foi um lembrete de que ela conhece minha mãe, e muito bem. Independentemente do vício, não há ninguém no mundo como minha mãe. Como Emma pode ter virado as costas para ela?

Por um momento, pensei em dizer a Emma que sinto muita falta da minha mãe e gostaria de saber onde ela está, mas assim que abri a boca as palavras empacaram, ficaram entaladas em minha garganta. Sei que não devo confiar em adultos, e menos ainda em Emma.

Cheguei em casa acabado. Minha mandíbula doía de tanta tensão e minhas pernas estavam doloridas após um dia andando de bicicleta. Depois que entramos, fiz o maior teatro me preparando para dormir, chegando a bocejar pelos corredores. Antes de apagar a luz do quarto, notei um livro novinho em folha em minha cama, com o recibo dentro: *Respostas de um astrofísico*. É do mesmo autor do livro que eu estava lendo quando cheguei, Neil deGrasse Tyson, e eu soube na mesma hora que era um presente de Emma. Ela ter notado o livro que eu tinha enfiado debaixo do braço fez com que eu me sentisse ao mesmo tempo bem e esquisito. Eu não tinha ideia do que fazer com aquela sensação, que me deixava inquieto, como uma pipa no ar. Depois que apaguei a luz, esperar pareceu ainda mais difícil.

Tudo isso para dizer que agora já estou com os nervos à flor da pele. Coloquei algumas coisas na mochila: meu livro de astrofísica, uma lata de refrigerante que peguei da geladeira, binóculos e meu diário de observação. Meus sapatos estão bem amarrados. Estou pronto.

Sempre fui bom em fugir de casa. É uma questão de esperar o momento certo e ter confiança. É preciso saber como equilibrar o peso, como escalar e quando saltar. E, depois, você tem que fingir que ali é seu lugar, que é basicamente a história da minha vida. Roupas escuras são uma boa opção, tênis são indispensáveis. Noites com vento são as melhores, mas Salem faz o que quer, por isso tenho que me contentar com o ar parado.

Estar no andar de cima de uma casa em uma área residencial não é o ideal, mas sei que consigo me virar. Saio pela janela, tomando cuidado para não prender a mochila, e olho para o alto. Qualquer hesitação que estivesse sentindo se desfaz. O céu literalmente me deixa sem fôlego. A neblina que vinha atrapalhando minha visão desde que cheguei se foi. Estrelas pontuam o céu noturno preto como tinta, mas quem ocupa o centro do palco é a lua. Crescente e cercada por um forte brilho. Meus dedos se coçam para pegar o diário. Quero desenhá-la, escrever sobre como Marte brilha perto dela, superando as estrelas. Mais do que tudo, quero contar a minha mãe tudo o que vejo. Esse é um dos motivos pelo qual tenho um diário de observação. Assim que nos reencontrarmos, vou ter o registro de tudo o que estudei nos anos em que estivemos separados.

Antes de atravessar até a ponta do telhado e saltar para a grama, ouço uma voz baixa que faz todas as células do meu corpo congelarem.

— Emma?

Olho para baixo e vejo uma sombra alaranjada. De repente, ela assume a forma de Emma, e eu estremeço. Ela está sentada nos degraus da porta dos fundos, com um cigarro na mão. Está tão perto que teria me visto se eu tivesse descido.

— Aqui — diz ela, fazendo com que Simon saia para o quintal.

Se eu me mexer, os dois vão me ver. Fico imóvel, parecendo uma gárgula gigante, e procuro manter a respiração sob controle.

— Achei que você tivesse parado — observa Simon.

— Agora é o último mesmo — garante Emma, mas deixa que Simon o tire dela. Há uma pausa, e Emma apoia a cabeça no ombro do marido. — Como acha que está sendo para ele?

Meus músculos ficam tensos. Tem só mais um "ele" nesta casa.

— Não sei — responde Simon. — Ele ainda não fala muito. E passa bastante tempo no quarto. Teve um momento hoje que achei que ia se abrir… mas depois ele saiu sem dizer nada. Você ficou preocupada?

Antes que eu possa impedir, uma irritação me invade, e meu corpo todo vibra com ela. Odeio que duas pessoas que mal conheço fiquem falando de mim. Tudo o que fiz foi sair para dar uma volta. Eu não deveria ter que pedir permissão para sair de casa.

— Não. — Emma fica em silêncio por um momento. — Naomi também passava bastante tempo sozinha.

Simon estica as pernas.

— Já decidiu quando vai falar com ele?

Falar comigo sobre o quê?

— Não agora. Quero esperar até que ele esteja mais integrado à família. Ainda não consigo acreditar na coincidência. É muita coisa.

Ela solta o ar, e Simon murmura alguma coisa, depois os dois voltam para dentro.

Do que estavam falando? Eu me forço a respirar com calma. Não tenho como saber, e preciso me manter calmo. Caso contrário, vou acabar fazendo barulho ou cometendo outro erro. Conto até cem, então, quando não aguento mais esperar, desço pela beirada do telhado e corro na velocidade do meu coração acelerado. Nunca tive controle sobre nada na minha vida — nada mesmo. O fato de que não sei sobre o que eles estavam falando é só uma confirmação disso. Não tenho nenhuma intenção de me integrar à família, o que quer que isso signifique. Fugir parece uma ideia ainda melhor agora.

A casa da bruxa é ainda mais bonita ao luar: alta e arrebatadora, com as janelas brilhando na escuridão. Só que, quando olho para ela, começo a achar que entrar não é uma boa ideia. Seria invasão de propriedade, não? Quero ver a sereia de novo, mas o que de fato importa é o telhado. Será que consigo escalar até lá em cima? Verifico as janelas das casas vizinhas, todas com as luzes apagadas, de modo que provavelmente ninguém me veria. É arriscado, mas o céu está perfeito para observar, então preciso, pelo menos, tentar.

Atravesso o jardim em silêncio e chego à árvore mais próxima da casa. O tronco é escorregadio e não tem muitos pontos em que eu poderia apoiar o pé, mas tento algumas vezes, então noto uma treliça na lateral da casa que chega até o telhado. Se aguentar meu peso...

Posiciono os pés. Antes que perceba, estou atravessando a noite, com os pés firmes, impulsionado por meus braços. Desde que não olhe para baixo, não tem problema. Quando chego lá em cima e entro no observatório, minha respiração está ofegante e minha mochila parece pesar uma tonelada. Mas estou me sentindo leve como não acontecia há um bom tempo.

A vista é ainda melhor do que eu imaginava. Por um momento, fico parado, absorvendo tudo, depois arrasto a cadeira até a janela. Não preciso do telescópio agora, de tão claro que está o céu. Ele parece um cobertor quente sobre mim, e a lua é um orbe abundante. Eu me sinto completamente seguro, protegido e escondido. Passado um momento, pego o diário e, pela primeira vez desde que cheguei a Salem, talvez até pela primeira vez em meses, sinto os ombros e todo o meu corpo relaxando.

Vou até o telescópio e levo um olho à lente. Sou tomado pelo alívio no mesmo instante. Telescópios são mágicos. Sim, eles me permitem ver coisas que não consigo ver com meus olhos. Só que é mais do que isso: eles têm controle. Tudo está contido em seu pequeno círculo, tudo tem propósito. Nada é aleatório. Posso nomear, apontar, localizar o que quer que seja. Tudo faz sentido, de um jeito que nada na minha vida fez.

Pego o diário e começo a escrever. Sempre começo com o básico. O horário e a data em que a observação teve início e se encerrou. Minha localização e onde exatamente me encontro (escrevo *CB*, "casa da bruxa"). As condições climáticas. Se tem nuvens no céu, névoa, lua, esse tipo de coisa. Se estou usando um telescópio ou binóculos, e nesse caso o modelo e a ampliação. Anoto sempre qual é o meu alvo, quando tenho um. Algumas noites tenho algo em mente; outras, fico observando até que algo chame minha atenção. Às vezes escrevo uma ou duas frases sobre o que se passa na minha cabeça.

Ajusto o telescópio, procurando a estrela preferida da minha mãe. Sirius. Não sei se é esta casa ou o céu aberto, mas fico ouvindo a voz dela na minha cabeça. *Fique atento. Os sinais vêm sempre em três.*

Penso na minha mãe, cuja força gravitacional importa mesmo quando não quero. É muito injusto. Algumas pessoas, como os filhos de Emma e Simon, têm mães com quem podem contar. E outras têm mães como a minha, que não podem ou não querem ficar com os filhos que precisam delas. E o que acontece com essas pessoas? Elas ficam sem gravidade.

A lua parece pesada, enorme e sólida no céu. Ela repousa sobre minha mão estendida, como se fosse minha e eu pudesse carregá-la. Talvez seja por isso que faço o que faço a seguir. Sei que o universo não se importa com o que penso, mas peço um favor, só dessa vez. *Por favor, me ajuda a decidir o que fazer.*

Não sei se estou falando com Sirius, com minha mãe ou o quê, mas estou falando com *alguém*. As estrelas piscam forte, os planetas traçam sua órbita precisa. O universo funciona de maneira perfeita. Estou pedindo demais?

— Por favor, me manda outro sinal — imploro.

Não fico assim, vulnerável, há um bom tempo. Eu me sinto ridículo, mas também esperançoso de novo.

E é então que alguém abre a janela.

11

Willow

Estou sozinha no telhado. O calor da noite me envolve no mesmo instante. Assim que meus olhos se adaptam, eu me esqueço totalmente de procurar a fonte dos ruídos, porque como é possível esta casa ficar ainda melhor? Estou olhando para um jardim absolutamente *mágico* que fica no telhado. A lua faz tudo brilhar em um tom perolado e, para ser sincera, eu não sabia que precisava deste lugar até agora. Tem luzinhas na cerca e uma cadeira posicionada para observar o céu. Quando eu me viro para olhar em volta e absorver o cenário, percebo algo que faz a adrenalina disparar pelo meu corpo.

Tem um fantasma aqui.

Um fantasma *bem bonitinho*.

Mas, ainda assim, um fantasma.

Ele tem cabelo preto bagunçado e está usando uma camiseta branca e tênis tão novos que brilham no escuro. Segura um caderno aberto a sua frente, com uma caneta pousada sobre a página. Parece tão surpreso em me ver quanto eu estou em vê-lo.

Não grito. Ficamos nos olhando por um momento. Os olhos escuros dele brilham. Meu corpo fica tenso, ainda tomado pela adrenalina. Então, em um movimento rápido, ele deixa o caderno cair no chão, passa por cima da grade e desaparece na escuridão, tão silenciosamente que é como se nunca tivesse estado aqui.

12
Mason

Minha cabeça está nas estrelas. Tudo em que consigo pensar é: *Por que estou aqui? Me manda um sinal. Me manda* alguma coisa. Estou tão perdido em pensamentos que quase não ouço o ranger das dobradiças atrás de mim, quase não noto a janela se abrindo devagar.

Por um momento, meu cérebro não reconhece o que está vendo, mas meu corpo reage. Só consigo ver o topo da cabeça dela, mas, mesmo assim, eu a reconheço de imediato. Seu cabelo comprido e ondulado está preso em um rabo de cavalo. Sua pele é tão branca que brilha ao luar. A princípio, a garota fica parada, e acho que não vai me ver, mas então ela se vira devagar, e quando vejo seu rosto o pânico toma conta dos meus braços e me faz congelar. Seu olhar é sério, seus olhos são indagadores. Mesmo sem o mar revolto atrás, sei exatamente de quem se trata.

É a sereia.

Ela saiu do quadro, subiu a escada e me seguiu até o telhado. Em outras palavras, pedi um sinal ao universo e um quadro *ganhou vida*.

Agora ela está olhando para mim.

Por um longo momento, ficamos nos encarando, e sinto a eletricidade entre nós. Não sei exatamente como acontece, mas deixo tudo cair e, em um movimento que é meio mergulho, meio tombo, pulo a cerca baixa, escorrego de barriga e chego na beirada, onde meus pés magicamente encontram a treliça. De alguma maneira, volto ao jardim cheirando a flores, e meus pés mal tocam a terra antes que eu dispare.

13
Willow

Quando concluo que não se trata de um fantasma, mas de um garoto de verdade, ele já se foi há um tempo, e não só tenho dez ligações perdidas de Bea como estou prestes a perder mais uma chamada. Eu me atrapalho para atender enquanto tranco a porta. É fisicamente doloroso deixar a magia da casa de tia Sage para trás, mas de jeito nenhum vou correr o risco de me deparar com outro desconhecido no escuro. A aventura acabou, pelo menos por hoje.

— Willow! Você quase me matou de susto! — grita Bea no meu ouvido.

— Tinha *mesmo* alguém no telhado. Um garoto.

Puxo a maçaneta para confirmar que a porta está bem fechada, enfio a chave no bolso e desço os degraus da frente da casa.

— Tinha *um garoto no telhado*? — Bea está sempre calma, mas agora parece que vai ter um troço.

— É, ele era bem…

Estou prestes a dizer "bonitinho", porque ele era mesmo — tinha olhos castanhos grandes e um cabelo lindo —, mas seria uma maneira esquisita de descrever um garoto que invadiu uma casa no meio da noite. Ainda mais para alguém com dificuldade de respirar.

— Ele devia ter mais ou menos nossa idade. Está com o seu inalador?

— Esquece o inalador. O que esse garoto estava fazendo lá em cima?

— Mason — digo.

— Quê?

— O nome dele é Mason. Ou pelo menos é o nome escrito no caderno que ele deixou cair.

Com a mão livre, abro o caderno para ver o nome de novo. *Mason Greer.* Nada de telefone ou endereço. Leio uma página aleatória e vejo uma caligrafia cuidadosa linha após linha. *Localização: Brookline, MA. Data: 6 de agosto. Mercúrio retrógrado. A ilusão de ótica a que adoramos culpar por nossos problemas.*

De repente, me lembro do telescópio. Mason não estava invadindo: estava observando o céu. Mas por que estava fazendo isso na casa de Sage? Será que tinha alguma ligação com ela? É um primo ou amigo da família? Será que Violet e Poppy se esqueceram de avisar que eu poderia aparecer e ele entrou em pânico?

Por um momento, fico dividida. Devo deixar o caderno no telhado para que ele possa buscá-lo? Ou devo ficar com ele para mostrar às tias?

Eu o enfio debaixo do braço. Vou ficar com ele. Nem que seja só como prova do que aconteceu.

— Que caderno? — indaga Bea.

Dou outra olhada na porta e verifico que a chave está no bolso.

— O caderno em que ele registra o céu. Mason deixou cair quando fugiu do telhado. Não sei como conseguiu. A casa tem três andares. — Talvez essa tenha sido a parte que mais me chocou: ele desceu como um verdadeiro Homem-Aranha.

Não consigo tirar o rosto de Mason da cabeça. Sardas, o lábio inferior carnudo, sobrancelhas grossas… O tipo de rosto que uma pessoa não esquece.

Bea solta o ar audivelmente do outro lado da linha.

— *Mon Dieu!* Willow, que idiotice você fez! E se ele fosse perigoso?

A ideia me passou pela cabeça, mas no instante em que os olhos dele encontraram os meus eu soube que Mason não era perigoso. Por puro instinto. Seus olhos pareciam... não sei. Confiáveis. O que obviamente é algo tolo de se dizer a respeito de um desconhecido no meio da noite. Mas, se é que é possível, ele parecia com mais medo de mim do que eu dele.

Bea solta o ar outra vez.

— Vai contar pra sua mãe que tinha alguém no telhado?

— Bem...

Percebo que estou em um dilema.

Afinal, devo contar para minha mãe que alguém que provavelmente não deveria estar lá estava lá quando eu mesma não deveria estar lá? Não parecia que o garoto estava fazendo nada de mais. Fora que, para ser sincera, fiquei intrigada. Sinto que Mason parecia quase familiar, como se eu já o conhecesse, tal qual o Livro das Sombras.

E falando no Livro das Sombras...

— Ah, e o livro que eu mencionei está cheio de feitiços — comento. — Vou mandar uma foto do...

— Vai mesmo mudar de assunto agora? Você ouviu alguém invadindo e correu na direção do barulho enquanto eu quase morria de nervoso.

— Respira, Bea — digo. — Voltando à situação da minha família: dá para acreditar que minha mãe tem tantos segredos?

Continuo descrevendo o Livro das Sombras para Bea, e o volume da minha voz vai subindo de empolgação. Minha mãe fazia magia. *Minha mãe.* A mulher com doze blazers e gavetas organizadas de maneira impecável no passado escreveu um *feitiço para sobreviver às aulas de educação física*, que envolvia enfeitiçar o short da escola. Não consigo acreditar.

FEITIÇO PARA COISAS PERDIDAS

Fico esperando pela reação de choque de Bea, mas, em vez disso, ela fica em silêncio.

— Você está aí, Bea?

Consigo escutá-la soltando o ar.

— Olha... dá para acreditar, sim. Sua mãe parece mesmo o tipo de pessoa que teria uma bruxa na família.

— Você já desconfiava disso?

— Não, lógico que não. Mas é que ela é tão reservada, sabe? Sempre foi simpática comigo, mas é tão fechada que a gente sente que não a conhece de verdade.

Suspiro. Bea é meio sabe-tudo, então é óbvio que vai sugerir que sempre percebeu que minha mãe tinha um passado secreto.

— Bem, não conta para os seus pais, tudo bem? — peço. — Vou ter que voltar para a casa. Durante o dia. Ela me dá uma sensação tão... familiar. — Essa não é a palavra certa. A casa me dá uma sensação de enraizamento, de lar, parece apropriada de uma maneira que não consigo explicar. Ela me deixa quase com *saudade*.

— Familiar?

— É. Parece... que estive nela antes.

— Um *déjà-vu*? — sugere Bea.

Faço que não com a cabeça. Não é exatamente um *déjà-vu*, porque cada pedacinho da casa é totalmente novo para mim. É mais a sensação que eu reconheço. Habitual, comum, confortável.

— Ela parece... — Depois que começo a falar é que percebo o que a casa parece. — Parece minha casa.

— Sua casa? Sua casa em Los Angeles? Ou em Nova York, com seu pai?

Essa resposta eu sei. Parece minha casa *de antes*. Quando eu sabia qual era meu lugar. A ideia faz tudo em mim doer. Mas não quero arrastar Bea comigo, portanto afasto o pensamento.

— Preciso descobrir quem era o garoto — anuncio, deixando as emoções de lado.

Meu celular vibra. Eu o tiro do ouvido e vejo que tenho outra chamada.

— Bea! Meu pai está ligando. Tenho que ir.

— Me liga depois.

Ela parece preocupada, o que eu obviamente odeio. Bea tem seus próprios problemas. Não deveria ter que lidar com os meus também.

Atendo a outra ligação, dando uma leve corrida rua acima.

— Pai?

— Oi, Will. Desculpe por ter demorado tanto para retornar.

Dou uma boa olhada para trás. E se o garoto ainda estiver por aqui...? Mas não é o caso. E fico estranhamente decepcionada com isso. Tento afastar o rosto dele da mente. Preciso me concentrar no meu pai.

— Como estão as coisas aí na Austrália?

Como sempre, fico aliviada só de ouvir a voz dele. Meu pai e eu sempre tivemos um relacionamento razoável, talvez não muito profundo, mas isso até faz sentido considerando que passamos tanto tempo longe um do outro.

— Ah... bem. Cansativas.

Consigo ouvir um programa de TV infantil ao fundo e várias vozes discutindo.

— É MEU! — grita June.

— E a sua semana, como anda? — pergunta ele.

— Bem... — Agora que consegui falar com ele, nem sei muito bem por onde começar.

Então ouço a voz abafada do meu pai:

— Devolva, Ollie. June, solta seus irmãos.

Fecho os olhos por um momento. As travessuras de June, Ollie e Emmitt são tão normais que fazem a esquisitice do dia de hoje se destacar ainda mais. Em geral, tento evitar falar sobre a vida da minha mãe com meu pai e vice-versa, mas agora parece

FEITIÇO PARA COISAS PERDIDAS

importante. Preciso de apoio. E, a julgar pela comoção ao fundo, devo ter uns três minutos.

— Pai, o que você sabe sobre… a família da mamãe? E a infância dela?

— A infância dela?

Ele já parece distraído outra vez. Tenho que ser rápida.

— Sobre a minha avó. E as tias-avós. E, hã… — Quase digo "irmã", mas fico esperando que ele preencha as lacunas sozinho.

Há outra pausa longa. Quando acho que vou ter que voltar a falar, ele diz:

— Por que a pergunta?

— Estamos em Salem. Chegamos hoje de manhã.

— Salem? — A voz dele volta a soar mais alto. — Espere, vou sair daqui um pouco.

Ouço um farfalhar, depois uma porta abrindo e fechando.

— O que vocês estão fazendo aí?

Quero contar tudo, mas de repente fico preocupada que isso signifique trair minha mãe.

— Ela veio cuidar de… umas questões familiares.

Segue-se uma pausa densa.

— Questões familiares? Tem alguma coisa a ver com a tia Daisy?

Então ele sabe sobre Daisy. Fico tão aliviada que deixo uma risada nervosa escapar.

— Você já ouviu falar dela!

Meu pai volta a hesitar.

— Bem… sim. Sua mãe costumava visitá-la quando você era pequena. Mas faz anos que ela morreu. Vocês foram visitar alguém aí?

Então minha mãe costumava visitar Daisy? Sinto um aperto no coração. Pelo jeito meu pai não sabe da verdade, o que significa que não tem como me ajudar muito.

— Estamos aqui para vender a casa de Sage.

— Sage?

Outra longa pausa se segue. Sinto meu coração batendo ainda mais forte. Será que ele sabe de quem se trata?

— Sua mãe tinha outra tia? — indaga ele. — Ou é uma prima ou coisa do tipo?

— Não, Sage é... — Engulo o restante da frase. Meu pai não sabe quem é Sage, o que significa que minha mãe não estava brincando quando disse que gosta de manter o passado no passado. — Hum...

"Sei que posso confiar em você para guardar segredo", disse ela. Parece errado não contar a meu pai, só que parece ainda mais errado trair a confiança da minha mãe. Meu peito congela. Minha solidão aumenta como o nível da maré subindo.

Eu me sinto como uma boia salva-vidas, dividida entre meus pais; a costa é uma lembrança distante que eu talvez nunca volte a ver.

— É uma amiga de Daisy — explico.

— Ah... — diz ele, mais relaxado. — Eu não sabia que sua mãe ainda tinha contato com alguém de Salem. Não deve estar sendo fácil. Talvez eu deva ligar para ela...

— Não! — respondo, depressa. — Acho que mamãe precisa de espaço. Ela está toda estressada com o trabalho. E isso aconteceu numa hora ruim. Eu digo a ela que a gente se falou.

— Tudo bem — concorda ele, parecendo em dúvida.

O que estou prestes a dizer me deixa muito ansiosa, mas preciso ouvir isso de alguém que a conhece.

— Pai... Às vezes você sente que não sabe certas coisas sobre a mamãe? — Assim que as palavras saem, fecho os olhos, o corpo todo tenso.

Ouço um barulho do outro lado da linha. Depois um choro.

— Chloe? Você pode...? Obrigado. — Ele volta a falar comigo. — Sei que sua mãe tem dificuldade de se abrir emocionalmente. E isso se deve em grande parte à família dela. Sua mãe nunca me contou a história toda, e ficamos quase vinte anos juntos.

Minha mãe ser fechada demais foi o motivo de grande parte das discussões que se desenrolavam em nosso apartamento no Brooklyn durante anos. Não vou entrar nessa agora. Muito menos com meu pai.

— Entendi. Olha, a gente se fala depois — digo. — Parece que as crianças estão precisando de você.

— Consigo falar... — Meu pai começa a dizer, então ouço outro barulho e ele suspira. — Desculpa, Willow. Você está bem?

Por um momento, pergunto para mim mesma: estou bem? Mas nada de bom vem quando me pergunto esse tipo de coisa, por isso afasto a ideia.

— Estou — respondo.

E estou *mesmo*. Mais ou menos. Tipo, sim, minha vida às vezes parece um daqueles antes e depois dos programas de reforma de casas na TV. Tem o antes, com o carpete cor de abacate e pintura de teto com textura, que sou eu, e tem o depois, que são as casas novas, os trabalhos novos e as famílias novas, arrumadinhos e valorizados. E tudo bem. É só que às vezes é difícil ser a única que sente falta ou mesmo que se lembra do antes. Mas as coisas mudam, e tenho que mudar com elas.

— Estou bem — insisto, com firmeza.

— Tem certeza?

Olho para a lua. Está brilhante e quase cheia. De repente, sinto as pernas e os pés pesarem.

— Eu...

— JUNE, DESÇA JÁ DAÍ. Tá. Olha, vamos ver se a gente se fala em breve. Em alguns dias, talvez?

— Aham. — Estou começando a sentir o desespero que sempre sinto ao fim de nossas ligações. Quero fazer mais perguntas:

ele sabe que mamãe mudou de nome? Sabe que a história do trabalho da mãe dela é mentira? — Ei, pai...

Mas ele já desligou.

Um poço enorme de solidão se forma no meu peito. Tento ignorar, como sempre faço, congelando as ondas que vêm e vão dentro de mim, mas dessa vez não funciona. Meu pai está na Austrália com a família dele. Eu estou aqui com minha mãe, tendo pequenos vislumbres de sua vida enquanto ela insiste em me manter de fora. De novo, sinto que estou sobrando.

Pense. Tenho a sensação de que Sage explicaria tudo para mim, mas tudo o que tenho é minha mãe, que enfatizou que não vai conversar sobre seu passado comigo. E quanto às tias? Será que elas se abririam comigo ou respeitariam o desejo da minha mãe?

Olho para cima. Estrelas salpicam o céu, e as sombras fantasmagóricas das casas a minha volta assomam como sentinelas. *O que faço agora?*

Se eu pudesse falar com minha mãe do passado... Aquela que decorava as coisas com purpurina e escrevia feitiços mágicos com a irmã gêmea. Será que ela me contaria tudo? O que pode ter sido ainda pior do que ela já me contou sobre a mãe?

Então eu me dou conta. O Livro das Sombras. É assim que vou descobrir tudo. Foi por isso que Violet me deu a chave da casa. Para que eu tivesse por onde começar. Eu estava lendo um texto quando Bea ligou. É o que Violet queria que eu encontrasse.

Esta história começou, como muitas histórias começam, com uma menina...

Será que minhas respostas estão nele?

Uma certeza arde dentro de mim. Antes que eu perca a coragem, volto para a casa.

Esta história começou, como muitas histórias começam,
com uma menina que cresceu demais para o espaço que

o mundo havia aberto para ela. Seu nome era Cordelia Antoinette Bell, mas todos em sua cidadezinha no litoral da Nova Inglaterra a chamavam de Lily. Ninguém se lembrava se já a chamavam assim antes que ela plantasse seu primeiro famoso jardim, mas todos concordavam que o nome era apropriado.

Por fora, Lily era uma menina tranquila, sem nada de extraordinário, a não ser por seu cabelo ruivo intenso, herdado de seus ancestrais holandeses. Por dentro, brotavam cores na mente de Lily. Do nascer ao pôr do sol, ela trabalhava em seu jardim. Diziam que suas papoulas eram mais vermelhas que sangue e que suas ervilhas-de-cheiro atraíam abelhas a quilômetros de distância.

O jardim de Lily chamava a atenção de todos na cidade, incluindo uma jovem bruxa que morava na periferia, em um barraco em ruínas. A bruxa começou a visitar a menina em seu jardim todo dia, querendo saber qual feitiço Lily usava para fazer as orquídeas e as rosas desabrocharem. E todo dia Lily dizia à bruxa que não usava feitiço algum. Suas mãos sentiam o que as plantas precisavam e conseguiam fazer com que as plantas obedecessem. Era simples assim.

Seria de imaginar que uma bruxa conhecesse esse tipo de magia, que vem tão naturalmente quanto respirar. Mas, no fundo, a bruxa era como a maior parte das pessoas: não confiava no que não compreendia, e seu ressentimento foi crescendo e se enchendo de espinhos, como urtiga.

Na véspera do décimo sétimo aniversário de Lily, seus pais lhe organizaram uma festa — um baile de debutante para exibir seu jardim e anunciar que ela estava disponível para ser cortejada. A bruxa passou por ali com

JENNA EVANS WELCH

uma cesta cheia de frutos do mar que havia coletado na praia. Quando viu Lily de vestido branco, dançando em meio a flores tão lindas, sua inveja se transformou em fúria. Se a garota não ia lhe ensinar sua magia, a bruxa ia se certificar de que nunca mais pudesse praticá-la. Ela abriu caminho entre os convidados e, diante de todos, colocou uma maldição em Lily: enquanto vivesse, a garota nunca mais cultivaria uma única flor.

Todos deram risada, exceto Lily. Tinha visto os olhos da bruxa e sentido uma mudança se operar na terra sob seus pés. Estava feito. Lily entrou em casa, espanou a terra dos sapatos de cetim e nunca voltou a tocar em seu amado jardim.

Foi assim que teve início a maldição da família Bell. Daquele dia e diante, todas as mulheres da família Bell foram amaldiçoadas. O nome de cada uma delas seria um lembrete do que Lily havia perdido.

Ou pelo menos é o que contam.

14
Mason

É possível que eu nunca tenha feito um estrago maior.

Foi só depois de uns bons quinhentos metros de corrida pela rua Essex que meu cérebro começou a processar o que havia acontecido no telhado. Não era uma pintura que ganhou vida. Não era uma sereia. Era uma *pessoa*. Uma garota ruiva com olhos cinza e a pele brilhando ao luar.

Parece que estou descrevendo uma princesa mágica de um conto de fadas. Era uma garota muito bonita. Mas não passava disso. Uma *garota*.

Quando chego à rua dos Morgan, sou atingido pela constatação repentina de que, quando pedi um sinal, o símbolo preferido da minha mãe se materializou do nada. Eu não vi o quadro da sereia: uma sósia da sereia apareceu na minha frente. Se isso não é um sinal, não sei o que pode ser.

E, como um pateta, eu saí correndo.

Minha mãe sempre me disse para ficar atento a sinais, mas nunca me disse o que fazer caso eu recebesse algum. Espero que o universo me dê uma segunda chance.

Por algum motivo, estou destinado a encontrar aquela garota. Ela está relacionada ao motivo pelo qual estou aqui, tenho certeza. O problema é que não tenho ideia de como procurá-la. Como achar uma garota que encontrei no telhado de uma casa onde eu não deveria estar? Ela veio de dentro, o que significa que tem acesso à casa. É nova demais para ser a proprietária, mas talvez tenha alguma ligação com ela. Ou talvez esteja cuidando do lugar. Será que pergunto a Simon? Será que fico de bobeira na frente da casa até ela aparecer? E se alguém contar para Simon e Emma que me viu?

Estou nervoso, então faço o que sempre faço quando a ansiedade começa a tomar conta de mim: levo a mão ao bolso de trás para pegar meu diário.

Um pavor congelante se espalha por meu peito.

Não pode ser.

Em pânico, minha mão procura freneticamente na mochila, meus dedos sedentos para sentir o toque familiar da capa desgastada. Viro tudo sobre a cama. Binóculos, canetas, livro, refrigerante... Está tudo aqui, menos aquilo de que mais preciso.

A constatação me atinge de tal maneira que quase preciso abraçar meu próprio corpo para me manter de pé.

Deixei o diário no telhado da bruxa.

Isso desencadeia uma sequência de perguntas. E se alguém o encontrar? E se Simon o encontrar? E se estiver *perdido*? Não estou pronto para lidar com a ideia de seu desaparecimento, por isso me concentro no que preciso fazer. Seria idiotice voltar, porque as chances de ser pego são altas demais. Mas é o que faço. Volto correndo para a casa da bruxa e escalo da maneira mais silenciosa possível. Quando olho por cima da beirada do telhado, meus piores medos se confirmam.

O caderno não está mais ali.

Passo a noite me revirando na cama e sentindo o estômago também se revirar durante minhas poucas horas de sono de péssima qualidade. Decido me levantar e folhear o livro de Neil deGrasse Tyson que Emma deixou para mim, mas não consigo me concentrar. Emperro em um trecho, até ter a sensação de que as palavras estão gravadas em meu cérebro. *Os átomos de nosso corpo podem ser rastreados até as estrelas que os produziram em seu núcleo e depois explodiram, espalhando esses ingredientes enriquecidos pela galáxia bilhões de anos atrás. Por esse motivo, estamos biologicamente ligados a todos os outros seres vivos do mundo. Estamos quimicamente ligados a todas as moléculas da Terra. E estamos atomicamente ligados a todos os átomos do universo. Somos poeira de estrelas não de maneira figurada, mas literal.*

Em circunstâncias normais, eu anotaria isso no diário, mas a ideia me deixa ansioso, por isso me concentro em anotar a citação em meu braço. *Somos poeira de estrelas não de maneira figurada, mas literal.* Agora ando de um lado para outro, tentando desesperadamente bolar um plano. Neste exato momento, com a luz do sol batendo sobre o piso de madeira, parece cada vez menos que a garota e o quadro eram sinais do universo, e cada vez mais que cometi um erro *terrível.*

Sem meu diário, não tenho nenhuma gravidade. Ele é meu único elo comigo mesmo.

Basicamente me transformei em um buraco negro, a ansiedade engolindo cada pensamento racional. Até que Simon bate à porta.

— Mason? — A voz dele faz o medo disparar por meu corpo.

Simon já descobriu. Alguém me viu subindo na casa. Alguém encontrou o caderno. Parte de mim quer pular na cama e se fingir de morto, mas Simon bate de novo e entreabre a porta só um pouquinho.

— Mason? Está acordado? — chama ele.

As notícias devem correr rápido nesta cidade. A proprietária deve ter feito algumas ligações, um boletim de ocorrência na polícia ou algo assim. Ou será que foi a garota? A sereia? Será que ela me entregou? De alguma maneira, já conseguiram chegar a Simon e agora a mim. Como vou me livrar dessa situação? Como vou explicar minha fuga?

— Estou acordado — murmuro.

— Emma e eu queríamos falar com você. Se importa de descer? — Eles sabem. A seriedade da voz de Simon confirma minha suspeita.

— Já vou — respondo, tentando parecer tão calmo quanto possível, mas com o coração acelerado e sentindo um aperto no peito.

Enquanto desço, faço o meu melhor para respirar profundamente e acalmar minhas mãos trêmulas. *Certo, Mason. Na pior das hipóteses, vão mandar você embora.* Em muitos sentidos, esse na verdade é o melhor dos casos, porque assim me livro do desconforto com Emma. Só que agora tem a sereia. Não posso ir embora antes de descobrir quem ela é, e definitivamente não posso ir embora sem meu diário.

Quando chego na escada, sei exatamente como vai ser. Eles vão me dizer que quebrei as regras e que vão passar a monitorar todos os meus passos. Sim, eu fugi, mas não foi para fazer nada de mais. Foi para *observar o céu*. Ninguém ficaria sabendo se a sereia não tivesse aparecido.

A sereia.

Tudo isso já parece maluquice dentro de minha própria cabeça. Como posso contar a quem quer que seja?

Lá embaixo, a cozinha está a balbúrdia de sempre. Audrey está sentada no meio da mesa, cercada por um monte de canetinhas, enquanto Hazel e Zoe pintam no chão. Hazel se põe de pé assim que me vê.

— Mason! Quer brincar com a gente? Podemos jogar *Uno* ou *Candyland* — convida Hazel.

Audrey puxa a bainha de minha camisa e aponta para a citação que rabisquei em meu braço.

— Hã? Você pode escrever no braço? — indaga ela, mas estou tão ansioso que mal consigo processar a pergunta.

Se fui pego, como vou dar um jeito de rever a sereia? Preciso encontrá-la. Sei que preciso. Sinto isso lá no fundo, embora não consiga explicar em termos lógicos. É um sinal, sim, sem dúvida. Mas é o destino? Sorte? As estrelas se alinhando, talvez? Todas as opções anteriores?

— Só um minuto, meninas — diz Emma, chegando mais perto com uma caneca de café e o creme semidesnatado, que me oferece. — Quer café?

Espera aí. Será um último agrado?

— Aham. Valeu.

Meu estômago continua se revirando, mas consigo pegar a caneca e a embalagem de creme. A mesa está lotada de parafernália infantil — desenhos, pratos que grudam na mesa, três bichos de pelúcia e um sapato cor-de-rosa cintilante. O caos só me deixa mais angustiado. Eles devem ter se arrependido de me acrescentar a essa mistura.

Simon chega com um prato e se senta ao lado de Emma.

— Bom dia, Mason. — Ele olha para Emma, que assente de leve para ele. — Mason, eu queria te mostrar isso aqui.

Simon me passa alguma coisa, e por um momento meu cérebro não consegue registrar o que estou olhando. É um folheto com a foto de um garoto observando em um telescópio. Pisco algumas vezes, até que o título fica nítido. *Cursos de astrofísica para o ensino médio.*

— O que é isso?

Sinto meu coração martelar no peito.

— É da Universidade de Boston — explica Emma. — Uns dias atrás, encontrei uma amiga da faculdade que mencionou uma amiga dela que trabalha lá, chamada Ishani Singh. Ela é do departamento de astronomia.

Fico olhando para ela, que me encara de volta. O que isso tem a ver com o fato de eu ter sido pego fugindo?

— Hum… — murmuro.

Simon aproveita a deixa.

— Eu liguei para ela. A dra. Singh é responsável por toda a graduação em astronomia. Além de brilhante, é muito simpática. Falei de você, e ela tem ótimas ideias de cursos de astronomia pelos quais acho que você poderia se interessar.

Então tudo se encaixa. Essa conversa não tem nada a ver com o fato de que fugi ontem à noite. Eu me seguro à mesa. A sensação é de que escapei por pouco de cair de um penhasco.

— Ah... — digo, e agora Emma está me avaliando.

Tento não dar atenção a isso, mas os olhos dela são tão penetrantes que fica difícil. Por que parece que seu olhar atravessa minha caixa craniana? Levo a caneca de café à boca, em uma tentativa de impedir o contato visual.

Simon bate a mão na mesa, todo empolgado, bem a sua maneira.

— Tem um curso de astronomia para alunos do último ano de que você poderia participar e que conta como crédito na escola. É em Boston e...

Tento me concentrar enquanto Simon defende o curso com todo o ânimo, mas meu cérebro não absorve nada, de tão aliviado que estou. Ninguém sabe que fui à casa da bruxa. Não perdi minha chance de recuperar meu diário de observação e rever a sereia. Enquanto as palavras de Simon me inundam, olho para Emma e percebo que ela ainda está olhando para mim. Que ainda está me avaliando. Ela sabe que não estou prestando atenção no que Simon diz, e está se perguntando o motivo.

Viro o corpo no mesmo instante para Simon e faço o meu melhor para parecer interessado. Até que há uma pausa, o que me faz concluir que ele terminou.

— Interessante — digo, por fim. — Vou dar uma olhada.

Simon passa o folheto para mim.

— Quer usar o computador para entrar no site? As inscrições vão se encerrar logo, mas acho que ainda dá tempo. E a dra. Singh acha que seria ótimo para você.

FEITIÇO PARA COISAS PERDIDAS

O computador. Posso usar a desculpa do curso para ficar sozinho. Eu me levanto na mesma hora.

— Posso usar agora?

— Eu ajudo você a entrar no site e na seção de inscrições — oferece Emma.

— Não precisa — respondo, mas ela se levanta mesmo assim, e eu a sigo até a sala.

Emma coloca a senha no computador, entra no site e clica em inscrições. Antes de ir embora, ela diz:

— Acho que pode ser mesmo uma ótima oportunidade para você, Mason. Sei que às vezes é difícil se concentrar em algo assim quando tem tanta coisa acontecendo na sua vida, mas acho que você devia pensar a respeito.

Isso meio que me tira do transe em que a sereia me colocou. Sinto uma irritação crescendo dentro de mim.

Emma olha bem nos meus olhos, o que me desconcerta, porque, sério, o que ela sabe da minha vida? É uma adulta que está em sua própria casa, fazendo suas próprias escolhas, com sua própria família. Não tem ideia de como é ser eu, de como isso dói tanto que nem consigo pensar em coisas como um curso de astronomia. Não quando meu principal objetivo é encontrar minha mãe.

— Vou pensar a respeito — respondo.

Emma assente e me olha de um jeito que indica que não vai se deixar enrolar.

— Se esse curso não der certo, podemos procurar outros — acrescenta ela. — Tem alguns cursos de imersão, de duas ou três semanas, que parecem incríveis.

— Legal — digo, tão ansioso para que ela vá embora que fico apertando e afrouxando o maxilar.

É a primeira vez que tenho acesso a um computador em mais de uma semana. Agora que ele está a meu alcance, sinto que vou explodir. Emma percebe a agitação e vai embora.

Expiro com força. O teclado está grudento, como qualquer outra superfície da casa. Dou uma olhada no site e logo encontro a professora de que Simon e Emma falaram. A dra. Singh é indiana, parece jovem, tem pele retinta e aparece na foto com o cabelo preso em um coque. De acordo com sua biografia, estuda como as galáxias se conectam umas com as outras por meio da troca de energia e matéria. Ela também usou o telescópio espacial Hubble para procurar matéria escura.

Para ser sincero, parece… incrível.

A Universidade de Boston tem vários telescópios entre os melhores do mundo, o que me interessa muito, além de laboratórios para desenvolver instrumentação. O site tem várias fotos de grupos de alunos sorrindo diante de telescópios, e por uma fração de segundo me permito imaginar como seria estar rodeado de pessoas que usam palavras como "instrumentação", fazer anotações relacionadas ao espaço profundo e à matéria profunda. Isso me remete a meu diário de observação, e agora não consigo pensar em mais nada. Minha cabeça volta a girar.

Preciso recuperar o diário.

Depois de alguns minutos, Emma e Simon voltam e eu finjo estar superinteressado no que estou lendo. Simon sorri e Emma me encara. Não tem problema. Com os nervos à flor da pele, eu me levanto do computador.

— Vou dar uma volta.

Os dois trocam um olhar rápido, no qual os olhos de Emma parecem comunicar algo a Simon, mas não tenho ideia de como decifrar do que se trata.

Simon pigarreia e se aproxima de mim.

— Ei, Mason, vou levar Nova a uma reunião logo, logo, e depois vamos a Salem Willows. É um lugar legal de visitar no verão, porque tem fliperamas, a praia e um monte de coisa para ver. Eu gostaria muito que você fosse junto.

Diferente de ontem, o convite é menos um pedido e mais uma forma de dizer "é assim que vai ser". Estou nervoso demais para recusar, então só faço que sim com a cabeça e concordo em encontrá-lo lá fora em vinte minutos. E vou encontrar mesmo, mas tudo em que consigo pensar enquanto caminhamos é: *Preciso encontrar a garota, preciso encontrar a garota, preciso encontrar a garota.*

Mas como vou fazer isso? Posso acampar em frente à casa até que ela apareça de novo, lógico, mas como vou fazer isso sem chamar a atenção de Simon para o fato de que estou de tocaia em uma das propriedades que ele quer vender? E qual é a relação da garota com a casa, no fim das contas? Ela é parente da proprietária? É por isso que tem um quadro dela num quarto?

Estou tão focado em meus pensamentos que quase tropeço em Nova em nossa caminhada por Essex.

— Cuidado! — grita ela.

Não sei se Nova está brava por ter que passar um tempo com o pai ou por eu estar atrapalhando o único momento em que os dois ficariam a sós, mas hoje ela parece mais mal-humorada que o normal. É evidente que Nova domina a arte de andar e digitar no celular ao mesmo tempo, e é impressionante de ver, considerando os tijolinhos vermelhos irregulares e o fato de que a rua Essex está lotada de pessoas ocupadas demais curtindo o bom tempo e as lojinhas excêntricas para se concentrar em onde pisam. O que quer que Nova esteja fazendo, está totalmente absorta.

Não que eu mesmo esteja prestando muita atenção em Simon. Reparo no cabelo e no rosto de cada um que passa. Em determinado momento, vislumbro um cabelo ruivo e sinto meu coração acelerar, mas, quando me viro para olhar melhor, constato que é um garoto com uma mochila amarela nas costas.

No meio do caminho, Simon faz uma pausa para conversar com alguém, e Nova é forçada a tirar os olhos do celular. Me sinto péssimo por ela. Sem os fones de ouvido, a garota parece exposta demais, vulnerável demais. Falta só mostrar os dentes para ficar parecida com um rato-toupeira-pelado que não consegue controlar seu temperamento.

A verdade é que nenhum de nós dois está feliz com a situação. Talvez eu possa me aproximar dela. Minhas expectativas são baixas, mas tento mesmo assim:

— Seus pais escolheram seu nome por causa do evento astronômico?

— O quê?

Nova poderia muito bem ser uma parente distante da Medusa, porque seu olhar parece capaz de transformar as pessoas em pedra. Mas não me atinge. Já morei com inúmeras crianças no sistema de acolhimento familiar. Nova nem sequer se enquadra como uma criança raivosa.

Faço um gesto que abarca o céu nublado.

— Quando estrelas morrem, liberam uma grande quantidade de energia e ficam bem brilhantes por um curto período. Chamam isso de "nova".

— Acha mesmo que me deram o nome de uma *estrela morta*?

— Por que não? — questiono.

Ela volta a digitar furiosamente, e eu volto a procurar a sereia na multidão.

Foi uma bela conversa.

A reação instintiva de Simon ao silêncio é iniciar um monólogo. Apesar de nosso silêncio ensurdecedor, ele passa a recitar todos os itens do cardápio de que se lembra (Waffles de laranja e chocolate! Crepes de manteiga de amendoim e geleia!), então, quando chegamos à cafeteria Gulu-Gulu, estou morrendo de fome e considerando seriamente a possibilidade de pedir algo mais pesado para comer, o que talvez seja um dos sete sinais do apocalipse. O lugar fica atrás de um pequeno parque com uma estátua e tem uma atmosfera bastante eclética, com uma placa dourada e o rosto enorme de um cachorro pintado na vitrine. Tem uma longa espera, mas a cliente de Simon já está lá dentro, por isso entramos direto, um depois do outro, abrindo caminho.

— Ali estão elas. Por aqui.

Simon acena enquanto eu me abaixo para não ser decapitado por uma bandeja de mimosas. Ele se dirige a um canto nos fundos. Quando vejo de relance o cabelo ruivo, sinto meu coração martelar tão forte que quase me derruba. É *ela*.

É ela?

Não pode ser. Só que é, sim.

Tenho vontade de esfregar os olhos ou me beliscar para me certificar de que é real. Mas é real *mesmo*. A sereia está sentada no lado da parede à mesa de canto, com a cabeça baixa e os olhos no cardápio. Ela está aqui. *Bem aqui*. Enquanto eu procurava por ela, o universo a entregou de bandeja.

Estive me perguntando se a noite e minha surpresa florearam minha visão sobre ela, tornando-a muito diferente de sua verdadeira aparência, mas, se é possível, à luz do dia ela parece ainda mais com uma sereia. Seu cabelo volumoso e ondulado tenta escapar do rabo de cabelo bagunçado. Sua pele é pálida como a lua, suas sardas parecem constelações. Seus olhos são cinza e ela usa uma camiseta amarrotada, short, tênis e pulseirinhas de plástico, além de uma jaqueta jeans que tenho certeza de que não é desta década. Tudo isso junto cria um efeito inesperado. O cabelo da mulher que está com ela é exatamente da mesma cor, mas o corte é reto e acima do ombro. Suas roupas são impecáveis. As duas não poderiam ser mais opostas na maneira como se apresentam, mas a postura de seus ombros é idêntica. Elas parecem firmes, parecem ter um propósito. Se não fosse pela diferença de idade, poderiam ser gêmeas.

Não consigo respirar; emoções demais disputam minha atenção. Parece que estou em pânico, mas não pode ser, será? Porque isso é *bom*. Tem que ser bom. É o universo me dando um tapinha no ombro. Ou um tapão na cara.

É o segundo sinal. Eu me forço a inspirar, tentando me acalmar como aprendi nas sessões de terapia no lar coletivo. Não tenho certeza se funciona. Não sei se quero rir ou chorar. Devo me apresentar? Agarrá-la para que ela não possa fugir? Tá, é óbvio que não vou fazer isso, mas e se ela desaparecer outra vez?

A sensação é de que estou na linha de partida de uma corrida, com os músculos tensos e acumulando energia. Assim que ouvir o disparo, vou correr rumo à sereia. Mas o que vou fazer quando estiver frente a frente com ela?

A sereia agora olha para o celular. Ela pega uma caneca e a leva à boca, distraída. O que vou fazer quando me vir? Será que vai me reconhecer? Será que vai dizer a Simon que eu estava na casa ontem à noite? E se ela estragar tudo? Minha mente está em disparada. É como se eu estivesse tentando desarmar uma bomba. Um movimento errado e todo mundo vai saber de tudo.

A sereia toma outro gole. Como pode não sentir que estou olhando para ela?

— Anda, Mason — apressa Nova, cutucando minhas costas.

Dou alguns passos à frente, e esse movimento mínimo, esse leve encurtamento da distância entre mim e a sereia, provoca uma pressão enorme em minha cabeça. *E agora?*, pergunto ao universo, desesperado.

— *Mason* — chama Nova mais alto, perdendo a paciência.

E isso resolve tudo. A sereia continua no processo de beber o que tem na caneca, mas seus olhos encontram os meus. Por um momento, ficamos assim. Ela arregala os olhos e sentimentos de conexão, compreensão e pura perfeição me inundam. É mágico. É o destino. Estava escrito. Ela é meu sinal.

Então meu sinal cospe café na mesa inteira.

15
Willow

Para ser justa, demorei para ver Mason porque estava tentando me trazer de volta ao mundo dos vivos com cafeína. Os catorze minutos de sono que tive ontem à noite não estavam ajudando em nada minha mente conturbada.

Depois de voltar para a casa de Sage, o retorno para o quarto do hotel foi simples e tranquilo. O problema era a história.

A maldição da família Bell é... muita coisa para digerir.

Eu reli a história várias vezes enquanto estava lá, sempre notando diferentes detalhes. Parecia quase um conto de fadas, mas juntando com as poucas coisas que Violet e Poppy disseram, vai além do faz de conta. Lily era uma pessoa de verdade, e suas rosas-chá continuam lá. Posso visualizá-la trabalhando no jardim, com as costas para o sol. E todas temos nomes de plantas do jardim, o que não é novidade.

Então essa parte é verdade, mas e o resto? Digo, a maldição da família não pode ser *real*, pode?

Uma parte de mim quer ignorar essa historinha esquisita daquele livrinho esquisito, mas não consigo, porque uma parte pode até não parecer verdade, mas parece *familiar*. Parece fazer parte de mim. Desde que meus pais se sentaram para me contar que nossa vida juntos estava acabada, venho me sentindo...

Bem, não amaldiçoada. Só que tampouco bem. Mas será que acredito mesmo nessa história de maldição?

Uma voz dentro de mim diz "sim", em um tom menos "acho que sim" e mais "é óbvio que você é amaldiçoada", porque a verdade é que sempre me senti diferente, nunca me encaixei, e uma maldição que recebi por hereditariedade explicaria tudo isso muito bem.

Não é verdade, lógico.

Ainda assim...

Quando parecia que minha cabeça ia explodir de tanto reler o texto, me virei para o caderno de Mason. Se era impossível entender minha família, talvez eu conseguisse entendê-lo. Por que ele fora à casa da minha tia? Será que tinha alguma coisa a ver com minha família? Hesitei um pouco antes de abrir o caderno de novo. É óbvio que se trata de uma *leve* invasão de privacidade, mas Mason invadiu a privacidade da casa da minha tia, então estamos quites. Certo?

Inevitavelmente, abri a capa. O que vi foi uma caligrafia sinuosa, entradas de diário, citações e o que pareciam ser registros da observação do céu. *Lua nova, boa visão da Cão Maior. E da galáxia de Andrômeda com binóculos. Fácil de achar a partir da Cassiopeia.*

Tem páginas e páginas desse tipo de anotação, mas, ao passar os olhos, constatei que os textos nem sempre estão relacionados à observação do céu, e de repente sinto que estou entrando onde não deveria, porque o texto é bastante pessoal. Mason morou em vários lugares. Parece irritado, triste e às vezes assustado. Mas o que me faz parar mesmo é quando ele escreve sobre a mãe.

A Terra representa 0,0003% do sistema solar. Posso não saber onde minha mãe se encontra, mas pelo menos estamos no mesmo planeta. No contexto do universo, isso estreita bastante o escopo.

Por que ele não sabe onde a mãe está?

Se (ou quando) o Sol morrer, algumas árvores vão so-
breviver por décadas, mas o restante de nós vai aguentar
só um tempinho antes de morrer congelado. É como me
sinto em relação a minha mãe. Ainda há um tempinho,
mas está acabando.

Decido fechar o caderno. Mason possivelmente invadira a casa de Sage, mas isso não significa que posso invadir seu luto. Fora que não tem uma única palavra que me faça pensar que ele conhece minha família. É possível que nosso encontro tenha sido obra do acaso?

Agora estou repensando tudo. Destino. Coincidências. Meu próprio julgamento. Porque, de repente, Mason está bem na minha frente, e eu cuspo o café. Um minuto atrás, estava sentada com minha mãe, tentando pensar em uma maneira de mencionar a maldição, prestes a soltar uma pergunta brilhante como "Ouviu alguma história recente sobre maldições?", quando ouvi o nome dele. *Mason.*

Então levantei os olhos e *bum*! Ali estava ele. O observador de estrelas. Olhando para mim em total descrença.

Que nem eu. Tenho certeza de que estou olhando para ele da mesma maneira.

Além do fato de que Mason se materializou pela segunda vez, o que mais me choca é a altura dele. E seu cabelo escuro bagunçado. Seu rosto consegue ser ainda mais bonito do que lembro, com olhos escuros e expressivos que me deixariam sem fala mesmo que eu não o tivesse surpreendido em um telhado à meia-noite.

O que certamente fiz.

Para minha sorte, assim que o líquido deixa minha boca, o restaurante inteiro parece se movimentar, o que me dá alguns segundos para colocar a cabeça no lugar. Minha mãe me olha como se uma segunda cabeça tivesse brotado em mim, mas logo me entrega um guardanapo. Mason está acompanhado de um homem magro e cheio de energia, usando calça bege e camisa xadrez, que corre até mim e começa a dar tapas nas minhas costas. Diferentes garçons aparecem com panos, e o pessoal da mesa ao lado faz comentários preocupados, tipo "Ela engasgou? Está passando mal?". Uma adolescente ao lado de Mason olha para mim com uma aversão declarada. Será que Mason vai contar para minha mãe que me viu na casa? Tento fazer contato visual com ele, mas é um pouco difícil olhar diretamente nos olhos, porque...

De novo, é lógico que isso não é o mais importante no momento, mas Mason é bem gato. Tem sobrancelhas grossas, com uma pequena cicatriz cortando uma delas, e sua boca meio que tem uma forma de arco, com o lábio de baixo mais pronunciado que o de cima, e...

Bem, a boca dele é ótima. De repente, Mason pisca e dá um passo para trás, como se tivesse se dado conta de onde está.

— Você precisa de água, Willow? — pergunta minha mãe.

— Estou bem, muito bem. Desculpa, acho que, hã, desceu mal ou algo assim.

Os ombros da minha mãe relaxam, e noto que Mason balbucia meu nome em silêncio. *Willow*. Não odeio como meu nome se forma nos lábios dele, e a ideia quase me faz engasgar outra vez.

Nunca me senti tão atraída por um garoto antes, e preciso dizer que o momento é muito inconveniente. Fora que sei coisas demais a seu respeito, considerando todas as páginas de diário que li.

— Willow, como...? — Minha mãe começa a dizer.

— Acontece! — interrompe alguém da mesa ao lado. — Meu café também estava quente demais. Coitadinha. Que vergonha. Que humilhação.

Isso faz a adolescente que está com Mason sorrir, e percebo que ela é mais jovem do que eu pensava. Não parece ter nada em comum com o garoto em termos de aparência, além do olhar cauteloso.

Meus olhos voltam a se fixar nele. Assim como eu, Mason não sabe o que fazer, mas, diferente de mim, ele parece ter dado um jeito de apagar toda a emoção do rosto. Faço o meu melhor para mandar uma mensagem com os olhos: *Não. Conta. Para. Eles.* Olho para minha mãe, depois para Mason, então balanço a cabeça de leve. Não sei se ele entendeu.

— Seu nome é Willow. — Ele dá alguns passos para trás. — Salgueiro, como a árvore no quintal da bruxa?

Ah, não. A ansiedade toma conta de mim. Tento dizer "para, para, para" com o olhar, mas os olhos dele brilham ainda mais. Ou não está me entendendo ou não se importa.

Minha mãe, que estava limpando a mesa, levanta o rosto na mesma hora.

— Você esteve na casa da minha irmã?

Minha irmã. Não sei se vou me acostumar a ouvir minha mãe dizer essas palavras casualmente.

— Ele não disse "bruxa" de maneira pejorativa — explica Simon, depressa.

— Lógico que não — diz minha mãe, sem tirar os olhos de Mason.

— É. É um lugar legal. Fui com Simon — responde Mason, apontando para o homem a seu lado, depois olha para mim. — E você, já foi lá? — Sua voz soa casual, e um alívio toma conta do meu corpo.

Sei que ele não vai me entregar. Ou pelo menos não de propósito.

— Fui ontem com a minha mãe — digo. — Mas não cheguei a entrar na casa.

— Desculpe — intervém minha mãe —, mas vocês dois se conhecem?

— Não — diz Mason. — Eu, hã, só pensei na árvore do jardim quando você disse o nome dela. Eu... gostei.

É um primeiro deslize, e as sobrancelhas da minha mãe se levantam na mesma hora. *Gostei.* Uma pequena parte de mim torce para que na verdade ele esteja se referindo a mim.

Tá, acho que estou delirando.

— Mas então você, hã, não tem nenhuma relação com a casa? Fora o...? — Minha pergunta sai bem estranha, e eu aponto para Simon.

Mason balança a cabeça.

— Só fui ajudar.

Entendi. Ele não conheceu minha tia e não sabe nada sobre a casa. Então o que estava fazendo lá, além de observar as estrelas?

— É uma casa incrível — elogia Simon, batendo palmas uma vez. — Fizemos uma visita ontem. Fico feliz que tenha mencionado a árvore, Mason, porque é uma das coisas que eu gostaria de discutir. Tenho certeza de que sabe disso, mas as raízes dos salgueiros podem ser bastante invasivas. Elas crescem sem parar e...

— Acho que é melhor estarmos todos sentados para isso — diz minha mãe, parecendo tensa.

Mason e eu trocamos um olhar rápido, que sinto que faz meu rosto corar. Ele me encara como se eu fosse o ponto mais brilhante do céu noturno.

É, só posso estar delirando. Ter lido os pensamentos mais íntimos desse garoto com certeza mexeu com a minha cabeça.

— Ótima ideia — concorda Simon. — E vamos nos apresentar direito. — Ele gesticula para os dois adolescentes. — Sou Simon, esta é Nova e este é Mason. Nova é minha filha. E Mason acabou de entrar na família.

Acabou de entrar na família? O que isso significa? Olho para Mason, cuja postura de repente fica rígida e defensiva.

FEITIÇO PARA COISAS PERDIDAS

Então me lembro do que ele escreveu no diário. *Posso não saber onde minha mãe se encontra, mas pelo menos estamos no mesmo planeta.* Por algum motivo, a mãe não está com ele, e agora é com esse cara que Mason mora. Por quê?

Sinto um peso dentro de mim. Adoro o nome dele. É forte e robusto. Parece o nome de alguém que sobreviveu a muita coisa. E, sim, estou devaneando bastante nesse breve momento em que olho para seu rosto que já admiti que é bonito.

— Vamos nos sentar — diz Simon a Mason e Nova.

Mason quase se joga no banco a minha frente e Nova fica atrás dele, relutante. Simon se posiciona na ponta, na frente da minha mãe.

O garoto fica me encarando. Sem parar. E o jeito como minha mãe olha para mim é ainda mais intenso.

Minha mãe se inclina para mim e sussurra no meu ouvido:

— Vocês não se conhecem mesmo?

Uma vez na vida, eu gostaria que ela deixasse algo escapar.

— Como a gente se conheceria? — sussurro de volta. — Acabamos de chegar aqui.

Simon distribui os cardápios.

— Crianças, podem pedir o que quiserem. Já vamos ser atendidos — diz ele.

Volto a baixar os olhos para o cardápio, mas as palavras parecem flutuar a minha frente. De alguma maneira, consigo pedir rabanada. Assim que a pessoa que está nos atendendo se afasta, o foco da minha mãe se volta para Simon.

— Vamos conversar? — questiona ela. — Eu adoraria ouvir o que você acha.

— Sim, sim — diz ele, tirando um notebook da mochila e posicionando diante da minha mãe. — Já adiantei o contrato e reuni contatos de diferentes empresas que acho que podem ajudar com a casa.

As palavras dele fazem meu estômago se revirar — minha mãe não estava brincando quando falou que tinha intenção de vender a casa. Ainda que eu só tenha passado uns quarenta minutos lá dentro, não suporto a ideia de que vai ser vendida e de que todos aqueles tesouros vão desaparecer. Tento afastar da cabeça a imagem daqueles cômodos mágicos e como me senti neles.

Então sinto o toque da mão de Mason. Seu braço está casualmente apoiado na mesa e sua mão roça meu pulso como se ele quisesse confirmar que sou real. O ligeiro toque desperta todas as minhas terminações nervosas. Seus dedos são suaves, suas unhas são largas e percebo sua caligrafia familiar subindo pelo braço e entrando sob a manga.

É como se de repente eu estivesse no meio de uma tempestade elétrica.

— Não conta, por favor — peço baixinho enquanto minha mãe e Simon estão envolvidos em sua conversa.

Não olho diretamente para Mason e minha voz é mínima, mas vejo de canto de olho quando ele assente.

O alívio me inunda, mas é temporário, porque tenho mil outras coisas para dizer a Mason. Fora que odeio que minha mãe e Simon estejam discutindo "detalhes arquitetônicos". Ela vai colocar a casa à venda rápido assim?

Mason levanta um copo de água para cobrir a boca. Seus olhos castanho-escuros e profundos brilham.

— Está com meu caderno? — indaga ele, sussurrando.

A culpa me invade, e eu assinto. Os ombros dele relaxam.

— Me encontra depois? — pergunta Mason.

Eu me sinto como se tivesse engolido aquelas velas que soltam faíscas. E não só por causa do que minha mãe acharia se eu fosse encontrá-lo, mas porque só de olhar para Mason sinto…

Tá, isso é ridículo. Só estou reagindo assim porque li o diário dele ontem à noite, diário que sugere que ele é fofo, introspectivo e meio comovente. Só que isso não anula o fato de que se trata de um completo desconhecido. Fora que agora me sinto ainda pior por ter lido os pensamentos mais íntimos dele.

— Eu levo para você — ofereço, baixo.

Tenho certeza de que Nova ouviu.

Mason volta a levar o copo à boca.

— É você no quadro, não é? — questiona ele, sua voz um pouco mais do que um sussurro.

Será que escutei errado?

— Como assim?

Ele abaixa um pouco o copo e um sorrisinho se insinua em sua boca.

— No quadro da *sereia*.

Agora é um sorriso de verdade que Mason tem no rosto, e eu fico vermelha outra vez, porque, para ser sincera, é um belo sorriso. Ainda que eu não faça ideia do que ele está falando.

Simon está soltando um monte de palavras que não quero ouvir, dividindo minha atenção.

Valor de mercado. Propriedades históricas. Preço de venda.

Ela não pode vender a casa.

Não pode.

Mason continua olhando para mim, em expectativa, tamborilando os dedos na mesa.

— "Quadro da sereia"? — Penso que sussurro, mas de repente parece que Simon e minha mãe estão concentrados em nós dois e enfio os dedos na almofada do banco em que estou sentada, com o corpo todo tenso.

Será que ela ouviu?

Mas minha mãe está olhando para Simon, que está olhando para mim.

— Sua mãe disse que é a primeira vez que você vem a Salem, Willow. O que já viu da cidade?

— Ah... — começo, mas é difícil tirar os olhos de Mason. Ele tem uma presença forte. É como se sugasse toda a energia do lugar. — Pouca coisa. Só dei uma volta.

Uma volta correndo atrás da minha mãe, no caso.

Simon pega sua xícara.

— E o que achou da casa da sua tia? Não é incrível?

— É! — solto. — Ou, pelo menos, o que consegui ver é.

Olho para minha mãe, que, por sorte, não parece muito interessada na minha resposta.

— Não vamos ficar na propriedade — diz ela apenas. *Propriedade*. Não consegue nem dizer "casa".

Mason me dirige um olhar curioso que por sorte é sutil o bastante para passar despercebido ao radar da minha mãe. Eu me ajeito no banco, desconfortável. Olho para ele e balanço a cabeça de leve. *Se controla, Mason.* Isso o faz sorrir de novo, e a força de seu sorriso acende algo dentro de mim.

Acho que sou eu que estou precisando me controlar.

— E onde vocês estão hospedadas? — pergunta Simon.

— No hotel Salem — responde minha mãe. — Vamos ficar por lá até resolver tudo. Não deve demorar muito. — É óbvio que ela tinha que acrescentar a última parte.

Simon apoia a xícara na mesa e aponta para mim.

— O Mason também acabou de chegar à cidade. Faz uma semana que se mudou. Talvez vocês dois possam sair juntos. Ir ao cinema, ao fliperama, ou o que quer que seja que os jovens de hoje fazem. Ou, ei, vocês podiam ir até Salem Willows de bicicleta. Ou... — Simon estala os dedos. — Minha esposa, Emma, é guia turística. Vocês podem fazer um dos passeios guiados pela cidade. Ela torna tudo muito divertido. Nova, você pode ir também.

Nova faz uma cara feia, mas Mason se endireita no assento, o que o faz parecer muito mais alto.

FEITIÇO PARA COISAS PERDIDAS

— Aham — concorda Mason. — O passeio e depois podemos... comer alguma coisa. Ou conversar. Sei lá.

Minha mãe vira a cabeça na nossa direção, mas dessa vez parece estar meio que achando graça.

Agora tenho que lidar com sentimentos conflitantes. Não odeio a ideia de passar um tempo com Mason, lógico. Mas será que ele não pode se esforçar um pouco para não deixar tão na cara? Nenhum adolescente fica empolgado com um passeio histórico. Minha mãe olha para nós tentando disfarçar um sorrisinho por conta da situação, o que me deixa estressada e constrangida.

— *Perfeito* — incentiva Simon. — Vocês podem fazer o passeio e depois conversar. O que querem ver? História? Bruxaria? Um pouco de cada?

— História — intervém minha mãe, depressa.

Simon pega seu celular.

— Ótimo. Vou falar com Emma. A empresa dela faz um passeio noturno muito divertido. Que tal amanhã?

Amanhã? Sinto as faíscas de novo, mas não sei se de empolgação ou nervoso.

Os olhos da minha mãe se demoram mais um pouco em Mason, depois ela se vira para Simon.

— Excelente. Não deve demorar muito para colocar a casa à venda, certo?

Simon suspira.

— Gostaria de poder dizer que não vai demorar, mas pela minha experiência em casos de herança, pode demorar, sim — explica ele, assentindo. — Mas vamos cuidar disso o mais rápido possível, e não tenho dúvida de que a casa vai vender rapidinho. É muito difícil encontrar uma propriedade reformada desse jeito. E é um lugar muito especial. Interessados vão rodear a casa como tubarões. Pode ter certeza.

Simon se vira para mim.

— Willow, Mason ainda não tem celular, o que espero resolver essa semana, então se importa se eu pegar seu número? Assim vocês dois podem se falar.

Assinto, então Simon se vira para minha mãe.

— E, enquanto eles estiverem fora, podemos nos encontrar de novo. Posso chegar a números mais precisos e puxar algumas estatísticas. Também podemos pensar em um plano de venda.

Plano de venda? Meu estômago embrulha tanto que fico enjoada. Minha mãe, por outro lado, parece aliviada.

— Vou mandar o número dela para você — diz ela, pegando o próprio celular, e juro que parece estar escondendo um sorriso.

Quando volto a olhar nos olhos de Mason, meu coração parece estar na boca. Dessa vez, tenho certeza de que é por causa dele. Não sei como descrever exatamente, mas tenho a impressão de que ele é importante.

16
Mason

Os sinais vêm sempre em três. Está tudo dando certo.

Sinto tanta adrenalina e felicidade dentro de mim que poderia fazer uma pequena festa pela rua Essex. Teria música, coreografia ensaiada e mais balões e estrelinhas de papel do que os Morgan poderiam sonhar.

Bem, talvez a parte da coreografia seja demais.

Mas me mantenho firme nos balões e nas estrelinhas de papel. Meu bom humor é *ridículo*. O universo me entregou de bandeja a sereia não uma, mas duas vezes. Primeiro na escuridão do telhado, depois em um café bem iluminado, como se quisesse se certificar de que eu tinha entendido o recado. Ainda não sei bem o que encontrar Willow significa, mas isso logo vai se revelar, não é? Minha mãe nunca sabia o que os sinais significavam de imediato. Uma vez, chegamos em casa e encontramos três pardais na varanda; dois dias depois, ela arranjou um emprego. Preciso ter paciência. E confiar. Se eu conseguir passar mais tempo com Willow, qualquer que seja a mensagem que o universo quer me transmitir vai se solidificar.

Mal a conheço, mas tudo relacionado a ela parece cósmico. Como se já estivéssemos nessa trajetória. Os próximos passos vão se mostrar. Têm que se mostrar.

A mera ideia me deixa tão pleno que nem me importo com as três meninas usando maquiagem pesada que me emboscam no segundo em que chego em casa. Fora que a essa altura já sei que é impossível escapar delas. São como pequenas caçadoras com muita purpurina.

Sou arrastado para meu quarto, onde elas montaram um pequeno salão, com penteadeira, maquiagens e uns vinte vidros de esmalte cintilante. Hazel faz o que ela chama de "olho chique" em mim, enquanto Audrey pinta o terço superior dos meus dedos de esmalte verde e Zoe apunhala meu couro cabeludo com um pente.

— Nossa. Seu cabelo está embaraçado. Você estava mesmo precisando de uma transformação — comenta Zoe, com autoridade. — Alguém acha a minha pinça? Vou fazer a sobrancelha do May May.

As meninas tomaram a decisão unilateral de me chamar de May May, o que não é a pior coisa do mundo.

— Não, nada de pinça — digo, rápido.

— Tem razão. É melhor usar cera — sugere Hazel.

Ela se afasta para avaliar seu trabalho. Se tiver usado tanta sombra roxa em mim quanto em si mesma, deve estar parecendo que levei um soco em cada olho.

— Qual é a ocasião? — indago.

— Conta para ele, Zoe — diz Hazel.

Zoe pigarreia e Audrey sorri para mim, em expectativa.

— Vai ter um teatrinho — começa Zoe. — Com um palco e uma cortina feita de lençol. Eu sou a diretora, Hazel cria as danças e Audrey cuida do cenário. — Ela puxa meu cabelo. — E todas fazemos a maquiagem e escolhemos as roupas.

— Hã? Eu cuido do *cenálio*…? — pergunta Audrey.

— Isso. Você vai fazer o pano de fundo — diz Zoe.

Ah, não. Não estou gostando nada de para onde isso está indo.

— E quem é que vai atuar?

— *Você* — revela Hazel. — Você vai ser nossa estrela. Vamos te ensinar a dançar e tudo mais.

Muito engraçado.

— Não, valeu — digo depressa. — Talvez eu possa ajudar no audiovisual. Posso usar preto e ficar nos bastidores.

— Não — responde Hazel, firme. — A história é sobre um pirata, então a gente precisa de um menino. Você vai aprender a dançar. Todo mundo vai bater palmas.

— Meninas também podem ser piratas — argumento, já me levantando. — Não acho que seja uma boa ideia. Não sou muito bom ator.

— Tem que ser você! — insiste Zoe. — É nosso *irmão* mais velho.

Isso me faz parar. As meninas voltam seus olhos de cãozinho abandonado para mim. Deve estar fazendo uns mil graus aqui.

— A família de vocês só me acolheu. É diferente.

Elas piscam para mim. Zoe cruza os braços e franze a boca pintada de rosa cintilante.

— Não entendi.

— Nem eu — diz Hazel, deixando esmalte verde pingar no tapete.

— Tudo bem, não se preocupem com isso.

— Meninas? — A voz de Emma chega do corredor. Pela primeira vez, fico aliviado em ouvi-la.

— Estamos no quarto do Mason! — responde Hazel.

— O que estão fazendo aí? — Emma enfia a cabeça pela porta. Está de short, uma camisa velha e tem um envelope na mão. Quando me vê, um sorrisinho surge em seu rosto. — Vixe…

O sorriso dela fica ainda maior. Não consigo me conter.

— Parece que eu precisava de uma transformação. Mas olho chique nunca ficou bem em mim — digo. — Prefiro olho esfumado.

Só sei da existência do "olho esfumado" por causa da filha de uma família que me acolheu, mas funciona.

Emma contorce a boca.

— Olha, você sabe levar as coisas na esportiva mesmo.

— Como assim olho chique não fica bem em você? — questiona Hazel. — Olho chique é *tudo de bom*. E o cabelo dele está todo embaraçado. Você consegue pentear?

Zoe oferece a escova para a mãe, que a pega e a enfia no bolso.

— Chega de transformação por hoje. Já está na hora de ir para Salem Willows. Mason, você precisa de demaquilante?

Devo parecer confuso, porque Emma desaparece por um momento e volta com um frasco contendo um líquido transparente e algodão, depois me leva até o banheiro e ficamos de frente para o espelho.

— É só aplicar e depois deslizar. Assim. — Ela demonstra nas próprias pálpebras sem maquiagem.

Repito o movimento, observando meu rosto voltar ao normal. Acho que nunca me senti tão confortável com Emma quanto agora, a seu lado no banheiro, o que não é muito, mas ainda assim. Dá para ver como sou muito mais alto do que ela, e com o espelho não há necessidade de contato visual direto.

Quando termino de limpar o rosto, ela dá uma olhada em meu cabelo. Zoe tem razão. Está péssimo hoje. Levo a mão a ele, constrangido, e sinto o nó que sempre se forma em cima de minha orelha esquerda.

Cabelo comprido é algo novo para mim. Decidi deixar crescer há dois anos, depois que minha mãe parou de me visitar e achei que eu precisava de uma lembrança física dela.

Quando minha mãe não descoloria, tínhamos a mesma cor de cabelo. E o dela sempre foi comprido, por isso deixei o meu igual. Agora, sempre que olho no espelho vejo um pouco dela. O problema é a manutenção. Não sei se todo cabelo embaraça assim e não tenho a quem perguntar, então tudo o que faço é pentear algumas vezes e deixar para lá.

Começo a mexer nos fios, tentando fazer com que abaixe um pouco. Emma continua me olhando, e eu fico vermelho.

— Sei que está ruim — digo, rápido.

Ela hesita por um momento.

— Eu só ia dizer que está igual ao da Nay Nay.

Percebo, com um sobressalto, que ela está falando da minha mãe, Naomi. Eu não sabia que Emma tinha um apelido para ela, não sabia que as filhas estavam me chamando de um apelido que era basicamente igual ao da minha mãe. May May e Nay Nay. Meu coração palpita e as emoções tomam conta de mim. Antes que eu consiga pensar no que dizer, Emma se dirige à porta.

— Vou começar a arrumar as meninas para sair. A gente se vê lá embaixo?

Então ela desaparece no corredor, me deixando a sós com minha confusão de sentimentos.

Descubro que Salem Willows é uma pequena área de recreação na ponta da península com um fliperama e alguns restaurantes. No meio, tem um gramado grande cheio de salgueiros, e ao longo da orla ficam casas antigas e uma prainha de pedras. Várias crianças pulam ondas, com as pernas roxas de frio.

Passei o caminho todo tentando me acalmar depois das interações com Emma e as meninas. Foi caótico, com as crianças brigando para ver quem se sentava do meu lado e Simon desesperado para tirar Nova do casulo de raiva que ela formou em volta de si mesma. Ele fez com que a filha deixasse o celular em casa, o que não tinha como terminar bem.

Assim que chegamos e descemos do carro, todos recebemos algo para carregar. Fico com um guarda-sol e um saco de rede cheio de brinquedos de praia, enquanto as garotas seguram toalhas, coletes salva-vidas e lanchinhos. Vamos direto para a praia. Compramos pipoca doce da E.W. Hobbs, depois nos sentamos para comer enquanto as meninas entram e saem da água correndo e aos gritos.

Os salgueiros me fazem pensar em Willow, óbvio, e eu fico vendo como balançam com a brisa, afastando o que restou de minha inquietação. Sim, as meninas continuam gritando e eu estou bastante desconfortável sentado sobre uma toalha perto de Emma e Nova, mas no momento tenho a sensação de que tudo é possível.

Esses sinais devem significar que vou revê-la, não?

Simon se afasta e reaparece minutos depois com um saco enorme de pipoca sabor canela.

— Esse lugar não é incrível? Costumava ser um hospital para tratar pessoas com varíola. Construíram o parque para os pacientes. Quer ir comigo ao fliperama, Nora?

— Não estou muito a fim — diz ela.

— Ah, vamos lá, Nov. Vai ser divertido.

Fico achando que a garota vai recusar outra vez, mas Nova grunhe de leve e se levanta de má vontade, depois eles vão para o fliperama, ela sempre alguns passos atrás.

Emma me passa o saco de pipoca, mantendo os olhos nas meninas.

— Simon disse que você vai a um passeio guiado com a filha de uma cliente. É isso mesmo?

— Aham. O nome dela é Willow.

As palavras saem rápido demais para que eu possa impedi-las, e eu desejo imediatamente poder voltar atrás. Não quero me abrir com Emma. Além do mais, devo ter dado a impressão de que estou louco por Willow. Em circunstâncias normais, talvez estivesse mesmo, mas não é disso que se trata.

Eu me preparo, mas Emma não abre um sorriso, não dá uma piscadela nem faz nada para me constranger. Tudo o que diz é:

— Me fala sobre ela.

O peso de seu olhar em sua totalidade é esmagador. Em geral, Emma está fazendo mil coisas. Ter toda a sua atenção é como olhar para o sol.

Willow.

— Hum... — *Ela parece uma sereia. Acho que é um sinal do universo. Quando a vejo, tenho a sensação de que vou descobrir como encontrar minha mãe.* Sei que tudo isso parece loucura, mas é verdade. — Acho que ela tem mais ou menos a minha idade. A mãe herdou uma casa da irmã. Ela é ruiva.

Enquanto falo, percebo que se trata de uma quantidade patética de fatos. Nem sei de onde ela é.

Apesar do pouco que tenho a oferecer, Emma assente como se a animação em minha voz fizesse todo o sentido.

— Uma colega de trabalho me perguntou se posso cobrir o turno dela amanhã à noite. Em geral não pego passeios externos, mas posso aceitar se você achar divertido.

Emma pega o celular e abre o site da empresa. *Assombrações históricas: uma noite inesquecível explorando os fantasmas mais famosos de Salem.*

É lógico que o tipo de passeio não faz diferença para mim, mas a ideia de "assombrações históricas" parece divertida. Devolvo o celular a ela.

— Simon tem o número dela. Ele disse que ia ligar para marcar.

Essa parte é um pouco humilhante, porque parece que preciso esperar que marquem de eu ir brincar com uma amiguinha. Estou disposto a aguentar isso se significa passar um tempo com Willow, mas ainda assim é constrangedor.

— A assistente social disse que você teve que deixar o celular no lar coletivo — comenta Emma, casualmente. — Você quer outro?

Eu a encaro por um momento.

— Desculpe, foi uma pergunta idiota. É lógico que você quer um celular — diz Emma.

A empolgação cresce dentro de mim, mas procuro controlá-la.

— Você não precisa me dar um — respondo, depressa.

— Eu sei. Mas amigos fazem muita diferença. Mesmo que Willow só fique aqui por um tempo, vai ser bom você poder se comunicar com ela. Amanhã eu passo na loja, tá? Provavelmente vai ser um aparelho bem básico, mas talvez a gente possa dar um jeito de conseguir algo melhor mais para a frente. O que acha?

A gratidão toma conta do meu corpo, o que é meio confuso, porque não quero ter sentimentos bons demais em relação a Emma, mas ela se ofereceu para fazer muitas coisas por mim, e todas significam muito. Fora que agora mesmo ela está fingindo não notar que meus olhos estão estranhamente úmidos.

— Obrigado.

— Você merece — diz ela, e fico feliz que não olhe para mim.

De repente, Nova sai apressada do fliperama e segue na direção da água, com Simon correndo atrás dela. Emma suspira.

— Qual é a da Nova? — questiono. Quase a chamo de "*furacão* Nova", mas me impeço no último segundo.

— Ela só fica com a gente durante o verão, o resto do tempo fica com a mãe, em Worcester. A cada ano fica mais difícil convencer Nova a vir. Ela está crescendo, e acho que sente falta dos amigos e da mãe. Mas Simon espera ansioso por essa época do ano.

Nós nos viramos para olhar os dois. As costas de Nova estão arqueadas, mas Simon tenta fazer com que ela se interesse por alguma coisa. Procuro imaginar como seria ter duas casas, uma no verão e outra no restante do tempo. Tenho certeza de que não é fácil, mas a ideia de ao menos uma casa fixa já me parece algo distante e simplesmente incrível.

— Neste verão ela está se rebelando — comenta Emma, baixinho. — Quer nos mostrar como se sente.

Ela não diz isso com julgamento ou mágoa. Simplesmente reconhece os fatos. Penso a respeito por um minuto. É óbvio que não confio em Emma — afinal, ela está no mesmo sistema que já me magoou um milhão de vezes —, mas tem algo de intrigante nela. O que acho que faz sentido, já que Emma foi a melhor amiga da minha mãe.

Ela dá de ombros.

— Mas é o meu papel, não é? Cabe às crianças se rebelar e cabe a nós criar um ambiente seguro para que façam isso — declara Emma com muita naturalidade, como se isso fosse algo que todo mundo soubesse.

A voz dela é tão genuína, e eu fico como às vezes acontece quando sinto falta de uma mãe. Não da *minha* mãe, mas de uma mãe qualquer. Como deve ser ter alguém sempre presente? Sinto a dor aumentando, queimando como água salgada numa ferida. Tento me controlar. Sei que não vai doer para sempre, mas, no momento, dói demais.

— O passeio de amanhã vai ser bem legal — garante ela, então se levanta e vai até a água.

Fico ali por um momento, vendo todos eles entrarem e saírem da água, imaginando como seria ter uma mãe ou um pai contra quem eu pudesse me rebelar sem que nunca desistisse de mim. Parece fantasia.

17

Willow

— **Dá pra acreditar? — pergunta minha mãe.**

— Não — retruco, enfática.

Estamos voltando pela rua Essex, as sobras do lanche estão em uma sacola plástica pendurada em meu pulso. Foi tudo tão confuso e intenso que mal consegui comer direito. Não tenho ideia do que minha mãe está falando, mas depois de tudo o que aconteceu nas últimas vinte e quatro horas, é possível dizer que não dá para acreditar em qualquer coisa. É como se meus sentimentos ricocheteassem — tem coisas estranhas demais acontecendo ao mesmo tempo.

Tenho até planos com Mason. Pelo menos agora vou poder devolver o caderno a ele, espero.

Minha mãe continua falando:

— Eu tinha certeza de que voltaríamos em menos de dois dias, mas Simon acha que vamos precisar de pelo menos mais uma semana para colocar a casa à venda. Tenho um evento na semana que vem, e a cliente vai surtar quando descobrir que não vou estar no ensaio. Nossas reservas do hotel só vão até manhã. Espero que dê para estender.

— Uma semana? — repito, esperançosa.

Por um momento, os tijolinhos da Essex se transformam em nuvens e sinto que estou no céu. Se vou passar mais uma semana aqui, talvez descubra como falar com minha mãe sobre a maldição. E vou poder passar mais tempo na casa. A mera ideia faz meu corpo todo formigar.

Minha mãe recebe uma notificação no celular. Ela aproxima a tela do rosto e suspira.

— São as tias de novo.

— Sério? — pergunto, sentindo uma energia circulando por meu corpo. Preciso reunir todas as minhas forças para não arrancar o celular dela. — Posso ver?

— Acho que Poppy aprendeu a mandar mensagem.

Relutante, ela vira a tela para mim.

A mensagem diz **CONVITE PARA WILLOW E ROSEMARY. CERIMÔNIA DA LUA ÀS 20H30, VEMOS VOCÊS LÁ,** ao que se seguem uns cinquenta emojis, a maioria de lua, estrela e gato, além de uma cara de palhaço, que me deixa confusa, mas que prefiro achar que é só um erro.

Estou quase pulando de tanta alegria.

— O que é uma cerimônia da lua?

Minha mãe volta a suspirar, depois digita furiosamente.

— É coisa do *coven* delas. Elas fazem cerimônias na lua cheia e na lua nova.

— *Coven*? — repito. — É tipo o quê, elas se reúnem em volta de um caldeirão? Fazem feitiços?

— Vai saber — diz minha mãe, mordendo o lábio.

De repente me lembro da caligrafia dela em caneta cintilante. *Feitiço para passar na prova de química. Feitiço para ser notada.* Eu tinha visto o Livro das Sombras dela. É meio engraçado minha mãe fingir que não sabe o que bruxas fazem.

Chega outra notificação no celular dela.

— Ah, agora é Simon mandando algumas informações. — Ela ergue uma sobrancelha. — Mason pareceu… muito interessado em sair com você.

Olho na mesma hora para ela, que encara o celular com um sorrisinho no rosto.

Inspiro e expiro devagar. Preciso me manter calma. E parecer casual.

— Onde as tias moram?

Minha mãe joga o celular dentro da bolsa, depois se dirige à entrada do hotel.

— Não acho que seja uma boa ideia. Vou trabalhar hoje à noite. Tenho uma reunião por Zoom sobre o casamento dos McArthur...

— Sem problema, posso ir sozinha! — Pareço animada demais, o que é um erro.

Quer dizer, sim, ter acesso livre às tias é exatamente do que preciso agora, mas minha mãe não pode saber disso.

Ela vira o rosto para mim, desconfiada.

— Você quer passar um tempo com elas?

— Bem... sim — respondo, em um tom mais leve e dando de ombros.

— Por quê?

Minha mãe me avalia com um olhar sério, cerrando a mandíbula daquele jeito de quando está prestes a ficar irredutível. Tenho que agir como se não fosse nada de mais.

— Por que não? Já estamos aqui, não é? — questiono, me esforçando para não deixar o desespero aparente em minha voz.

Já estamos dentro do hotel, e ela pega a chave do quarto e enfia na fechadura.

— Willow — começa minha mãe, naquele de tom "sou eu que estou no comando" com o qual estou acostumada —, não acho que seja uma boa ideia você ficar a sós com elas. Vou marcar um almoço ou...

Desisto de aparentar indiferença. Se minha mãe não queria que eu descobrisse sobre a família, devia ter me deixado em casa.

— Não acha que seria bom eu conhecer as pessoas com quem tenho parentesco? Também é a *minha família*. Já passo tempo o bastante indo de um lado para outro. Não acha que mereço pelo menos saber quem são essas pessoas?

Não falo sobre a separação com muita frequência porque sei que minha mãe se sente mal por trabalhar tanto e morarmos tão longe do meu pai e da família dele, mas é uma emergência. Não tenho ideia do que fazer com a história da maldição, e se ela não vai me explicar a dinâmica bizarra da família Bell, vou precisar ver as tias.

Minha mãe morde o lábio inferior, em dúvida.

— Não sei, Willow — responde ela, mas dá para ver que está cedendo.

— O que poderia acontecer de tão ruim?

Seus olhos me encaram, penetrantes e preocupados. Tá, então ela acha que *muita coisa* pode acontecer. O que faria sentido, se acreditasse na maldição. Mas ela não acredita, não é?

Minha mãe solta o ar e passa uma mão pelo cabelo. Está pensando, o que significa que tenho uma chance. Eu a aproveito.

— Sei que elas são meio maluquinhas, mãe. Mas eu só queria uma chance de conhecer as duas um pouco melhor. Antes de vender a casa. Simon disse que vai ser rápido, não foi? E quem sabe quando vamos voltar aqui? Se é que vamos voltar um dia.

Mal consigo me forçar a dizer a parte da casa, mas funciona.

Os ombros dela relaxam um pouco. Ela ajeita uma mecha de cabelo.

— Tem razão. Acho que não tem problema... — Minha mãe está meio que falando consigo mesma, o que não é nem um pouco a cara dela.

Eu me apresso antes que ela possa mudar de ideia:

— Ótimo! Que horas acha que devo ir para lá? Preciso levar alguma coisa? Me passa o endereço delas.

Minha mãe bufa.

— Ouça, Willow. As tias... elas têm uma visão da história da nossa família que é bastante imprecisa. Não pode levá-las a sério, está bem? Esta cidade tem lá sua maneira de distorcer a verdade.

Quase solto "Você está falando da maldição da família?", mas consigo me controlar. Minha tática é outra.

— Você está dizendo que não acredita em... no que quer que as tias acreditam? — A frase sai um pouco sem jeito, e minha mãe estreita os olhos para mim.

— Do que você está falando?

— Hum, tipo, o que quer que elas pensem da história da nossa família não é verdade?

Estou pisando em terreno perigoso. Minha mãe está tensa.

— O que quero dizer é que a verdade costuma ser distorcida pelo tempo. Há coisas que... — Ela solta o ar. — Às vezes, as pessoas precisam encontrar um culpado, sabe?

É como se minha mãe estivesse fazendo uma trilha de migalhas de pão que preciso desesperadamente seguir.

— Pedi para que não envolvessem você nos dramas da família — continua ela. — Mas, se ouvir alguma coisa do pessoal da cidade, só quero que saiba que não passam de histórias. Entendido, Willow?

Ela está falando da maldição. Sua voz soa intensa. Sinto o sangue pulsando em minha cabeça.

— Entendido? — repete minha mãe.

— Entendido — respondo, depressa.

Seus ombros relaxam e ela entra, soltando um suspiro baixo ao deixar a bolsa na mesa de cabeceira. Então eu me lembro de que tenho algo a lhe contar.

— Esqueci de dizer que falei com meu pai ontem à noite — comento, como se não fosse nada de mais, muito embora saiba que é, sim. Ela não mencionou que eu deveria deixar de falar sobre meu pai, mas tampouco falou que eu podia falar. — Contei que estamos em Salem.

Minha mãe congela, depois se vira para mim, tentando sem sucesso esconder o pânico em seu rosto.

— Ah. E o que exatamente você contou pra ele?

— Que você herdou uma casa e estamos aqui para tratar disso.

Os ombros dela relaxam um pouco.

— Ótimo. Perfeito. É que seu pai, bem, ele não sabe tudo sobre a época em que vivi aqui. Ninguém sabe, na verdade.

Meu coração bate forte, e sinto meu corpo se inclinando, esperançoso. Mesmo que ela esteja tentando manter a maior parte em segredo, pelo menos me trouxe junto. Para alguém tão fechado quanto minha mãe, isso é incrível.

— Por causa da sua briga com Sage? — pergunto.

Talvez ela finalmente abra a porta e me deixe ver um pouco mais.

Porém, óbvio, seu rosto se endurece e ela fecha a porta no mesmo instante.

— Passado é passado. Não há nada que possamos fazer a respeito agora. — Ela olha para o relógio de pulso. — Ah, nossa, preciso fazer uma ligação agora. Depois te passo o número dela, pode ser? Acho que vou passar o restante do dia ocupada, mas me avisa se precisar de alguma coisa.

Minha mãe se dirige à escrivaninha.

Só então eu percebo: *a blusa dela está para fora da calça*. Sei que parece bobagem, mas essa é minha mãe, cujas roupas estão sempre imaculadas. O que vem depois? Batom borrado? Uma bainha desfiada?

Não é de admirar que ela queira ir embora; está bem óbvio que Salem desperta todo tipo de coisa nela, e estou louca para saber do que exatamente se trata.

Por isso, vou à cerimônia da lua.

* * *

Fico com medo de que Simon esteja na casa de tia Sage, por isso passo a tarde passeando por Salem e me encantando cada vez mais com ela. É uma cidade *esquisita*. Os museus vão de sérios (Peabody Essex) a grotescos (Galeria dos Pesadelos do Conde Orlok). As lojas de bruxaria são tão excêntricas e interessantes quanto parecem, e tem pelo menos trinta restaurantes que eu gostaria de experimentar.

Em certo momento, meus pés começam a se cansar do pavimento de pedra e eu volto ao hotel, na esperança de que minha mãe faça mais revelações enigmáticas da dinâmica de sua família.

Eu a encontro totalmente no modo trabalho: de fone de ouvido, com post-its que ocupam a maior parte da parede próxima à escrivaninha. Fico esperando por um intervalo entre duas reuniões, mas sempre que levo a orelha à parede ouço uma ladainha que inclui "iluminação", "lista de convidados" e "experiência *al fresco*", o que quer que isso signifique.

É como se não estivéssemos em Salem, Massachusetts, com uma maldição pairando sobre nossas cabeças e uma tia misteriosa que deixou um livro cheio de feitiços que escreveu com minha mãe.

Definitivamente não entendo minha mãe.

Às 19h55, a ansiedade está me matando. A cerimônia da lua só começa às oito e meia, mas se eu não sair deste hotel minuciosamente decorado, vou explodir. Minha mãe está envolvida demais na ligação para falar comigo. Quando lhe passo um bilhete, ela anota o endereço das tias: *Rua Orange, 611, cerca branca*. E acrescenta: *IMPORTANTE: tia Marigold pode estar vestida de céu*.

— Hã? — pergunto, mas minha mãe só afasta o fone de ouvido, de modo que ouço alguém falando rapidamente do outro lado.

— *Vestida de céu*. — Minha mãe faz com os lábios, sem produzir som e apontando para o blazer.

FEITIÇO PARA COISAS PERDIDAS

Não tenho ideia do que se trata. Estou animada demais para desperdiçar tempo, então assinto como se compreendesse e me dirijo à porta.

Mesmo à noite, Salem continua quente e cheirando a terra. A rua está lotada de gente que parece tão empolgada em estar aqui quanto eu, o que faz meu coração palpitar.

Meu celular me indica uma rota por perto da orla, e quanto mais me afasto do centro mais tranquila a cidade parece. Logo estou passando por fileiras de casas grandes e coloridas, com jardineiras sob as janelas cheias de flores em cores vivas. A rua Orange fica a apenas um quarteirão da orla, e quando vejo a placa da rua meu corpo se arrepia todo e acelero. Vou a um *encontro de bruxas*. Preciso contar isso a Bea. Pego o celular e vejo que ela me mandou uma mensagem. Como sempre, estamos em descompasso.

O GAROTO APARECEU NA CAFETERIA?? Saio da aula às dez horas daí. Me liga.

Aham. E estou indo a uma cerimônia da lua do coven das minhas tias--avós, respondo.

Você só pode estar brincando, escreve Bea.

Mando todos os emojis relacionados a bruxaria que consigo encontrar.

É fácil identificar a casa. Tem um estilo completamente diferente da casa de Sage, é menor, e tem um telhado que se abre e é curva nas beiradas. Ela é toda revestida de telhas finas de madeira em marrom-claro, e as janelas estão todas iluminadas. Canteiros circundam o terreno, com ervas e vegetais plantados. Uma placa no portão diz CUIDADO: JARDIM DE BRUXA. INVASORES SERÃO USADOS COMO INGREDIENTE EM POÇÕES.

Dou risada e olho em volta, para a vizinhança. Parece que as tias não fazem a menor questão de esconder a bruxaria.

Passo pelo portão. Ouço vozes vindo de algum lugar na casa, muitas risadas, talvez até uma fogueira. Subo os degraus da entrada e deparo com outra placa: SOMOS AS NETAS DAS BRUXAS QUE VOCÊS NÃO CONSEGUIRAM QUEIMAR. E outra: AS COISAS NÃO SÃO AS MESMAS DESDE QUE AQUELA CASA CAIU EM CIMA DA MINHA IRMÃ, uma menção a *O Mágico de Oz*. E, por fim, à porta: BRUXAS SÃO BEM-VINDAS, TODOS OS OUTROS DEVEM MARCAR HORÁRIO. E então… Saindo de baixo da varanda, vejo uma meia-calça listrada em preto e branco com enchimento. No que seriam os pés, estão sapatinhos de rubi.

Talvez as tias sejam minhas pessoas preferidas no mundo.

— É ela? — Uma voz que não reconheço chega pela janela aberta, perfurando o silêncio.

Então a porta se abre com tudo e vejo de relance uma pessoa de pele cor de pêssego enrugada, uma nuvem de cabelo branco e um par de pantufas rosa. As pantufas chamam a atenção porque são a única coisa que ela está usando. Em outras palavras, tem uma senhora muito idosa e muito pelada na varanda, acenando freneticamente para mim.

Ela abre um sorriso enorme, o que eu consideraria fofo se não tivesse que lidar com o fato de que ela está como veio ao mundo.

— Willow! Querida!

— Hum… — É tudo o que consigo dizer. Não tenho ideia de para onde olhar, então me concentro nas pernas falsas saindo de baixo da casa. — Você é a tia Marigold?

— Acertou na mosca! — grita ela, e então, para meu profundo horror, dá uma balançadinha com a bunda. — Minha querida, estamos esperando há tanto tempo para conhecer você!

— Eu… hã… — Olho em volta, nervosa. Estamos em uma rua residencial. Não tem problema ela aparecer assim, pelada? — Acho que esqueceu sua…

— Roupa? Estou vestida de céu. Não tem nada entre mim e ele, é a liberdade mais pura e autêntica! — Ela sacode os braços e seu corpo todo balança junto.

FEITIÇO PARA COISAS PERDIDAS 175

Era para isso que minha mãe estava tentando me preparar. Marigold.

— Nossa, você é igualzinha a Sage e Rosemary.

— Marigold! Vai vestir uma roupa, pelo amor da deusa, é a primeira vez dela! — diz Violet, que aparece na varanda com o rosto corado.

Para meu alívio, ela joga um robe de seda enorme sobre Marigold, que o veste, relutante. Violet está usando um vestido roxo e longo, com brincos de lua que chegam até os ombros.

— Peço desculpas pela Marigold. Ela precisa aprender que tem hora certa para se vestir de céu.

— Sempre é a hora certa de se vestir de céu — insiste Marigold, com firmeza, dando uma piscadela para mim.

Violet aponta para a porta, o que faz seus brincos de lua chacoalharem. De repente, me sinto meio boba de ter aparecido de camiseta e tênis. Nem pensei no que estava usando, o que é meio que o meu normal, mas é constrangedor considerando as circunstâncias.

— Eu devia ter vindo com outra roupa? Ou… — Engulo em seco e olho para Marigold. *Sem roupa*, talvez? — Não sabia direito. Preciso usar algo especial?

Ela balança a cabeça.

— O que importa na bruxaria é o que acontece dentro da gente. Tem muitas bruxas que andam por aí de camiseta e tênis. Um chapéu pontudo e uma capa preta não ajudam em nada se você não se sente poderosa.

As tias me fazem entrar. Para ser sincera, é como entrar em uma casa de bruxa de conto de fadas. O lugar é tão encantador e caótico que preciso parar por um momento para absorver tudo. Tem três cadeiras de balanço em volta da lareira, duas delas com cestos de tricô ao lado e a terceira com uma pilha de livros. As paredes são forradas de estantes com livros transbordando, e ervas secas decoram o lugar. Tem um gato peludo no tapete diante da lareira. Ele abre um olho sonolento para mim antes de voltar a descansar.

Violet me conduz à cozinha, que é deliciosamente caseira e equipada. Panelas de cobre brilham, penduradas em ganchos acima do fogão de ferro fundido. Tem uma geladeira amarela vintage ao lado de uma máquina de café *espresso* enorme. O peitoril da janela está forrado de ervas plantadas em latas velhas de tomate, e tem vários tapetes feitos à mão espalhados pelo chão.

O melhor de tudo é que, quando adentro o cômodo, sinto cheiro de algo que remete a meu verão com Bea. Poppy tira uma assadeira do forno. Quando vejo o doce redondo de massa folhada, solto um suspiro desejoso.

— Você fez *kouign-amann*?

— Para Willow, nossa convidada de honra — diz Poppy, deixando a assadeira sobre o fogão. — Minha nossa, os franceses sabem o que fazer com manteiga, açúcar e sal, não acha?

— É meu doce francês preferido! — conto. — Não encontrei em lugar nenhum aqui nos Estados Unidos. Minha mãe disse que eu gostava?

Poppy sorri e balança a cabeça. As tias trocam sorrisos rápidos e conspiratórios.

— Não, querida. Foi uma coincidência — responde Poppy, indo até a geladeira e pegando uma garrafa em formato de pera que eu reconheceria em qualquer lugar. — E uma bebida também. Tradicionalmente nas reuniões de bruxas são servidos bolos e cerveja, e hoje isso se traduz em qualquer comida e bebida que quisermos.

— Orangina?

Estou quase dando pulinhos. Orangina é meu refrigerante francês preferido. Bea o apresentou a mim em um pequeno café em Montmartre, um bairro cheio de turistas no topo de uma colina, com uma vista deslumbrante.

Antes que eu possa perguntar como Poppy sabia que essa é a minha bebida preferida, recebo o doce e o refrigerante e sou conduzida por toda a casa até o quintal dos fundos.

18
Mason

Depois de as meninas brincarem na água fria o bastante para seus membros começarem a ficar azuis, arrumamos tudo e voltamos para casa. Três crianças da vizinhança estão esperando na varanda para brincar, e a presença delas faz os decibéis subirem umas cem vezes.

Passo a tarde indo de um lado a outro em meu quarto todo sujo de maquiagem, tentando não pirar. Não consigo parar de pensar em Willow. O passeio guiado é só amanhã, e não estar com ela me deixa inquieto. Sinto a energia se acumulando em meus braços e pernas.

Estou refletindo se seria estranho dar uma passada casual na frente do hotel de Willow quando alguém bate à porta. Imagino que sejam as meninas, prontas para me atacar com seus itens de beleza, mas, quando abro, é Emma. Ela trocou a roupa da praia pelo que imagino que seja o uniforme de trabalho — blusa para dentro da saia, sapatilha e óculos escuros na cabeça. Só que tem algo de diferente nela, algo que me deixa alerta no mesmo instante. Olho para seus sapatos, para seu rosto, para suas mãos, e só então vejo que ela tem uma caixa de sapato debaixo do braço. E parece nervosa.

Sinto um frio na barriga no mesmo instante. Por que Emma está *nervosa*?

Ela inclina a cabeça.

— Tudo bem se eu entrar? Queria mostrar uma coisa pra você. Bem, duas coisas.

Recuo, abrindo espaço para que ela entre no quarto. Emma enfia a mão no bolso e me entrega um celular com uma capinha vermelha.

Quando seguro o aparelho, sinto uma mistura de sentimentos se formando. Já tive um celular e até um notebook, mas sempre me senti atrasado em comparação com meus amigos, porque nunca tive o tipo *certo* de celular — o modelo que me daria acesso aos mesmos jogos, serviços de *streaming* e aplicativos. E agora é exatamente isso que Emma está me proporcionando.

— É usado. Eu estava pensando em comprar um mais básico para você usar por enquanto, mas mencionei isso para a vizinha e ela tinha esse para vender. O número está atrás, só preciso passar a senha do wi-fi. Ela disse que a conexão com a internet é meio lenta.

O celular poderia grasnar como um pato toda vez que eu o ligasse e eu ainda estaria superempolgado. Só que não posso aceitar. De verdade.

— Eu posso pagar — ofereço, depressa.

— É um presente — diz ela, agora sorrindo e tão empolgada quanto eu.

Estou em conflito. Quero o celular, mas odeio a ideia de ficar em dívida com os Morgan. Talvez eu possa dar um jeito de ganhar dinheiro. De todo modo, não consigo controlar a alegria.

Então eu me lembro de que tem uma segunda coisa.

De repente, uma caixa de sapato laranja de aparência velha entra em foco, quando Emma a oferece para mim.

— O que é isso?

Ela segura a caixa com força, o que indica que está ansiosa. Eu me preparo. O que quer que seja, não pode ser bom.

— Minha mãe se mudou no ano passado, e antes disso dei uma olhada em algumas coisas antigas que estavam guardadas na casa dela. Encontrei essa caixa que tinha esquecido. É da escola. Tem bilhetes de amigos, fotos, ingressos, esse tipo de coisa. — Emma expira fundo. — Sei que não dá para guardar um relacionamento, uma amizade, numa caixa, mas, sendo honesta, acho que essa caixa é o mais próximo do possível disso. Tudo aqui está relacionado a Naomi.

Ela empurra a caixa para mim e eu a aceito de imediato, mas assim que a sinto nas mãos me arrependo. É pesada e tem um leve cheiro de mofo que lembra livros velhos, mas que agora faz minha barriga se revirar. Ela está me dando uma caixa com coisas da minha mãe?

— Eu não te contei antes, mas sua mãe… — Emma hesita, e eu noto como seus olhos brilham. Engulo em seco com dificuldade. — Eu amava sua mãe, de verdade. Por quase vinte anos, ela foi a pessoa mais importante do mundo para mim. Queria que você visse isso. A gente fez uma peça juntas. Eu era péssima atriz, mas ela levava jeito. E jogávamos vôlei. Ela foi rainha do baile no segundo ano do ensino médio. Você vai ver a foto no anuário da escola. Está tudo… — Emma expira fundo de novo. — Achei que você ia querer ver. Ter algo para se lembrar dela.

Cada pelo do meu corpo se arrepia, e minha coluna fica totalmente reta. Emma está falando como se minha mãe estivesse morta. Como se nenhum de nós fosse voltar a vê-la. De repente, sinto um calor crescendo dentro de mim, preenchendo meu corpo dos pés à cabeça, devagar, até que eu sinta a pressão atrás de meus olhos.

— Você sabe que ela só perdeu minha custódia temporariamente, né? — solto, em um tom errado, agressivo e raivoso, que, embora transmita como me sinto, em geral costumo evitar. Mas dessa vez não consigo. — Ela não morreu.

— Não, eu sei que não.

Emma pisca algumas vezes, e sua boca forma mais algumas palavras, mas não consigo ouvir o que tem a dizer, com meu coração martelando no peito.

— Assim que ela se recuperar, vamos voltar a ficar juntos. Pode demorar um pouco, mas ela está se esforçando pra isso. — A intensidade em minha voz preenche todo o espaço entre nós.

— Mason, eu não quis...

Ela ergue os braços, e vejo sua tatuagem de relance. É como ser atingido por um raio. Isso arranca as palavras de minha boca:

— Às vezes dependentes químicos precisam tentar várias e várias vezes antes de conseguir ficar sóbrios. Às vezes eles conseguem.

Há um longo silêncio. O único som que se ouve enquanto mantemos os olhos fixos nos olhos um do outro são os gritos das meninas no quintal. Emma não vai recuar, e eu também não, muito embora meu pulso acelerado desejasse o contrário.

— Às vezes, sim — diz ela, baixo.

Odeio esse "às vezes". É apaziguador e incerto. Faz com que eu sinta que estou flutuando. Minha mãe vai superar o vício porque precisa fazer isso. Vamos ficar juntos. De jeito nenhum que ela vai sair da minha vida. Minha mãe melhorar não é algo que talvez aconteça. É algo que vai acontecer mais cedo ou mais tarde. É o que mantém as estrelas no céu. É o que faz a Terra girar. Não preciso de uma caixa de recordações aleatórias da escola. Preciso *dela*.

Qualquer sensação boa em relação a Emma que tenha despertado em Salem Willows é apagada. Extinguida.

Ofereço a caixa a Emma, que não a pega e permanece imóvel.

— Pode ficar — oferece ela. — Caso mude de ideia.

Não vou mudar de ideia, mas não quero mais discutir. Só quero que Emma vá embora.

— Tá — digo apenas.

Então, quando Emma leva a mão à maçaneta, uma chama teimosa de esperança entra em meu campo de visão e força as palavras a saírem.

— Você sabe onde ela está? — pergunto.

Emma fica imóvel um momento, então se vira para mim. Vejo a resposta em seus olhos antes que ela diga alguma coisa.

— Não. Sinto muito, Mason. Perdi contato com ela no mesmo momento em que a assistente social perdeu.

A resposta não me surpreende, mas é um duro golpe. Eu preferiria que Emma estivesse mentindo, mas ela me olha muito diretamente para ser esse o caso. Não vou chegar a lugar nenhum a partir de Emma ou de qualquer outra pessoa. Por que continuo fazendo isso comigo mesmo?

Ela assente, depois se dirige para o corredor. Eu me forço a me virar e fechar a porta. A caixa pesa uma tonelada de emoções. Nunca tive menos vontade de estar segurando algo.

Eu me arrasto até a cama e deixo a caixa cair sobre o edredom, o que faz seu conteúdo se movimentar e tilintar. Preciso de um minuto inteiro para criar coragem para abri-la, e quando abro gostaria de poder voltar atrás. São explosivos disfarçados de itens aleatórios. Fotos, ingressos, pulseirinhas, protetores labiais, um anuário e até o programa de uma peça da escola.

Minha mãe atuou em uma adaptação de *A importância de ser prudente*, de Oscar Wilde. Passo os olhos pela lista do elenco e descubro que ela interpretou Lady Bracknell. Ver seu nome impresso faz com que minha cabeça pareça estar desligada do restante do corpo. Estou tentando chegar ao anuário quando encontro uma série de fotos tiradas em cabines automáticas. Devem ser umas dez tirinhas, algumas com pessoas aleatórias, mas a maioria com Emma e minha mãe. Emma tem a mesma aparência de hoje, com cabelo comprido e o mínimo de maquiagem. Mas minha mãe...

FEITIÇO PARA COISAS PERDIDAS

Meu cérebro não sabe como processar o que estou vendo. Quando adolescente, era tão linda quanto todo mundo sempre disse que era: alta, com cabelo escuro e comprido e um sorriso enorme que acho que só vi algumas poucas vezes. Parece alguém com um futuro brilhante. Alguém que vai fazer coisas importantes. Minhas mãos estão tremendo. *Odeio* isso.

Então entendo por quê. Não conheço a pessoa nas fotos. Minha mãe de antes do vício é uma desconhecida para mim. Ela é linda e parece esperançosa, mas não é a pessoa que me deixava dormir no teto do carro quando morávamos em uma floresta, ou a pessoa que eu cobria sempre que desmaiava no sofá. Se minha mãe na época do ensino médio entrasse neste quarto, teríamos que ser apresentados, de tão pouco que se parece com a pessoa que conheci.

Essa versão mítica dela talvez não tenha algumas de suas falhas, mas tampouco é a pessoa que procuro. Quem eu realmente quero é *minha mãe*. Se eu aceito quem ela é, por que os outros não podem fazer o mesmo?

E Emma… Sinto um nó na garganta, mas de raiva. Parece que ela tinha sempre um sorriso no rosto. Em todas as fotos, parece radiante, muitas vezes abraçando minha mãe. Qual é o objetivo dela ao me mostrar tudo isso? Provar que foi uma boa amiga? Porque está na cara que não é o caso. Ela só gostava da versão da minha mãe de antes do vício e não esteve presente no momento mais importante.

Agora sou *eu* que estou pensando na minha mãe como se ela tivesse morrido. Mas ela não morreu. Ainda tem uma chance. Ainda *temos* uma chance. E temos mais do que uma chance, a julgar pelos sinais. Mesmo assim, o medo cresce dentro de mim, seus longos tentáculos chegam até as pontas de meus dedos. Seguro a caixa com força. Não estou interessado no passado da minha mãe; é seu futuro que importa.

Eu me levanto e enfio a caixa de qualquer jeito no closet, fazendo o meu melhor para tirá-la da mente. Minha mãe, o universo ou o que quer que seja me mandou um *sinal*, e no momento preciso confiar. Não tenho tempo de mergulhar no passado complicado de minha mãe e de Emma. Preciso me concentrar no futuro. Agora, meu principal objetivo é descobrir por que Willow apareceu quando apareceu. Não importa quantas vezes eu tente dizer a mim mesmo que foi só coincidência, não consigo acreditar nisso.

Pedi por um sinal e a sereia apareceu. Vai ficar tudo bem.

O restante da noite é péssimo. Eu me sinto como uma lata de refrigerante que caiu na máquina de lavar e foi centrifugada. Os Morgan levam o dobro do tempo que qualquer família normal levaria para relaxar. A pizza só chega às sete da noite, e quando chega a hora de dormir ouço as meninas brigando e rindo no quarto ao lado pelo que parecem séculos. Por fim, ouço Emma saindo para trabalhar e Simon ligando a TV da sala em um torneio de golfe.

Passo vinte minutos tentando acessar a internet pelo celular, mas, como Emma disse, mal funciona, e cada clique é uma espera agoniante. Estou desesperado o bastante para tentar usar o computador da família, por isso saio do quarto e desço em silêncio.

Quando entro na sala de jantar, vejo Nova jogada na cadeira do computador. Ela não me ouve chegando, por isso bato na porta aberta, o que a faz dar um pulo, fechar as abas abertas na tela e afastar a cadeira. Nova fica olhando para o chão, com as bochechas vermelhas.

Fico olhando para ela por um momento, sentindo a tensão aumentar.

— Precisa de mais tempo? Não estou com pressa.

— Pode usar — murmura ela, então se levanta e passa por mim.

FEITIÇO PARA COISAS PERDIDAS

Espero Nova sair do cômodo antes de verificar o histórico de navegação. Não estou querendo pegá-la no flagra nem nada do tipo, só estou genuinamente curioso. O que ela poderia estar pesquisando para justificar o clima tenso? Sei *o que* a maior parte das pessoas está vendo quando é flagrada, mas duvido que Nova fosse fazer isso no meio da sala de jantar da família.

Tem uns vinte sites no histórico, e enquanto passo os olhos pela lista de tudo o que Nova acessou, minhas sobrancelhas arqueiam.

Por que bichos-preguiça são tão lentos e dez outros fatos a respeito deles.

Memes engraçados com bichos-preguiça para alegrar o seu dia.

Era isso que Nova, a terrível, estava vendo? Bichos-preguiça?

Entro em alguns sites informativos e passo pelo conteúdo. *As preguiças de hoje têm mais ou menos o tamanho de um cachorro de porte médio. Dez mil anos atrás, seu ancestral, o megatério, podia chegar ao tamanho de um elefante.*

Assustador.

A preguiça em geral cai da árvore uma vez por semana. Elas podem cair de uma altura de dez andares sem sofrer ferimentos significativos.

Que engraçado.

Eu me recosto na cadeira. É como uma pequena fenda na armadura de Nova. Ela gosta de *bichos-preguiça*. Vejo mais alguns memes, depois confiro se Simon ainda está concentrado no golfe.

Então chega o momento. Respiro fundo para criar coragem. Posso estar louco para ter um tempo a sós no computador para poder procurar minha mãe, mas não significa que goste de fazer isso. Procurá-la nunca foi fácil.

Eis as regras do jogo: basicamente, digito o nome dela no máximo de lugares em que consigo pensar e tento não me entregar ao desespero quando nada aparece.

Começo pelas redes sociais, o que é inútil — minha mãe não publica nada faz quase uma década —, mas já virou tradição. A foto de perfil é a mesma em todas: ela descalça na praia, usando short jeans desfiado e camiseta dos Rolling Stones. Não é uma foto muito boa, porque ela está apertando os olhos e tem um brilho forte no canto superior direito. Não dá nem para ver seu rosto muito bem, com o cabelo soprando ao vento. Mas é tudo o que tenho, por isso conheço cada pixel da foto. Eu me debruço tanto sobre o computador que meu nariz quase toca a tela. Pela milionésima vez, eu me pergunto quem tirou a foto. Será que foi meu pai? Minha mãe disse que ele se mandou assim que ela descobriu que estava grávida, o que o torna insignificante. Se ele não quer saber de mim, não quero saber dele. Minha mãe é tudo com que me importo.

Em seguida, dou uma olhada no sistema carcerário. As prisões federais são bem diretas: é preciso procurar apenas em um site, onde estão os registros de todas as pessoas que cumpriram ou cumprem pena no país desde os anos 1980. O problema são as prisões estaduais, porque você precisa saber o nome do lugar para depois procurar no site dele. O único registro que já encontrei foi da passagem da minha mãe por uma penitenciária em Suffolk County, cinco anos atrás.

Em seguida, procuro o nome dela no Google combinando com diferentes estados. Minha mãe adora se mudar, o que significa que pode estar em qualquer lugar. *Naomi Greer, Massachusetts. Naomi Greer, Nova York. Naomi Greer, Maine.*

Nada, nada, *nada*. Desisto depois de meia hora, quando a dor em meu peito começa a ser demais. Minha mãe talvez seja a única pessoa que não está na internet. Mas preciso continuar tentando. *Preciso.*

Fecho tudo e apago meu histórico de navegação e o de Nova, depois me levanto e vou para a porta da frente. No caminho, passo por Simon, que se está imóvel, o que não é comum.

— Vou dar uma volta — digo.

Há um momento de silêncio, durante o qual fico achando que Simon vai me proibir, então ele se vira e sorri.

— Sim, sim — diz ele, com a voz estrondosa. — É uma ótima ideia ir tomar um ar. Precisa de companhia?

Ele se levanta e dá para sentir a energia circulando por seu corpo. Alguém deveria fazer experimentos científicos com esse cara.

— Não — respondo, depressa.

Não sei se Emma contou a Simon sobre o fiasco envolvendo a caixa de memórias, mas não estou em condições de aguentar os monólogos dele. Simon inclina a cabeça, e por um momento tenso acho que ele vai insistir, mas então aplausos animados irrompem da TV e ele quase pula no sofá.

Já estou com a mão na maçaneta quando meu celular apita no bolso e Simon diz:

— Mason, acabei de te mandar o número da Willow. A mãe dela me mandou uma mensagem. Tudo certo para amanhã.

19
Willow

Assim que engulo a última migalha divina de *kouign-amann*, Marigold leva meu prato. Poppy a chamou de bebê da família, e entendo perfeitamente. Ela não apenas adora atenção como tem uma energia inacreditável. Ficou o tempo todo zanzando a minha volta como um mosquito.

— Finalmente. Agora a diversão pode começar — anuncia ela.

Seus olhos brilham, e sinto uma pontada de empolgação e medo no peito.

— Que diversão?

Marigold ergue uma sobrancelha.

— A cerimônia da lua, óbvio. Vamos, vamos.

Sou conduzida para fora, onde me deparo com almofadas posicionadas em volta de um pote de cerâmica. Tem um pequeno altar de madeira com cristais, maços de ervas secas, velas e um baralho.

Escolho uma almofada roxa. Poppy me passa um jarro de vidro.

— Água da lua. Beba!

Eu me acomodo e tomo um gole da água de lua, que se revela água comum.

— Gostou? — pergunta Poppy. — Energizei na última lua cheia.

— Uma delícia — respondo, escondendo um sorriso.

Está escuro e tranquilo no quintal, com a lua quieta e despretensiosa acima de nós. As senhorinhas também se acomodam em suas almofadas, depois fecham os olhos juntas e começam a respirar de maneira lenta e uniforme.

O silêncio é tamanho que não ouso me mover. Por fim, Violet abre os olhos.

— Vou abrir o círculo. Deusas, irmãs, bruxas. Estamos reunidas sob a Mãe Lua para pedir a ela discernimento e lucidez. Invocamos os elementos terra, fogo, água e ar e pedimos que nosso círculo seja protegido. — Ela faz uma pausa.

Marigold pega um isqueiro e acende as três velas no altar. Ficar sentada no escuro com essas três mulheres é esquisito no melhor sentido. Sinto meus ombros relaxarem por um momento.

Então Violet se vira para mim.

— Willow. Você entrou na casa e encontrou o Livro das Sombras, não foi?

Quase engasgo com a água da lua.

— Hum… bem, é que…

— Óbvio que ela entrou! — diz Marigold. — As Bell nunca dependeram de permissão. Fazem o que precisa ser feito! Willow não é exceção.

Elas são muito animadas. Eu mesma sinto a empolgação borbulhando dentro de mim, o que me leva a falar:

— Vocês vão mesmo me contar tudo a respeito?

Poppy balança a cabeça.

— Prometemos a Rosemary que não contaríamos a Willow sobre a maldição. Ela nos fez dar nossa palavra de bruxa — explica ela.

— Foi uma promessa relutante — intervém Violet. — Mas ela tem razão. Ainda assim, prometemos.

Toda a minha empolgação é substituída por irritação no mesmo instante. É a história da minha família também.

— Bem, eu não prometi — argumenta Marigold. — Você e Poppy podem ficar num canto escutando enquanto eu conto tudo. Além do mais, Willow já sabe. Não é, querida?

As três me olham, em expectativa. Não consigo evitar que um sorriso me escape.

— Bem... li a respeito no Livro das Sombras...

— Não falei? — diz Violet, batendo uma palma no chão. — Não falei que ela ia entender tudo sozinha? Tudo o que precisávamos fazer era lhe dar a chave para que começasse sua jornada por conta própria. É destemida como a mãe.

— Quis dizer destemida como Sage? — indago, esperançosa, pensando na casa perfeitamente eclética.

— Não. Você é destemida como sua mãe, meu bem — responde Poppy.

Meus ombros se curvam um pouco, mas eu me reanimo no mesmo instante. Então ao ler o Livro das Sombras iniciei uma jornada?

— Isso não significa que vamos ajudar Willow — diz Poppy. — Prometemos a Rosemary, e levo promessas muito a sé...

— Poppy — interrompe Marigold. — Uma Bell tem o direito de saber da maldição. Como vai se virar no mundo se não souber o que enfrenta? Você gostaria de andar por aí com uma maldição e não saber nada a respeito? Olha só para ela. Willow tem a vida toda pela frente.

Marigold aponta para mim, e eu faço o meu melhor para parecer ao mesmo tempo cheia de vida e carregando um grande fardo.

Violet e Poppy trocam um olhar demorado, depois parecem chegar a um acordo.

— Olha... — começa Poppy. — Talvez se Willow quiser nos fazer algumas perguntas, podemos responder a elas.

— E talvez possamos fazer uma leitura de tarô — sugere Marigold. — Não faz mal.

FEITIÇO PARA COISAS PERDIDAS

— Aham — concorda Violet. — Muito bem, Willow. O que tem para nos perguntar?

Elas sorriem para mim, em expectativa, e por um momento fico nervosa demais para formular qualquer pensamento coerente. Então um milhão de perguntas me ocorre. Começo por aquela que considero mais angustiante. Penso na caligrafia de minha mãe e de Sage se alternando no Livro das Sombras.

— Sabem por que minha mãe foi embora de Salem?

Marigold balança a cabeça, séria.

— Ela foi traída.

Sinto um aperto no coração.

— Por Sage? Mas vocês parecem loucas por ela.

Não quero que Sage tenha traído minha mãe por uma série de motivos, incluindo o fato de que sinto que estou ficando amiga dessa pessoa que nunca terei a chance de conhecer.

Sim, sei que isso parece maluquice.

— Ah, não apenas por Sage. Todo mundo traiu Rosemary — revela Poppy, mantendo o tom leve. — Não a culpamos por ter ido embora. Nem um pouco. Mas tampouco culpo Sage. Ou a mãe delas, Dahlia. A maldição pesou sobre todas elas. Próxima pergunta.

— Mas… como Sage traiu minha mãe? — insisto.

As senhoras, incluindo Marigold, balançam a cabeça na mesma hora.

— Não podemos entrar nesse assunto — declara Violet. — É sua mãe quem tem que contar a você.

— Sempre achei que tivesse sido aquele garoto — diz Marigold.

— Marigold! — repreende Poppy.

Os olhos da mais nova se arregalam.

— O que foi? É sempre um garoto, não é?

O choque volta a tomar conta de mim.

— Que garoto?

— Não importa — responde Poppy. — Próxima pergunta.

Todas me dirigem seu olhar férreo, e eu chego à conclusão de que é inútil tentar arrancar a história delas. Seria como rolar uma pedra grande e redonda montanha acima. Respiro fundo e faço o meu melhor para mudar o rumo das perguntas.

— Bem, li a história no Livro das Sombras. Ela... é real? A bruxa, o jardim e tudo mais? — indago, com um tom cético, e fico preocupada de estar soando exatamente como minha mãe.

Elas piscam para mim.

— Lógico, querida — afirma Poppy, colocando uma mão com delicadeza sobre a minha. — Tenho certeza de que foi um choque para você, mas as Bell são mesmo amaldiçoadas. Todas nós somos — diz Poppy de maneira tão prosaica que quase dou risada.

Elas podem ser amaldiçoadas, mas encaram isso com leveza.

— Como... como exatamente é a maldição? E o que você quer dizer com essa história de que a maldição pesou sobre minha mãe e minha avó?

Marigold se inclina para a frente.

— A maldição pode ser diferente para cada pessoa. Dahlia estava sempre em busca de amor. Essa era a maldição dela. Vivia atrás do próximo homem, do próximo público, e isso a cegava para o amor que estava bem a sua frente. Sua mãe... Olha, às vezes acho que foi quem mais sofreu com a maldição. Ela era tão vulnerável.

— *Minha mãe?* — questiono.

Será que as tias não a conhecem de verdade? Porque tentar imaginar minha mãe como vulnerável em qualquer sentido é como imaginar uma girafa fazendo esqui aquático. Impossível e ligeiramente cômico. Meu olhar se alterna entre as três. Todas me olham sérias, sem dar nenhum sinal de que estão *brincando*. Então eu me lembro do rosto da minha mãe quando falou sobre a mãe tê-la deixado em um hotel qualquer.

De repente, sinto um aperto no peito.

— Por quê? — indago, devagar.

— Por causa do coração dela — conta Poppy, batendo no próprio peito. — Quando pequena, sua mãe tinha um coração enorme, estava sempre tentando cuidar de todo mundo. Infelizmente, essas pessoas sofrem um risco maior de ter o coração partido. Elas dão tudo de si, e o mundo as decepciona de um milhão de pequenas maneiras. Então se cercam de muros. Foi por isso que sua mãe fugiu de Salem. Ela não aguentava mais.

— Você tirou isso daquele seu guia para corações partidos? — pergunta Marigold a Poppy. — Quando vai escrever uma versão atualizada, aliás?

As duas entram em uma discussão que sou incapaz de acompanhar, porque minha cabeça está girando. A pessoa de quem falam não pode ser a mesma que eu conheço. Minha mãe não é vulnerável.

— E quanto a Sage? Como a maldição foi para ela?

Violet suspira.

— Sage era temerária. Ainda mais quando jovem. Ah, ela era indomável. Rosemary estava sempre de olho nela. As duas eram muito próximas.

— Eram inseparáveis, como pão e manteiga, café e leite — acrescenta Marigold.

— Como duas rolinhas — concorda Poppy. — Aonde uma ia, a outra ia atrás.

As outras duas assentem, então Violet vira na minha direção.

— E você, Willow? Como a maldição afetou você?

Seu olhar penetrante dispara meu coração. Não sou amaldiçoada.

— Eu não… isso não…

— Pense, querida — diz Poppy. — Não tenha pressa.

Não demoro muito. Só de olhar para as velas já sei qual é a minha maldição. A solidão toma conta de mim. Sou uma ilha, presa entre dois mundos. Sem nunca me encaixar em nenhum deles, sem nunca me sentir em casa. Minha maldição é essa.

Abro a boca para explicar, mas não consigo. É doloroso demais.

— Tudo bem — diz Marigold. — Todos temos nossas dores. É para isso que você está aqui. Para reverter essa história.

Elas só podem estar brincando. Só que não estão.

— Desculpa. Como assim?

— Respire, querida — aconselha Poppy. — Você leu a história da maldição no Livro das Sombras, não leu? Bem, Sage começou a desconfiar de que não era só aquilo. Tudo o que você precisa fazer é seguir a trilha das cartas dela e o restante vai ficar compreensível. Consegue fazer isso, não? Acreditamos em você.

Ficam todas me olhando, parecendo corujas. A incredulidade toma conta de mim. As tias não apenas acreditam em mim como também acreditam na maldição. Engulo em seco.

— Sage deixou cartas?

— Sim, meu bem. A começar por aquela que você encontrou no Livro das Sombras — explica Poppy. — É só seguir as pistas no fim das cartas e vai saber a verdade sobre a maldição.

— Depois que a descobrir, a verdade vai libertar você — completa Violet. — Parece cafona, mas é verdade.

Só tem um problema. Bem, na verdade consigo pensar em muitos problemas. Mas esse é o principal.

— Mas... não tinha nenhuma carta no Livro das Sombras.

— Ah, tem uma carta, sim, meu bem. Escondida entre as páginas — diz Poppy.

De repente, me lembro de jogar o livro para o alto quando Bea me ligou. Será que a carta caiu e eu não percebi?

— Espera. Ainda deve estar na casa.

A luz das velas reflete no sorriso das tias.

— Olha, então acho que sabemos para onde você vai agora — sugere Marigold.

FEITIÇO PARA COISAS PERDIDAS   195

Sinto um calor no peito e no rosto.

— Acham que devo voltar?

— Achamos que você deve passar o máximo de tempo possível lá — anuncia Violet.

— Mas...

Penso na minha mãe. Em sua porta fechada. Em seus ombros tensos. Parece uma grande traição, mas talvez as tias estejam certas. A melhor maneira de conhecer Sage é indo a sua casa e lendo as cartas misteriosas.

Isso é ridículo. Preciso me certificar de que estou entendendo direito.

— Então vocês estão dizendo que Sage queria revelar mais sobre a maldição da família a minha mãe, e para isso é preciso encontrar as cartas dela?

— Exatamente — confirma Poppy. — É uma série de cartas, e todas estão escondidas na casa. Ela nos mostrou a primeira, mas as outras eram apenas para sua mãe. Você não faz ideia de quanto precisamos nos segurar para não ir até lá procurá-las pessoalmente.

— Mas... por que Sage fez isso? Não poderia apenas ter contado para minha mãe?

As tias trocam um olhar, como se eu tivesse feito uma piada.

— E onde estaria a graça nisso? — diz Marigold.

— Você precisaria ter conhecido as duas quando crianças para entender — explica Violet. — Sage e Rosemary eram obcecadas por encontrar tesouros na casa. Deixavam a pobre Daisy louca. Sempre que eu ia até lá, elas reviravam um armário aleatório e encontravam algo novo. Na época, a casa vivia entulhada. Costumávamos dizer que era o depósito da família. Acho que ninguém se livrou de nada ao longo de séculos. Havia antiguidades por toda parte! E o lugar ficou vazio por um longo tempo, depois que as meninas foram embora.

— O que acha, Willow? — pergunta Poppy, baixinho. — Você topa?

Hesito por um momento, olhando para uma vela bruxuleando. Mas, na verdade, não há nada a decidir. Tenho que aprender mais sobre Sage.

— Topo — respondo, e as tias irrompem em aplausos e vivas.

— Agora vamos ao tarô — diz Marigold, pegando o baralho do altar. — A menina precisa de ajuda. Pena que Daisy não está aqui. Ela era ótima no tarô. Talvez possamos invocá-la. — Marigold embaralha as cartas, depois coloca o baralho a minha frente. — Daisy, esta menina precisa de ajuda. Pegue uma carta, Willow.

Pego uma do meio e a viro. Dois de copas. As tias começam a assentir no mesmo instante.

— Faz sentido — comenta Violet.

— Daisy acertou de novo! — exclama Marigold.

— O que significa? — indago, segurando a carta à luz da vela. Tem a imagem de duas pessoas na praia, uma de pé, à beira da água, passando uma taça à outra, de pé, à altura da arrebentação.

— Você precisa de um ajudante — anuncia Violet.

Olho para elas.

— De um ajudante? Tipo… vocês?

As três balançam a cabeça.

— Não podemos, querida. Prometemos a sua mãe — lembra Violet. Ela bate um dedo na carta, pensativa. — Parece um igual. Tem alguém além de nós que você acredita que poderia te ajudar em sua missão?

Ótimo. Agora estou em uma *missão*.

Eu me esforço para pensar.

— Hum… Minha prima Bea? Ela mora na França, mas nos falamos o tempo todo…

Violet balança a cabeça, depois volta a bater um dedo na carta, entusiasmada.

— Acho que não. Olhe para a imagem outra vez. Essas duas pessoas estão próximas.

Eu me inclino para analisar a carta. Uma é alta e a outra é baixa; a que está na água tem cabelo escuro. Bem nesse momento meu celular apita na mochila, e todas nos sobressaltamos.

— Maldições e cristais! — exclama Poppy. — Que susto. Quem é?

— Deve ser minha mãe.

Bip! Bip! Bip! Pelo jeito, ela está me mandando uma centena de mensagens. Reviro a mochila até encontrar o celular. Não reconheço o número que aparece na tela.

Oi, Willow, arranjei um celular.

Estou ansioso para amanhã. Às sete está bom?

Aliás, é o Mason.

Inspiro fundo, o coração batendo forte.

— Quem é? — questiona Marigold, esticando o pescoço para ver.

Podemos nos encontrar antes.

Ou deposi

Deposs

DEPOIS

Sou ótimo escrevendo mensagens.

Uma risadinha fica presa em minha garganta.

— É... um garoto que conheci. No... — Engulo depressa o restante da frase: "... telhado da casa de tia Sage". Não quero dizer como nos conhecemos para que ele não tenha problemas, ainda que ache que as tias guardariam segredo. — É o... sobrinho do corretor que está avaliando a casa.

Na verdade, não sei qual é a relação entre os dois. Sobrinho parece ser um chute razoável.

— E qual é o nome do garoto? — pergunta Violet.

— Mason. — Só de dizer o nome dele já fico corada.

Volto a olhar para a carta, e agora eu entendo. Cabelo escuro. A cabeça e os ombros um pouco inclinados. A sensação desorientadora de quem acaba de sair da escuridão do cinema para a luz.

Olho para as tias, sem poder fazer nada. Cada uma delas tem um sorriso enorme e sabichão no rosto.

— É um belo nome — declara Poppy. — Forte e confiável. Perfeito para um *ajudante*.

— Não sei se é ele — respondo baixinho, então olho para a lua e não consigo evitar sentir certa empolgação.

Quais eram as chances de Mason mandar mensagem naquele exato momento?

— Óbvio que é! E quer que a gente faça seu mapa do amor? — indaga Marigold. — Porque estou sentindo uma compatibilida…

— Não! — Quase saio voando da almofada. — Não é nada disso. Eu nem o conheço.

Meu celular apita de novo, dessa vez com o endereço em que vamos nos encontrar amanhã. Depois, outra mensagem: **Desculpa, estou mandando mensagens demais. Fico apertando**

… enviar sem querer. Desculpa de novo

Sinto um friozinho na barriga com cada mensagem que chega. Ele pegou meu número e está evidente que não tem medo de usar. Deveria ser irritante, mas não é. É muito, muito fofo.

Prometo que na próxima mando um número normal de mensagens

— Bem, ele é persistente — observa Marigold. — Gosto disso. Joguinhos não são para mim: gosto de gente que diz exatamente o que está pensando.

Meu rosto fica todo vermelho.

— Willow — diz Violet, firme. — Você precisa dele. Vá até a casa de Sage e encontre a carta. Você vai saber o que fazer em seguida. Depois quero que traga esse Mason aqui.

***

Esta história começou, como muitas histórias começam, com uma menina que cresceu demais para o espaço que o mundo havia aberto para ela.

O pai de Lily, Frederick, era um mercador de especiarias que passava meses fora antes de voltar para casa. Ele começou a trazer pacotinhos de semente de terras distantes para a filha — de bico-de-papagaio, violeta-africana, ave-do-paraíso. Tudo o que Lily plantava florescia, e seu jardim sempre em transformação surpreendia e encantava as pessoas da cidade. No geral, ela era cautelosa e procurava não se misturar com magia, mas certamente não havia nada de errado com aquele tipo de feitiço. Eram apenas plantas, afinal. Além do mais, flores podiam ser lucrativas. Logo Frederick estava importando plantas e sementes de todo o mundo para vender aos muitos admiradores de Lily. As flores dos outros moradores da cidade nunca pareciam crescer como as de Lily, mas eles adoravam tentar, e logo a família, que já era bem de vida, se tornou uma das mais ricas da cidade. Isso levou a uma mudança para uma casa ainda maior e mais grandiosa, com quatro lareiras e uma grande área externa onde a família Bell poderia dar bailes no verão.

Os bailes dos Bell eram muito famosos, e receber um convite para eles era algo de que se gabar. Quase toda a cidade já tinha sido convidada para um ou outro. A única exceção era uma jovem chamada Thalia Gray. Thalia havia crescido trabalhando ao lado da mãe na periferia da cidade, em uma pequena casa visitada em segredo por aqueles desesperados para ter um osso curado ou uma discussão resolvida. As pessoas não usavam a palavra "bruxa", que nunca havia lhes trazido nada de bom, mas fechavam a cara e atravessavam a rua quando a viam na cidade. Chamavam-na de herbalista ou, quando se sentiam generosas, de curandeira. Os métodos de Thalia e da mãe funcionavam, mas ninguém queria admitir. Além do mais, ela sabia os segredos de toda a cidade. Ninguém gostava de ter uma pessoa que conhecia todos os seus segredos por perto.

O sucesso de Lily desconcertava Thalia. Enquanto especulavam sobre Thalia e seus frascos de tinturas e ervas secas e evitavam seu estilo de vida, a magia de Lily era apreciada e celebrada. Mais do que tudo, ela queria ser vista e se sentir valorizada. Por isso, dia após dia, Thalia ia até a casa de Lily, curvava-se sobre seus canteiros e exigia saber que feitiço usava. E, dia após dia, Lily dizia a ela que não usava feitiço nenhum. Suas mãos sentiam de que as plantas precisavam e conseguiam fazer o que as plantas pediam. Era simples assim.

Seria de imaginar que uma bruxa conhecesse esse tipo de magia, que vem tão naturalmente quanto respirar. Mas, no fundo, ela era como a maior parte das pessoas: não confiava no que não compreendia, e sua raiva e seu ressentimento foram crescendo.

No aniversário de dezessete anos de Lily, seus pais lhe organizaram um baile de debutante no jardim, para anunciar que ela estava disponível para pedidos de casamento. Thalia passou por ali aquela noite, com uma cesta cheia de frutos do mar que havia coletado na praia. Seu coração doeu quando ela viu Lily dançando de vestido branco em meio a flores tão lindas, com um pretendente sussurrando em seu ouvido. Não era justo que alguns nascessem para ser celebrados enquanto outros nasciam para ser evitados.

Thalia deixou a cesta cair e abriu caminho pelo jardim, interrompendo a dança. Diante de todos os convidados, lançou uma maldição em Lily: a garota nunca mais teria aquilo que realmente desejava, tampouco suas filhas.

Os convidados deram risada, mas Lily não. Tinha visto os olhos da bruxa. Conhecia magia, e não havia como mudar o que estava feito.

Lily entrou em casa, espanou a terra dos sapatos de cetim e nunca voltou a tocar em seu amado jardim. Não suportou ficar onde a terra não falava mais com ela. Dentro de um ano, casou-se com um rapaz que estava no baile. Seu jardim antes resplandecente foi tomado por manjericão e salsinha, ervas práticas que podiam ser usadas para temperar pratos e acalmar febres.

Foi assim que teve início a maldição da família Bell. Daquele dia em diante, toda Bell saberia com uma intensidade ardente o que realmente desejava, mas nenhuma delas conseguiria isso.

Ou, pelo menos, é o que contam.

Encontre Thalia.

20
Mason

Minhas mensagens para Willow são uma tragédia absoluta.

Depois que começo a mandar, não consigo mais parar. Logo estou olhando para o que parece ser a mais constrangedora sequência de mensagens sem resposta da história.

Se meu comportamento bizarro de antes não a espantou, acho que isso vai ser a gota d'água.

Eu me forço a guardar o celular no bolso e tento me controlar inspirando o ar noturno. A lua ilumina o céu, e o ar a minha volta parece um cobertor quentinho. Dou passos longos, sincronizando a respiração com meus movimentos.

Sem pensar no que estou fazendo, eu me dirijo à casa da bruxa. A vizinhança está bem escura, e tudo o que consigo ouvir é o som da TV ligada saindo por uma janela entreaberta. Estou tão envolvido em pensamentos que vou andando cada vez mais rápido e quase trombo com alguém ao virar a esquina.

— Opa! — exclama a pessoa, em uma voz aguda e surpresa.

Ela derruba o que estava carregando, e papéis se espalham pelo chão. Eu me apresso a ajudar a recolher tudo à meia-luz. Só quando devolvo as folhas soltas eu me dou conta de quem é.

— Minha nossa — diz ela. — Você está literalmente em todo lugar.

Willow.

Willow *de novo*.

O luar a faz parecer a sereia do quadro outra vez. A semelhança é tão impressionante que fico todo arrepiado.

Ficamos olhando um para o outro, em um silêncio pasmo, então ela murmura algo como "Isso está ficando ridículo", mas ignoro, porque *é a sereia. Obrigado, universo. Recebi o recado.*

— Willow? — digo, como se não estivesse certo de que se trata dela.

O luar faz o cabelo de Willow cintilar e suas bochechas estão levemente coradas. Ela segura um livro junto ao peito.

Mesmo no escuro, dá para ver as sardas dela. Willow deve ser a única garota no mundo que é tão linda de noite quanto de dia. Como é possível que essa seja a terceira vez que nos encontramos assim?

— Você estava na casa? — indago, com a voz alta demais para a rua silenciosa.

Ela olha para a casa, depois para mim, e seus olhos de alguma forma conseguem parecer ainda maiores. Dou um passo para trás, tentando evitar mergulhar neles.

— Você me seguiu? — pergunta ela.

Meu entusiasmo passa. Willow está nervosa. É literalmente a última reação que eu quero.

— Não mente, por favor — continua Willow. — Se estiver me seguindo...

Levanto as mãos na hora.

— Não. Foi totalmente por acaso. Eu precisava de ar fresco e pensei em vir até a casa da sua tia. — Inspiro fundo. — E desculpa pelas mensagens. Fiquei animado de falar com você e saiu meio... esquisito. O celular é novo.

Os ombros dela relaxam e um sorrisinho aparece em seu rosto.

— Tudo bem. Achei meio engraçado.

Meus ombros também relaxam. É melhor ser engraçado do que alguém que parece estar *perseguindo* a garota. Ela aponta para o meu braço.

— O que diz aí? Vi hoje cedo.

— Nada de mais.

Tento esconder o braço às costas com certa discrição, mas ela o pega e posiciona de maneira a conseguir ler a frase. Sinto como se uma corrente elétrica percorresse meu corpo.

— *Somos poeira de estrelas não de maneira figurada, mas literal* — recita ela.

Ela pisca. Sério, como é possível enxergar as sardas dela nessa escuridão? É estranho, porque tenho a sensação de que, se a visse em outro lugar, talvez nem a notasse. Mas de perto...

— O que significa? — questiona Willow.

Eu me afasto um pouco. Ela parece estar interessada de verdade, e o que é mais surpreendente: quero explicar o significado. Faz um tempão que não conto a ninguém o que estou estudando.

— É algo que li em um livro de astrofísica. Os elementos que compõem nosso corpo se formaram nas estrelas. Parte de nosso lítio e hidrogênio pode até ter vindo do Big Bang.

Ela pisca outra vez, e não tenho ideia se acha que isso é interessante ou que eu sou muito nerd.

— Jura?

Quero contar mais sobre isso. Tipo, como esse fato transmite uma sensação de conexão, no sentido de que, não importa quão diferentes sejamos uns dos outros, teoricamente somos todos feitos da mesma matéria. Mas fico preocupado que possa parecer ridículo. Além do mais, Willow, com toda a certeza, é feita de poeira de estrelas, e tenho a sensação de que se encaixou em todo lugar onde já esteve, por isso tudo o que consigo dizer é:

— Sério.

— Tá... — diz Willow, em voz baixa, depois olha para a casa, e eu também. Ela respira fundo. — Por que você estava na casa da minha tia aquele dia?

FEITIÇO PARA COISAS PERDIDAS

É uma pergunta cabível. E preciso dar a resposta certa. Ser honesto pode ajudar.

Sinto o coração bater mais rápido. Eu consigo.

— Eu estava no telhado — corrijo. — Só entrei na casa quando fui com Simon. Depois voltei sozinho, porque, como você já deve ter percebido, sou louco por astronomia, e o telhado é perfeito para observar. Tem até um telescópio. Fora que eu precisava de espaço. Acabei de me mudar para a casa da família de Simon. E é... hã, difícil ficar em um lugar que você não sente que é seu *de verdade*, entende?

Willow olha nos meus olhos e assente de leve.

— Entendo. Entendo, sim — diz ela, em voz baixa, mas não tenho como ignorar a intensidade que coloca em sua resposta.

De repente, eu me sinto esperançoso. É agora ou nunca.

— Eu também estava lá porque... — Respiro fundo. Estou nervoso, mas é o momento de arriscar. Sei que é. — Por causa do quadro.

Os olhos dela parecem ainda maiores, e preciso me esforçar ao máximo para não me afogar em seu olhar.

— Que quadro? — indaga ela, franzindo as sobrancelhas. — Você já mencionou isso.

Sorrio, porque acho que ela está brincando, mas depois eu me dou conta de que não é o caso. Willow está falando sério. Fico confuso.

— O quadro que está no quarto do último andar. Pendurado perto da cama.

Ela passa o rabo de cavalo por cima do ombro enquanto seus olhos estudam os meus.

— Não reparei.

Sinto um vazio na barriga.

— Mas... ela é igual a você. Como não reparou? — O desespero faz minha voz subir alguns decibéis no fim da pergunta.

Ela deve saber de que quadro estou falando, porque, se não souber, como tudo isso está relacionado?

Willow parece confusa, e a realidade me atinge como uma tonelada de tijolos. *Ela não sabe do quadro.* O que significa que Willow não é um sinal do universo: é só uma garota um pouco parecida com a sereia da pintura.

É um soco no estômago, e minha cabeça fica a mil. Sou *ridículo.* Achei mesmo que, de alguma maneira, ela ia me levar até minha mãe? Eu já deveria ter aprendido. Não é assim que a vida funciona. Não é assim que *minha* vida funciona.

Achei mesmo que bastariam algumas coincidências para minha vida mudar? É óbvio que Willow não vai me levar até minha mãe. Ela não é nem um sinal de que as coisas vão melhorar. É só uma garota. Uma garota cujos olhos parecem tomados por preocupação.

— Mason, você está bem? — questiona ela, dando um passo em minha direção.

— Aham — respondo, mas não é verdade.

Parece que meu coração está se liquefazendo e corre o risco de escorrer do meu corpo para a calçada. Como pude ser assim, tão idiota? Talvez não seja idiotice, só desespero. Lágrimas fazem meus olhos arderem, o que é *muito* constrangedor.

— Minha mãe… ela tinha um lance com sereias e costumava me dizer que… — Do que estou falando? Eu me interrompo na mesma hora.

Willow me observa muito de perto agora. Talvez eu esteja imaginando, mas sua desconfiança parece se transformar em algo mais brando. Preocupação? Pena? É, definitivamente não suporto pena. Começo a me afastar.

— Desculpa ter incomodado — digo. — Isso foi… — Idiota? Constrangedor? *Doloroso,* sugere meu cérebro, prestativo. — A gente se vê depois.

Eu me viro e me afasto pela calçada, com passos cada vez maiores. Tudo o que consigo ouvir é meu sangue correndo.

Até que ouço passos leves atrás de mim, em um trote rápido.

— Mason, o que tem a sua mãe? — pergunta ela.

Acelero, mas Willow acompanha meus passos, e sinto sua mão nas minhas costas. Consigo desacelerar, mas sou incapaz de encará-la. Achei mesmo que essa garota era um *sinal*? Ela é linda, mas é só uma garota. Não vai ter mais respostas do que minhas buscas na internet. No que eu estava pensando?

Eu a encaro de cima, mas Willow me olha com tanta intensidade que parece ter pelo menos a minha altura.

— Mason, ainda preciso devolver seu caderno — diz ela, sem fôlego.

Meu caderno. O alívio me inunda tão rápida e densamente que quase me derruba. Procuro nas mãos dela, mas meu diário de observação não pode estar escondido entre o livro e os papéis soltos que Willow carrega.

— Onde ele está? — questiono, com mais intensidade na voz do que gostaria.

— No hotel. Eu peguei quando você deixou cair. E, hã... — Willow desvia os olhos. — Li um pouco. Desculpa.

Ela *leu*? Meu rosto começa a queimar e sinto algo explodir dentro do peito. É um diário, o que significa que é *particular*. Saber que alguém o leu faz com que eu me sinta como se tivesse entrado em uma estação de trem lotada completamente pelado. Nele eu escrevi sobre as mudanças de casa, as vezes em que fugi e as noites em que passei acordado ou chorando. Não acredito que ela leu. Olho para seu rosto culpado por um momento.

— Quanto você leu? — pergunto, com dificuldade.

— Não muito — responde ela, depressa, mas volta a desviar os olhos de um jeito que indica que está mentindo. E agora seu rosto está vermelho. — Eu não devia ter lido. Desculpa. Algumas

partes eram bem... pessoais. Assim que me dei conta de que...
— A frase morre no ar.

Willow respira fundo e me encara.

Preciso me controlar. Mantenho os olhos fixos no chão, tentando me manter em pé.

— É um diário de observação. Registro o que vejo no céu. Mas nos últimos tempos tem sido o lugar em que anoto tudo. E é muito, muito importante para mim pegar de volta.

Willow respira fundo. Não consigo decifrar sua expressão.

— Se não tiver problema, eu levo amanhã para você. No passeio guiado.

Ela ainda quer ir ao passeio? Depois de tudo isso? Respiro fundo também, em uma tentativa de me controlar. Quando eu a encaro, seus olhos parecem sinceros. Odeio que tenha lido meu diário, mas Willow não parece alguém capaz de usá-lo contra mim. *Vai me devolver o diário.*

Ela arrasta a ponta do sapato pela calçada e depois volta a olhar na direção da casa.

— Então tem um quadro de uma pessoa parecida comigo lá dentro?

Certo. Inspiro e sinto o aperto em meu peito se aliviar um pouco. Consigo até erguer a cabeça de leve.

— É. Ela tem a mesma cor de cabelo, os mesmos olhos e tudo.

Willow aperta o livro junto ao peito.

— Pode me mostrar?

É uma caminhada desconfortável até a casa, com Willow quieta e eu tão consciente de que ela teve acesso não autorizado a minha alma, que nem consigo recordar como uma pessoa geralmente se move (devo balançar o braço do mesmo lado da perna que avança ou o contrário?). Passo alguns segundos pensando em uma maneira de escalar a lateral da casa sem parecer o King Kong, mas então Willow pega a chave da entrada e resolve o problema. Assim que cruzamos a porta, algo se altera dentro de mim.

Acho que Willow sente o mesmo, porque ambos paramos e inspiramos o aroma delicioso de ervas secas e folhas de chá. Embora estejamos os dois sem graça, tudo parece mais fácil do lado de dentro.

— Quando a gente se encontrou eu tinha acabado de sair da casa — conta ela. — Vim atrás de algo que esqueci na noite em que vi você no telhado.

Espero que Willow se explique, mas ela morde o lábio inferior e seus olhos evitam os meus.

— E encontrou? — pergunto, por fim.

Um sorrisinho surge em seu rosto.

— Aham — responde ela, ainda sem se explicar. Em vez disso, expira forte e gira como uma bailarina enquanto admira os cômodos.

Na casa, Willow parece ainda mais consigo mesma, se é que isso é possível. Seu cabelo fica vibrante, seus olhos brilham com intensidade. E mais do que isso: ela parece mais leve. Mais livre. O que entendo, porque estou começando a me sentir assim também. É a magia desse lugar. Faz a pessoa se sentir ótima exatamente como está, algo com que não estou acostumado.

Willow aponta para o lustre.

— Temos que deixar as luzes apagadas. Eu não deveria estar aqui.

Isso não deveria me surpreender, mas surpreende.

— Mas a casa não é sua?

— É da minha mãe — responde ela, cerrando o maxilar, o que indica que tem algo a mais, embora eu não sinta que possa perguntar a respeito.

Eu me viro para a biblioteca, passo os olhos por toda a parafernália náutica e fico mais tranquilo.

— Eu não sabia sobre essa casa até pouco tempo atrás. Bem pouco tempo atrás — conta ela.

— Amo este lugar — deixo escapar.

— Eu também — diz Willow. Segue-se um momento em que sorrimos um para o outro, e por um segundo juro que o mundo inteiro para. — Nunca vi lugar igual.

— Nem eu. — Aponto para a biblioteca. — Sabia que Frederick Bell ganhou a maior parte da fortuna importando melaço para fazer rum? Começou tendo lucro de, tipo, setecentos por cento, porque comercializava direto com a China e a Índia Oriental. Salem foi muito rica por algumas décadas, e Frederick esteve entre os que mais lucrou na época. É por isso que essa casa é legal assim.

Os olhos dela estão arregalados de surpresa. Eu sei que deveria tomar isso como um aviso de que estou trazendo o desconforto de volta para a conversa, mas o restante sai mesmo assim:

— Frederick herdou o primeiro navio do sogro, que foi um dos primeiros mercadores de Salem. Ele importava pimenta, que também usavam para fazer rum, e li que importava flores também, o que era muito menos comum. E… — Será que devo continuar? Decido que sim. — Acho que foi ele que pintou o quadro da sereia.

Se os olhos de Willow já são naturalmente grandes, agora estão enormes.

— Como você sabe tudo isso? — pergunta ela, parecendo exigir uma resposta.

Sinto as bochechas esquentarem. Posso contar a verdade: *Estou obcecado pelo quadro da sereia que parece com você e pesquisei tudo o que podia.* Mas não posso voltar a sentir o desespero que senti lá fora.

— Hum… bem, tem bastante informação na internet sobre a história de Salem na época em que foi um porto comercial. E é fácil pesquisar Frederick Bell, porque ele foi uma figura importante. E… ah. Eu meio que gosto de fazer pesquisas. — Isso é meio óbvio, e talvez o tipo de detalhe nerd que não se deve admitir a alguém em quem se está interessado, mas acho que não adianta fingir ser outra pessoa a esta altura.

Willow pisca e arregala os olhos.

— Você é o ajudante — murmura ela. Ou pelo menos foi isso que eu ouvi.

— O quê?

Willow pisca outra vez. Seu rosto cora quando ela olha para mim.

— Eu disse que você está sendo de grande ajuda. — Ela respira fundo e parece recuperar o foco. — Agora me mostra o quadro?

21

Willow

Encontrei a carta de Sage sem dificuldade. Foi só entrar na casa que a vi debaixo do sofá, perto de onde o Livro das Sombras havia caído quando Bea me ligou. Se as tias não a tivessem mencionado, eu nem saberia que devia procurá-la. Quando Mason e eu quase colidimos, eu estava pensando na primeira pista: *encontre Thalia.*

Agora estou de volta à casa com ele, olhando para uma sereia que Mason tem certeza de que é meu duplo. Para ser sincera, fico meio lisonjeada que ele me ache parecida com ela. O problema é que não pareço.

O quadro parece uma obra-prima que deveria estar em um museu. Eu teria reparado nele da primeira vez que entrei neste quarto se não estivesse procurando por um invasor fazendo barulho — no caso, Mason. É uma pintura melancólica e dramática em uma moldura trançada e dourada. E é grande, ocupa quase todo o espaço acima da cama. É uma dessas pinturas que atrai, que prende a atenção de qualquer um. As ondas são turbilhões tempestuosos, e a sereia me encara como se pudesse ver minha alma.

É um quadro intenso, de verdade. E parece ainda mais porque literalmente sinto o entusiasmo que desperta em Mason. Ele parecia superchateado lá fora, mas assim que adentramos o cômodo se animou de novo.

— Viu? — diz Mason, entusiasmado.

A sereia é ruiva, mas a semelhança termina aí. Ela tem um nariz proeminente e pele lisa e sem sardas, seus braços são finos e parecem delicados. E o mais importante: sua expressão não poderia ser mais diferente da minha. Depois de três segundos olhando para o quadro, de uma coisa eu sei: a sereia dá a impressão de saber qual é seu lugar no mundo. Ela é indômita e confiante, e o mar é sua casa. Aposto que nunca ficou à deriva, perguntando a si mesma a que ondas pertence, ou se outra parte do oceano seria mais apropriada para ela. Essa sereia simplesmente *é quem ela é*.

Não aponto as diferenças para Mason. Ele está superenvolvido com a ideia de que sou igual a ela. Por que será?

— O que acha? — pergunta Mason, e dá para notar que está tentando controlar a empolgação.

Não sei bem o que pensar. Sendo honesta, tudo o que aconteceu esta noite — a cerimônia da lua, as tias me contando sobre o plano de Sage para minha mãe, e agora Mason — está começando a cobrar seu preço. Parte de mim quer se deitar na cama sob o quadro e tirar um longo e bom cochilo.

— Não sei bem.

Mason aponta para um redemoinho de letras na parte de baixo do quadro.

— Tem a assinatura dele. E outro nome, olha. Ou algo escrito? Não percebi da outra vez.

Ele está parado, do outro lado da cama, mas quando se inclina sinto um leve cheiro de suor masculino. Tem um pouco de purpurina na têmpora direita, o que estou tentando ignorar desde que deparei com ele na rua. Sempre que vejo Mason preciso me esforçar para não encarar. Tem algo nele que me atrai. Mason é aberto e envolvente, mas sinto que tem muitas outras camadas que ninguém consegue ver.

Talvez sejam os trechos que li do caderno falando mais alto. E, sim, eu me sinto péssima por tê-lo lido. Ficou na cara que Mason precisou de todo o seu autocontrole para não entrar em pânico quando confessei.

Por um momento, estou distraída demais para me concentrar no que ele está apontando.

— Acha que é o nome da pintura ou algo assim? Mas é esquisito que apareça na imagem. Thalia? Thalio? — O som ecoa algumas vezes em minha cabeça antes que eu o ouça.

Sinto meu coração martelar no peito. Ele disse "Thalia"?

— Como assim? Onde?

— Aqui.

Mason pega minha mão e leva meu dedo a uma onda quebrando atrás da sereia. De repente, eu vejo. Em letrinhas minúsculas na crista branca, alguém escreveu o nome mencionado na carta de Sage: *Thalia.*

Sinto meu coração quase pular para fora do peito.

— Ah, não. *Ah, não* — digo.

Ele solta minha mão com muito cuidado, como se fosse uma borboleta.

— Isso significa algo para você?

— É o nome de alguém importante.

Tiro os sapatos, subo na cama e piso nos travesseiros até que meu nariz esteja a centímetros da pintura. O nome foi escrito em um tom de branco sobre outro, as letras são quase uma coroa na cabeça da sereia. Passaria despercebido fácil. Se não fosse por Mason, talvez eu nem tivesse visto.

A carta de tia Sage acrescentava vários detalhes à história da maldição — sendo o nome da bruxa o mais importante deles. Vê-lo em outro lugar torna tudo mais real, além de levantar inúmeras perguntas.

Encontre Thalia.

Baixo os olhos para o rosto da sereia. Será Thalia? E, se for, por que Frederick a pintou como uma sereia?

— É parente sua? — pergunta Mason.

— Não... — Minhas mãos procuram a carta, mas consigo impedi-las a tempo. — Mas ela tem, hã, uma ligação com a minha família. — "Ligação", no caso, quer dizer que ela amaldiçoou minha tata(tatatatatata?)ravó. Mas não vou explicar isso a Mason, ou ele vai achar que pirei. Além disso, estou ocupada demais olhando para Thalia. Ela parece bem intensa. Independentemente da cauda, parece mesmo alguém que poderia se zangar a ponto de lançar uma maldição que atravessasse gerações.

— Sério? — Mason olha para a pintura, depois olha para mim e dá de ombros. — Então tudo bem. Se bem que eu li que todos os ruivos do mundo são parentes, porque têm os mesmos ancestrais.

Ele mantém um braço estendido, como se estivesse pronto para me segurar caso eu caia, o que, sério, pode muito bem acontecer. Talvez eu não devesse mesmo estar aqui, mas não consigo descer. Será essa a próxima pista?

— Não. Ela é mais como... uma amiga da família — digo, o que não chega nem perto da verdade.

Estreito os olhos para o quadro. Deve ser Thalia. Só que... não há nenhuma menção a ela ser uma sereia. Será que bruxas podem ser sereias também? E por que Frederick pintaria um quadro da bruxa que amaldiçoou sua filha? Procuro o Livro das Sombras, deixando a carta de tia Sage cair no processo, e passo os olhos por ele. *Os bailes dos Bell eram muito famosos, e receber um convite para eles era algo de que se gabar. Quase toda a cidade já tinha sido convidada para um ou outro. A única exceção era uma jovem chamada Thalia Gray.*

E aqui está ela. Meu coração começa a martelar outra vez.

— O que é isso? — indaga Mason.

Ele está olhando curioso para a carta, que eu escondo depressa na mochila. Se Mason tem tanto interesse em história quanto aparenta, provavelmente adoraria saber. Mas está tudo acontecendo rápido demais e, apesar do que as tias dizem, nem o conheço.

— Hum... Então, é que, eu, hã... — Quando olho nos olhos dele, todas as palavras que eu estava procurando saem de meu alcance. Não sei nem por onde começar.

Então, Mason, minha família foi amaldiçoada por essa sereia.

— Vou aí também.

Ele tira os sapatos e sobe a meu lado na cama, para poder ver o quadro mais de perto. Seu corpo não encosta no meu, mas sinto seu calor e volto a ter dificuldade de me concentrar.

— Quem é Thalia? — pergunta ele.

— Ela aparece em uma história da família. Não sei por que foi pintada como sereia. Thalia... — Será que vou mesmo ter coragem de dizer? Seus olhos encontram os meus. — ... é uma bruxa — solto, aos trancos e barrancos.

Fico esperando pela risada dele, que não vem. Mason só franze a testa, parecendo muito interessado.

— Que nem sua tia?

— Mais ou menos.

Noto a mão dele apoiada na parede. Suas unhas são bem quadradas e ele tem uma cicatriz na junta de um dedo. É uma mão excelente. Eu nem sabia que mãos podiam ser bonitas. O que é que esse cara tem?

— Bem, sim, que nem minha tia. Só que ela é mais antiga, e meio que... não gostava de uma antepassada minha.

Mason ergue as sobrancelhas. Dá para ver que ele está esperando por mais explicações. As tias acham que devo pedir ajuda, mas ele está perto demais, o que faz minha boca e minha mente se recusarem a cooperar.

— Preciso de ar — digo, depressa.

FEITIÇO PARA COISAS PERDIDAS 217

Ele olha nos meus olhos por um momento, depois aponta para a escada.

— Vamos para o telhado?

A noite continua quente e densa. Eu me sinto ainda mais desconfortável agora, porque Mason parece brilhar ao luar.

E cintilar também. Ele não tem purpurina só na têmpora direita, como eu havia notado: tem também no cabelo e nas pálpebras. Mason me pega olhando e abre um sorriso cauteloso.

— Que foi?

— Você está cintilante — respondo.

Ele ergue as sobrancelhas.

— O quê?

— Tem...

Penso em limpar a purpurina da pele dele, mas eu teria que ser uns cinquenta centímetros mais alta para conseguir. Fora que tenho certeza de que há regras quanto a tocar o rosto de desconhecidos. Apesar de que, para desconhecidos, nos embarramos com bastante frequência.

— Eu notei lá fora — comento. — Acho que é purpurina.

— Ah! — Mason limpa o cabelo e o rosto freneticamente. — Fui emboscado por um grupo de meninas. Onde?

— Ah, tá. Já ouvi falar dessas gangues de purpurina formadas por meninas de Salem. São terríveis.

Mason dá risada. Eu aponto para minha bochecha direita, indicando onde ele deve limpar.

— Saiu?

Não muito, mas gosto de como ficou, por isso faço que sim com a cabeça.

— São as filhas de Simon e Emma. Além de Nova, aquela que você conheceu, eles têm outras três. Elas são um pouco... demais.

Mason leva uma mão ao cabelo e meio que o bagunça, algo que já o vi fazendo algumas vezes.

— Meu pai teve trigêmeos. Eles acabaram de fazer dois anos.

— Nossa. Então você entende.

Tudo o que consigo fazer é assentir. Por um momento ficamos ali, parados, sem graça. Então Mason aponta para uma cadeira.

— Quer sentar?

Arrastamos as cadeiras até a beirada do telhado, depois nos sentamos com os pés apoiados no parapeito. O céu hoje está um verdadeiro espetáculo. A lua está perfeitamente prateada, e a escuridão parece próxima e aveludada, pontuada de estrelas. Assim que Mason olha para cima toda a sua energia se altera. De repente, ele parece ao mesmo tempo relaxado e alerta.

— Excelente.

— O quê?

— As condições de observação. — Mason revira a mochila e tira um binóculo dela. — Você está com sorte. Não vejo o céu limpo assim desde que cheguei. — Ele me oferece o binóculo. — Quer ver a lua?

Levo o objeto aos olhos, e é como se eu visse a lua pela primeira vez. É rochosa e estriada, com buracos profundos, a superfície branca tão clara que chega a incomodar. Ela me acalma e me aterra. Para ser sincera, parece até algo sagrado.

Quando baixo o binóculo, Mason está sorrindo para mim.

— E aí?

— Gosto de ficar olhando para a linha entre a luz e a sombra — digo.

— Chamam isso de terminador.

— Sério? — pergunto, olhando para Mason, que agora está sorrindo.

— A lua cheia brilha demais para oferecer contraste e achata toda a textura. Mas nesse momento dá para ver mais traços dela.

— Que traços? — questiono, amando a maneira como ele fala da lua.

— Crateras, vulcões inativos. Montanhas. Olha de novo.

Volto a apontar o binóculo para a lua.

— Está vendo áreas grandes de sombra? Antes, as pessoas achavam que eram massas de água, por isso foram chamadas de mares. Têm todo tipo de nome esquisito e interessante.

Abaixo o binóculo de novo.

— Tipo?

Mason começa a listar:

— Lago da dor, Lago da felicidade, Mar da serenidade, Pântano da podridão. Baía da aspereza, Baía do arco-íris, Lago dos sonhos, Lago do medo, Mar das ondas. E o meu preferido: Mar que se tornou conhecido.

De novo, fico quase atordoada com todo o conhecimento que tem na cabeça dele.

— Como você se lembra de tudo isso?

Mason sorri, e seu corpo relaxa na cadeira.

— Faz bastante tempo que venho estudando. Minha mãe e eu fazíamos isso juntos. Ela trabalhou um verão em um resort no Maine onde a visibilidade do céu era incrível. O namorado dela me deixava usar o telescópio dele. — Mason para de falar, e eu fico pensando em tudo o que escreveu a respeito da mãe no diário. Quero perguntar sobre ela, mas sinto que é algo muito pessoal. E eu já sei demais.

— Então Simon, Emma, Nova e as outras meninas... são...

— Quero entender qual é a relação de Mason com eles, mas não sei como fazer isso sem parecer intrometida. *Conte-me todos os detalhes de sua família, desconhecido.*

O rosto de Mason fica tenso, e ele olha para o céu.

— Eu, hã... — Mason respira fundo, hesitante, então olha nos meus olhos. — Estou no sistema de acolhimento familiar. Simon e Emma me acolheram. — Ele conta em um tom leve, mas que parece falso e sugere que está escondendo sua dor.

As palavras me atingem com tudo. De repente, penso em todos os trechos de seu diário em que fala de novas cidades, novos lares e mais mudanças. Um arrependimento pesa em meu peito. Eu não deveria ter tocado no assunto. Não sei exatamente em que consiste o sistema de acolhimento familiar, mas imagino que seja muito difícil. Meus problemas de repente parecem microscópicos ao luar.

— Sinto muito — digo. — Sua mãe…

— Ela não está comigo — explica ele, depressa. — Mas é temporário.

Procuro por alguma palavra que esteja à altura dessa coisa gigantesca que ele acabou de revelar, quando Mason fica tenso e aponta para o jardim. Eu me inclino e noto movimento. Tem alguém lá. A figura se move no escuro. Quando vejo a cor do cabelo, meu coração dispara.

— Mason, é a minha mãe! — sussurro.

Os reflexos dele parecem os de um gato. Mason se joga no chão ainda mais rápido do que eu, e ficamos os dois assim.

— Por que sua mãe está aqui? — pergunta ele, sussurrando, com os olhos alertas e o corpo emanando energia. — Achei que ela não quisesse saber deste lugar.

— E não quer. Aí é que está.

Será que mudou de ideia?

Nós nos arrastamos juntos até o parapeito, depois ficamos deitados de bruços, espiando. A lua é como um holofote, mas mesmo que não fosse eu reconheceria a postura perfeita e a blusa branca impecável da minha mãe em qualquer lugar. Ela entra pelo portão lateral e se dirige aos fundos da casa.

— Ah, não — solto.

— Ela vai entrar? — indaga Mason. — Não posso ser pego aqui.

Eu também não. Estou considerando a possibilidade de Mason descer pela lateral da casa comigo em seus ombros, tal qual uma mochila, quando minha mãe passa pela porta e segue para o jardim.

— O que... — começa Mason.

Fico pertinho dele, então me aproximo o máximo possível da beirada. Minha mãe hesita por um momento, depois abre caminho até o salgueiro. Quando chega na árvore, para por um momento e fica olhando para ela. Os galhos se mantêm imóveis na noite sem vento, o que não é comum.

Será que ela veio até aqui só para olhar a árvore? Meu coração bate tão forte que tenho dificuldade de ouvir qualquer outra coisa. Minha mãe entra debaixo da copa da árvore e a perco de vista, até que ela se abaixa e espalma uma mão sobre o tronco.

Ela fica assim por um, dois, três, dez segundos. Eu prendo a respiração. Não tem nem uma nuvem no céu. O ar está denso e úmido, e tudo o que consigo ouvir além de meu próprio coração martelando são os insetos.

O que ela está fazendo? Mason se mantém alerta a meu lado, respirando sem fazer barulho. Por fim, depois do que parecem ser horas, minha mãe abaixa a mão devagar e se levanta. Ela olha para a casa por um momento e meu coração dispara — será que consegue nos ver? Depois minha mãe se estica, leva a mão a um galho e... dá um nó nele? Será que vi direito? Um momento depois, vai embora, e qualquer vestígio dela desaparece ao luar.

Se não fosse por Mason a meu lado, eu acharia que estou delirando. Nenhum de nós se mexe por um momento, então eu expiro com força.

— Será que ela veio só para ver o salgueiro?

— Não, ela veio para se ajoelhar diante do salgueiro — diz Mason. — E... dar um nó num galho. O que foi aquilo? Ela venera árvores ou algo assim?

— Não que eu saiba.

A respiração dele faz cócegas em minha orelha, e então eu me dou conta de quão próximos estamos, com as laterais do corpo coladas, seu ombro roçando o meu, sua cintura contra minha perna. Sinto os nervos à flor da pele, com uma leve agitação que não tem absolutamente nada a ver com o que aconteceu esta noite e tem tudo a ver com este momento em particular.

As tias me disseram para encontrar um ajudante, não um *crush*.

Chego para o lado depressa, afastando o contato.

— Vem, vamos conferir o que ela estava olhando.

Nenhum de nós tem coragem de acender a luz, por isso nos esgueiramos pela casa escura, trombando um com o outro na escada, nas estantes e mesas de canto antes de chegarmos aos fundos. O salgueiro parece enorme à noite e tão imóvel quanto antes. Eu me abaixo sob a copa e tento me colocar na mesma posição em que minha mãe estava.

— Está vendo alguma coisa? — questiona Mason.

— Um tronco de árvore — digo.

— Aqui.

Ele acende a lanterna do celular e o segura sobre meu ombro enquanto corro os dedos pela casca da árvore.

Consigo encontrar o galho em que minha mãe deu o nó e o seguro para que Mason o veja.

— Ela costuma fazer isso, dar nós em galhos?

Mason segura o galho também, e nossas mãos se roçam.

— Não que eu saiba — repito.

Solto o galho e sinto os olhos arderem, o que é irritante. Estou cansada dos segredos da minha mãe. Se ela conversasse comigo, tudo seria muito mais fácil. Por que precisa ser assim com ela? De repente, sinto o corpo muito, muito pesado, e apoio as costas no tronco da árvore.

— Você está bem? — indaga Mason.

Estou bem. Estou bem, como sempre. Só que dessa vez os sentimentos extravasam.

— Por que minha mãe não me conta nada? — Minha voz sai cortante e feroz, mas Mason não parece assustado.

Ele apaga a luz da lanterna e ficamos os dois na escuridão, sob os galhos do salgueiro.

— Como assim?

— Minha mãe age como se Salem não significasse nada para ela. Nem quis entrar na casa. E agora veio ver o jardim no meio da noite? Não entendo.

Abraço o Livro das Sombras junto ao peito. De repente, parece pesar toneladas. Quando levanto o rosto, Mason olha para mim com uma suavidade que me dá vontade de chorar.

Ele deve achar que sou um desastre completo.

— Desculpa, Mason. Não quis descontar isso em você.

Ele se aproxima e se abaixa para que a cabeça não bata nos galhos.

— Não precisa se desculpar. Pode me contar o que quiser.

Seus olhos parecem sinceros, e por um segundo considero a possibilidade de extravasar minhas frustrações em relação a minha mãe. Não apenas as dificuldades dos últimos anos, mas o fato de que me sinto excluída. Nunca falei para ninguém sobre isso. Por que falaria para ele?

Deve ser influência do salgueiro. Antes que isso me escape, eu saio de baixo da árvore.

— Acho que é melhor eu voltar para o hotel. Minha mãe vai se perguntar por que ainda não cheguei.

— Eu acompanho você — oferece ele na mesma hora.

— Não. Melhor não. Se minha mãe vir você, não vou conseguir me explicar.

Ele considera isso por um momento, depois se vira na direção da casa. A janela do quarto em que estávamos dá para o salgueiro, e ficamos ambos olhando para ela por um momento.

— Tá, então eu acompanho você até metade do caminho. —
Mason sai da sombra da árvore e estende a mão para mim. —
Cuidado para não tropeçar nas raízes.

Por um momento, com sua mão quente na minha, tenho a
sensação de que talvez tudo fique bem. Então olho para a lua,
com sua luz misteriosa, e ela me faz pensar na minha mãe. Agora
que vi suas sombras de perto, ela me parece ainda mais distante.

E começo a achar que isso nunca vai mudar.

22

Mason

Willow fala apenas umas dez palavras no caminho de volta. Tento dar espaço a ela, preenchendo o silêncio só para mostrar Vênus e Marte, dois pontos brilhantes que se passam por estrelas. Não quero que a noite acabe, mas Willow está tendo problemas com a mãe, e isso é algo que consigo entender.

Ela deixa que eu a acompanhe até a rua Essex, então nos separamos. Vê-la sumir de vista é desesperador — é como ver uma miragem desaparecer no deserto. E se eu não a encontrar mais? Preciso ficar me lembrando de que agora tenho seu número e de que ela prometeu levar meu diário de observação no passeio de amanhã. E de que nem todas as pessoas desaparecem.

É óbvio que pensar em pessoas que desaparecem me deixa inquieto, por isso, quando chego à casa dos Morgan, me esgueiro até a sala de jantar e volto a procurar minha mãe no computador. Encontro uma Naomi Greer trabalhando como corretora de imóveis no Kentucky e o obituário de uma Naomi Greer que morreu aos noventa e três anos na Carolina do Norte. As redes sociais da minha mãe continuam na mesma, mas ao revisitá-las tenho uma ideia. Vou mandar mensagem para todos os amigos dela perguntando se têm alguma notícia.

Passo por uma série de fotos de perfil. Não tem muita gente on-line e a maioria também não atualiza a rede social, mas vale a pena tentar. Escolho aqueles que parecem mais promissores e mando a todos a mesma mensagem: Oi, desculpa incomodar, mas estou tentando entrar em contato com Naomi Greer. Tem ideia de como posso encontrá-la?

Quando termino, me recosto na cadeira e penso no que devo fazer em seguida. Procurar minha mãe na internet não está funcionando. Preciso de alguém que a conheça. Alguém que me dê uma pista de onde ela poderia estar. Alguém deve saber onde ela se encontra. Então tenho outra ideia: o folheto da peça de teatro na caixa que Emma me deu.

Tem uma série de nomes ali. É muito provável que minha mãe tenha perdido contato com a maioria das pessoas com quem cresceu, mas e se uma delas teve alguma notícia nos últimos anos? E se uma delas continua próxima da minha mãe? Ela sempre foi boa em encontrar gente que pudesse nos ajudar. Só preciso de um contato.

Não quero revirar as recordações de Emma outra vez, mas é a única pista que tenho em anos. E se tiver algo ali que pode me ajudar? Aquelas pessoas devem ter sido próximas de minha mãe por um tempo. Antes que eu consiga me convencer do contrário, limpo o histórico de navegação e vou até meu quarto, atrás da caixa de sapatos que guardei no closet.

O conteúdo é tão cruel quanto pareceu antes. Encontro a versão reluzente da minha mãe, saudável e esperançosa, posando com gente que não conheço. Verifico o verso das fotos para ver se tem algum nome anotado, mas não é o caso. Dou uma olhada nos bilhetes dela, e ver sua caligrafia e as besteiras que ela escrevia fazem com que um nó se forme em minha garganta. *Estou na aula de química, odiando tudo menos James, que está um GATO. Cammy e eu esperamos por você no pátio depois. Tenho algo ESCANDALOSO para contar. PREPARE-SE!!!*

Eu adoraria saber do que se tratava. Pelo menos já tenho dois nomes: James e Cammy.

FEITIÇO PARA COISAS PERDIDAS

Anoto os nomes em meu diário de observação, depois volto a vascular a caixa de sapato. Sempre que encontro um nome que acho que possa ajudar, anoto. Por fim, chego ao fundo da caixa, onde encontro um envelope de carta. Estou prestes a jogar o restante das coisas na caixa quando o remetente chama minha atenção. Casa Céu Noturno.

Hum.

O envelope foi aberto e tem um papel dentro dele. Eu o tiro com cuidado.

CASA CÉU NOTURNO

TALLAHASSEE, FLÓRIDA

Prezada sra. Morgan,
Agradecemos o pagamento. Segue anexo o recibo.
Atenciosamente,
David Gonzalez
DIRETOR

É óbvio que "Céu Noturno" chama minha atenção. Não tem nada a ver com o ensino médio de minha mãe e Emma — a carta não tem nem uma data —, mas fico curioso. Será que Emma faz parte de uma comunidade de observadores do céu?

Eu me esgueiro em silêncio pela casa, parando na escada para me certificar de que não tem ninguém acordado. Uma das meninas solta um ronco fininho e o relógio tiquetaqueia na parede da cozinha, mas fora isso não ouço nada.

No computador, abro a busca e digito "Casa Céu Noturno, Flórida". Encontro um site com um fundo laranja e fotos de pessoas sentadas em círculo, todas com os olhos fixos em apenas uma pessoa. *Casa da sobriedade Céu Noturno. Só na escuridão as estrelas podem ser vistas. Transformando vidas, um dia de cada vez.*

Casa da sobriedade?

Fico imóvel, mas de alguma maneira todo o ar deixa meu corpo. Não se trata de observação do céu. É um lugar para onde as pessoas vão para tentar ficar e se manter sóbrias. Há inúmeros depoimentos e uma seção intitulada "Assistência para famílias". Meu rosto fica vermelho enquanto leio. Será que minha mãe já morou nesse lugar? Será que está morando lá agora? E por que na Flórida?

Entro na seção "Sobre nós". *Somos uma casa dedicada a promover a sobriedade no longo prazo entre pessoas que saíram de centros de reabilitação. Ajudamos no desenvolvimento de habilidades necessárias à vida posterior, inclusive emocionais, de uma comunicação mais efetiva e na busca por trabalho. Acesse a seção Resultados e os depoimentos disponíveis no site.*

Será que isso está relacionado a minha mãe? Se estiver, não faz muito sentido. Por que Emma pagaria as despesas? Por que, de todos os lugares, minha mãe estaria em um centro de reabilitação na Flórida? Será que Emma conhece outro dependente químico? E, se isso não estiver relacionado a minha mãe, como é que foi parar na caixa de sapato?

Minha mente está a mil. Meu coração bate tão forte que dá até para ouvir. Preciso descobrir se isso tem a ver com minha mãe ou não.

Clico em "Contato" e encontro informações sobre financiamento e como se inscrever. Ao fim da página, tem um formulário de contato com o nome do diretor. Tenho dificuldade de manter a respiração controlada.

Provavelmente não vai dar em nada, não mesmo, mas é minha melhor opção. Aprendi com tentativas anteriores que centros de tratamento não fornecem informações sobre os pacientes, por isso preciso de uma abordagem diferente. Reflito por um momento, antes de começar a digitar.

Caro sr. Gonzalez,
Encontrei recentemente a carteira de uma mulher chamada Naomi Greer. Não continha nenhuma informação de contato além de um cartão da Casa Céu Noturno. Por acaso ela trabalha ou está hospedada aí? Se não for o caso, tem alguma ideia de como posso encontrá-la?
Grato,
James Baker

O nome falso parece um pouco demais, só que não posso usar o meu, lógico. Fora que se o sr. Gonzalez tentar procurar vai encontrar milhares de James Baker. O formulário pede endereço de e-mail e número de telefone. Coloco meu número novo, mas travo na hora do e-mail. "meninoestrela333" não parece apropriado para James Baker, por isso crio um e-mail novo, jbaker81, e clico em "enviar".

Pronto. Não deve dar certo, mas pelo menos eu tentei.

Levo algumas horas para pegar no sono, porque minha mente repassa cada detalhe da Céu Noturno. Minha mãe adorava se mudar, e poderia ter acabado na Flórida de alguma maneira, muito embora, até onde eu saiba, ela não tenha nenhuma ligação com o estado. Só que, se é lá que ela está, porque Emma não me contou? Ela disse que nosso objetivo é criarmos uma relação de confiança, não foi? E se a carta não tiver nada a ver com minha mãe e foi parar na caixa por acaso? E se Emma tem um irmão, uma prima ou outro conhecido que está lá? Não é como se dependência química fosse algo raro. Meu cérebro dá um nó e me forço a pensar em algo diferente.

Meus pensamentos vão para a situação com Willow, que é outro nó que preciso desfazer. Não consigo entender o que está rolando. Ela espreita a casa, como eu, e o comportamento da mãe junto ao salgueiro foi bem bizarro. Além disso, o que era aquele livro antigo que Willow tinha na mão?

Muito embora ela não saiba nada sobre a pintura da sereia, ainda acho que Willow é um sinal. O que me deixa mais nervoso é que, quando minha mãe via sinais, sempre era levada a tomar alguma atitude. É verdade que essas atitudes muitas vezes eram imprevisíveis, como quando abandonamos um apartamento no meio da noite porque ela havia encontrado um ninho vazio na entrada. Minha mãe disse que aquilo significava que era hora de deixarmos o ninho também. E, sim, sei que talvez tenhamos nos mudado no meio da noite por outros motivos — como, por exemplo, evitar o proprietário, a quem tenho certeza de que devíamos dinheiro —, mas pelo menos os sinais lhe davam um direcionamento. Será que eu deveria estar *fazendo* alguma coisa? Sei que quero passar mais tempo com Willow, mas será que isso é o bastante?

Passo a noite toda pegando no sono e sendo despertado pelo meu cérebro poucas horas depois. Quando abro os olhos e vejo que está de manhã, fico aliviado. A casa continua silenciosa, e eu aproveito para usar o computador. Estou prestes a digitar "Casa Céu Noturno" outra vez quando ouço uma voz atrás de mim. O susto é tão grande que dou um pulo na cadeira.

— Tudo bem?

É Emma, de chinelo e pijama, com uma caneca de café em cada mão. Por um momento, eu congelo. Nossa última conversa não foi das melhores, e eu sei que lhe devo um pedido de desculpa, mas o aperto em meu peito não permite, fora que estou com sono demais para começar a elaborar o que deveria dizer.

Ainda bem que não digitei nada.

— Aham.

Emma atravessa o cômodo para me entregar uma caneca.

— Viu mais alguma coisa do curso de astronomia? — pergunta ela. — As inscrições vão até semana que vem.

Preciso de alguns segundos para entender do que ela está falando. Faço um gesto vago para o computador enquanto ganho tempo pensando em uma resposta.

— Eu ia dar uma olhada agora. No curso. — Minha voz sai aguda demais, o que denuncia minha mentira, mas não desperta nenhuma reação de Emma.

Ela só apoia a caneca na mesa do computador e se afasta. Parece uma oferta de paz, e o aroma está ótimo. Não que apague o que Emma disse ontem à noite sobre minha mãe, mas não vou recusar o café. Pego a caneca e procuro me concentrar em seu calor em vez de em minha ansiedade.

Fico torcendo para Emma ir embora, mas ela se acomoda em uma das cadeiras da mesa de jantar.

— Audrey passou metade da noite sem dormir por causa do nariz entupido. Estou tão cansada que acho que vou acabar matando alguém. Não você — acrescenta ela, depressa. — Mas alguém, com certeza. Como foi o passeio ontem à noite? Você chegou tarde.

Minhas costas ficam rígidas. Será que vou ter problemas? Quando me viro, a expressão de Emma é tranquila e branda. *Não entra em detalhes.*

— Foi legal.

— Que bom.

Por um momento esperançoso, fico achando que vamos ignorar o desconforto de ontem, deixar para lá, mas então ela pigarreia e sei que não vai ter escapatória. A não ser quando se trata da minha mãe, Emma sempre vai direto ao ponto.

— Mason, quero falar com você sobre ontem.

Sinto a garganta fechar.

— Tá bem.

— Desculpa — diz ela, devagar. — Eu dei a caixa a você porque queria que soubesse que conheço sua mãe. De verdade. E que sempre vou considerar Naomi uma das pessoas mais incríveis que conheço. Ela é... extraordinária. — Agora ela fala no presente, e por algum motivo isso me magoa ainda mais, porque Emma não conhece minha mãe de verdade. Ou pelo menos não conhece a mãe que eu conheço. A pessoa nas fotos e a pessoa que eu amo são completamente diferentes.

Emma faz uma pausa, o que me dá a oportunidade de responder, mas estou sentindo tanta coisa que não consigo olhar para ela. Parte de mim fica agradecida — talvez até aliviada — ao ouvir o pedido de desculpas. Mas outra parte, mais estridente, questiona o que não posso expressar em voz alta: *Então onde é que você esteve?*

— Tudo bem — respondo.

— Se quiser falar sobre ela, ou sobre ontem, podemos falar. A qualquer hora. Não precisa ser hoje.

Emma me olha com seus olhos intensos, e sinto a pressão dentro de mim aumentar tanto que posso explodir.

Minha garganta produz um pequeno ruído. Por sorte, isso parece contar como resposta. Emma se levanta.

— As meninas querem levar você à praia Singing hoje, em Manchester-by-the-Sea. Já conhece?

Ela não está me olhando diretamente agora, o que é ótimo. Minhas emoções devem estar bem estampadas em meu rosto.

Inspiro e respondo:

— Não.

— Os grãos de areia de lá têm um formato diferente, por isso fazem um barulhinho quando a gente anda pela praia.

A contragosto, a informação desperta meu interesse.

— Sério?

— É algo raro. Tem poucas praias assim no mundo. Achei que você fosse gostar — diz Emma, com um sorrisinho.

Desvio o rosto depressa. Adoro a ideia de ver algo que só existe em poucos lugares, mas meio que odeio que Emma saiba disso.

Levamos vinte minutos para chegar a Manchester-by-the-Sea, depois de duzentos nos preparando para sair. Sei disso porque sou forçado a passar esse tempo ensaiando para a peça das meninas.

Enquanto Emma e Simon fazem sanduíches de manteiga de amendoim com mel e enchem saquinhos de batatinhas chips e fatias de maçã, as meninas insistem que eu comece a aprender a coreografia para o Show do Pirata Mason, que é como decidiram chamar a apresentação. Pelo jeito Emma disse a elas que não vão poder me comprar sapatos de sapateado, por isso foi decidido que em vez de sapatear agora vou dançar balé, o que é muito pior do que eu poderia imaginar. As meninas não apenas planejaram toda a minha apresentação como esperam que eu consiga executá-la. E tenho muito o que aprender. *Pliés*, saltos e uma boa quantidade de giros. Tem até um momento em que esperam que eu dance equilibrando um tubarão de brinquedo na cabeça.

Vejo Nova rindo do outro lado da janela algumas vezes, enquanto me lanço de um lado a outro do jardim, mas sempre que paro Hazel atira pequenos objetos em mim e grita coisas como "Não vamos parar até essa coreografia estar divina!" e "Só está feito quando estiver perfeito!", frases que aprenderam em um programa de TV sobre mães dançarinas.

As artes performáticas aparentemente transformam garotinhas em tiranas monstruosas. Até Audrey fica dizendo:

— Hã? Você pode... fazer direito?

— Preciso sentir sua emoção! — grita Hazel em um megafone de papel. — Você está procurando um tesouro escondido. Mostra seus sentimentos! E fique na ponta do pé.

Elas definitivamente não querem sentir minha emoção. Mas pelo menos o cronograma rigoroso de ensaio meio que afasta meus pensamentos do e-mail falso que criei hoje.

Só verifiquei o celular umas novecentas vezes.

Por fim, Simon aparece à porta para perguntar se tenho uma sunga ou shorts de praia, o que não tenho. Ele passa um bom tempo revirando suas roupas para ver se encontra alguma coisa que eu possa usar, então decide que preciso ter minha própria roupa de banho. Emma vai correndo à loja e volta com várias opções. Então chega a hora de arrastar Nova para fora de sua caverna. Só que as meninas não encontram suas toalhas e seus maiôs, e quando encontram não encontram os sapatos, e enquanto procuram os sapatos perdem os maiôs, então Nova retorna para sua caverna e temos que arrastá-la para fora outra vez.

Quando saímos, já são mais de duas horas da tarde, e fico com medo de que não voltemos a tempo do passeio guiado. Como outras partes da Nova Inglaterra, Manchester-by-the-Sea se tornou uma cidade costeira cara para visitar, embora o clima de vila de pescadores permaneça intocado. A praia em si consiste em areia branca em forma de meia-lua e pedras cobertas de musgo. Depois que esticamos nossas toalhas e armamos o guarda-sol, as meninas correm para a água, besuntadas de protetor solar.

Apesar do caos, é um passeio agradável.

A areia parece mesmo fazer um barulho diferente, e passamos pelo menos uma hora indo de um lado para outro em tentativas de fazer com que produza sons diferentes. Depois, as meninas me puxam para brincar de monstro marinho, o que envolve basicamente tentar chutar areia nos meus olhos e me derrubar. Até que Emma manda as três me deixarem em paz e eu encontro refúgio na água, tão gelada que só Nova teve coragem de encarar.

Nova está com uma carranca evidente mesmo de óculos escuros. Parece minúscula na água, e eu me dou conta de como ela é jovem. Sua expressão está bastante furiosa. Quando eu me viro para conferir o que ela está olhando, sinto meu estômago embrulhar.

São os Morgan. A luz do fim de tarde começa a pintar a areia de um tom entre o dourado e o cor-de-rosa. Simon anda de um lado para outro da praia, com as meninas agarradas a ele. Emma está deitada na areia, com um chapéu gigante protegendo o rosto. Quando chega perto dela, Simon diz alguma coisa que a faz olhar e rir.

Eles parecem... perfeitos.

Plenos. Completos. Felizes.

Sem Nova e eu para complicar as coisas, parecem uma família tirada de uma revista. A julgar pela ansiedade misturada à expressão raivosa, Nova está pensando a mesma coisa.

Sinto a solidão dela. Estou acostumado a não me encaixar, porque sempre estive com famílias que não eram minhas. Mas essa é a família de Nova. Deve ser triste de uma maneira diferente.

De repente, sinto vontade de protegê-la. Quero fazer com que converse comigo. Nem que seja apenas por alguns minutos.

— Nova?

Arrasto os pés, abrindo caminho na direção dela. Nova está olhando para o horizonte, com os braços cruzados.

— *O que foi?* — cospe ela.

Inspiro profundamente e reviro a mente atrás de algum fato que tenha lido nos sites que ela visitava.

— Sabia que a preguiça mais velha do mundo em cativeiro tem cinquenta anos? Ela mora em um zoológico na Alemanha.

Nova vira o rosto para mim. Por causa dos óculos escuros, não consigo ler sua expressão, mas seu corpo está todo tenso.

Como ela não reage, continuo a falar:

— Preguiças são difíceis de rastrear, por isso os cientistas não sabem quanto vivem na natureza. Essa preguiça de que falei se chama Paula e está no *Guinness*.

Segue-se um longo silêncio, longo demais. As ondas são bem fortes, e tenho que fincar os dedos na areia para me manter de pé.

Então Nova sobe os óculos escuros para a cabeça.

— Ela tem dois ou três dedos? — pergunta ela.

O azul-esverdeado de seus olhos me impressiona. Eu não fazia ideia de que essa era a cor deles.

Mordo o lábio para reprimir um sorriso.

— Dois. E por vinte anos pensaram que ela era macho.

Fico achando que Nova vai me mandar embora, mas ela só cruza os braços e solta um ruído impressionado. Quase nos encaramos por um momento.

— Não sabia que você gostava de preguiças — declara Nova, por fim.

Uma onda atinge nossas panturrilhas, e a água gelada nos faz pular. Dou um passinho na direção dela e continuo a falar:

— Acho engraçado que os pelos delas fiquem verdes por causa das algas com que vivem em simbiose. É quase como se tingissem o cabelo. E sabia que elas só gostam de comer as folhas das árvores de onde nasceram? Quando ficam longe de suas árvores preferidas, elas podem até morrer de fome. São superchatas para comer, pelo jeito.

Os olhos dela se arregalam de surpresa. Espero um momento. E um pouco mais. Então é como um vulcão entrando em erupção.

— Elas são três vezes mais fortes que os humanos, sabia? — Nova vem na minha direção, sua voz agora é mais alta. — Quando nascem, já são capazes de levantar seu próprio peso corporal com um único braço. E são ótimas nadadoras. São bem mais rápidas na água. Os órgãos delas são ligados à caixa torácica, para que nada seja esmagado de tanto que elas ficam de cabeça para baixo. Tem noção de como isso é legal? — A voz de Nova é muito fofa quando sai assim, aguda e empolgada. Fora que ela fica uns quinze centímetros mais alta com as costas retas e os ombros abertos.

De alguma maneira, ela parece mais jovem e livre. Isso faz com que eu me sinta igual, e não consigo evitar que um sorriso se espalhe por meu rosto. Nova também está sorrindo, com os olhos fixos nos meus. É oficialmente três vezes mais do que já a ouvi falar de uma vez só.

— É muito legal. A gente devia trocar mais informações interessantes sobre bichos-preguiça.

— Tá — diz ela, assentindo. — Tenho uns livros que posso te emprestar. E eu desenho preguiças. Às vezes.

— Quero ver.

Tenho que morder a parte interna da bochecha para não sorrir mais.

— Tá — repete ela.

As pontas de suas orelhas estão vermelhas, o que aparentemente acontece quando Nova fica feliz. Quem diria?

— Você pode pendurar um no seu quarto, se quiser. Em geral não tiro do caderno, para as meninas não pegarem.

— Mason! — Eu me viro e vejo Emma me chamando ao longe, com meu celular na mão. — Willow mandou mensagem.

— É melhor você responder — aconselha Nova, com um sorriso tão grande que seu aparelho reflete a luz do sol. — Acho que ela gosta de você.

23
Willow

A indiferença da minha mãe não é nenhuma novidade, mas aqui em Salem parece ainda pior. Hoje estou andando pela cidade com o celular na orelha, tentando atualizar Bea sobre todos os últimos acontecimentos. O problema é que ela mal está conseguindo acreditar, ainda mais nas partes relacionadas a Mason, e eu mal estou conseguindo pensar em alguma coisa que não seja o que aconteceu quando voltei ao hotel ontem à noite.

Pelo jeito, minha mãe é faixa preta em mentiras.

Depois que me despedi de Mason, voltei para o quarto do hotel e tentei imaginar o que ela estaria fazendo depois daquela visita tão dramática ao salgueiro. Estaria soluçando nos travesseiros macios? Escrevendo seus pensamentos mais íntimos em um diário? Comendo um pote de sorvete e assistindo a um reality show na TV?

Eu estava preparada para quase tudo, mas não para o que de fato a encontrei fazendo: minha mãe estava sentada à escrivaninha, com o notebook ligado e uma pasta aberta a sua frente.

Trabalhando. Como se nada tivesse acontecido.

Passei os olhos rapidamente por seu quarto, disposta a encontrar vestígios da mulher que se ajoelhara sob o salgueiro, mas tudo parecia exatamente igual a quando eu saíra para a cerimônia da lua. Nem os sapatos dela tinham mudado de posição perto da porta, o que fez com que a frustração me tomasse por inteiro.

Como é que eu ia me sentir mais próxima da minha mãe com ela tão determinada a esconder sua vida?

Daquela vez, decidi agir. Eu me joguei na cama e comecei a fazer uma série de perguntas.

— Só ficou aqui trabalhando? Não deu nem uma saidinha?

Seus ombros se moveram um pouco para a frente, e por um momento achei que ela fosse confessar alguma coisa, qualquer coisa, mas então disse:

— Phoebe está tentando descobrir quanto vai demorar para vender a casa. Parece que não muito.

Os cômodos mágicos da casa de Sage ocupavam minha mente e desencadearam um tufão em meu peito. Aquele foi o único lugar em que eu me sentira em casa nos últimos anos, e minha mãe ia simplesmente vender?

Eu me sentei, chocada.

— Mas, mãe… você não acha que precisa de um tempo para pensar? Ou pelo menos… entrar na casa antes de vendê-la? E se tiver algo lá que você queira?

Tínhamos ido até Salem só para aquilo, né?

Minha mãe tirou os óculos e esfregou os olhos, cansada.

— Posso afirmar com confiança que não tem nada lá dentro que eu queira. Estou louca para ir embora daqui e não voltar nunca mais. — Sua voz saiu tensa, mas, mesmo assim, vislumbrei uma leve abertura e tentei insistir um pouco mais.

— Por que é que você odeia tanto este lugar? Por causa das tias? Tem vergonha porque são bruxas?

Ela riu alto.

— Não, óbvio que não. Sempre tive uma relação complicada com a magia, mas acho que todo mundo a encontra de uma maneira particular. Posso não acreditar em feitiços e cerimônias como elas, mas às vezes sinto que as coisas funcionam de um jeito que a lógica não explica.

As palavras dela me surpreenderam. Considerei o que ela disse por um momento. Pelo jeito, minha mãe ainda carrega um pouco de seus dias de magia.

— Então não são as tias — observei. — Ou a bruxaria. E você falou que conseguiu resolver suas… questões com Sage. — Com certeza essa parte é mentira. Se as duas tivessem ficado bem de verdade, por que passaram tanto tempo sem se ver? — Então… o que é? — perguntei, articulando cada sílaba.

Seus olhos se arregalaram um pouco e ela ficou tensa, quase como se eu a tivesse encurralado. Por um segundo, achei que fosse me responder, mas então um sorriso rígido surgiu em seu rosto.

— Nosso lar nem sempre é como deveria ser, Willow. Ainda bem que você nunca passou por essa experiência.

A resposta foi como um tapa e me deixou perplexa por um momento. Minha vida familiar é muito melhor do que a da minha mãe, lógico, mas é possível que ela ache que as coisas são simples para mim? Eu me divido entre duas casas e duas vidas há tanto tempo que nem lembro o que é ter um lar. É possível que minha mãe não enxergue isso? A solidão cresceu dentro de mim naquele instante, seus tentáculos agarrando meu peito. Por que eu estava me sentindo tão sozinha?

— Mãe…

Antes que eu soubesse o que queria dizer, ela se afastou da mesa e alongou os braços acima da cabeça.

— Mandei seu número para Simon mais cedo. Parece que Mason está louco para te ver amanhã. Boa noite, Willow.

E, simples assim, ela me dispensou.

— Alô? Terra para Willow? — Ouço Bea cantarolar ao telefone, o que me traz de volta ao presente e à pergunta que ela tinha feito. — Acho que você precisa me contar tudo outra vez. Você trombou com ele… qual é o nome do garoto do telhado mesmo? Enfim, foi pura coincidência vocês terem se encontrado?

— O nome dele é Mason — repito, pela nona vez.

— Bem, ele parece estar *em todo lugar* — comenta Bea.

— Parece mesmo.

Faço uma pausa, me lembrando da expressão de Mason quando me contou sobre a mãe. Ainda me sinto péssima pela maneira como perguntei a respeito dela. Depois que fomos interrompidos, não pareceu certo retomar o assunto. O diário de Mason falava muito da mãe. Será que ela continua em sua vida?

Minha mãe apareceu no pior momento.

Bea expira devagar e diz:

— Então sua família acredita nessa história de maldição faz um tempão, mas Sage descobriu que não é bem como pensavam e está te explicando isso por meio de uma caça ao tesouro com cartas, cada uma delas com uma pista para a seguinte?

Encontre Thalia. Sinto o frio na barriga se transformar em gelo só de pensar em Mason e eu lado a lado sobre a cama. Graças a ele eu a encontrei, porque nem tinha procurado direito, tinha?

— Exatamente.

— Isso é ridículo — murmura Bea.

Estou nos limites da rua Essex. Vejo a estátua da Feiticeira e tenho um impulso de acenar para ela.

— Vou voltar para casa. Ligo mais tarde.

— *C'est pas possible* — vocifera Bea. Ouço um piano ao fundo e uma mulher chamando Beatrice. — Acho que você está maluca, *ma belle*, mas te amo mesmo assim.

— Também te amo — digo.

Sigo o mais rápido possível pelo restante do caminho até a casa de Sage. Fico impressionada com como o lugar parece ainda mais mágico esta manhã.

O céu está claro, em um tom de azul intenso, e as flores estão todas abertas, para aproveitar cada raio de sol. Estou tão ansiosa para entrar que mal vejo o homem na varanda até estar na metade do trajeto, sentindo o aroma forte das rosas.

— Olá — cumprimenta ele, com sua voz grave.

— Ah!

Tento parar, mas meu sapato escorrega e caio em um canteiro.

— Opa! — exclama o homem, que vem correndo em minha direção.

Ele estende a mão para me ajudar a levantar. Estou toda suja de terra.

— Desculpe, não quis assustar você — diz ele, e se afasta um pouco.

Deve ter uns quarenta anos e ascendência asiática. Seu cabelo é curto e escuro, e ele usa camisa xadrez e um tênis bem legal.

— Tudo bem — respondo. — Posso ajudar?

— Espero que possa. Quer dizer... — Ele hesita, raspando o tênis na terra. — Estou tentando entrar em contato com a proprietária da casa. Você pode passar meu contato para ela?

O homem me entrega um cartão. Eu o leio e congelo. *J. P. Sato, advogado imobiliário.*

Simon não estava brincando. Pelo visto a notícia de que a casa de Sage vai entrar no mercado já se espalhou. Preciso me esforçar ao máximo para não jogar o cartão nos arbustos.

— Vou passar só mais uma semana na cidade, então quanto antes melhor — pede ele.

— Eu entrego o cartão — minto, enfiando-o no bolso.

— Muito obrigado. — J. P. se dirige ao portão. — Aproveite o dia — diz ele, acenando para mim.

Espero que o homem desapareça pela rua antes de retornar a minha missão original.

A sereia.

Subo dois degraus por vez até o quarto do último andar. Chego ao cômodo arfando e tento pensar no que fazer a seguir.

Eu provavelmente deveria tirar o quadro da parede, mas é enorme e morro de medo de deixá-lo cair. Talvez possa mantê-lo pendurado e só dar uma mexida nele.

Corro os dedos por cima e pelas laterais da moldura, sem saber pelo que estou procurando. Talvez haja algo atrás da tela. O olhar intenso da sereia parece totalmente focado em mim agora.

— Desculpa, Thalia, mas você não está escondendo nada, né?

Levanto o quadro por baixo com todo o cuidado e o afasto da parede. De repente, escuto algo deslizando e papéis caem sobre a cama.

Reconheço a caligrafia antes mesmo de pegá-los. Encontrei a segunda carta de Sage.

Esta história começou, como muitas histórias começam, muito, muito antes do que a maior parte das pessoas se lembra, com outra menina. Seu nome era Sophronia.

Sophronia e sua mãe, Hanna, moravam em uma casa de um único cômodo nos limites da cidade. O pai entrara e saíra da vida das duas de maneira tão rápida e devastadora quanto as tempestades inesperadas que às vezes atingiam a cidade costeira em que moravam.

Entre as tempestades, a casa das duas era uma ilha, um local de refúgio e segredo, onde os vizinhos poderiam bater caso alguém na família sofresse de uma febre insistente ou de um osso que não se curava. Os dons vinham tão naturalmente a Sophronia quanto tinham vindo a Hanna. Nas luas cheias, Hanna muitas vezes encontrava a cama vazia e a filha do lado de fora, sob a lua ou à beira-mar, com os dedos deslizando rumo à água.

A mãe de Sophronia não se preocupava com as andanças noturnas da filha. O que a preocupava era a inegável beleza da garota. Seus olhos eram escuros e bri-

lhantes e suas bochechas eram rosadas. Não demorou muito para que o restante da cidade notasse também. A mãe de Sophronia a alertou para que tivesse cuidado, mas a filha deu risada. Só se importava com os olhares de uma pessoa, que a atraía ainda mais do que a maré e a lua. Seu nome era Frederick Bell.

Frederick era alguns anos mais velho do que Sophronia. Também era criativo e ambicioso, tinha barba ruiva e o péssimo hábito de ficar em silêncio em momentos indevidos. Mas Sophronia estava apaixonada. Não se importava com os rumores de que ele estava para se casar com uma moça de uma família proeminente de Salem. O luar tem sua maneira de iluminar apenas o que se quer ver, e Sophronia ficava feliz em ver a eternidade na luz minguante da lua.

A mãe tentou alertá-la, tentou explicar o que acontecia quando mulheres como elas procuravam traçar seu próprio caminho, mas Sophronia não acreditou que Frederick seria capaz de trai-la. Até o momento em que ele a traiu.

No dia em que Frederick se casou com Abigail Archer, Sophronia se trancou na casa da mãe, longe da água, da cidade e do luar. À luz de uma vela, finalmente admitiu o que a mãe já desconfiava. Nove meses depois, deu à luz uma menina de cabelos ruivos a que deu o nome de Thalia.

Do outro lado da cidade, outra criança de cabelos ruivos nasceu onze dias depois, mas sob uma conjunção tão diferente das estrelas que poderia muito bem ter sido do outro lado do mundo. Lily ganhou vida em uma casa resplandecente, com a família toda reunida para testemunhar o nascimento. O único ausente era o pai, Frederick.

FEITIÇO PARA COISAS PERDIDAS

Ele estava no mar, em sua primeira incursão no comércio de especiarias, em um navio cujo nome homenageava aquela cujo dote dera início a sua frota: Abigail.

Depois do parto, Abigail ficou a sós com Lily e prometeu a si mesma e à filha que os desenhos que havia encontrado escondidos no gabinete do marido, de uma jovem de olhos escuros e bochechas rosadas, nunca as prejudicariam. Sabia que Frederick não a amava, mas não precisava de amor, e sim de segurança. A vida em sua pequena cidade na Nova Inglaterra nunca fora fácil, nem mesmo para alguém com uma casa confortável e um belo dote, e de muitas maneiras sua vida tinha sido parecida com a de Sophronia. O pai de Abigail nunca fora muito fiel, e atrás das portas fechadas também apresentava um temperamento violento. Ela crescera com a mãe sussurrando em seu ouvido: Tire seu poder de onde for possível. Proteja a reputação de sua família a todo custo.

Os anos passaram, e em uma noite fria de outono Hanna se deitou para dormir e nunca mais acordou, deixando Sophronia sozinha com a pequena Thalia em sua casinha nos limites da cidade.

Sophronia sabia que seu trabalho lançava suspeitas sobre ela, e tentou impedir que Thalia aprendesse a habilidade que ela mesma aprendera com facilidade: poções, feitiços, como misturar raiz de valeriana com mel e palavras para encerrar uma discussão, mas isso tudo também parecia a Thalia tão natural quanto respirar. Estava no sangue da família, e não havia como impedi--la de aprender.

A mãe também tentou manter Thalia longe da casa da família Bell, dos luxos e privilégios que, em outra vida, sob estrelas diferentes, poderiam ter sido dela, mas não foi bem-sucedida. Desde o primeiro momento em que Lily e Thalia se entreviram na rua principal da cidade, sentiram-se atraídas uma pela outra como uma mariposa é atraída pela luz. Na escola, elas se sentavam com as cabeças ruivas bem próximas; na igreja, tinham conversas silenciosas, precisando apenas de seus olhos e de alguns movimentos de cabeça para contar histórias inteiras. As duas adoravam descer a rua juntas, de braço dado, com passadas tão iguais que, caso alguém se desse ao trabalho de reparar, notaria na mesma hora a verdade.

Se fosse o caso de simples amizade, talvez as duas pudessem ter sido mantidas afastadas, mas como irmãs, ainda que meias-irmãs, era diferente. A alma de ambas tinha sido feita com o mesmo material. Não importava quantas vezes eram avisadas, não importava o quanto eram coagidas, ameaçadas ou punidas, sempre que uma delas sumia, a mãe sabia que a filha estava com a outra.

Foi Thalia quem ensinou a Lily como cultivar seus jardins. Ela lhe mostrou como peneirar o solo, como ouvir as plantas com as mãos, como perguntar às sementes onde queriam ser plantadas. As duas passavam cada minuto que podiam juntas, de mãos dadas em meio aos copos-de-leite e jasmins-estrela, com peônias cheirosas enfiadas atrás das orelhas.

A amizade assustava Abigail e destruía Sophronia. Ela nunca se acostumou com a sensação de ver as duas meninas juntas, uma de vestido esfarrapado e pés descalços, a outra adornada com rendas e laços. Sophronia começou a ter pesadelos e dores de cabeça, e seus pés refizeram as caminhadas ao luar de sua juventude. Algumas noites, ela acordava à beira-mar, tendo ido em seu sonambulismo até o lugar onde no passado havia encontrado o pai de Thalia. Uma vez, ela acordou à porta dos Bell. Na noite do aniversário de catorze anos de Thalia, Sophronia deixou a pequena casa na escuridão da lua nova e nunca mais retornou. Mais tarde, um marinheiro parado no porto afirmaria tê-la visto entrando no mar, com a camisola branca se abrindo ao redor dela. Ele pensara estar vendo um espírito, uma bruxa da água. Não uma mulher de verdade, que talvez precisasse de sua ajuda. Logo, ela desapareceu.

Encontre Abigail.

24

Mason

Não me dá um bolo, por favor, não me dá um bolo, por favor, não me dá um bolo, por favor.

— Acha que é melhor começarmos sem ela, Mason? — pergunta Emma, baixinho.

Os outros turistas estão esperando há quase dez minutos e estão começando a reclamar, o que só piora minha ansiedade. Ela vai aparecer, não vai?

— Já são 19h09 — diz uma mulher usando um boné do Red Sox, em um tom nem um pouco simpático.

— Só mais um minuto, por favor. Falta uma pessoa. — O tom de voz de Emma é de quem diz: "Sei que você pagou pelo serviço e por isso estou sendo educada, mas quem está no comando aqui *sou eu*, e você vai fazer o que eu mandar."

Acho que foi assim que Emma aprendeu a estar no controle das muitas situações em que já a vi: lidando com grupos de turistas rebeldes nas ruas de Salem. Se eu não estivesse tão nervoso, ficaria impressionado.

Willow vai vir, não vai? Vejo de novo a mensagem que ela me mandou quando eu estava na praia. **Preciso da sua ajuda. Podemos conversar depois do passeio?**

Sim, óbvio, COM CERTEZA. Mas para que ela estaria precisando de minha ajuda? Só de pensar, sinto a eletricidade tomar conta de meu corpo. O que quer que seja, eu topo.

Demonstrei um excelente autocontrole respondendo apenas um **Beleza, combinado** muito descontraído. Consegui até mandar as duas palavras em uma mensagem só. Mas agora estou me perguntando se Willow mudou de ideia. E se algo aconteceu? Devo mandar uma mensagem? Ou se fizer isso vai ser uma bola de neve e vou acabar mandando noventa mensagens?

Um passo de cada vez. Saber como me comportar com Willow é estranhamente difícil.

— Podemos esperar mais alguns minutos?

Estou na ponta dos pés, procurando em meio à multidão da rua Essex, como se alguns centímetros a mais de altura pudessem fazer Willow surgir num passe de mágica.

— Sim, sim — garante Emma.

A mulher com o boné do Red Sox faz careta, mas Emma a ignora. E, sim, é legal ter alguém segurando as pontas para mim.

É então que identifico um lampejo ruivo e logo Willow está correndo em nossa direção, com o mesmo livro enfiado debaixo do braço.

— Ela está aqui!

Tenho vontade de dar um soco no ar, mas parece exagero, por isso me contento em dar um pulinho.

— Já estava na hora — resmunga a mulher usando boné do Red Sox.

Como sempre, é difícil ver muita coisa além do cabelo de Willow. Está preso no rabo de cavalo de sempre, só que com mais da metade dos cachos escapando e emoldurando seu rosto. Ela tenta apertá-lo, e está usando um vestido curto com pequenas flores azuis e tênis branco com os cadarços desamarrados. Sinto que eu poderia entrevistar uma centena de caras e nenhum deles listaria "cadarços desamarrados" como algo que consideram atraente, mas isso é só porque não conhecem Willow e suas pernas brancas como fantasma.

Para as quais preciso parar de olhar.

— Willow! — O entusiasmo é evidente em minha voz, o que acaba com a vibe descontraída que eu gostaria de emanar, mas fazer o quê? — Você veio.

— Desculpa, perdi a noção do tempo.

Por algum motivo que não consigo imaginar, suas bochechas ficam vermelhas. Ela aperta o livro junto ao peito, o que faz meu coração palpitar. Será que também trouxe o meu diário de observação? De repente, sinto tanta falta dele que fico inquieto.

— Você se lembrou do...? — sussurro, fazendo um gesto de escrita.

Ela assente com a cabeça e aponta para a mochila.

— Está aqui.

O alívio toma conta de mim. Willow está aqui, e meu diário de observação também. Posso voltar a respirar. Quero pegá-lo de volta agora mesmo, mas tenho que ir com calma. *Aja normalmente.*

— É ótimo conhecer você, Willow — diz Emma, chegando por trás de mim. — Meu nome é Emma.

— Muito prazer — responde Willow.

Ela parece surpresa com Emma, arregalando os olhos para suas tatuagens e piercings, mas abre um sorriso.

— Foi a família de Emma que me acolheu — digo, para Emma entender que Willow sabe da situação.

Em geral, não conto às pessoas que estou no sistema de acolhimento familiar. Decidi há muito tempo que era mais fácil dizer apenas que morava com parentes. Mas com Willow achei que valia a pena arriscar. Se ela é mesmo um sinal, então é melhor contar a verdade. Fora que ela talvez já soubesse de tudo porque leu em meu caderno. Foi tão desconfortável quanto eu achei que seria, mas pelo menos Willow não fez muitas perguntas.

Emma olha nos meus olhos tranquilamente e pisca uma única vez, como se dissesse: "Entendido." Não sei como me sinto em relação a me comunicar com Emma por expressões faciais, mas uma vez na vida fico feliz por sua fachada indecifrável.

Emma volta a olhar para Willow.

— Fiquei sabendo que sua mãe herdou a casa da família Bell. Tem tanta história naquele lugar. E os *jardins*...

A mulher de boné do Red Sox bufa descaradamente. Sei que deveríamos começar o passeio, mas gosto que Emma tenha reservado um momento para falar com Willow, que se anima na mesma hora.

— Não são demais? Eu simplesmente amei os jardins. E acabei descobrindo algumas coisas sobre... — Willow não conclui a frase e olha para mim. Agora a vermelhidão desce por seu pescoço. — Sobre a história da minha família.

Eu me lembro da mensagem de texto dela. *Preciso da sua ajuda. Podemos conversar depois do passeio?* Será que é com isso que ela precisa da minha ajuda?

Assinto, aparentando indiferença, mas na verdade reprimindo um sorriso.

— Muito obrigada por aceitar me ajudar — diz Willow, baixinho, só para mim.

— São 19h12 — anuncia a mulher de boné. — O passeio estava programado para começar às sete em ponto.

Emma ergue uma sobrancelha para mim, depois se afasta de nós e bate palmas uma vez.

— Adorei o entusiasmo e *adorei* a camaradagem, pessoal, mas agora é hora de ficarmos bem juntinhos em roda para que eu passe algumas informações introdutórias.

Todos nos aproximamos. Willow fica bem a meu lado.

O cabelo dela tem um aroma vagamente floral. Não odeio o contato, mas faço o que posso para me concentrar em Emma.

— Meu nome é Emma Morgan e, embora não tenha nascido em Salem, sou uma moradora muito apaixonada pela cidade.

Trabalho como guia desde que estudava na Universidade de Salem, mais ou menos na Idade Média. Agora alguns fatos sobre mim que vocês não pediram, mas vão ficar sabendo de qualquer maneira: ouço podcasts sobre assassinato antes de ir para a cama, fui demitida de um lugar que vendia vitaminas porque não era animada o bastante e... — Ela olha para mim. — Tenho a casa mais purpurinada de toda a costa. Ao contrário do que talvez esperem, *morro de medo* de fantasmas, o que torna o fato de eu conduzir este passeio simplesmente cômico. Devo avisar que se eu vir um fantasma vou abandonar todos vocês e sair correndo. Na verdade, talvez até derrube alguns de vocês no caminho. Não pensem que estou aqui para protegê-los! — Não consigo segurar a risada, o que leva Emma a sorrir para mim. — Dito isso... todos prontos?

Ouve-se um "sim" geral, então Emma se vira e começa a descer a rua, segurando um guarda-chuva acima da cabeça.

— Você quer ver um fantasma? — pergunta Willow, caminhando a meu lado.

— De jeito nenhum — respondo. — Mas, se vir um, coloco você nas minhas costas e fujo correndo, tá?

Saí um pouco de minha zona de conforto, mas Willow me recompensa com um sorriso. Estar com ela é como soltar fogos de artifício: Willow é linda e empolgante, mas também me deixa muito consciente de que posso me queimar a qualquer momento.

— Quer seu diário agora? — questiona ela.

Eu me encolho um pouco quando ela o chama de diário. Tipo, tá, é mesmo um diário, mas a ideia de que ela o tenha lido ainda dói.

— Pode ser depois? Não quero que Emma veja.

— Aham — diz ela, dando uma cotovelada de leve em mim.

— Sobre o que você queria falar? — indago.

A cada passo meu, Willow precisa dar uns três, por isso diminuo o ritmo.

Ela hesita e volta a corar. Eu poderia literalmente passar o dia todo vendo sua pele ficando vermelha.

— Pode ser depois?

— Aham — respondo também, sem conseguir impedir que um sorriso se espalhe por meu rosto. Adoro essa ideia de "depois". Significa que temos um futuro pela frente.

— Vamos, vamos, vamos, meu povo — chama Emma, com seu cabelo preto balançando. — Vocês não vão sossegar até encontrarmos um fantasma.

— Ela é engraçada — comenta Willow.

Emma é mesmo engraçada. E começo a ter a sensação desconfortável de que se a tivesse conhecido em outro contexto teria gostado bastante dela. Para ser sincero, consigo vê-la como melhor amiga da minha mãe. Emma devia ser a pé no chão, mantendo a energia desvairada da minha mãe sob controle, enquanto minha mãe provavelmente a impedia de ser séria demais. Um nó se forma em minha garganta, mas reprimo meus sentimentos. Quero me concentrar em Willow esta noite.

Somos conduzidos até uma área cercada. Vinte bancos de pedra se projetam de um muro baixo em forma de ferradura circundando um cemitério, cada um deles com um nome gravado e oferendas que incluem pequenas velas, moedas e bilhetes escritos à mão.

— Parem por um momento — pede Emma. — Este lugar é muito importante.

— São as vítimas dos julgamentos das bruxas de Salem? — pergunta Willow, olhando para mim.

— Acho que sim. Vem, vamos dar uma olhada.

Damos uma volta com o restante do grupo enquanto Emma espera. Não é um lugar exatamente hostil, mas tem um clima bastante pesado. Enquanto leio os nomes, a realidade do passado de Salem se materializa em mim de uma maneira inesperada. São pessoas reais. *Bridget Bishop. Sarah Good. Elizabeth Howe.*

Em algum momento, todos voltamos para perto de Emma.

— Bem-vindos ao memorial do julgamento das bruxas de Salem e ao antigo cemitério. Como tenho certeza de que sabem, Salem tem uma história trágica. Em 1692, vinte pessoas inocentes foram condenadas à morte por bruxaria. Dezenove foram enforcadas e uma foi esmagada. A maior parte dos nomes ligados aos crimes está nos túmulos atrás do memorial.

Ela aponta para o cemitério. Velhas lápides se erguem da grama em ângulos estranhos, muitas delas com a escrita desgastada.

— Um dos ocupantes mais nefastos do cemitério é o juiz John Hathorne, a quem às vezes se referem como "o juiz enforcador". Uma sombra escura foi vista espreitando seu túmulo inúmeras vezes, chegando a ser registrada em algumas fotografias. Um homem alto e magro também foi visto vagando por entre as sepulturas, mas sempre desapareceu em tentativas de aproximação. Se ele estiver atrás de mim agora mesmo, por favor, não me avisem.

— Ai — diz Willow.

— Agora: quem está pronto para ver a casa mais assombrada de Salem? A casa de Joshua Ward é por aqui.

Apesar de meus esforços, sou completamente absorvido pelo passeio, tanto que *quase* me esqueço de que Willow está a meu lado. Quase. O rabo de cavalo dela de tempos em tempos roça em meu braço. Emma é ótima em tratar as muitas tragédias de Salem de maneira respeitosa e manter o passeio divertido ao mesmo tempo. Paramos diante de uma livraria fechada, cujos livros têm a fama de sair voando das estantes, e em um restaurante que sempre mantém talheres extras à disposição por causa de um fantasma que vive roubando os garfos. A casa de Joshua Ward é minha parada preferida. É uma construção grande no estilo nacional estadunidense que no passado foi o lar de um dos mais notórios assassinos de bruxas de Salem, George Corwin. Emma pega o iPad para mostrar uma imagem que apareceu ao fundo da foto de um turista em um de seus passeios. Quando Willow e eu nos aproximamos para olhar, um arrepio desce por minhas costas. É uma mulher vestida de preto, olhando com intensidade através de uma nuvem de cabelos pretos.

Minha mãe ia adorar isso.

Quando estamos perto de terminar, Emma já conquistou todo o grupo, inclusive a mulher com o boné do Red Sox, e a lua está alta no céu. É uma noite nublada, péssima para observação do céu, o que por mim tudo bem, já que meu interesse é no que está acontecendo aqui, no planeta Terra.

Willow fica quieta a maior parte do caminho, mas fica perto de mim, e seu cabelo continua roçando em minha pele enquanto andamos. Quando viramos a esquina e chegamos ao ponto em que começamos, ela pega meu braço e me faz parar. Baixo os olhos e vejo que Willow está com meu diário nas mãos.

Eu o pego depressa, fechando bem os dedos na espiral do caderno.

— Obrigado — digo, minha voz meio abafada.

Um alívio me inunda, e quando olho para Willow percebo que ela está vermelha de novo e que seus olhos vão de um lado para outro, nervosos.

— Tudo bem? — pergunto.

Ela respira fundo antes de me encarar.

— Queria saber se você toparia ir a um lugar comigo. Depois do passeio — acrescenta ela.

Meu coração pula no peito. Preciso me esforçar ao máximo para responder como um ser humano normal.

— Beleza.

Seus ombros relaxam um pouco, o que é engraçado, porque isso indica que Willow não tem noção de como quero passar mais tempo com ela. Willow poderia me pedir para mergulhar em uma piscina de lava e ainda assim eu concordaria.

25
Willow

O passeio guiado é interessante e divertido, ou pelo menos tenho certeza de que seria se eu conseguisse me concentrar nele. Só que tem dois problemas. Primeiro, Mason é uma enorme distração. Mesmo quando não está olhando para mim, sinto seu foco voltado em minha direção. Fora que ele fica encostando o braço de leve no meu, o que tem o efeito mágico de transformar cada terminação nervosa de meu corpo em uma pequena fogueira, o que, surpreendentemente, não é algo que eu odeio.

Segundo, a simples ideia do que estou prestes a pedir para Mason fazer me deixa horrorizada. As tias estarão nos esperando assim que o passeio terminar. E se Marigold estiver vestida de céu outra vez? E se elas tentarem fazer um mapa do amor, ou o que quer que seja? Será que Mason vai sair correndo?

O problema é que eu acho que elas estão certas: preciso *mesmo* dele. Se Mason não tivesse notado o nome de Thalia no quadro, duvido que eu o teria encontrado. E, o que é ainda mais impressionante, ele acertou quando perguntou se Thalia era minha parente. A julgar pelo conteúdo da segunda carta de Sage, ela é uma parente distante.

A nova carta me pegou de surpresa. Não só transformou Thalia de bruxa de conto de fadas em um ser humano, como revelou que ela e Lily eram meias-irmãs, o que foi um choque.

O fim da carta dizia para encontrar Abigail. Sei que essa era a mãe de Lily Bell, e meu cérebro está quase fundindo de tanto pensar se algo na casa poderia estar relacionado a ela. Outro quadro? Algum objeto? As tias disseram não ter ideia de onde eu deveria procurar. Será que Mason vai me ajudar outra vez? Se for o caso, o constrangimento de pedir isso a ele vai valer a pena.

Só que agora o passeio acabou, o que significa que vou ter que *falar* com ele, algo que me faz querer desaparecer em um dos cemitérios macabros pelos quais passamos esta noite.

— Isso é tudo — diz Emma, enquanto nos reunimos em roda outra vez. — Se gostaram do passeio, meu nome é Emma. Se não gostaram, meu nome é Brunhilde. Espero que tenham uma ótima noite e aproveitem seu tempo aqui em Salem.

O grupo começa a se dispersar. Mason se inclina para mim, com os olhos ávidos. Assim que lhe entreguei o caderno, uma camada de estresse pareceu evaporar de seu corpo.

— Para onde vamos?

Vou mesmo fazer isso? Então me lembro da caligrafia de Sage ao fim da carta. *Encontre Abigail.* Vou fazer o que for preciso para isso acontecer.

— Tenho algumas tias na cidade. Ou talvez sejam tias-avós. Na verdade, acho que são as tias-avós da minha mãe, o que faria delas minhas tias-bisavós… — Estou tão agitada que as palavras se atropelam. Se não consigo nem explicar qual é minha relação de parentesco com as tias, como vou contar que estou tentando resolver o mistério da maldição da minha família? Decido ir com tudo. — Elas querem conhecer você.

— É mesmo? — pergunta ele, franzindo as sobrancelhas. — Achei que sua tia estivesse, hã…

Morta. Quase engasgo.

— Não é essa tia. Entendi — diz ele.

Recuo um pouco, porque Mason exala um cheiro quentinho e delicioso, que me distrai. É óbvio que tropeço no meio-fio e ele tem que segurar meu braço, de modo que voltamos ao ponto de partida. Bem próximos um do outro. Muito, muito próximos.

— Como elas sabem sobre mim?

Os olhos dele fitam os meus, e Mason dá um sorrisinho.

Um forte rubor passa por meu rosto.

— Bem… eu falei de você. Elas estão me ajudando a descobrir um pouco mais sobre minha família, o quadro e tudo mais.

— Sério? — Seus olhos ficam alertas. Ele passa uma mão pelo cabelo bagunçado. — Elas querem que eu vá lá para que eu fale sobre o quadro?

— É. Mais ou menos. Mas é bom eu avisar… — Respiro fundo. — Elas são fofas, mas são diferentes. Tipo, muito, muito diferentes. São, hã, bruxas. Bruxas modernas.

Mason me avalia por um longo momento, e fico preocupada, achando que vai rir — ou, pior, sair correndo. Então seu rosto relaxa e ele sorri.

— Se você for também, por mim tudo bem.

Meu rosto está quase pegando fogo. Isso provavelmente não significa nada de mais, só que, quando levanto os olhos e noto a maneira como Mason está me olhando, tenho a sensação de que posso estar errada.

Esse não era nem um pouco o plano.

— Obrigada — digo, depressa. — Vou avisar que estamos a caminho.

— Beleza.

Espero que ele peça permissão a Emma para ir comigo, mas Mason nem se move.

— Você não precisa avisar Emma?

— Ah. — Mason me olha surpreso. A ideia de fato não havia passado pela cabeça dele. — Acho que sim. Já volto.

FEITIÇO PARA COISAS PERDIDAS

Enquanto ele vai até Emma, respiro fundo algumas vezes, tentando controlar a vermelhidão do rosto. Alguns minutos depois, ela vem em minha direção, com Mason em seu encalço.

— O que achou? — questiona Emma.

Ela é bonita e toda descolada. Se não fosse baixinha, eu acharia que é parente de sangue de Mason.

— Adorei — respondo, revirando a mente atrás de algum comentário que não esteja relacionado a Mason. — Nem dá para acreditar como era perigoso ser mulher em Salem.

— Ou ser uma mulher de meia-idade. Ou ter amigas demais. Ou amigas de menos. Ou ser diferente, tipo, de *qualquer maneira* — acrescenta Emma.

— Deus nos livre de ser diferentes do que os outros esperam! — brinca Mason, mas quando Emma se vira há um breve momento de desconforto, que se encerra com ele baixando os olhos para os próprios pés.

A dinâmica entre eles parece muito mais complicada do que minha relação com minha mãe.

Emma enfia as mãos nos bolsos.

— Bem, querem sugestões para o jantar?

— E talvez a gente possa dar uma volta depois — diz Mason. — Ainda não vi o mar.

Ele me dá uma piscadela, que me faz sentir um friozinho na barriga. Boa. É melhor não mencionar que vamos visitar minhas tias bruxas. Seria coisa demais para explicar.

Procuro controlar o nervosismo.

— Adoraria ouvir suas sugestões — digo.

Emma assente.

— Tem uma pizzaria temática de *Star Wars* perto da estátua da Feiticeira. Com bonequinhos esquisitos e outras coisas engraçadas, bem cafona, mas vendem por fatia. Simon e eu sempre íamos lá quando namorávamos. Pode ser divertido.

Espera aí. Emma está achando que é um encontro? Nunca saí com um garoto, mas tenho certeza de que arrastar Mason para a história complicada da minha família não é um encontro.

Vou mesmo fazer isso?

— Parece ótimo — comento, sem conseguir olhar para Mason. *Eu consigo. Eu consigo levar um garoto bonito para conhecer minhas tias bruxas.* Só que agora estou tão nervosa que me sinto até tonta.

Emma abre o zíper da pochete e entrega algumas notas a Mason.

— O jantar é por minha conta.

Ele ergue as mãos, na defensiva.

— Ah, não, acho que não posso aceitar...

— Pode, sim. Você tem ajudado bastante. Acha que não vejo quantas horas passa com as meninas todos os dias? Só esteja em casa até as... onze? Meia-noite? — Emma sorri para mim. — Desculpa, não estou acostumada com essas coisas. O que os jovens de hoje fazem?

— Às onze está ótimo — digo depressa.

Dou uma olhada no relógio. Isso nos dá duas horas.

— Ótimo. Vejo você em casa, Mason.

Ela arregaça as mangas da jaqueta, revelando uma tatuagem de concha cor-de-rosa, depois se despede com um aceno e segue para a rua Washington.

Ficamos em silêncio por um momento, enquanto Emma se afasta. A postura de Mason está péssima. Será que ele vai mudar de ideia? Talvez a gente devesse mesmo ir comer uma pizza, é só eu dizer para as tias que Mason não quis ir. Mas elas insistiram muito na participação dele. E estou louca para saber mais sobre a maldição. Ver a carta de tia Sage caindo de trás do quadro foi... para ser sincera, foi meio mágico. Isso fez com que eu me sentisse parte da família Bell, como se minha ligação com essas mulheres fosse mais forte do que o fio hesitante que me ligava a minha mãe. Eu faria praticamente qualquer coisa por outro momento igual. Inclusive pedir ajuda a Mason.

Abro a mochila e pego o Livro das Sombras. Se vou envolvê-lo nisso, é melhor fazer direito.

Depois que Emma dobra uma esquina e desaparece, Mason se vira para mim e diz:

— Pronta?

Seus olhos recaem sobre o Livro das Sombras.

— Na verdade — começo —, você pode ler algo antes?

— Eu sabia! Sabia que você era parente da sereia! Não falei que você é a cara dela?

Estamos correndo para a casa das tias, e não sei bem se fico aliviada ou preocupada com a reação de Mason. A história não pareceu abalá-lo nem um pouco. Ele a leu uma vez, com a cabeça inclinada sobre o papel, fez algumas perguntas e depois a releu. Parece até aberto à teoria das tias de que descobrir a verdade pode levar ao fim da maldição.

— Mais ou menos, né? Ela é só meia-irmã de uma antepassada minha.

Mason não parece interessado nessa diferenciação.

— Lembra que eu falei que ele era pintor? E que importava flores? Será que sua tia e eu lemos os mesmos sites? — continua ele, mas perco a linha de raciocínio. Agora que está empolgado, é quase impossível acompanhar seus passos longos. Desisto de tentar andar depressa e começo a correr.

Quando a casa das tias surge em meu campo de visão, reduzo o ritmo. O jardim está silencioso, ainda bem, e se não fosse pela parafernália relacionada à bruxaria, pareceria uma casa como qualquer outra.

Só que… tem uma placa nova na janela. FEITIÇOS DE AMOR DA MARIGOLD. SÓ COM HORA MARCADA.

Fico torcendo para que Mason não note, mas é óbvio que não adianta. Primeiro ele repara nas pernas da Bruxa Má do Leste, depois levanta os olhos para a placa, e uma expressão surpresa surge em seu rosto.

— Feitiços de amor?

A porta da frente se abre com tudo. A primeira a aparecer é Marigold, que, ainda bem, está usando um robe e botas brancas de salto alto. Depois vêm Poppy e Violet, e as três se aglomeram na entrada.

Por um momento, ficamos só olhando uns para os outros.

Então elas o atacam.

— O ajudante! — grita Violet.

— Por que o tarô nunca me mandou alguém como ele? — reclama Marigold. — *Isso* é que é interesse romântico.

Quero me jogar embaixo da casa e ficar só com as pernas à vista, como a Bruxa Má do Leste.

— Então… Somos amigos. Só amigos — digo depressa. — Aliás, mal nos conhecemos.

Mason ergue uma sobrancelha para mim, e sinto o rosto corar. Por que não consigo parar de falar?

— Bem, isso não vai durar muito — diz Violet.

— Agora entrem. Fiz comida para vocês — chama Poppy.

As tias quase o carregam para dentro da casa. Mason se vira para olhar para mim e identifico um leve pânico em sua expressão, algo que eu acharia engraçado se não me deixasse mortificada.

— Que lábios! Que cabelo! — grita Marigold. — Você parece uma estrela de Hollywood de antigamente!

Fico observando, impotente, as tias arrastá-lo pela sala de estar até a sala de jantar. Tudo o que consigo fazer é segui-los.

A mesa foi posta para dois. Mason está tentando se situar, mas congela ao ver o que tem nos pratos.

— Vocês vão comer frango frito e waffles?

— *Vocês* vão comer frango frito e waffles — explica Poppy, sorrindo. — Eu nunca tinha feito, mas precisava fazer. E bacon também. Sente-se, Willow!

Eu me sento, obediente, e Poppy risca um fósforo e acende as velas no meio da mesa. Mason continua estagnado, com os olhos arregalados voltados para a mesa.

Então eu me dou conta. Esse prato tem algum significado para ele, assim como o cardápio do outro dia tinha algum significado para mim.

— Mason, você está bem?

— Eu… — Ele respira fundo. — Minha mãe trabalhava em uma lanchonete em Vermont que servia café da manhã o dia todo. — Mason levanta a cabeça para me encarar. — Depois que ela saiu de lá, passamos o verão inteiro tentando imitar o frango frito com waffles do lugar. Saía sempre um desastre, mas…

Talvez seja a luz das velas, mas os olhos de Mason de repente parecem brilhantes demais. Sinto um leve aperto no coração. Mason é fechado, mas nem de perto tanto quanto pensa.

— Sério? Que coincidência — comenta Poppy. — Agora coma, querido. *Coma.*

É todo o incentivo de que ele precisa. Mason se senta, pega o garfo e ataca os waffles. Seria nojento se não fosse meio fofo. Por um momento, ficamos todas olhando para ele. Parece um documentário mostrando uma cobra devorando a presa por inteiro. A impressão é de que Mason vai engolir o prato junto. Ainda não sei bem o que acho dessa coisa de feitiçaria, mas está na cara que Poppy é uma bruxa da cozinha.

— Imagino que nossa pequena Willow tenha contado tudo a você — começa Violet. — Sobre a maldição da família Bell.

— Contou, sim — responde Mason. — E já sei das cartas. Ajudei Willow a encontrar a primeira. E vou ajudar com as outras também.

Ele ergue o rosto para olhar nos meus olhos. Sinto um calorzinho se espalhando dentro de mim. É legal tê-lo no meu time.

— Obrigada.

Um breve sorriso se insinua em seu rosto sério.

— De nada.

Violet dá um passo à frente.

— Bem, tenho certeza de que vocês podem se virar *muito bem* sozinhos, mas fizemos um kit feitiço para uma eventual emergência. Separamos os ingredientes e deixamos tudo por escrito.

Ela segura um pacote de papel pardo amarrado com um pedaço de barbante que parece ser do século XVII. As pontas estão até chamuscadas. As tias realmente levam jeito para o drama. Tem algumas ervas e uma pedrinha branca enfiadas no barbante.

— O que tem aí? — pergunto, desconfiada.

O pacote é leve e tem cheiro de ervas.

— É um feitiço para coisas perdidas! — diz Violet, como se isso explicasse alguma coisa. Devo estar parecendo desconfiada mesmo, porque ela dá risada em seguida. — Não se preocupe, só usamos ingredientes comuns, nada de olho de salamandra ou essas bobeiras em que as pessoas acreditam. Em geral, as ervas funcionam como na culinária. Manjericão adoça. Pimenta apimenta. Se quiser se livrar de alguma coisa, pode tentar urtiga, por exemplo. E quando se trata de amor... — Ela deixa a frase morrer no ar e pisca para nós dois.

Vou me atirar na lareira enorme das tias. Não consigo nem *olhar* para Mason.

— Mas não estudei bruxaria. Como vou fazer um feitiço? — pergunto.

Violet balança a cabeça.

— Tolinha. Magia não é algo que se aprenda. Vem de berço! Qualquer pessoa que diga que é preciso treino para fazer magia está tentando se dar bem. Bruxaria envolve o que já está dentro de você. É uma questão de ouvir sua voz interior e decidir o que lhe dá mais poder.

Quero muito acreditar nisso, mas não me sinto confiante. Faço o meu melhor para esquecer minhas ressalvas enquanto guardo o kit feitiço na mochila. Espero não ter que usá-lo.

— Não vamos precisar para a próxima carta. Está na cara onde vamos encontrar — declara Mason.

Eu me viro para encará-lo. Sua expressão é séria, ainda que tenha um pouco de calda no queixo dele.

— Você já sabe onde a próxima está?

Mason dá um sorrisinho.

— Já. É fácil adivinhar, não acha?

As tias parecem radiantes. Ficam em silêncio, o que é raro, mas tem um "Não avisamos?" estampado na cara de cada uma. Para ser justa, elas me avisaram mesmo, mas isso não torna a situação menos constrangedora.

Inspiro fundo e apoio as mãos na mesa.

— Hum... o que estou deixando passar?

Agora Mason parece tão confuso quanto eu.

— Estamos procurando por Abigail, certo? Frederick deu o nome dela a seu primeiro navio.

Não sei o que isso tem a ver, mas Mason espera que eu chegue a uma conclusão sozinha, por isso faço o que posso para repassar os cômodos da casa mentalmente. As paredes quase não têm decoração, fora o quadro da sereia. E não me lembro de outras imagens de mulheres. Então onde deveríamos procurar?

— Na biblioteca...? — sugere ele, esperançoso.

Meu cômodo preferido em toda a casa. Penso nas estantes cheias de livros e na escada com rodinhas. Nas seções de viagens, tarô, navegação...

O primeiro navio de Frederick foi presente do sogro e recebeu o nome de sua noiva. O *Abigail*. Era isso, aquela estranha estátua pela metade: uma figura de proa. Provavelmente a figura de proa do *Abigail*. Talvez aquela fosse Abigail.

— A estátua — consigo dizer.

— Isso — confirma Mason. — Colocam esse tipo de imagem na frente dos navios para dar sorte.

— *Uau!* — exclama Violet. — Mason, você é mesmo incrível. Eu não disse que você precisava dele, Willow?

O sorriso de Mason agora é quase presunçoso, algo novo para ele, mas, sendo sincera, ele merece. Eu sabia que ele era inteligente por causa do que li no diário, mas não que sua mente trabalhava tão rápido. Passei quase o dia inteiro pensando nessa pista.

— Tem alguma coisa sobre a minha família que você não saiba? — questiono.

Mason hesita, então responde:

— Ainda estou tentando entender você.

Seus olhos escuros encontram os meus. As tias fazem "uh…" na mesma hora, animadas, mas ainda assim sinto uma onda de prazer, tão deliciosa quanto algodão-doce. Ele está *flertando* na frente das tias, o que é meio constrangedor, mas também meio mágico. Estou empolgada para encontrar a próxima carta de Sage, mas talvez esteja ainda mais empolgada de encontrá-la *com ele*.

— Não falei? — diz Marigold. — Tem um casalzinho se formando, podem acreditar…

Minha garganta solta um ruído baixo, entre o desalento e o horror.

— Marigold! — repreende Violet. — Não se deve dizer às pessoas por quem vão se apaixonar. Mas ele com certeza é uma coisa!

Não digo nada, porque de repente enfiar um pedaço de waffle na boca parece a coisa mais importante. Violet tem razão. Mason é mesmo *uma coisa*. Cada segundo que passamos juntos faz com que eu goste um pouquinho mais dele.

— É melhor vocês dois irem — aconselha Violet. — A maldição não vai ficar esperando.

Foi Abigail quem bateu à porta da pequena casa de Thalia.

Fazia anos que ela sabia o que o resto da cidade apenas desconfiava, e chegara à conclusão de que, se Thalia trabalhasse na casa deles, não poderia mais ser a melhor amiga de Lily. O marido tampouco olharia para a garota com uma mistura de arrependimento e tristeza, despertando tanto as chamas da fofoca que era possível sentir seu calor. Com Thalia sob o mesmo teto, Abigail teria controle da situação. Ela fez uma proposta à garota: se concordasse em trabalhar como criada, poderia viver na casa dos Bell. Não seria mais amiga de Lily, mas poderia atender suas necessidades, e encontraria segurança.

Assustada, sozinha e entorpecida pelo luto, Thalia concordou. Como não concordaria?

Foi assim que Thalia se mudou para a casa dos Bell. Por quase três anos, enquanto esfregava as escadas e atiçava o fogo, ela ocupava o quarto do último andar, que era frio no inverno e quente no verão. Thalia nunca conhecera nada diferente e seria capaz de suportar condições muito piores para ficar perto de sua querida Lily. O que importava um quarto?

De sua parte, Lily se rebelou diante da exigência da mãe de que tratasse Thalia como uma criada. Sempre que não estava sendo observada, ela ajudava a melhor amiga no trabalho. À noite, esgueirava-se até o quarto de Thalia, onde as duas liam livros em voz alta e trocavam histórias. Frederick, que passara a maior parte dos últimos anos no mar, começou a passar longos períodos em casa, brincando com as meninas no jardim e envolto em longas conversas depois do jantar. Ele vivera tanto tempo assombrado por sua decisão de abandonar Sophronia que aquilo o envelhecera, curvando suas costas e deixando sua barba grisalha. Agora, com as duas meninas sob seu teto, seus olhos pareciam tranquilos pela primeira vez em anos. Ele até voltara a frequentar a igreja, ler a Bíblia e rezar com tanta devoção quanto qualquer pastor, e era isso que preocupava Abigail. E se essa devoção recém-descoberta o levasse a confessar seu pecado? E se ele expusesse o fato de que havia tido duas filhas, e agora ambas moravam em sua casa?

Não demorou muito para que Frederick convidasse Thalia a andar na carruagem da família e insistisse para que se sentasse com eles à mesa do jantar. Quando todos se juntavam à noite para ler a Bíblia, Frederick muitas vezes pedia a Thalia que lesse as passagens preferidas dele dos Salmos. "Pois tu, Senhor, és bom e pronto a perdoar, e abundante em benignidade para com todos que te invocam." Ele levou as garotas ao cais, que tinha cheiro de chá, para ver as muitas extravagâncias que chegavam com os navios vindos de longe, e quando ficou sabendo do interesse de Thalia pela natureza, passou a garantir que ela estivesse lá para testemunhar a chegada de todos os animais. No cais, ela viu macacos espertos e papagaios coloridos. Sentiu com a própria mão a pele grossa e enrugada de um elefante, que vinha da Índia e estava a caminho de Nova York.

Abigail começou a encontrar desenhos de sereias no gabinete de Frederick, com olhos penetrantes e cabelos rebeldes, e sentiu que o controle escapava de sua mão. A gota d'água foi quando ele voltou de uma viagem ao exterior com dois medalhões em forma de coração, um com um L gravado e outro com um T. Os medalhões eram um grito de alerta. Abigail sabia que o segredo não seria guardado por muito mais tempo. Ainda não ouvia os co-chichos, mas sentia que se fechavam a sua volta, e ouvia a voz da própria mãe em seu ouvido: Tire seu poder de onde for possível. Proteja a reputação de sua família a todo custo. *Ela sabia que precisava separar as garotas de alguma maneira e lembrar ao marido qual entre elas era sua filha legítima. Então bolou um plano para isso.*

No fim do verão, quando o jardim estivesse em sua melhor forma, os Bell dariam um baile ao ar livre para celebrar os talentos de Lily e anunciar que estava disponível para pedidos de casamento. A filha de Abigail seria o centro das atenções, enquanto Thalia serviria os convidados com os outros criados. A dinâmica estaria definida e sua família seria salva. Tudo ficaria bem.

Lily recebeu mal a notícia do baile. Não tinha nenhum interesse em se casar, nem no presente nem no futuro. Desde que Thalia havia se mudado para a casa dos Bell, Lily passara a sonhar com jardins distantes cheios de flores e aromas sobre os quais apenas lera — jasmim, açafrão e flores-de-lótus cobrindo piscinas cristalinas em palácios de mármore. Ela sonhava com grandes salões e bibliotecas onde aprenderia o nome de todas as plantas, onde estudaria a maneira como se encaixam no mundo. Não tinha nenhum interesse em uma vida como a de sua mãe, uma vida na qual o poder era adquirido com mesquinhez e tramas ocultas. Queria conquistar o mundo.

Já Thalia havia nascido com o mundo dentro de si, e tudo o que queria era simplesmente que Lily fosse feliz.

À luz das velas bruxuleantes, em conversas longas e sussurradas, as duas bolaram um plano. Na noite do bai-

le, quando a família estivesse ocupada com os convidados, Lily e Thalia se encontrariam na praia e depois pegariam um trem rumo à cidade de Nova York. Lá, procurariam uma pensão que recebesse apenas mulheres e um trabalho como governantas ou operárias. Economizariam todo o dinheiro que pudessem para que Lily fosse estudar em uma das universidades que lentamente abriam as portas para as mulheres. Tinham pensado em tudo, as duas juntas, como sempre haviam feito.

Sob a luz de velas bruxuleantes, as duas juraram devoção uma à outra e a seu plano, e Lily viu nos olhos da melhor amiga uma dedicação tão firme e inabalável que estava certa de que nada se colocaria entre elas.

No futuro, depois da traição de Thalia, Lily ficaria impressionada com como a luz de uma vela podia esconder os verdadeiros sentimentos de alguém. Ela perguntaria a si mesma como não havia notado que a inveja e o ressentimento da amiga tinham crescido nas sombras. Seu erro fora ver apenas o que queria ver.

No dia do baile, Lily estava tão nervosa que mal conseguia pensar no que quer que fosse. Os caminhos foram varridos, as janelas esfregadas, as mesas postas com uma porcelana fina e delicada. Como se pressentissem a celebração, os jardins estavam especialmente resplandecentes, com cada flor determinada a ofuscar as outras.

O cabelo de Lily foi lavado e arrumado, blush foi passado em suas bochechas e água de rosas em suas têmporas. Alguns minutos antes do baile, Thalia a ajudou a colocar seu vestido novo de seda cor de creme com detalhes em renda amarelada e rosetas de metal.

Quando Abigail viu Lily e Thalia descendo a escada juntas, arfou em deleite. Sua filha estava radiante

FEITIÇO PARA COISAS PERDIDAS

e ofuscava todos a sua volta, ainda mais a garota a seu lado, usando um vestido simples de lã.

Lily começou a noite pensando apenas em Thalia e em seu plano de fuga, mas a atenção que recebeu dos convidados a afetou. Estava acostumada a ser admirada por seus jardins, por como fazia as flores crescerem. Nunca fora admirada por ser ela mesma, o que era quase tão intoxicante quanto as papoulas bem vermelhas que cresciam ao longo do caminho de entrada. Conforme a noite avançou, ela se pegou verificando o relógio com menos frequência e corando mais. Lily estava tão encantadora e se sentia tão à vontade que todos os jovens da festa pediram para dançar com ela e todas as mulheres sussurraram sua admiração. Devagar, bem devagar, ela foi se esquecendo do plano.

Thalia passou horas sentada na praia, observando a maré e a lua, ouvindo o sussurrar das estrelas. Quando viu os primeiros raios de sol, sentiu seu coração endurecer e seu amor murchar. Ela, que no fundo sabia havia anos quem era seu verdadeiro pai, que havia perdido sua mãe, que havia passado anos recolhida no quarto de cima de uma casa onde deveria viver com todo o conforto, estava sendo traída de novo, o que daquela vez acabava com ela.

Thalia perdeu o controle.

Houve diferentes relatos do que aconteceu a seguir. Alguns dizem que Thalia apareceu no meio do jardim dos Bell tão de repente quanto uma nuvem de tempestade. Outros dizem que as garotas se encontraram no caminho, e apenas suas vozes foram entreouvidas. Um homem disse ter visto Thalia de pé à janela do quarto, com os braços estendidos para o alto, pronunciando as palavras da maldição. Mas todos se lembravam do crucial:

Thalia havia lançado uma maldição sobre Lily e depois desaparecera na noite.

Por anos, a cidade contou e recontou a história da ingrata Thalia, que depois de ter sido recebida na casa dos Bell havia sucumbido à vaidade e à inveja. Não era culpa de ninguém, na verdade. Era o que acontecia quando se colocava uma bruxa sob seu teto.

O ocorrido deixou Lily tão chateada que ela abandonou seus jardins, e suas flores resplandecentes ficaram aos cuidados dos criados. Ela se casou com um dos jovens da festa e se tornou um membro produtivo da comunidade. Tudo o que restou de seu enorme talento foram as lembranças, e se não fosse pelos nomes que deu às filhas, seria como se nada daquilo nunca tivesse acontecido.

A maldição lançada sobre a família Bell nunca foi retirada. Geração após geração, as mulheres a carregavam consigo. Depois daquela noite, toda Bell saberia com uma intensidade ardente o que realmente desejava para a sua vida, mas nenhuma delas de fato conseguiria o que tanto desejava. Era uma pena. Mas era o que acontecia quando se fechava os olhos para a escuridão em outra pessoa.

Quanto a Thalia, nunca mais foi vista nem se ouviu falar dela.

Encontre Lily.

26
Mason

Encontrar a terceira carta de Sage sob a figura de proa na biblioteca talvez tenha sido o ponto alto de toda a minha vida. Willow ficou olhando para mim com uma expressão meio "Você é meu herói", meio "Você estava certo, mas isso é tão irritante que eu poderia te dar um tapa". Depois ela me arrastou até o telhado para que a lêssemos juntos.

Ainda consigo sentir seus dedos em torno de meu pulso.

Quando subimos a escada que dá acesso ao observatório, a expressão da sereia parecia um pouco mais convencida do que antes, como se dissesse: *Viu? Está tudo dando certo*. Ainda não tenho ideia de qual é a função de Willow enquanto sinal, mas não tenho pressa nenhuma de descobrir, ainda mais se isso implicar passar mais tempo com ela nesta casa.

Agora estamos sentados lado a lado no telhado, com as costas apoiadas no parapeito, o cabelo dela voando toda vez que uma leve brisa sopra. Sei que a situação é a mais estranha possível, mas sinto como se não houvesse nada mais mágico do que ficar aqui no telhado com Willow, ouvindo o vento passar por entre os galhos do salgueiro. Seu rosto está um pouco corado e a energia que ela emana preenche os poucos centímetros que nos separam.

É difícil focar nos detalhes da carta. Fiquei responsável por vigiar, e enquanto ela lê o texto em voz alta não tiro os olhos do salgueiro. Espero que a mãe de Willow não volte hoje à noite.

— Que deprimente — comenta Willow, passando a carta para mim.

Nossos dedos se tocam por um momento perfeito. Ela volta a se recostar no parapeito e sua perna encosta na minha quando estica os joelhos. Sou eu ou sempre damos um jeito de esbarrar um no outro?

— Uma irmã amaldiçoar a outra?

— Aham — diz Willow, passando o rabo de cavalo para a frente do ombro. Ela começa a enrolar as pontas do cabelo nos dedos. — Tipo, eu entendo. Thalia ficou com inveja porque era sempre a irmã que tinha toda a atenção, fora que ela perdeu a mãe. E Thalia era bruxa, então se virou com o que tinha em mãos.

— É interessante que todas as suas tias pratiquem bruxaria — observo. — Isso me faz pensar que ficaram do lado de Thalia.

— Pode ser — comenta Willow, pensativa.

Outro golpe de ar joga seu cabelo em meu rosto. Ela o tira na mesma hora, mas seus olhos parecem se demorar um segundo a mais em minha boca.

Pode ser viagem minha, lógico. Mas, desde que entramos na casa, a energia entre nós mudou. Ficou mais leve. Mais fácil. Mais conectada. É quase como se nos conhecêssemos há mais tempo do que nossos primeiros encontros aleatórios.

Agora que já estive aqui algumas vezes, percebo que a casa tem um clima diferente. É como se o mundo exterior fosse bloqueado e eu pudesse simplesmente *ser eu mesmo*. Sei que Willow sente a mesma coisa. Tudo nela parece mais relaxado, do vestido aos tênis desamarrados. Eu me inclino um pouco e meu ombro toca o dela quando aponto para a carta.

— Acho que não é verdade — declaro.

— Por quê?

Willow não se afasta. Em vez disso, ela se inclina em minha direção, de modo que seu braço pressiona o meu. Será que o mesmo fenômeno elétrico está acontecendo com ela? *Se concentra, cara.*

— Porque Lily era irmã de Thalia. E ela a amava. As duas tinham uma amizade linda. Acha mesmo que Thalia ia amaldiçoar a irmã por toda a eternidade só porque ela estava curtindo uma festa?

— A história não diz que ela amaldiçoou Lily por toda a eternidade — argumenta Willow, sorrindo. Seu cabelo já está no meu rosto outra vez. — E não foi por causa do baile. Foi porque Lily não seguiu adiante com o plano delas.

Balanço a cabeça.

— Ainda acho que não é verdade. Tem algo faltando.

— Pode ser. Acho que precisamos encontrar a próxima pista. — Ela aponta para o fim da carta. — Encontre Lily, ou seja, Cordelia Bell. Tem alguma ideia?

Dou de ombros.

— Ainda não. Acho que não deparei com o nome dela quando pesquisei a casa. Mas vou olhar de novo. Talvez a gente possa revirar os quartos.

Willow hesita por um momento, com os olhos fixos nos meus.

— E por que você andou pesquisando sobre a casa da minha tia mesmo?

Eu me pergunto se devo contar a ela sobre minha mãe e os sinais, então penso no que isso acarretaria. As pessoas nunca entendem por que quero tanto reencontrar minha mãe — e eu sei que isso tem motivo. Só que ela ter me decepcionado repetidas vezes não muda o fato de que é minha mãe. Será que Willow entenderia? Sinto o estômago se revirar. Ainda não estou pronto para descobrir.

— Porque este lugar é mágico. Sempre que estou aqui parece que... — Fico procurando as palavras certas.

— Parece que você está em casa? — murmura Willow.

Nossos olhos voltam a se encontrar.

— É. Exatamente isso.

Willow assente. Não consigo ler a emoção em seu rosto, mas sei que, independentemente disso, este lugar é importante para ela. Isso desvia minha atenção de mim mesmo para Willow. De repente, o que eu mais quero é ajudá-la.

— E se fizéssemos um inventário da casa? Só adivinhei onde a carta de hoje estava porque tinha visto a figura de proa numa imagem do navio na internet. Se a gente der uma volta pela casa, talvez encontre algo que remeta a Lily.

— Boa ideia. Mas pode ser daqui a pouquinho? Tive uns dias difíceis, e é tão agradável aqui em cima — diz Willow com um suspiro, olhando para o jardim lá embaixo. — O salgueiro fica tão bonito à noite.

Eu me inclino para olhar. Ela tem razão. O luar deixa a árvore entre cinza e prateada, e o vento a movimenta por inteiro, fazendo as folhas e os galhos balançarem levemente.

— Aposto que você deve adorar salgueiros — digo.

Willow hesita.

— Sei que vai soar estranho, por causa do meu nome, mas nunca pensei muito a respeito. Mas esse salgueiro é incrível.

A brisa fica mais forte e volta a jogar o cabelo dela em minhas bochechas e testa. Finjo tentar me desvencilhar, e ela se esforça para prender as mechas soltas.

— Seu cabelo é igual às folhas da árvore.

Willow dá risada.

— Meu cabelo é péssimo.

Isso não é nem um pouco verdade, e meus olhos não conseguem evitar se demorar nos fios ruivos. Nunca vi um cabelo dessa cor. De perto, parece cobre. Forço minha atenção a retornar para a carta.

— E quanto a você?

FEITIÇO PARA COISAS PERDIDAS

— Como assim?

Ela continua olhando para a árvore, mas agora com um sorriso no rosto.

Dou uma cotovelada de leve no joelho dela.

— A história diz que as Bell sabem o que querem. E você é uma Bell. O que é que você deseja com uma intensidade ardente?

As bochechas dela ficam cor-de-rosa como algodão-doce.

— Hum...

Não chegue a nenhuma conclusão sozinho, Mason, instruo a mim mesmo. É óbvio que não sou o desejo ardente dela. Mesmo que isso não fosse parecer a pior coisa do mundo.

— Tipo, você não tem nenhum projeto ou plano secreto?

— Além de descobrir a história complicada da minha família? — Ela olha nos meus olhos. — Tenho. Mas... é meio pessoal.

Que engraçado, vindo de alguém que leu o caderno em que escrevo meus pensamentos mais íntimos. Eu o pego no bolso de trás da calça.

— Olha, você sabe bastante coisa a meu respeito. Acho que é justo me contar um pouquinho sobre você, não?

Estou começando a aceitar o fato de que Willow conhece meus segredos mais profundos e sombrios. Se alguém tinha que ler meu diário de observação, ela não é uma escolha ruim.

— Apresentei minhas tias bruxas a você — diz ela.

— E elas são ótimas, mas quero saber mais sobre *você*.

Suas bochechas voltam a corar, e por um momento fico achando que Willow não vai se abrir, mas então ela assente.

— Tem razão. É justo. — Ela inspira fundo. — Tenho muito interesse em viajar pelo mundo. E com isso quero dizer que sou obcecada por essa ideia. Meu quarto é coberto de imagens de lugares aonde quero ir e tenho uma lista de cem lugares que planejo conhecer. É literalmente a primeira coisa que me passa pela cabeça quando acordo e a última coisa que me passa pela cabeça antes de dormir. Mas, às vezes, quando penso nisso, sinto que… — Ela expira e deixa os ombros caírem. — Morro de medo de isso não acontecer.

Fico um pouco surpreso tanto com o objetivo de vida dela quanto com sua preocupação de que não se concretize. Viajar não é algo que esteja em meu radar. Sei que muita gente gosta, mas me mudei tantas vezes que prefiro me estabilizar em algum lugar a conhecer um lugar novo. Mas, a julgar pela expressão intensa de Willow, isso é superimportante para ela. Por que está duvidando de si mesma? Ela parece ser o tipo de pessoa que deveria ter uma confiança infinita.

— Aonde você quer ir? Dá uns exemplos.

— À Cidade Rosa — responde ela, de imediato. — Fica na Índia. O nome oficial é Jaipur, mas a maior parte das construções tem um tom meio rosado porque era a cor da hospitalidade e no século XIX a cidade foi toda pintada para receber representantes da monarquia britânica. Jaipur tem vários palácios, fortes e elefantes andando em meio aos carros. Fora que à noite as pessoas empinam pipa dos telhados.

Ela suspira e aproxima os joelhos do peito.

Tá, entendo o apelo. Não parece tão ruim assim.

— Onde mais?

— Cinque Terre. Fica na Riviera Italiana e significa "cinco terras". São vilarejos de pescadores construídos nas falésias, interligados por trilhas.

Willow olha para mim, em expectativa. Estou gostando de visualizar esses lugares com ela, e mais do que isso: estou gostando de ver como seu rosto se ilumina na escuridão.

— Continua — peço.

— Machu Picchu, no Peru, Madagáscar, Camboja, Islândia, Equador… Quer que eu continue?

— Eu adoraria ir para a Islândia. É um lugar incrível para ver a aurora boreal.

Minha mãe e eu vimos a aurora boreal juntos uma vez, quando morávamos no resort no Maine. Tinha dezenas de pessoas em nosso bangalô aquela noite, mas ela foi atrás de mim, enrolou um cobertor enorme a minha volta e me levou até a varanda para ficarmos juntos. Só de pensar nisso um nó se forma em minha garganta.

Willow abraça os joelhos ainda mais apertado.

— Li sobre um lugar chamado Five Million Star Hotel. Os quartos são uns globos transparentes, para os hóspedes poderem ver as estrelas e a aurora boreal a noite toda.

Sinto um aperto no peito. Minha mãe ia *amar*.

— Sério?

— Fica no Círculo Dourado, um circuito turístico local. Tem duzentos e noventa e nove quilômetros de extensão e conta com três das atrações naturais mais populares da Islândia.

Eu tenho uma ótima memória, mas ela saber o tamanho exato do circuito me surpreende.

— Nossa, você não estava de brincadeira. Sabe mesmo do que está falando.

Agora o sorriso dela parece meio constrangido. Willow baixa os olhos para os tênis.

— Desculpa. Eu me empolgo um pouco quando falo de viajar.

Eu não estava esperando de verdade que Willow se abrisse para mim, mas ela ter feito isso faz meu corpo vibrar de alegria.

— É legal você saber exatamente o que quer fazer.

Willow dá de ombros.

— Ainda não defini todos os detalhes. Tipo, é óbvio que vou precisar de um trabalho que me permita viajar ou que pague por isso. E sei que quero fazer faculdade, então preciso ver como isso vai funcionar. Antes de vir para cá, eu estava tentando convencer minha mãe a me deixar passar o último ano da escola no exterior. Mas não deu muito certo. — Ela balança a cabeça, depois olha para mim. — E quanto a você? O que é que você deseja com uma intensidade ardente?

A resposta está na ponta da língua: *encontrar minha mãe*. Mas sei que não é o tipo de resposta que Willow espera. Ela espera que eu diga algo como "Trabalhar como instrutor de mergulho na Austrália" ou "Abrir minha própria empresa de tecnologia e morar na praia". Coisas pelas quais outras pessoas de nossa idade se interessam. O problema é que nunca senti afinidade com outras pessoas de nossa idade, porque elas andam por aí sem fazer ideia de como é sentir falta de algo tão crucial quanto a própria mãe. Ainda assim, estou disposto a tentar. Procuro imaginar o que eu gostaria de fazer se tivesse uma vida completamente diferente, do tipo em que tudo fosse possível.

Olho para o céu e tento adivinhar pelo que o Mason da realidade alternativa se interessaria, e fico surpreso quando encontro a resposta, uma ideia vaga e fraca a distância, quase na mesma hora.

— Quero descobrir algo no espaço que ninguém descobriu antes, sabe? Não importa quão pequeno ou insignificante. Mas algo novo. — Assim que digo isso, sei que é verdade. O Mason da realidade alternativa seria não só um astrônomo, mas um descobridor.

O sorriso de Willow faz uma onda de calor se espalhar dentro de mim. De repente, eu me vejo falando rápido demais:

— No ano passado, pesquisadores acharam algo que talvez seja o primeiro planeta avistado fora da Via Láctea. Está a vinte e três milhões de anos-luz daqui e parece orbitar duas estrelas. Era uma equipe de umas dez pessoas, e não consigo parar de pensar em como deve ter sido fazer parte dela. Tipo, desde os anos 1990, planetas fora do sistema solar vêm sendo descobertos, já devem ser uns quatrocentos exoplanetas, mas todos na Via Láctea. Tem muito mais lá fora, e estamos melhorando muito em nossa capacidade de observação. O espaço é infinito, mas quando paro para pensar sobre o que isso significa... — Estou me deixando levar. Minha voz soa tão entusiasmada quanto a de Willow pouco antes. Então me obrigo a parar. — Desculpa. Sou meio nerd.

Ela bate um ombro no meu.

— Eu li seu diário, lembra? Já sabia disso. E desde quando ser nerd é algo ruim?

O lembrete de que ela leu meu diário de observação é como um soco no estômago, mas consigo me recuperar. Ela não o está usando contra mim. Na verdade, entende sua importância, porque ama viajar tanto quanto eu amo astronomia. Nem todo mundo ama algo assim. De repente, uma certeza me inunda, não em relação a mim mesmo ou a minha mãe, mas em relação a Willow. Um dia, e não vai demorar muito a chegar, Willow vai arrumar a mala, amarrar os cadarços e partir para conhecer tudo o que me falou.

— Você vai conseguir. Com ou sem maldição, tenho certeza de que vai viajar o mundo.

O sorriso dela se alarga.

— É? E como sabe disso?

— É óbvio. Como os planetas orbitam o Sol, você vai orbitar a Terra.

Ela parece radiante, e imagino esse seu sorriso a carregando por castelos em ruínas, vilarejos nas montanhas e cidades bem iluminadas. Não importa onde eu tente visualizá-la, Willow sempre se encaixa.

— Acho que você também vai conquistar seu objetivo. — Ela aponta para o céu. — Vai descobrir algo novo.

É fofo que ela pense assim. Willow não tem ideia de como nossas vidas são diferentes. Dou de ombros.

— É, quem sabe?

— Estou falando sério. Você é inteligente e persistente. Por que não faria isso?

Porque meu caminho é outro. Porque preciso encontrar minha mãe. Porque sonhos assim são para outras pessoas. Mas não quero chateá--la, por isso apenas sorrio.

— Você fica com a Terra e eu fico com o céu.

— Combinado.

Trocamos um aperto de mãos, e por alguns segundos nenhum de nós solta. Durante esse tempo, o mundo parece nos eixos.

Quando chego na casa dos Morgan, subo dois degraus da fren-te por vez e sigo para a sala de jantar, pensando em usar o computador. Antes que consiga, uma voz irrompe na escuridão da sala de estar:

— Como foi?

Com um sobressalto, eu me viro para descobrir de onde vem. Emma está encolhida debaixo de um cobertor enorme no sofá, só com os pés de fora. Tem um livro no chão a seu lado.

— Foi bom. Muito bom.

Percebo que estou sorrindo e faço o que posso para neutralizar a expressão, mas pelo rosto dela sei que não sou totalmente bem--sucedido.

Emma se senta.

— Gostou da pizzaria?

Consigo me segurar antes de soltar: "hã?". Supostamente, Willow e eu fomos à pizzaria com temática de *Star Wars*.

— Estava uma delícia. Obrigado pela sugestão. Willow acabou pagando, então...

Ela me impede antes que eu pegue o dinheiro do bolso de trás da calça.

— Fica com ele. Você pode usar no próximo encontro.

Sei que minha noite com Willow não foi um encontro, mas ainda assim me arrepio todo diante da ideia. Se ficar de bobeira no telhado com ela fosse uma religião, eu já teria me convertido.

FEITIÇO PARA COISAS PERDIDAS

Emma se levanta, deixa o cobertor de lado e boceja, sonolenta, então eu me dou conta de que estava esperando por mim. Isso me deixa com uma sensação estranha. Pais que esperam acordados até os filhos chegarem é algo que já vi em séries de TV, mas que nunca achei que aconteceria comigo.

Ela pega o livro do chão e vejo que é um exemplar novo de *Astrofísica para apressados*.

— Espera aí. Você está lendo isso? — pergunto.

Emma dá de ombros.

— Você está sempre carregando esse livro, então imaginei que fosse bom.

Fico confuso. Não sei bem como me sentir em relação a isso. Agora vamos discutir a respeito, como se fôssemos um clube do livro de duas pessoas? Emma está tentando puxar o meu saco? Mas o livro é bom de verdade, então talvez ela esteja genuinamente interessada.

— Depois do trabalho, mandei uma mensagem para minha conhecida no departamento de astronomia da Universidade de Boston. Eu disse que você ainda não tinha se decidido quanto ao curso, e ela sugeriu que você fosse conhecer a faculdade. Ela disse que adoraria mostrar o observatório a você.

— É sério? — pergunto, ansioso. Venho tentando ignorar o curso, mas agora não consigo evitar a empolgação. Nunca estive em um observatório de verdade, e a ideia de chegar perto de um telescópio gigante faz meu corpo inteiro esquentar. — Nossa, eu ia adorar.

— Achei que fosse mesmo. Ela também convidou a gente para um evento de observação de uma chuva de meteoros no fim do verão. Não lembro o nome. Per... Perse...

— Perseidas — digo. — Dá para ver em julho e agosto. Às vezes dá para ver mais de cem meteoros em uma hora. Foi a primeira chuva de meteoritos que eu vi. As meninas iam adorar.

— Então que bom que aceitei esse convite também. — Emma aponta para a sala de jantar. — Falando nas meninas, elas deixaram um bilhete para você. Achei que fosse querer usar o computador de novo esta noite, por isso deixei ali.

Congelo. Pelo jeito, Emma sabe dos meus hábitos noturnos ao computador. Sempre limpo o histórico, mas será possível que ela saiba o que estou fazendo? Antes que eu consiga pensar em uma desculpa que justifique passar metade da noite acordado diante da tela, ela diz:

— Boa noite, Mason.

E desaparece pelo corredor.

Não consigo entendê-la. De jeito nenhum.

À mesa do computador, encontro um bilhete grande escrito em giz de cera: MASON ENSAIO GERAU AMANHAM NÃO ATRAZA TEMOS FIGURINHO!!! Como tudo mais quando se trata das meninas, o bilhete está cheio de purpurina, que passa imediatamente para o meu corpo, fazendo com que eu fique os minutos seguintes tentando limpar a blusa e a calça jeans.

Não gosto nada da ideia de ENSAIO GERAU/FIGURINHO, mas me sinto feliz demais depois da noite com Willow e da conversa com Emma para me preocupar muito. Fora que estou louco para começar a pesquisar a ancestral de Willow, Cordelia.

Abro o site dos arquivos do *Registro de Salem*, mas quando digito CORDELIA BELL na busca sinto uma pontada de culpa. É a hora do dia em que costumo procurar minha mãe, em vez da história de habitantes aleatórios da cidade. Eu não deveria aproveitá-la ao máximo?

É óbvio que sim.

Meus dedos pairam sobre o teclado.

Fico olhando para a tela por um longo tempo. Preciso conferir se nenhum dos amigos dela nas redes sociais respondeu. O problema é que a noite de hoje foi tão boa. Fazia um tempão que eu não me divertia assim, e a ideia de mais uma vez não encontrar nada me deixa ansioso.

Vou ver o que tem disponível sobre Cordelia primeiro.

27

Willow

Em toda a vida, nunca encontrei alguém como Mason.

Ele é uma contradição gigante, sem brincadeira. É um cara aberto, extrovertido, cativante, com as emoções à flor da pele, exatamente como as tias descreveram. Mas também é um livro fechado, e os únicos indícios de tudo pelo que passou se encontram nas páginas do diário que carrega no bolso de trás da calça. Um caderno em que ele extravasa dor. Não consigo parar de pensar no que ele disse sobre a mãe e a sereia. Qual era a ligação?

Fora que não sei se já conheci alguém tão inteligente quanto Mason. Seu caderno me permitiu vislumbrar isso, mas quando ele recitou todas as informações sobre Frederick Bell eu me dei conta de que seu cérebro é capaz de guardar muito mais informação que o de uma pessoa comum.

Ainda mais surpreendente é como me sinto com ele. Por um lado, fico toda vermelha, tentando não dizer nada idiota, e preocupada por passar a impressão de que estou encarando demais. Por outro lado, tem algo de muito *fácil* em Mason. Como se eu o conhecesse há muito mais tempo do que conheço. Não sei se já senti algo parecido antes.

Tentando ignorar o friozinho que sinto na barriga, assim que a luz do dia começa a entrar pelas janelas eu me viro para pegar o celular e sou lembrada de mais uma característica de Mason. As mensagens de texto dele são caóticas.

Tem seis me esperando, quatro de ontem à noite e duas de hoje de manhã.

Acordada?

Encontrei algo sobre Cordelia, vou mandar o link.

Recebeu?

Tem mais coisa aí.

Quer encontrar?

A última mensagem é de uma hora atrás. **Acordou?**

Cordelia, ou Cordelia Bell. Clico no link e sou conduzida aos arquivos do *Registro de Salem.*

Hum.

Ele salvou uma busca por "Cordelia Bell" de 1801 a 1869 que resultou em diversas imagens de páginas de jornais. Estão um pouco embaçadas, por isso tenho que estreitar os olhos para conseguir ler.

RECOMPENSA DE $50

Recompensa por informações relacionadas ao paradeiro da criada de família chamada Thalia. Tinha dezessete anos quando foi vista pela última vez, três anos atrás. É ruiva, de pele branca e baixa estatura. Usava vestido preto e talvez esteja usando um medalhão de ouro. Vista pela última vez em Salem, Massachusetts, em 4 de junho de 1832. Recompensa oferecida por C. Bell de Salem.

Meu coração dá um salto. Lily e Thalia foram pessoas reais. Tipo, é óbvio que sim, mas ver o nome delas no jornal faz com que tudo pareça muito mais real. Clico na segunda imagem.

PERDIDO.

Medalhão de ouro com a inicial "L" e a imagem de uma rolinha desaparecido há três anos em junho. Pode ter sido vendido. Interesse maior que o valor monetário. Qualquer informação será recompensada com o dobro de seu preço. Recompensa oferecida por C. Bell de Salem, Massachusetts.

Lily publicou anúncios para encontrar Thalia? E como foi que Mason encontrou isso?

Procuro no Google "medalhão rolinha 1830", porque não tenho nenhuma outra ideia, e o resultado são várias páginas de medalhões antigos à venda. Clico em um e encontro uma página sobre a história dos medalhões. Pelo jeito, eles estavam muito na moda na Era Vitoriana. Existiam desde o reinado da rainha Elizabeth II, que usava um com a foto de sua mãe, Ana Bolena. A rainha Vitória levara a tradição adiante, usando um colar com oito pingentes, um para cada filho. Quando seu marido, o príncipe Albert, morreu, ela também usou um medalhão em luto.

Não consigo encontrar nenhum com uma rolinha gravada, mas quando procuro "rolinha significado" chovem informações. Rolinhas são símbolo de amor e amizade, e em todo lugar que li dizia que sempre aparecem em duas.

Se Thalia lançou uma maldição na irmã, por que Lily se esforçou tanto para encontrá-la? E por que ela se importava tanto com o medalhão? Será que Thalia roubou o de Lily?

Solto um gemido. É uma grande confusão. Não sei como essas informações vão nos ajudar a encontrar Lily, como Sage orientou, mas estou louca para voltar à casa e procurar.

A porta que separa meu quarto do quarto da minha mãe está entreaberta. Jogo as cobertas de lado e corro até lá. O outro quarto está vazio, e o notebook e as pastas não estão mais sobre a escrivaninha. Não encontrar minha mãe me deixa um pouco assustada. Além dos encontros com Simon e do ritual sob o salgueiro, ela quase não deixou a mesa desde que chegamos.

FEITIÇO PARA COISAS PERDIDAS

Mando uma mensagem para Mason. **Vou voltar lá, quer ir também?**

Meu celular apita logo depois, mas é minha mãe. **Acordou? Estou trabalhando de uma cafeteria. Posso levar alguma coisa para você.**

Hesito por um momento. De alguma maneira, minha mãe e eu estamos conseguindo nos ver ainda menos que o normal, mas estou ansiosa demais para chegar à casa de Sage. Faço uma pesquisa rápida no celular por "lugares para visitar em Salem" e respondo. **Mason me convidou para ir na Casa das Sete Torres. Tudo bem?**

Sim, sim. Aproveite, responde ela.

Tomo banho o mais rápido possível. Independentemente de Mason, a casa de tia Sage me chama, como uma sereia. Talvez fosse por isso que Frederick pintava sereias: tudo em Thalia faz qualquer um querer mergulhar sem qualquer preocupação.

Já estou saindo pela porta do hotel, com o cabelo pingando do banho, quando quase tropeço em Mason, que está acampado nos degraus, com um porta-copos de papelão e um saquinho de papel com donuts ao lado dele.

— Mason!

Ele se levanta na mesma hora.

— *Até que enfim*. Achei que você não ia acordar mais. Já tomei três cafés.

Mason está usando a mesma camiseta verde da noite de ontem e seu cabelo está perfeitamente despenteado. O que só percebo por motivos muito óbvios.

— Espera aí, você não dormiu?

Ele balança a cabeça, pega o saco e me oferece um donut de geleia.

— Na verdade, não. Passei a maior parte da noite pesquisando. Depois que encontrei o primeiro anúncio, não consegui parar. Passei por obituários, informações sobre os negócios de Frederick e até um artigo sobre um prêmio de jardinagem que Lily recebeu. Aqui, coloca um saquinho de açúcar por cima do donut.

— Willow?

Minha mãe aparece do nada, o que quase me faz derrubar o doce que Mason acabou de me entregar. Ela está vestida com sua roupa de sempre e carrega o notebook debaixo do braço.

— Mãe! Nossa, achei que você estivesse trabalhando de uma cafeteria.

Ela parece bem cansada, com os olhos vermelhos. Penso em minha mãe ajoelhada sob o salgueiro. Ficar em Salem não está sendo fácil para ela.

— Queria ver você antes que saíssem para o passeio.

— O passeio guiado fantasmagórico? A gente...

Piso no pé de Mason da maneira mais discreta possível.

— Acabamos de descobrir que a Casa das Sete Torres só abre mais tarde — digo.

Mason é rápido em me acompanhar:

— Sabia que colocaram uma escada secreta lá para ficar igual à do livro de Nathaniel Hawthorne? É a mansão mais antiga de toda a América do Norte.

Ele é uma ótima pessoa para se ter do lado caso seja necessário mentir.

— Na verdade, eu sabia, sim — responde minha mãe, voltando os olhos cansados para ele. — Visitei a casa uma ou duas vezes. As escolas adoravam levar os alunos lá.

Sinto uma pontada no peito. Minha mãe estudou aqui. Será que eu saberia disso se Sage não tivesse lhe deixado a casa?

Mason pega o saquinho de papel do degrau.

— Quer um donut? Tem com cobertura de açúcar, de chocolate, com creme, de canela, geleia de morango e um monte de bebidas, mas acho que já devem estar frias...

— De creme, por favor.

FEITIÇO PARA COISAS PERDIDAS

Mason entrega o donut a minha mãe, que dá uma bela mordida. Nem lembro a última vez que a vi comendo doces, e é um pouco chocante assistir à cena. Ela solta um pequeno suspiro e sua boca fica cheia de migalhas.

— Obrigada. Que delícia.

— Imagina. — Mason se vira para mim com um sorriso. — Podemos dar uma volta primeiro. Ver o *Friendship* atracado. É uma réplica de um navio do século XVIII.

— Ótima ideia.

Minha mãe está com aquele sorriso outra vez. Ela que fique pensando que estamos vivendo um romance. Tenho coisas mais importantes com que me preocupar.

— Como você sabia aquilo sobre a Casa das Sete Torres?

Depois que minha mãe entrou no hotel, começamos a andar até a casa de Sage, mas quando chegamos à rua Essex já estamos correndo. Não sei quem está mais empolgado para ver a casa, eu ou Mason. É bom não estar mais sozinha nisso.

— Simon. Fizemos um passeio de bicicleta por Salem.

O saquinho de donuts bate na perna de Mason, mas não diminuímos o ritmo.

— Mal posso esperar para mostrar a você o que mais encontrei no *Registro de Salem*. Tinha até um anúncio do baile de Lily. Chamaram de "baile vitoriano no jardim". Sabia que Frederick morreu no ano seguinte ao baile? E esse tipo de anúncio era uma das melhores maneiras de encontrar pessoas que desapareciam. Será que Lily publicou em outros jornais também?

As palavras boiam em minha mente. Ele está me inundando de fatos outra vez.

— Você tem alguma ideia de onde vamos encontrar a próxima carta?

Mason dá de ombros.

— Estou meio empacado nessa.

— A gente vai achar — garanto, mas não estou nem de perto tão confiante quanto tento parecer.

A casa é bem grande e não temos todo o tempo do mundo para procurar. A parte de cima aparece em meu campo de visão, e é como se a alegria faiscasse dentro de mim. Quando chegamos ao portão, no entanto, temos que parar.

Tem algo diferente na casa. Uma placa feia e gigante de VEN-DE-SE fincada na frente. Olhamos para ela horrorizados.

— Ah, não — digo.

Sinto uma pontada no coração, e o donut de geleia que Mason me deu de repente pesa no estômago. Abro caminho rumo à placa, com Mason em meu encalço. IMOBILIÁRIA CIDADE DAS BRUXAS. Tem o nome e o número de Simon na parte de baixo.

— Odeio isso — lamenta Mason, de braços cruzados e com os ombros caídos.

Eu me sinto à deriva outra vez, com a terra firme distante demais para que eu consiga alcançá-la. Só passei algumas horas nesta casa, mas já sinto que estou perdendo meu lar. Quanto tempo será que ainda tenho com ela agora que está no mercado? Será que vai vender rapidinho, como minha mãe espera?

De repente, sinto um desejo súbito de subir os degraus correndo e me atirar nas profundezas da casa. Será que se eu trancar a porta e me recusar a sair minha mãe repensaria a venda do imóvel?

— Ei, quem é aquele? — sussurra Mason, olhando por cima das roseiras.

Quando sigo seus olhos, o aperto em meu coração fica ainda mais forte.

É o cara que me entregou o cartão.

— Se esconde — murmuro, pegando o braço de Mason.

— Onde?

FEITIÇO PARA COISAS PERDIDAS

Seus olhos arregalados parecem procurar um lugar, seu corpo está alerta, mas estou ocupada demais pensando no salgueiro para explicar. Se nos abaixarmos, talvez consigamos atravessar o jardim e entrar embaixo da árvore sem sermos vistos.

Tarde demais. O cara notou a gente e já se aproxima do portão, com passadas longas e objetivas.

— Bom dia! Como vocês estão?

— Bom dia — respondo.

O advogado está usando outra camisa xadrez e o mesmo tênis. Também carrega uma pasta, para a qual olho com cautela.

— Quem é ele, Willow? — indaga Mason, baixinho.

Mason passou um braço por cima de meus ombros e seus olhos se alternam entre o homem se aproximando e a estátua de jardim a seus pés.

Meu coração vacila. Mason está pensando na melhor maneira de me defender.

— Está tudo bem — sussurro.

Quando o homem vê a placa de VENDE-SE, para na mesma hora.

— Como posso ajudar? — questiona Mason, com o braço firme em mim, o que não me incomoda muito.

O advogado olha para a gente.

— Estou vendo que entrou oficialmente no mercado. Sabem se a proprietária vai abrir a casa para visitação?

Então ele é um comprador. Deve ter ouvido os boatos antes mesmo que a casa fosse colocada à venda. Simon estava certo, compradores são como tubarões. Será que ele ficou rondando o quarteirão desde a última vez que o vi, esperando que a placa fosse colocada?

Mordo o interior da bochecha com força. Não tenho nada contra o cara, mas ele não pode ficar com a minha casa.

Quer dizer, com a casa de Sage.

Quer dizer, com a casa da minha mãe.

Mason deve sentir meus ombros ficando tensos, porque fala por mim.

— Não que eu saiba. Mas, se tiver perguntas, pode ligar para Simon. É o corretor, e o contato está na placa.

— Ótimo.

O homem pega o celular e tira uma foto da placa. Minha ansiedade aumenta. E se ele perguntar se entreguei o cartão a minha mãe?

Por sorte, ele não faz nenhuma pergunta. Só enfia as mãos nos bolsos.

— Obrigado, gente. Tenham um bom dia.

O cara se vira e se afasta pela calçada, levando com ele o que resta de minha esperança. Simon estava certo. A casa de Sage vai ser vendida de um dia para o outro.

— Isso não é bom — comenta Mason, ecoando meus pensamentos.

Ele tem razão. O homem vai fazer uma oferta pela casa e minha mãe vai aceitar. Provavelmente está indo fazer isso agora mesmo. O que significa que meu tempo para concluir a caça ao tesouro de Sage agora é infinitamente menor.

De repente, sinto que preciso me segurar em alguma coisa. Eu me apoio em Mason, grata por seu braço ainda envolver meus ombros. Ele deve estar pensando a mesma coisa, porque aperta meu ombro de leve e diz:

— Vamos encontrar Lily.

Damos uma olhada no terreno para ver se não tem nenhum outro comprador à espreita, depois entramos pela porta da frente e começamos a revirar a casa. O plano oficial é procurar qualquer coisa que possa remeter a Lily. Sim, é um plano simples. Não, ele não nos leva a lugar algum.

Mason e eu ficamos em silêncio, mas é o silêncio agradável de duas pessoas trabalhando lado a lado, verificando cada gaveta, caixa, quadro e armário. Tentamos ser rápidos, mas nossos achados nos atrasam. As tias não estavam exagerando quando disseram que Sage havia pensado com todo o cuidado em cada item na casa. O lugar está cheio de coisas interessantes, como um telefone castiçal, uma máquina de escrever amarelada, um jogo de chá de prata e até mesmo uma coleção de cards de beisebol em preto e branco organizada em uma caixa de sapato velha.

Mesmo com a urgência pairando sobre nós, a casa é muito agradável pela manhã. A luz do sol entra pelas janelas gigantescas e aquece o lugar, onde reina uma atmosfera suave e reconfortante. Fico com vontade de me deitar no chão e tirar um cochilo.

Estamos na biblioteca, com a figura de proa do *Abigail* nos julgando de seu canto, quando começo a perder a esperança. Mason já verificou todas as gavetas da escrivaninha antiga enquanto eu levava a escada de um lado para outro, tentando encontrar qualquer coisa que pudesse ajudar.

— E se for a imagem de um lírio? — pergunto, puxando um livro chamado *O ano do jardineiro* da estante.

Dou uma folheada, mas tudo o que encontro são informações sobre jardinagem e um ramo de mosquitinho-branco imprensado entre as páginas finais.

— Tenho a sensação de que seria óbvio demais — diz Mason, passando os olhos por uma pilha de papéis que depois devolve ao lugar com todo o cuidado. — Acha que sua mãe saberia onde encontrar a próxima carta?

Esse é o problema. Essa caça ao tesouro foi organizada considerando minha mãe.

— Acho que sim, mas de jeito nenhum vou perguntar a ela.

Eu me sento na escada e cruzo os braços. Estou fazendo o que posso para não pensar no fato de que vou perder este lugar muito em breve, mas sinto a pressão, o que provoca um aperto em meu peito. Passei só algumas horas nesta casa, mas ela parece gravada em minha alma. Como minha mãe pode abrir mão deste lugar?

Fico pensando nela e em Sage quando crianças. As tias disseram que as duas passavam horas explorando a casa e que suas cabecinhas ruivas se aproximavam sempre que encontravam um novo tesouro. Quando aquilo havia mudado? E por que minha mãe se fechava toda vez que eu tentava tocar no assunto?

As palavras das tias me vêm à mente. *As duas eram inseparáveis, como pão e manteiga, café e leite.*

É fácil estabelecer um paralelo entre minha mãe e a irmã dela e Thalia e Lily. Duas ruivas muito próximas, deixando o resto do mundo de lado. Duas irmãs cujo relacionamento encontrou um fim brusco.

Minha mãe nem conseguia falar a respeito. Não sei o que aconteceu entre ela e Sage, mas está na cara que a perda da irmã foi o que mais doeu nela.

Como duas rolinhas. Aonde uma ia, a outra ia atrás.

A ideia vem a mim como uma tempestade de verão. Nuvens vão se formando devagar e quando vejo já estou ensopada. *Rolinhas.* Será que é isso? Deixo o livro de jardinagem de lado, desço a escada depressa e vou atrás de meu celular.

— Sei o que precisamos procurar.

— Hum… está tudo bem? — indaga Mason, mas estou ocupada demais procurando a resposta. — O que foi? — insiste ele, correndo até mim e olhando por cima do meu ombro enquanto mexo no celular.

Abro o link do *Registro de Salem*. De acordo com o anúncio de Lily, ela perdera seu medalhão com uma rolinha gravada. Mas rolinhas vêm sempre em dupla. Cada uma tinha seu medalhão. Onde estava o de Thalia?

— Precisamos encontrar o outro medalhão. Acha que pode estar no quarto da sereia?

Nós nos encaramos por um momento, depois corremos em direção à escada.

É preciso tentar mais uma vez. E, agora, com a verdade.

A história terminou como começou, com uma menina sozinha à beira-mar, seu destino chegando com a maré. Thalia sempre soubera que Lily era sua irmã, assim como sempre soubera que a lua ia minguar e crescer, mas o que ela não sabia era quão longe Abigail iria para que ninguém mais tomasse conhecimento daquilo.

Já fazia quase um ano que Frederick não andava bem. Médicos tinham sido consultados, mas não havia nada a fazer. Na véspera do baile, Frederick chamou as garotas em seu gabinete. Lá dentro, ele perguntou se Lily estaria interessada em estudar. Uma universidade em Ohio que tinha um curso de botânica havia começado a aceitar mulheres. Thalia poderia ir junto como acompanhante. Se a ideia lhe agradasse, talvez pudesse encontrar uma área de estudo em que se sobressaísse também.

As irmãs olharam uma para a outra, descrentes. Lily ficou estática, com o rosto brilhando e o cabelo despenteado, enquanto Thalia, sempre a mais quieta das duas, mal continha uma risada. Elas não teriam mais que fugir juntas. Seus sonhos lhe haviam sido entregues de bandeja, assim como a caixinha de veludo que veio em seguida. Era um par de medalhões de ouro, cada um deles com uma rolinha gravada. Duas irmãs, sempre juntas.

O medalhão de Lily era um presente encantador, mas o de Thalia era uma declaração. Frederick não o fez em palavras, mas em gesto a declarou sua filha, oferecendo sua aceitação e seu amor. Um alívio profundo tomou conta de Thalia. Enquanto colocava o medalhão no pes-

coço, ela sentiu Sophronia a seu lado e ouviu as palavras que a mãe lhe repetira ao ouvido quase todas as noites de sua infância: Tudo é como é. Que assim seja, hoje, esta noite, sob a lua, sobre o mar.

Depois do jantar, Lily e Thalia se encontraram no jardim e entrelaçaram as mãos, animadas. Era o fim da infância. Sentiam isso no modo como o calor do verão pairava no ar da noite, nos galhos do salgueiro a sua volta. A manhã traria um novo mundo, mas aquela noite era delas.

As duas a passaram no jardim noturno de Lily. As damas-da-noite logo se abriram e foram seguidas pelas canárias amarelo-vivo. Até o cavalheiro-da-noite deu uma espiada na lua.

Foi Lily quem pediu que trocassem os medalhões. Um pouco antes da alvorada, as duas se reuniram debaixo do salgueiro. Enquanto colocava o próprio medalhão sobre o coração da irmã, Lily fez uma promessa. Não importava o que o futuro reservasse, as duas permaneceriam juntas, pois seus corações estavam tão entrelaçados quanto as glicínias que cresciam ao redor da casa. Nada poderia se colocar entre elas, nem naquele momento nem nunca.

O coração de Thalia se encheu de alegria. Quando ela olhou para os galhos do salgueiro, teve um vislumbre do futuro, como às vezes acontecia. Esperava ver Lily entre jovens universitárias, com calhamaços junto ao peito, olhos pesados depois de uma noite de leitura. Mas o que viu foi um vestido longo branco. Bebês de bochechas rosadas. Anos espanando o pó e usando pantufas de cetim, xícaras de chá, livros e cartas se acumulando.

Ela não viu flores nem viu a si própria.

Não importava o quanto se esforçasse, só via Lily nesse futuro. E guardou aquilo para si. O futuro era algo *maleável, e Thalia não queria assustar a irmã. Além do mais, a alvorada já estava chegando e seus tons rosados iluminavam os mais sombrios pensamentos.*

As garotas ficaram acordadas quase até o sol terminar de nascer. Quando Abigail as encontrou no quarto de cima na manhã seguinte, dormiam profundamente, com os cabelos ruivos emaranhados sobre o travesseiro e os novos medalhões no pescoço.

Foi então que Abigail tomou sua decisão.

Tarde da noite, com o jardim cheio de convidados, Abigail, que tinha uma mala na mão, ordenou que Thalia a seguisse até a praia banhada pela lua. As duas caminharam em silêncio. Quando chegaram na orla, Abigail disse à jovem quais eram suas opções. A mala continha joias e dinheiro, itens que a cidade logo acreditaria que Thalia tinha roubado. Havia um navio ancorado no porto, que iria para a Inglaterra. Seus tripulantes estavam ocupados, trabalhando com afinco para a partida iminente. Thalia poderia embarcar aquela noite e usar o conteúdo da mala para começar uma nova vida ou poderia ficar e acabar presa.

Se Thalia partisse, Lily poderia ir para a faculdade e continuar com a jardinagem. Se Thalia ficasse, Lily sofreria. Os médicos de Frederick haviam dito que era provável que ele não sobrevivesse até o verão seguinte, e depois que Frederick se fosse, Abigail tiraria os jardins de Lily e a impediria de estudar. De qualquer maneira, Abigail se certificaria de que Thalia nunca mais chegasse perto de sua filha. A escolha era dela.

Thalia ficou em silêncio. Quando viu os olhos duros de Abigail, soube que o que ela dizia era verdade. Também soube que Frederick morreria muito antes do que se esperava. Em um ciclo lunar, talvez dois, daria seu último respiro, e então Abigail estaria no controle. Se Thalia fosse embora, pelo menos Lily teria suas flores.

Sem dizer nada, Thalia se agachou e pegou a mala com cuidado. Foi a única vez que viu Abigail sorrir.

Abigail pagou o capitão do navio em ouro para aceitar a passageira sem que houvesse qualquer registro de para onde ela ia. Ninguém deveria ouvir falar dela outra vez.

Thalia subiu no navio de costas para Salem e Lily. Mantinha os olhos fixos no mar escuro a sua frente, com o horizonte borrado pelas lágrimas, mas a lua firme mais acima. Faria qualquer coisa para proteger a irmã. Até mesmo partir.

Tudo é como é. Que assim seja, hoje, esta noite, sob a lua, sobre o mar.

Enquanto o navio se afastava da costa, Lily sentiu algo que fez seus pés pararem de dançar. Foi como se de repente o planeta tivesse se inclinado em seu eixo. Ela foi procurar por Thalia na cozinha, mas encontrou apenas a mãe, que insistiu que a filha voltasse para o baile.

Quando a comemoração acabou e se descobriu que Thalia tinha desaparecido, Lily ficou fora de si. Pela manhã, a cidade toda já sabia da história. Thalia, a jovem que havia sido recebida por pura bondade pelos Bell, sucumbira à vaidade e à inveja e demostrara quem realmente era na noite do baile, roubando-os e fugindo em seguida.

A maldição veio depois.

Conforme a tristeza de Lily se aprofundava, seu jardim murchava. Logo começaram a circular rumores de que a jovem bruxa havia roubado mais do que itens de valor dos Bell: também havia roubado o dom extraordinário de Lily. Alguns diziam que Thalia escrevera sua maldição em fuligem na lareira da família. Duas mulheres disseram ter visto um X desenhado com sangue nas roseiras preferidas de Lily. Um homem alegou ter visto Thalia em meio às sombras durante o baile, com os braços para o alto, amaldiçoando Lily enquanto a jovem dançava.

Às vezes, a veracidade de uma história depende apenas de quantas vezes ela é contada, e a maldição da família Bell criou raízes de maneira tão rápida e descontrolada quanto o salgueiro no jardim da casa. As mulheres da família Bell eram amaldiçoadas. Mesmo as que diziam não acreditar na maldição a carregavam consigo — dentro de si, em seu coração inquieto.

A verdadeira tragédia foi o efeito que a maldição teve no relacionamento entre as Bell. Não importava quão profundamente amassem a irmã ou a mãe, a tia ou a prima, a avó ou a filha, a maldição se insinuava, arrancando o relacionamento pela raiz e bloqueando o sol. As mulheres da família Bell sempre esperavam perder aquelas a quem mais amavam.

A última carta é a nossa história. Você sabe onde encontrá-la.

28
Mason

Willow parece ter perdido completamente o ar. A terceira carta estava na caixa de joias, dentro de uma gaveta forrada de veludo, lacrada e envolvida pela corrente do medalhão. Quando acabou de ler, Willow ficou segurando o medalhão por um longo tempo, passando o dedão com todo o cuidado sobre a imagem da rolinha antes de abrir.

— Está vazio — observa ela, passando-o para mim.

O medalhão está enferrujado e um pouco amassado de um lado, mas apesar de antigo, é lindo e intrincado, com sua corrente delicada e suas dobradiças minúsculas. As asas da rolinha estão abertas, e o bico está voltado para cima.

— Não deve ter dado tempo de colocar uma foto dentro.

— Então este é o da Thalia — diz Willow, pensativa, depois respira fundo. — Você vai achar estranho se eu colocar?

— Acho que você precisa colocar mesmo.

Eu devolvo o medalhão e Willow tenta colocá-lo, então olha para mim através do espelho.

— O fecho é muito pequeno. Você pode...?

Willow me entrega o medalhão e se vira para olhar no espelho, tirando o cabelo do pescoço. Só então eu me dou conta do que está me pedindo. Quer que eu coloque o medalhão nela. O que tudo bem. Só que nunca coloquei um colar em ninguém, e com certeza nunca coloquei um colar em alguém que parecesse com Willow.

Mas eu consigo.

Dou um passo à frente e, com as mãos firmes, posiciono o pingente no peito dela e a corrente em volta do pescoço. Então percebo que Willow está me olhando através do espelho e sinto sua pele quente sob meus dedos. De repente, estou ainda mais atrapalhado do que antes. Como as pessoas fazem isso?

Depois de um número constrangedor de tentativas, consigo encaixar o fecho e o solto depressa. Emoldurado pelas clavículas de Willow, o medalhão em formato de coração destaca seu cabelo cobreado. Parece que foi feito para ela.

— Perfeito — digo.

Nossos olhos se encontram no reflexo do espelho, e por um momento sinto alguma coisa — que não é alguma coisa, na verdade. É mais a ausência de alguma coisa. A sensação vasta e vazia que sempre carrego comigo, o buraco negro profundo em que estou sempre evitando cair, se foi. Por um momento, eu me sinto bem exatamente onde estou. Não estou com minha mãe, mas estou em uma casa, com uma garota, cujos olhos são tão bonitos que chega a doer.

Willow quebra o contato visual.

— É uma história muito triste. Não consigo tirar a imagem dela na praia da cabeça. E nem dá para acreditar em como Abigail foi cruel — comenta.

— Fiquei com a impressão de que ela era uma sobrevivente. As pessoas fazem coisas insanas quando estão com medo de perder o que é importante para elas.

Tudo o que eu fiz de mais insano inunda minha mente. Como quando fugi no meio da noite, sem dinheiro e sem rumo, aos onze anos. Eu estava andando por uma estradinha escura, tentando chegar à rodoviária, quando dois homens esquisitos me ofereceram carona. Acabei correndo para o mato, e foi sorte eles não terem me seguido. Agora sei que foi muita idiotice, porque eu nem sabia para onde estava correndo, mas, na época, nada me parecia mais perigoso do que nem tentar encontrar minha mãe.

Foi isso que Abigail sentiu? Medo de perder a família?

Mas nem sei por que estou me identificando com Abigail. A história de Thalia e Lily é tão triste, tão trágica, que fica difícil encará-la.

— Acho que entendo o que Sage quer dizer — diz Willow, devagar, com a mão no medalhão. — Sobre os relacionamentos entre as mulheres da família.

— Como assim?

Willow se vira para me encarar.

— Minha mãe e eu… — Willow faz uma pausa e sua expressão se altera. — Nossa relação não é das melhores. Tipo, nem um pouco. Por um tempo, até achei que fosse normal. Nossa dinâmica sempre me magoou, mas achava que talvez fosse assim com todo mundo. Só que eu comecei a reparar na relação dos meus amigos com as mães, e me pareceu muito diferente. Como se nem sempre eles se dessem bem, mas pelo menos enxergassem uns aos outros, sabe? No meu caso, é como se minha mãe vivesse a milhões de quilômetros de distância, e sempre que dou um passo em sua direção, ela dá três passos para trás. — As palavras saem tão devagar e de um jeito tão doloroso que sinto um aperto no peito.

Minha mãe tem muitas questões, mas sempre me senti próximo dela. Às vezes, até me sufocava. Ela vivia mexendo no meu cabelo, perguntando sobre meu dia, tentando criar maneiras novas e sofisticadas de fazer macarrão. Mesmo agora, ela está sempre na minha visão periférica.

— Parece bem doloroso — digo.

Eu me inclino um pouco para levar a mão ao ombro de Willow e sinto seus músculos relaxarem.

— É… — Ela torce o medalhão, com os olhos brilhando. Desvio o rosto para lhe dar um momento. — Desculpa.

— Você não tem por que pedir desculpa. — Quando olho para a carta, um pensamento me ocorre. — Acha que talvez seja um pouco culpa da maldição?

Willow está enxugando um olho quando diz:

— Mas a maldição foi inventada por Abigail.

— Tá, mas a carta diz que o poder da maldição vem da crença nela, não é? Talvez sua mãe acredite na maldição. Por isso não consegue se aproximar. Porque tem medo de perder você.

Willow fica em silêncio por um longo momento.

— Pode ser.

Ela enxuga os olhos depressa.

— O problema é que, nesse meio-tempo, enquanto tenta não te perder, ela meio que perde.

— Pois é.

A voz dela mal passa de um sussurro. Willow assente, e ficamos em um silêncio denso. Há tantas maneiras de um relacionamento dar errado... É impressionante que a gente continue tentando.

— Acho melhor a gente ir — diz ela, tocando o fecho do medalhão. — Se aquele cara que vive aparecendo estiver tão animado quanto parece, talvez queira que Simon mostre a casa agora mesmo.

Seus olhos continuam úmidos, mas ela já parece mais calma.

— Você devia ficar com o medalhão — comento. — Ainda mais se sua mãe pretende vender a casa. Vai ser como uma lembrança.

— Talvez — murmura ela.

Não quero nem um pouco deixar a casa, e mais do que isso: não quero nem um pouco me separar de Willow.

— Ei, quer fazer alguma outra coisa agora?

— Quero — responde ela, enfiando o medalhão para dentro da blusa. — Você tem razão. Vou ficar com ele.

* * *

Acabamos na pizzaria de *Star Wars* que Emma sugeriu. Enquan-to dividimos um androide pepperoni (uma pizza pequena e uma pizza média posicionadas de um jeito que parece o BB-8), discutimos os próximos passos.

Willow me mostra o celular.

— Violet respondeu. As tias não fazem ideia de aonde o fim da carta de Sage nos leva.

Ela suspira, depois dá uma mordida enorme na pizza. A comida a animou bastante. Se Willow fosse um ponto de observação no céu noturno, eu anotaria esse fato para o futuro: *Quando o objeto parecer triste, dê pizza a ele para que recupere seu brilho.* Não que Willow pudesse perder seu brilho, mas detestei vê-la tão triste.

— "A última carta é a nossa história. Você sabe onde encontrá-la" — repito.

A maior dificuldade da pista final é que é tão voltada para a mãe de Willow que tenho medo de que não consigamos desvendá-la sem sua ajuda. Não que eu vá dizer isso a Willow.

— E se fizermos uma busca minuciosa na casa? — sugere ela, mas faz uma careta em seguida. — Sei que não vai adiantar. Já fizemos isso.

— Estou preocupado com a questão do tempo — explico, e a careta dela fica ainda maior.

A placa de VENDE-SE parece um cronômetro enorme marcando quanto tempo ainda temos para encontrar a próxima carta. Não chegamos até aqui para fracassar. Willow precisa saber o que aconteceu entre a mãe e a tia. Eu, entre todas as pessoas, entendo isso muito bem.

— Ela diz que a próxima carta tem a ver com as duas — comenta Willow, pegando outro pedaço de pizza e deixando um rastro de queijo no caminho. — Ou seja, é a mais importante.

— Sua mãe não contou nada sobre a relação dela com Sage?

Ainda que nossa conversa gire em torno de uma maldição familiar, dividir uma pizza com Willow parece estranhamente normal. Como se já tivéssemos feito isso uma centena de vezes.

Ela dá de ombros.

— Minha mãe só falou que as duas não tinham contato fazia um tempão. E as tias comentaram que Sage traiu minha mãe. Mas não tenho ideia do que aconteceu.

Tem queijo no queixo dela. É possível que isso seja fofo?

— Tá, deixa eu ver a carta de novo — peço, limpando as mãos no guardanapo.

Já devo ter lido umas oito vezes, mas talvez tenha deixado algo passar.

Willow me passa a carta e pega um guardanapo para limpar o rosto.

— Vou encher meu copo. Quer que eu encha o seu também?

— Quero, valeu.

Enquanto ela espera na fila da máquina de refrigerante, passo os olhos pela carta. É longa e bem detalhada. Com exceção do último parágrafo, tudo nela está relacionado a Thalia e Lily, e não à mãe e à tia de Willow. A pista é tão pessoal que duvido que qualquer outra pessoa tenha ideia do que se trata. Como vamos fazer isso?

Dou uma olhada no celular e percebo que Emma mandou uma mensagem. **Ainda está com Willow? Vou levar as meninas para ver minha mãe em Rockport. Simon vai se encontrar com um cliente. Tudo bem você ficar sozinho em casa? Pode convidar Willow se quiser.**

Emma está louca para que eu faça amigos. E é lógico que gosto da ideia de ficar sossegado esta noite. **Beleza, vou ver se ela quer.** Passar um pouco de tempo distante da família de Emma tem sido bom para mim. Hoje de manhã, eu a ouvi do outro lado da porta do quarto, impedindo uma possível convocação para um ensaio matinal.

Willow coloca minha bebida na mesa.

— Tá, tenho uma ideia, mas já aviso que não é muito boa. Talvez você até ria.

Ela mexe no canudinho, sem ter coragem de fazer contato visual. Fico intrigado.

— Não vou rir. Pode falar.

— E se… — começa Willow, então expira com força. — E se usássemos o feitiço das tias?

— O feitiço para coisas perdidas?

Eu me esforço ao máximo para não sorrir, mas não consigo. Willow cruza os braços, na defensiva.

— Sei que parece ridículo, mas elas também me disseram que eu precisava de um ajudante, e estavam certas quanto a isso, não estavam? Se não tivessem me convencido a falar com você, não estaríamos sentados aqui agora.

Sinto uma onda de prazer me varrer por dentro. O modo como ela diz isso me dá a impressão de que minha presença é importante.

Tento manter uma expressão neutra e respondo:

— Acho que estavam certas, sim.

— Fora que Sage era uma bruxa, e minha mãe meio que era também, pelo menos na adolescência. E as tias também são. Talvez haja relação entre isso tudo. Sem contar que elas disseram que o melhor momento para fazer o feitiço era na lua cheia. Então a melhor hora é agora, não?

Willow olha para mim como que em desafio, fazendo meu sorriso deixar o rosto na mesma hora.

— Acho que sim.

Ela descruza os braços.

— Por que não entramos na casa esta noite e tentamos fazer o feitiço e depois… sei lá. Podemos revirar o lugar de novo. Talvez seja nossa última chance.

FEITIÇO PARA COISAS PERDIDAS

Fazer um feitiço pedindo ajuda é ridículo, mas de jeito nenhum vou me recusar a ir·à casa de novo com Willow. Ou a qualquer outro lugar, na verdade.

— Beleza. Eu topo.

Passamos o resto do dia passeando. Willow quer conhecer a loja de doces preferida da tia, e devora um sundae de menta com gotas de chocolate servido em um chapéu de bruxa de chocolate enquanto eu tomo uma mistura de sorvete com refrigerante chamada "poção da bruxa".

Seria de imaginar que ficaríamos sem assunto em algum momento, ou que não teríamos mais o que ver, comer ou experimentar, mas nada disso acontece. Willow não se cansa, portanto eu também não. Andamos sem parar, passeando por ruas, parques e becos, entrando e saindo de lojinhas, conferindo os pontos turísticos. Paramos para comer pipoca, tomar refrigerante, comprar água... então voltamos a caminhar.

Descubro que ela é notívaga, que prefere roupas de segunda mão a novas (porque têm mais alma) e que teve um hamster de estimação chamado Angel que mordia todo mundo que se aproximava.

Conto a ela que sempre acordei cedo, que o único item de vestuário de que gostava era um All Star vermelho que roubaram do meu armário durante uma aula de educação física no nono ano, e que nunca tive um animal de estimação, mas sempre achei que seria legal ir a um abrigo animal escolher um cachorro de porte grande que precisasse de um lar.

Descubro que ela quer fazer uma tatuagem, de um avião deixando um rastro de fumaça em forma de coração. Não sei como, mas acabo contando a ela que a senhoria preferida da minha mãe era uma mulher que criava patos e gansos no jardim e enchia piscinas infláveis para eles nos dias quentes.

Quando paramos para jantar em uma barraquinha de cachorro-quente, meus pés estão detonados, mas me sinto bem como não acontecia há séculos. Meus braços e pernas estão relaxados, meu rosto dói de tanto sorrir. Salem é interessante, mas tenho a sensação de que poderíamos fazer uma excursão por um consultório odontológico e ainda assim nos divertiríamos muito. Não quero que este dia acabe nunca.

Depois que combinamos um álibi, mando uma mensagem para Emma.

Vamos ao cinema. Chego umas dez.

Ela responde: **Aproveitem! Zoe pediu para avisar que amanhã é a grande estreia. Se você não voltar para casa, já sei o motivo ;)**

Até mandar mensagem para Emma parece algo bom hoje.

— Tudo certo? — pergunta Willow.

— Tudo certo.

Sua mão balança ao lado do corpo, e antes que perceba o que estou fazendo eu a pego.

Willow me olha surpresa, depois entrelaça seus dedos nos meus e nos dirigimos à casa.

Não tive muitos dias na vida que gostaria que se repetissem, mas eu poderia viver eternamente neste.

FEITIÇO PARA
COISAS PERDIDAS
Por Violet, Marigold e Poppy Bell

Ingredientes:
Papel e caneta
1 vela azul ou preta, com castiçal
1 tigela de porcelana ou cerâmica
1 porção de sálvia seca
1 giz escolar

Instruções:

Se possível, fazer o feitiço na lua cheia, com a ajuda de alguém.

Desenhe um círculo em volta de você e sente-se em silêncio para esvaziar a mente.

Acenda a vela. À luz da vela, escreva no papel todas as coisas perdidas em que conseguir pensar. Quanto mais itens listar, mais poderoso será o feitiço.

Leia a lista em voz alta, depois rasgue em tiras, transfira para a tigela e ateie fogo.

Enquanto o papel queima, recite três vezes:

O que estava perdido é encontrado.
Traga para mim, são e salvo.
Como eu quero, que assim seja.

Quando restarem apenas cinzas, polvilhe sálvia por cima do castiçal como oferenda, depois jogue o conteúdo na terra. Deixe a vela se apagar sozinha.

29

Willow

O dia com Mason foi tão mágico quanto Salem.

Talvez seja porque ele não tem nenhuma ligação com o restante da minha vida, mas de repente parece muito importante que ele me conheça — me conheça de verdade —, e é como se uma represa se rompesse dentro de mim e as palavras jorrassem mais rápido do que sou capaz de impedir. Conto a Mason coisas que nunca contei nem mesmo a Bea: sobre o divórcio de meus pais, sobre como eu disse a todo mundo que foi uma notícia que me pegou de surpresa, mas uma fração de segundo antes que me contassem eu já sabia exatamente o que iam dizer. Conto sobre a escola, onde tenho amigos com quem me sento e com quem saio nos fins de semana, mas não do tipo que vão durar para sempre. Conto sobre as visitas a meu pai, sobre como durmo em uma bicama no escritório, que fica na frente de meu antigo quarto, que agora abriga três crianças pequenas e barulhentas. Conto sobre como minha mãe sempre parece estar com a cabeça em outro lugar.

E Mason é mais do que um bom ouvinte: é uma pista de pouso. Absorve minhas palavras, oferecendo uma almofada macia para tudo o que quero lhe dizer. Melhor ainda: ele também se abre para mim. Mason me conta sobre sua mãe e sobre como usa o cabelo comprido para se lembrar dela. Também me conta sobre o primeiro lugar onde se lembra de ter morado e sobre um gato que dormia ao pé de sua cama em um dos lares em que foi acolhido.

Conversamos tanto que quando ele pega minha mão não parece algo apressado ou desconfortável, como seria de se esperar com alguém que se conhece há poucos dias. Parece que estivemos nesse caminho o tempo todo, e que é o próximo passo lógico. Se Mason não tivesse segurado minha mão, eu teria segurado a dele.

Agora estamos no telhado, sentados no meio de um círculo mágico traçado a giz, sob uma lua redonda e misteriosa, que de alguma forma nos ilumina mais do que nunca, prestes a fazer um feitiço que supostamente vai me ajudar a encontrar a carta que explica como a maldição da minha família afetou minha mãe e a irmã dela.

Como foi que vim parar aqui?

— Acho que estamos prontos — diz Mason.

Estamos sentados de pernas cruzadas, de frente um para o outro, com o único espaço entre nós reservado para a tigela e a vela.

— Vai em frente — incentiva ele.

Seus olhos sorriem, como às vezes fazem, e uma onda de constrangimento me atinge. Estou começando a repensar minha decisão.

— A gente não precisa fazer isso, sabe? — comento. — Ainda dá tempo de ir ao cinema de verdade.

Mason se inclina para a frente e apoia as mãos de leve nos meus joelhos. Na mesma hora, sinto um calor subindo até meu pescoço. Um calor bom. Apoio minhas mãos de leve sobre as dele, permitindo que a sensação de tocar sua pele afaste as preocupações.

— Willow — diz ele, sério.

— Mason.

Ele aperta meus joelhos.

— Está brincando? Um grupo de bruxas criou um feitiço só para você. Vamos fazer isso, sim. Só que é você que tem que conduzir. Porque é você que tem bruxas na família.

Mason volta a endireitar o corpo e puxa as mãos de volta.

Ele tem razão, as tias criaram esse feitiço só para mim. Não sei se vai servir de alguma coisa, mas estou mais do que disposta a experimentar. Se eu desviar os olhos de Mason, talvez consiga manter o controle. Ergo a folha com o feitiço.

— Tá, então acho que vamos começar com o lance de esvaziar a mente. Fecha os olhos.

Fecho os olhos e apoio as mãos nos joelhos, onde há pouco Mason me tocou. De repente, estou pensando nas mãos dele nas minhas pernas, e a trilha de fundo dos ruídos dos insetos noturnos é tudo o que consigo ouvir. Parece impossível esvaziar a mente nessa situação.

Ficamos assim por cerca de um minuto, até que realmente começo a me sentir concentrada. Mantenho a cabeça erguida, e o mundo externo ao círculo parece se desfazer. Abro os olhos para espiar Mason. Seus olhos continuam fechados e sua boca está um pouco curvada para cima, de um jeito que me faz pensar como seria beijá-lo. Fenomenal. Mágico. Transformador.

Tenho que me controlar.

— Tá, acho que estamos prontos — concluo.

Ele abre os olhos e eu acendo a vela, depois pego duas folhas de papel do kit feitiço.

— Agora vamos listar coisas que perdemos. Vou mencionar a última carta de Sage, lógico, mas o feitiço diz para incluir o máximo de coisas possível.

Ele tamborila com a caneta na perna.

— Só coisas? Ou pessoas também?

— Acho que tudo — respondo.

Ficamos em silêncio por um momento, ambos debruçados sobre o papel. Escrevo "carta de Sage", depois tento pensar em outras coisas. Começo com itens pequenos, perdidos em diferentes épocas da minha vida. *Minha primeira jaqueta jeans. A pulseirinha que Chloe me deu antes do casamento. Meu coelhinho de pelúcia. Meu livro de álgebra.* Depois, os objetos começam a dar lugar a coisas menos tangíveis. *O clima da minha casa no Brooklyn. A sensação de pertencimento. O casamento dos meus pais.* Quando chego a vinte, paro. Deve ser o bastante.

Mason continua escrevendo. A vela queima depressa. Quando constato que já foi metade, pigarreio e aponto para ela.

— É melhor a gente prosseguir.

Ele assente e volta a cruzar as pernas.

— Tá, você primeiro.

Mason fica olhando para a chama enquanto leio minha lista. Não explico nenhum dos itens, e sinto certa leveza quando rasgo minha lista e coloco os pedaços de papel na tigela. Não é como se eu tivesse encontrado as coisas, mas mencionar cada uma delas em voz alta diminui um pouco a importância disso. Quero que Mason tenha essa sensação também.

— Sua vez.

Ele inspira fundo e inclina o corpo ligeiramente para trás.

— A minha ficou meio, hum, profunda.

Aponto para os pedaços da minha.

— Você ouviu a minha, né?

— Aham.

Ele solta o ar e olha em meus olhos, pouco à vontade. Depois dá uma bagunçada rápida no cabelo.

— Tudo bem. Aí vai.

A lista de Mason é parecida com a minha, no sentido de que começa com coisas simples e vai se aprofundando devagar. *Almofada do Minecraft. O livro* Atlas do universo para crianças. *All Star vermelho.*

Quando ele chega ao último item, faz uma pausa.

— Tá, agora vem o mais importante.

Eu me inclino um pouco para a frente, mas está escuro demais para que eu consiga ler.

As mãos de Mason tremem, fazendo o papel tremer também. Ele inspira fundo e diz:

— Minha mãe.

Seus olhos procuram os meus. Dá para ver que não foi fácil expressar isso em voz alta, e um nó se forma em minha garganta.

— Porque ela perdeu sua custódia — completo.

— Não. Quer dizer, sim, só que é mais do que isso.

Mason segura o papel com força e apoia os antebraços nas pernas.

— Eu que perdi ela. Tipo, não sei onde ela está.

Fico olhando para ele, confusa.

— Como assim?

Mason balança a cabeça, o que faz uma mecha de cabelo cair sobre seus olhos.

— Antes a gente mantinha contato, mas já faz um tempo desde a última vez. Quando morávamos juntos, estávamos sempre nos mudando, inclusive de estado, e ela vivia trocando de trabalho. Sei que minha mãe foi presa em algum momento e que passou por um centro de reabilitação, mas agora ninguém sabe dela. De tempos em tempos, ficava sem ter onde morar, então não sei se está na rua, se está segura, nada. Nem a assistente social sabe, por isso não tenho como encontrar minha mãe.

O nó em minha garganta a fecha. É esse o grande segredo que ele carrega. Nem sei o que dizer, por isso só pego sua mão e a aperto com força.

— E quanto a Emma e Simon?

Mason balança a cabeça com amargura.

— Também não têm ideia. Emma era amiga da minha mãe, mas as duas não se falam há um bom tempo.

Ficamos olhando para a vela. O vento faz a chama dançar, e por um momento sou engolida pela ideia de como Mason deve se sentir. Perdi muitas coisas, mas nada assim. Minha mãe pode ser emocionalmente distante, mas eu sempre soube exatamente onde encontrá-la. Continuo segurando firme a mão de Mason, até que ele a retira.

Quando ele volta a falar, é hesitante:

— Encontrei um endereço na casa de Emma que me fez pensar que minha mãe talvez tenha passado por um centro de reabilitação na Flórida, mas mandei e-mail e não tive resposta. Também estou tentando fazer contato com amigos dela nas redes sociais. Sinto que já fiz tudo em que consigo pensar. Só que não é o bastante. Talvez eu precise de magia de verdade para encontrar minha mãe.

Não sei direito o que acho de magia de verdade, mas no momento parece a única opção.

— Qual é o nome completo dela?

— Naomi Grace Greer.

Arranco outra folha e escrevo o nome dela em letras garrafais. As tias não disseram que eu podia pedir algo à lua, mas disseram que eu devia seguir minha intuição. Enrolo o papel, incendeio ele e fico olhando para a lua.

— Por favor, ajude a gente a encontrar Naomi Grace Greer. Mason precisa dela.

O fogo consome depressa, e eu acrescento a folha à tigela. Observamos o papel escurecer e se enrolar, depois soltar uma fumaça branca. A vela já está quase apagando, por isso pego uma pitada de sálvia seca e jogo em cima dela, fazendo a chama crepitar.

— *O que estava perdido é encontrado* — leio no feitiço que as tias escreveram. — *Traga para mim, são e salvo. Como eu quero, que assim seja.*

Mason mantém a cabeça baixa, de modo que não consigo ver sua expressão, mas as palavras pairam entre nós, em um momento carregado.

Aperto o medalhão de Thalia junto ao coração enquanto assistimos à vela chegar ao fim e a chama se apagar com uma nuvenzinha de fumaça. Ficamos em silêncio por um momento, com a fumaça subindo em espirais, banhados pelo luar.

Quando a fumaça desaparece, Mason se inclina.

— Sabe o que a noite de hoje parece?

Minha mente procura uma resposta. *Vaga-lumes voando na escuridão. O momento em que o mar toca seus pés descalços. O primeiro estrondo de trovão no céu carregado.* E não só por causa do feitiço, das cartas ou mesmo da casa mágica da minha tia. Por causa de Mason.

Levanto o rosto depressa e procuro nos olhos dele por sinais de que sinta o mesmo. Mas os olhos tranquilos de Mason estão fixos na cera derretida da vela.

— O quê? — pergunto.

Há uma pausa, então ele olha em meus olhos.

— Parece um começo.

Levo um momento para absorver isso, então sinto o peito esquentar, como uma estrela ficando cada vez maior. Ele está falando de um começo para nós dois. E essa constatação é tão intensa e explosiva que ofusca qualquer outro motivo que eu tenha para estar aqui. Quer encontremos a carta ou não, tenho certeza de que era para Mason e eu estarmos juntos aqui, agora.

— Eu sei — digo.

Um sorriso se espalha pelo rosto dele. Nenhum de nós desvia o olhar, o momento cheio de significado e pleno.

Mason se levanta, estende uma mão e me ajuda a levantar. Sorrimos um para o outro, e o ar noturno nos empurra delicadamente na direção um do outro.

— Agora vamos. Precisamos encontrar a carta.

Eu o sigo, segurando firme em sua mão. A carta de repente parece algo muito pequeno em comparação com o que há entre nós.

Porque tem algo entre nós, certo? É tão inesperado, e tão perfeito, que quase não consigo acreditar que é verdade. Como é possível que eu tenha me deparado com um garoto no telhado uma noite e que ele seja o *Mason*? É assim mesmo que a vida real funciona?

Não vamos muito longe. Mason desce a escada primeiro, comigo em seu encalço, mas hesita quando chega ao fim. Eu me viro para ver o que está acontecendo, e vejo que ele está esperando com uma mão de cada lado da escada. Desço mais alguns degraus e me viro, ficando de frente para Mason. O luar entrando pela claraboia nos ilumina como um holofote, deixando o rosto dele em evidência. Mason e eu estamos nos encarando. Vejo a pintura da sereia na minha visão periférica, e muito embora só consiga entrevê-la na escuridão, de repente o mar da pintura está por toda parte.

Nenhum de nós desvia o rosto.

Ficamos ali apenas alguns segundos, mas é o suficiente para que o turbilhão dentro de mim se agite, para que as ondas quebrem com força. Sinto a pedra íngreme contra minha pele, o ar salgado batendo em meu cabelo e uma urgência e uma ousadia que me são novas.

Sei o que quero. É Mason.

O primeiro beijo é fácil. Assim que encontro a boca dele na escuridão, seu corpo pressiona o meu, meus braços enlaçam seu pescoço enquanto os dele enlaçam minha cintura. É o segundo beijo que esquenta as coisas; de repente Mason está colado em mim e eu sinto a escada tocar minhas costas. Não consigo pensar em absolutamente nada. Meu corpo foi feito para se fundir ao dele — suas costas parecem quentes em minhas mãos, sinto sua boca suave na minha. Mason está me descendo da escada com todo o cuidado, sem que nossos lábios se separem, quando ouço.

Uma porta se abrindo nas profundezas da casa, depois uma voz.

— Willow?

É minha mãe. Dentro de casa.

Meu cérebro tem dificuldade em reconciliar as duas coisas.

Num minuto, estou completamente envolvida com Mason, preparada para passar o restante da vida o beijando, e no outro estou em pânico, com a realidade me atingindo com tudo na escuridão.

Minha mãe sabe que estou aqui. Isso não vai ser bonito.

Mason congela em uma postura hipervigilante, com as mãos firmes em minha cintura. Não quero que ele tenha problemas. Não quando veio para me ajudar.

— Sobe no telhado — digo. — Vou manter minha mãe ocupada enquanto você desce.

Por uma fração de segundo, ele pensa na possibilidade, mas depois balança a cabeça com calma. Decidido.

— Não vou deixar você aqui.

— Willow? Mason? — grita minha mãe, que já está na escada.

É tarde demais, de qualquer maneira. Eu me lembro do feitiço no telhado, do círculo. Continuo em pânico. Se ela vir o que deixamos lá, vai saber exatamente do que se trata, e nunca mais vou poder vir à casa.

— Não conta para ela — peço.

— Do beijo?

Mesmo na escuridão, consigo ver que Mason está sorrindo, e por um momento esqueço por completo a desgraça iminente que se aproxima na forma de Mary Haverford.

Uma risada irrompe de mim, e eu levo os dedos aos lábios. O sorriso de Mason fica ainda mais largo.

— Estou falando do feitiço. Mas é melhor não contar do beijo também.

— Ou... a gente podia fugir juntos.

Sei que ele está brincando, mas sua voz parece vulnerável na medida certa. Antes que eu perceba, uma série de imagens passa por minha cabeça. Eu na cama tarde da noite, falando ao telefone com Mason. Eu visitando Mason em um campus movimentado, com o moletom dele amarrado na cintura. Mais situações como a da escada.

Para variar um pouco, consigo ver algo concreto para o futuro que não esteja relacionado a viajar. Ele. Mason vai ser parte de meu futuro, não importa o que esteja prestes a acontecer.

— Mason… — Não sei como explicar, ou mesmo se devo fazer isso, mas as palavras se acumulam em minha garganta. Como posso dizer a Mason que tudo em meu futuro parece nebuloso, exceto por ele?

É cedo demais para isso. Mas aí é que está: isso não o assustaria. Sei que não. Porque é *Mason*.

— Vai ficar tudo bem. — É tudo o que digo.

— Willow.

A porta se abre com tudo e a luz invade o quarto. Por um momento, eu e Mason piscamos um para o outro. Só depois nos viramos e deparamos com minha mãe no batente. Ela está de blazer, como de costume, com o cabelo solto. Quando me vê, seus ombros e seu corpo relaxam de alívio.

— Mãe — sussurro.

Mas o alívio não dura muito. Ela passa os olhos pelo quarto, absorvendo a cama, a escada, o tapete, até que eles se fixam na pintura. Por um momento, eu me pergunto se vai ficar tudo bem, se minha mãe vai ficar tão impressionada com a beleza da casa que talvez esqueça que eu não deveria estar aqui. Até que ela cerra o maxilar e se vira para mim, acabando com minhas esperanças.

— Você *prometeu* — diz ela de um jeito tão duro, tão traído, que um calafrio percorre meu corpo.

Mason continua do meu lado, tão próximo que seu braço roça o meu.

— A culpa é minha — declara ele, mas minha mãe mantém os olhos fixos nos meus.

— Eu sei, mãe, mas as tias me falaram sobre umas cartas, entã…

— Eu disse que queria manter esse capítulo da minha vida fechado — interrompe ela —, mas você simplesmente ignorou isso.

Minha mãe está furiosa, mas é sua mágoa que mais me atinge. Ela sente que a traí. Será que a traí mesmo?

Não. A história é minha também.

Engulo em seco.

— Mãe, eu… — Não sei como terminar a frase. Como faço com que entenda a importância que esse lugar tem para mim?

Ela abraça o próprio corpo, sem desviar os olhos.

— E o que é que vocês dois estão fazendo aqui?

— Estamos explorando. Foi ideia minha — responde Mason, rápido. — Desculpe, sra. Haverford, eu queria observar as estrelas do telhado…

Minha mãe finalmente dirige seu olhar gélido para Mason, que fecha a boca na mesma hora.

Ela se vira para mim.

— Vamos embora, Willow.

— Tá, encontro você no hotel — digo.

— Não, vamos embora de Salem. Phoebe comprou passagens para amanhã de manhã.

Sinto uma pontada no coração mais forte do que achei que fosse possível. Mason e eu nos encaramos. Ele parece conformado, como se soubesse o tempo todo que isso aconteceria. Mas eu não consigo aceitar.

— Amanhã? E quanto à casa?

Minha mãe balança a cabeça.

— Recebi uma oferta há uma hora. Fui ao cinema e fiquei esperando vocês saírem para contar a novidade, mas não tinha nada passando.

FEITIÇO PARA COISAS PERDIDAS   323

Seus olhos passeiam pelo quarto e param na sereia.

Meu pânico volta a crescer e meu peito parece queimar. Não posso ir embora amanhã. Não sem descobrir o fim da história. Não posso voltar à vida normal, na qual tento desesperadamente encontrar um lugar onde me encaixo. Aqui, em Salem, me sinto firme, ancorada. Não vou abrir mão disso assim, tão fácil.

A constatação me dá coragem.

— Precisamos conversar sobre isso. Sobre tudo isso. — Eu me viro, fazendo um gesto que abarca o quarto. — Eu sei sobre a maldição.

— A maldição — repete minha mãe, depois se recosta na parede, cruzando os braços. — Willow, a "maldição" destruiu minha família. Não vou permitir que se coloque entre nós.

— Ela já se colocou entre nós.

Como minha mãe não enxerga isso?

Ela pisca algumas vezes, e seu silêncio me dá coragem para continuar falando:

— Faz anos que você mente para mim sobre seu passado e nossa família. Isso distanciou a gente. — Respiro fundo e pergunto: — O que aconteceu entre você e Sage?

Ela fica em silêncio por um momento, depois se apruma e deixa os braços caírem ao lado do corpo.

— Willow, isso é passado. O que aconteceu aqui não tem nada a ver com você.

É como um tapa na cara. Lágrimas se acumulam em meus olhos.

— Tem tudo a ver comigo. É a minha família também. Faz um tempão que não me sinto em casa. Mas desde que cheguei aqui… — Inspiro fundo antes de continuar: — Parece que encontrei o que estava faltando. Por favor, não tira isso de mim.

A expressão dela se abranda, e por um momento fico esperançosa.

— Sinto muito, Willow. O divórcio foi difícil, e você foi muito corajosa de se mudar e deixar tudo para trás. Tenho me esforçado para construir uma nova vida para você, mas sinto que no processo te deixei de fora. — Minha mãe se aproxima e apoia as mãos em meus ombros. — Vamos melhorar nisso. Mas Salem não é seu lar.

— Por favor, mãe — suplico. Cada partezinha minha pede que ela estenda uma mão, que ela me ouça. — Vi você no salgueiro na outra noite. Sei que está magoada. Por favor, não fecha a porta para mim.

Minha mãe fica em silêncio por um longo momento.

— Se despeça de Mason. Espero você lá embaixo.

30

Mason

Depois que vou embora da casa da família Bell, fico inquieto.

As últimas horas foram um pêndulo de emoções. Será que tudo realmente aconteceu?

Não consigo acreditar que contei a Willow sobre minha mãe. Sentado no telhado com ela, a perda tomou forma diante de mim, com contornos nítidos e bem definidos. Em geral, a perda é algo que não consigo compartilhar com as pessoas, mas, com Willow, ela simplesmente extravasou. E agora Willow vai embora. É por isso que não me abro com as pessoas — elas nunca ficam tempo o bastante em minha vida para que valha a pena me expor. E ainda mais importante: estou preocupado com Willow. Deixá-la pareceu errado. Será que ela vai ficar bem?

Passo uns vinte minutos andando de um lado para outro da rua Essex, longe o bastante do hotel para que Willow não se encrenque por minha causa, mas perto o suficiente para chegar lá rapidinho caso ela precise de minha ajuda. Mando uma mensagem atrás da outra.

Você está bem?

Estou na rua Essex.

Quer que eu vá aí?

Chego a ir até o hotel, mas não tenho ideia de qual janela é a dela. Recebo uma notificação no celular e fico todo atrapalhado para pegá-lo, mas é só Emma. **Voltamos da minha mãe. Está chegando?**

É óbvio que não posso ficar aqui a noite toda, mas me afastar do hotel requer muito esforço. **Sim.**

Emma responde na mesma hora: **Tá, vou dormir. A porta está aberta.**

Quando chego, as luzes estão todas apagadas. Subo os degraus da varanda aos tropeços e entro. Não estou a fim de procurar minha mãe na internet, mas me forço a ir para a sala de jantar. Talvez assim eu consiga pensar em outra coisa.

Eu me sento na cadeira e meus dedos entram automaticamente na conta falsa de e-mail. Tenho que me encontrar com Willow antes que ela e a mãe vão embora amanhã. Será que devo acampar na entrada do hotel outra vez? Pedir a Simon e Emma que intervenham? Provavelmente fariam isso, se eu pedisse. Estou tão envolto em pensamentos que levo vários segundos antes de ver o que aparece na tela diante de mim.

Recebi um e-mail. De David Gonzalez.

Minhas mãos estão tremendo quando clico nele.

> Olá,
> Obrigado pelo e-mail. Em respeito à privacidade de nossos pacientes, não podemos ajudá-lo.
> Boa sorte,
> David Gonzalez

Outra tentativa que não deu em nada.

Bato as mãos na mesa do computador. Por que fico achando que algo vai funcionar? Por que acho que alguém vai me ajudar? A essa altura, não deveria saber disso? Não importa o que eu faça, todo mundo me decepciona.

Uma mistura de emoções pesadas toma conta de mim, fazendo com que eu perca o ar. Eu me forço a inspirar e tento formar uma linha de raciocínio coerente. Esse e-mail significa que minha mãe foi uma paciente? Ele teria dito o mesmo se não fosse o caso? Se Emma se envolveu de alguma maneira com o tratamento da minha mãe, por que não sabe onde ela está? Não deveria ter alguma informação?

Preciso começar a procurar, encontrar mais contatos, só que a raiva aperta meu peito, me deixa confuso. Por que ninguém me ajuda? E, mais importante, por que ninguém a ajuda? Minha mãe não vai melhorar sem apoio, e estou cansado de tanta burocracia. Aonde quer que eu vá, tem alguma barreira que me impede de voltar para ela. Será que foi por isso que minha mãe desapareceu? Porque também perdeu as esperanças?

Mas ela não desistiria de mim. Sei que não. E mais importante ainda: eu não vou desistir dela. Abro seu perfil nas redes sociais e começo a fuçar, passando pelos nomes dos contatos que já me são familiares. Felix Reyes. Chad Baker. Anika Henderson. Alguém tem que saber onde ela está. Talvez uma dessas pessoas? Digito tão rápido que demoro um pouco para notar que recebi uma mensagem. Clico no ícone e, quando vejo de quem é, congelo. *Brody West.* É um dos desconhecidos para quem escrevi da última vez.

Clico na mensagem. **Cara, faz um tempo que não vejo sua mãe, mas da última vez ela estava no apartamento de Marcus, na cidade de Newark. No condomínio Ivy, na Franklin. Boa sorte.**

Leio uma vez. Depois duas. Na terceira, percebo que não estou respirando.

Procuro por *Ivy, Franklin, Newark*, e aparece um condomínio em Nova Jersey. Entro no Google Maps para ver o lugar, mas é um prédio comum, cercado por trechos de grama morta. Será que minha mãe está nesse lugar? Por que foi para Newark?

E por que não iria?, retruca minha mente. Ela estava sempre se mudando. Mas não tenho ideia de quem seja Marcus. Um namorado? Um traficante?

Minhas mãos tremem mais forte agora. Será que o feitiço para coisas perdidas funcionou? Não tenho o número do apartamento, mas saber qual é o prédio já é alguma coisa. Se ela estiver lá, vou encontrá-la.

Agora meu corpo inteiro treme. Eu me seguro na borda da mesa, sentindo a náusea ir e vir, e me obrigo a lembrar de *inspirar e expirar. Inspirar e expirar.*

Depois algo terrível me ocorre.

E se minha mãe já tiver ido embora? Nunca passamos muito tempo no mesmo lugar. O máximo que ficamos onde quer que fosse foram seis meses. A verdade me atinge com tudo. Preciso ir lá. *Agora.* Antes que seja tarde demais.

Minhas mãos continuam trêmulas enquanto pesquiso os horários de ônibus, de trem e o preço das corridas de táxi. Em poucos minutos, tenho um plano. Vou pegar o primeiro trem de Salem para Boston e depois um ônibus para Nova York às 6h30, e depois um ônibus para Nova Jersey. Se tudo correr bem, chegarei em Newark ao meio-dia. A viagem vai me custar oitenta e sete dólares no total, o que posso pagar com o dinheiro que Emma me deu para ir ao cinema com Willow e o dinheiro que economizei da mesada que recebo do sistema de acolhimento desde que completei quinze anos. O apartamento fica a uma corrida de vinte minutos da rodoviária. Se ela não estiver lá…

Bem, aí eu penso no que fazer.

Dessa vez, não vou estar fugindo. Porque fugir implica sair de casa, e eu estou indo *rumo* a minha casa. O que é completamente diferente.

Começo a guardar minhas coisas na mochila. O diário de observação, meus livros, cada nota e moeda que tenho, a escova de dentes, a maioria das minhas roupas. Encontro até uma garrafa de água velha de que acho que ninguém vai sentir falta e a encho, só para garantir. Fico em dúvida se levo o celular e o carregador, mas provavelmente conseguiriam me rastrear por ele, e não quero levar mais do que o necessário dos Morgan.

FEITIÇO PARA COISAS PERDIDAS

Depois, não resta nada a fazer além de esperar.

Se eu fosse da Nasa e estivesse me preparando para um lançamento, faria a verificação de segurança final. Mas não sou um astronauta. Sou um garoto em uma "situação difícil", segundo o que entreouvi a mãe de uma família que me acolheu dizer, que é o mesmo que dizer que um peixinho dourado tem um problema com água. Não sou eu o problema, é todo o resto. Minha vida não tem sido difícil, tem sido idiota. Não tem feito sentido. Até agora. Desde que eu não pense em Willow, vou ficar bem.

Não consigo pegar no sono, óbvio. Fico na cama, vendo a hora passar e ouvindo o som de uma das garotas roncando no quarto ao lado. Elas vão ficar chateadas por causa da peça. Sei que minha fuga vai ser difícil para os Morgan. As meninas provavelmente vão ficar confusas e preocupadas, e eles vão ter que responder a uma série de perguntas do sistema de acolhimento familiar e de Kate/Kaitlin, mas depois que tudo isso passar e que eu estiver sumido há tempo o bastante, espero que a vida dos Morgan volte ao normal. Nova vai até ter seu quarto de volta, e tenho certeza de que as meninas vão encontrar outra pessoa para atuar em suas peças.

Não tenho a intenção de fazer isso, mas, enquanto espero, meu cérebro insiste em repassar uma lembrança depois da outra do meu tempo com os Morgan, e não importa o quanto tente, não consigo transformar nenhuma delas em negativa. Os convites infindáveis de Simon, todos os ensaios, a praia com Nova, Emma me passando a caneca de café.

Em circunstâncias completamente diferentes, esse teria sido um ótimo lar. Mas, não importa quantas coisas positivas aconteçam, esta nunca vai ser minha casa. Minha mãe pode ser um milhão de coisas que eu gostaria que não fosse, mas também é meu sol. Orbito em volta dela, dependo dela para ser o que sou. Sem sua estrela, a Terra seria uma bola sem vida de gelo e pedra. Sem minha mãe, caio no esquecimento.

JENNA EVANS WELCH

É em Willow que não posso pensar.

Depois que eu for embora, não vou mais poder entrar em contato com ela. Isso a deixaria em maus lençóis e ainda seria perigoso para mim e para minha mãe. Como minha mãe perdeu minha guarda, ficar com ela, na verdade, é ilegal, portanto, se alguém descobrir onde estou, seremos separados de novo, e sei que meu coração não sobreviveria a isso.

Posso entrar em contato com Willow quando atingir a maioridade. Talvez ela já esteja viajando e a gente se encontre em uma estação de trem em Barcelona ou em uma ponte em Florença. Ela provavelmente vai ter aprendido a manter os cadarços amarrados e o cabelo um pouco menos desgrenhado, mas ainda será a mesma pessoa, e poderemos continuar de onde paramos. Ainda teremos uma chance.

Ou talvez seja tarde demais. Talvez a gente nunca mais se veja.

Os pensamentos forçam passagem, e eu tento afastá-los. Nosso último dia juntos foi incrível. Isso tem que valer alguma coisa.

Passo uns dez minutos escrevendo e apagando uma última mensagem para Willow. Quero dizer que vou voltar por ela, ou pelo menos que sinto muito, mas isso só vai deixá-la assustada e talvez entregar meu plano. Então me contento com um **Boa noite, Willow**, que não é exatamente uma despedida, mas é tudo o que posso dizer. Torço para que ela compreenda.

São 4h45.

Não acho que um bilhete seja uma boa ideia, por isso deixo meu exemplar desgastado de *Astrofísica para apressados*. Na primeira página, escrevo: *Para Nova, Hazel, Zoe e Audrey*. Ponho a mochila nas costas e olho para meu quarto arrumado uma última vez. Estou prestes a sair pela janela quando penso na maneira perfeita de me despedir de Willow.

Pego meu diário de observação do bolso, escrevo algo no fim e depois o nome dela na capa. WILLOW. Parece ser o lugar certo para ele. Deixo o caderno na mesa de cabeceira, e meus dedos se demoram na espiral. Faz tanto tempo que ele está comigo que é quase parte de minha alma. Não consigo acreditar que vou fazer isso. Mas é a coisa certa. Não preciso mais dele, não se vou encontrar minha mãe. Fora que assim Willow vai saber o quanto significa para mim, e, independentemente de qualquer coisa, uma parte de mim sempre estará com ela. E que vou encontrá-la depois.

Fico esperando que alguém me pare, mas ninguém me olha duas vezes. Salem está escura e distraída, e eu consigo pegar o trem sem qualquer problema. Quando chego a Boston, me atrapalho na baldeação, fico nervoso e quase pego um trem que vai em outra direção. Imagino que eu vá relaxar durante a parte mais longa da viagem, mas estou tão ansioso que só consigo ficar olhando para a paisagem correndo pela janela. A ideia era ter comprado comida, mas as passagens saíram mais caras do que eu tinha visto no site, e preciso de tudo o que me resta de dinheiro para o táxi. Eu me mantenho sentado, com o estômago roncando e os olhos arregalados, e me esforço ao máximo para não pensar no que está acontecendo em Salem agora.

Será que Willow vai achar que eu estava mentindo quando disse que a noite de ontem parecia um começo? Era verdade, mas isso foi antes de saber da guinada que minha vida daria. Quem será que vai perceber primeiro que fui embora? Zoe e Audrey? Emma, quando aparecer com meu café? O que Simon vai pensar? Nunca me preocupei com o que aconteceria quando alguém percebesse que eu tinha partido. No lar coletivo, isso só significava que eles teriam muita papelada para preencher. Mas com os Morgan é diferente. As meninas me consideram um irmão. O que vão fazer quando descobrirem que não estou na cama?

Deve ser só sono. Quanto mais me aproximo de Newark, mais emaranhados ficam meus pensamentos. Minhas emoções são arrastadas para o caos, e logo sou um poço de estresse e estou com os nervos à flor da pele. Sinto um aperto no peito e mal consigo pensar direito.

Eles vão entender que precisei fazer isso, não vão?

Quando o trem chega a Newark, faz vinte e nove horas que estou acordado, mas a sensação é de vinte mil. Estou ao mesmo tempo atrapalhado e muito alerta. A mulher sentada a minha frente está tomando café e comendo bagel, e no momento eu daria meu braço esquerdo por ambos. Meus olhos ardem e devem estar vermelhos, emano uma energia tensa, mas estou aqui.

Estou aqui.

Eu me levanto antes que o trem pare por completo e corro para o banheiro para jogar uma água no rosto e me olhar no espelho. Meus olhos estão inchados, mas brilhantes.

Estou prestes a ver *minha mãe*. E isso vale cada sentimento intenso que carrego no peito.

Espero quase vinte minutos por um táxi. O motorista olha para mim com uma cara de reprovação. Eu lhe passo o endereço e tento relaxar, fechando os olhos quando sinto que meu estresse está passando da conta. A corrida leva meia hora por causa do trânsito. Quando o motorista para diante do endereço, fico um pouco decepcionado. É um condomínio velho, com a pintura branca descascando e cercado por grama seca. Os apartamentos de cima têm sacadas entulhadas de churrasqueiras enferrujadas e móveis para área externa, e só de olhar para elas meu estômago se revira. Nunca estive nesse condomínio, mas conheci muitos como ele. Morei em vários parecidos.

— É aqui? — pergunta o motorista, ríspido.

— Espero que sim — murmuro.

Pago a corrida e saio do táxi com a mochila nas costas. O motorista vai embora no mesmo instante. Sobraram vinte e sete dólares. Tento não pensar no que vai acontecer se minha mãe não estiver aqui. Ela tem que estar aqui.

A caminhada até a porta do condomínio parece ter um milhão de quilômetros. Minhas pernas estão trêmulas. Tem um cachorro latindo. Racionalmente, sei que faz calor. O sol está no céu e o ar está úmido. Mas sinto frio.

O condomínio é um labirinto de prédios com a pintura branca descascando. Algumas pessoas tentam dar uma aparência melhor ao apartamento, colocando vasos de plantas e capacho na entrada. Vejo um gato em uma janela e quase tenho um ataque do coração quando um cachorro do outro lado de uma porta de tela tenta vir para cima de mim.

Não tenho ideia de em que apartamento minha mãe está. Será que começo a bater nas portas? Grito o nome dela no corredor? Paro em frente a uma porta com uma guirlanda de Natal em mau estado. Lá dentro, a TV está ligada no último volume e não sei se é um programa de talentos ou uma propaganda, mas ouço a voz grave de um homem falando sobre um preço incrível para quem ligar agora mesmo. Antes que perca a coragem, bato à porta. Depois bato outra vez.

Nada.

Os barulhos e os cheiros que chegam ao corredor me trazem lembranças que achei que não existissem mais. Pessoas batendo em nossa porta no meio da noite. Passar horas sozinho sem nada além de um saco de pipoca e a TV para me fazer companhia. Os olhos da minha mãe fechados por horas. Sinto um gosto ácido no fundo da garganta e as pernas tremerem.

Bato de novo.

Finalmente ouço passos, depois o trinco. A porta se abre com tudo e revela uma senhora baixinha com dentes amarelados e o cabelo dentro de uma touca de banho. Ela me olha com raiva e quase rosna para mim.

— Quem é você? O que quer?

— Desculpa. Sou... — Balanço a cabeça, tentando ordenar os pensamentos. — Sabe se Naomi Greer mora aqui?

— Neste apartamento? Não!

Ela começa a fechar a porta, mas ergo uma mão depressa para impedi-la.

— Ela mora neste condomínio? Acho que morou aqui com alguém chamado Marcus. É alta e tem cabelo preto comprido. É...

Dependente química. E me deixou na mão inúmeras vezes.

A mulher franze ainda mais a testa.

— Você não pode ficar aqui. Não pode ficar perambulando pelos corredores. Não entendo por que deixam vocês ficarem aqui. Eu sei sobre as drogas.

Ela acha que sou um viciado. O que significa duas coisas: primeira, que provavelmente sabe da minha mãe; e, segunda, que *ela continua usando drogas*. Isso era óbvio, mas mesmo assim o golpe me atinge. O que eu estava esperando? Um conto de fadas? Encontrar minha mãe em um apartamento com um emprego fixo e a geladeira cheia? Balanço a cabeça. Não posso lidar com isso agora. Posso pensar no que fazer quando a encontrar.

— Não é isso. Estou atrás dela e...

A mulher aponta para mim.

— Vou chamar a polícia! Não duvide de mim.

Levo uma mão à parede para me estabilizar.

— Naomi é minha mãe... — Respiro fundo. — Estou procurando por ela.

Ela arregala os olhos por trás dos óculos.

— Deus te proteja — murmura a mulher. — Mas você não pode ficar no corredor. Saia daqui antes que eu chame a polícia.

A mulher bate a porta na minha cara. Meus joelhos cedem, e eu me agacho, com o coração acelerado.

— Mãe! — grito, e é como se a palavra tivesse sido arrancada de mim. Não a estou chamando, estou gritando com ela. *Por que você fez isso comigo, mãe? Por que estou aqui, neste corredor, sozinho? Por que você não pode melhorar?*

Sou erguido pela fúria. Eu me levanto e grito o nome dela.

— Naomi! Naomi Greer!

Ando de um lado para outro nos corredores.

— *Naomi!*

É inútil. Sempre foi. Jogo a mochila no chão e a chuto com tanta força que vai parar longe. Tenho que sair daqui antes que alguém chame a polícia, antes que aquela senhora apareça de novo, antes que eu perca o controle e comece a socar as paredes.

Acabei de pegar a mochila e sair correndo quando ouço uma porta se abrir, e depois alguém me chamar.

— Mason?

Congelo. É uma voz diferente da que eu lembro. Mais estrondosa. Rouca. Mas sei que é ela, com todas as células do meu corpo. Eu me obrigo a dar meia-volta. Seu cabelo está curto, mais curto que o meu, e ela usa um vestidinho florido desbotado e chinelos. Está com uma aparência horrível, magra, os olhos fundos, as bochechas encovadas, os braços e pernas finos como gravetos. Essa mulher é uma sombra da minha mãe.

Mas é ela.

Não consigo me mover.

— Mãe — sussurro.

Ela fica de queixo caído.

— Mase. É você mesmo.

Minha mãe vem em minha direção com um braço estendido, mas para antes de me tocar. Seus olhos vidrados e sem foco avaliam minha figura.

— Não consigo acreditar que ficou tão alto. Nossa, você já é um adulto.

Mas eu não sou um adulto, e quero que ela faça alguma coisa além de comentar minha altura.

— Mãe... encontrei você. Finalmente.

Meus olhos estão ardendo e minha voz sai grave. Nem acredito que ela está aqui. Bem aqui. Depois de todo esse tempo.

Tento me aproximar, mas minha mãe recua.

— O que está fazendo aqui, Mason? — Seu tom de voz me deixa paralisado outra vez.

— Como assim? Vim atrás de você — explico. — Não é óbvio?

— Como me encontrou? — Dessa vez, não há como ignorar seu tom. Não é uma exclamação feliz ou surpresa, como "Não acredito que você me encontrou!". É um "Não era para você ter me encontrado".

Minha mãe não estava se escondendo apenas do sistema de acolhimento familiar: estava se escondendo de mim.

Minhas entranhas congelam. Isso não pode estar acontecendo. Ela deve estar surpresa, ou talvez não seja o melhor momento. Só precisa de um tempo para absorver.

— Eu... encontrei alguém na internet que sabia que você estava aqui. E vim te encontrar. Achei que precisava de mim...

Sinto uma ligeira tontura e estrelas surgem nos cantos de minha visão.

Ela deixa o corpo cair contra a parede suja e fica olhando por cima do meu ombro.

— Você deveria estar com Emma.

Meu coração bate tão forte que fico surpreso que não salte do peito.

— Você sabia onde eu estava? Esse tempo todo?

Consigo respirar, ainda que de maneira entrecortada. Tem que haver uma explicação para isso. Algo que torne aceitável o fato de minha mãe saber onde eu estava.

FEITIÇO PARA COISAS PERDIDAS

— Estou procurando você há muito tempo, mãe — explico. — Ninguém quis me dizer onde você estava. Por que não entrou em contato comigo?

Ela fica em silêncio por um longo tempo.

— Você tem que voltar para Salem. Tem que voltar para Emma. Preciso disso.

— O quê?

O chão parece se inclinar. Minha vista embaça. Ela só pode estar brincando. Por que diria isso?

— Mas, mãe, eu encontrei você. Agora podemos ficar juntos...

— Não. Mason... — Ela ergue uma mão. — Não posso. Você tem que ir.

Não. Não, não, *não*. Fico olhando para ela sem conseguir acreditar, e os segundos passando são como punhaladas. Isso não pode estar acontecendo. Deve ser um pesadelo, ou ela está drogada e não sabe o que diz. Minha mãe não quer que eu vá embora. Só precisa de tempo.

Quando dou um passo à frente, ela se encolhe. Algo que preciso ignorar para me manter intacto.

— Mãe, vamos entrar e...

— *Não*, Mason. O melhor para você é ficar longe de mim. Estou tentando te dar uma chance — diz ela, sua voz sai mais firme do que nunca, e a certeza nela me machuca mais do que as palavras em si.

— Mãe, me dá uma chance agora. — As lágrimas quentes molham meus olhos. — Você não precisa tomar conta de mim. Tenho quase dezessete anos, posso cuidar de mim mesmo. Vou trabalhar, pagar o aluguel e pagar pela comida. Você não vai precisar fazer nada.

Seus olhos estão arregalados, mas não é para mim que ela olha, e sim para o linóleo sujo. Seus braços estão firmemente cruzados. Ela balança a cabeça.

— Mãe? — chamo, de um jeito estrangulado, tenso.

Não sei o que pensar do que está acontecendo agora. Meu lugar é com minha mãe, o lugar dela é comigo. Esses anos todos, ela prometeu que ia parar de usar drogas, que ia colocar sua vida nos trilhos para podermos ficar juntos. Para que serviram todos esses anos se não para finalmente nos reencontrarmos?

— Mason, não posso — insiste ela, tão baixo que é quase um sussurro. — Você merece mais.

Então, antes que eu possa dizer mais alguma coisa, minha mãe passa por mim, entra em seu apartamento e fecha a porta.

31

Willow

Quando voltamos ao hotel, eu me fecho no quarto e choro pelo que parecem ser horas. Entendo tudo agora. Minha obsessão pela história da família, a casa de Sage, as cartas, tudo isso tinha a ver com uma pessoa: minha mãe.

A maldição da família Bell envolve os relacionamentos entre as mulheres da família se rompendo devido a forças que não estão totalmente sob seu controle. E agora a história se repete. Não tenho como controlar minha mãe. Nosso relacionamento está se desfazendo.

E não estou nem um pouco perto de aceitar isso.

Horas depois, acordo com o celular tocando alto. De acordo com a fresta entre as cortinas, ainda não amanheceu, e preciso procurar por um momento antes de finalmente encontrar o celular estridente na mesa de cabeceira. Quando vejo o nome na tela, a confusão dá lugar a uma ondinha de prazer. Mason.

Mason, o garoto que eu beijei. Quase sinto sua boca na minha. Por um momento, eu sorrio, porque ontem foi tão bom, pareceu tão certo, nossa proximidade, as mãos dele tocando meu cabelo...

— Oi — digo, rouca de sono.

— Willow, Mason está com você?

Não é a voz dele. Meu cérebro leva um momento para entender de quem é a voz ansiosa ao celular. Emma. Por que ela está me ligando do número de Mason?

— O quê? — Perco o sono na mesma hora. — Não. Por quê? Está tudo bem?

Ouço Emma expirar do outro lado.

— Não, não está tudo bem.

— Como assim?

Eu me inclino para acender o abajur, mas minhas pernas estão enroladas nos lençóis e tudo o que consigo fazer é derrubar um copo vazio que estava na mesa de cabeceira.

— Willow?

Minha mãe abre a porta que conecta nossos quartos, e a luz invade o cômodo. Ela está de pijama, mas parece totalmente desperta, como se não tivesse dormido nada.

— Quem é? — pergunta ela.

Aponto para o celular.

— Emma.

As sobrancelhas da minha mãe se franzem em preocupação.

— Está tudo bem?

— Quando foi a última vez que o viu? — pergunta Emma do outro lado da linha.

Sinto meu estômago embrulhar. Não quero que Mason se encrenque, mas algo me diz que preciso ser sincera.

— Ontem à noite. Fomos… à casa da minha tia. Ele disse que ia para casa depois.

Minha mãe atravessa o quarto para se sentar a meu lado na cama.

— Mason disse alguma coisa sobre fugir? — indaga Emma.

As palavras dela são como um balde de gelo. Fico atordoada demais para pensar por um momento. Devo ter entendido errado. Ela está dizendo que Mason fugiu? Porque não é possível que isso seja verdade.

— Como assim?

O pânico cresce dentro de mim, devagar mas firme.

FEITIÇO PARA COISAS PERDIDAS

— Ele levou os livros e algumas roupas. Deixou o celular. E…
— diz ela, com uma voz de quem esteve chorando. Sinto um nó
se formar em minha garganta. — Ele deixou presentes. Para as
meninas e para você.

Sinto meu coração martelar no peito.

— Isso… não pode ser verdade — gaguejo. — Ele deve estar
observando o céu ou algo assim. Já procurou na casa da minha tia?

Minha mãe pega o telefone de mim e o leva à orelha.

— Emma, aqui é a Mary. O que está acontecendo? — Ela
ouve por um momento, então diz: — Willow e Mason têm passado bastante tempo juntos na casa. Acho que é melhor conferir.
A gente se encontra lá? Tá, já estamos indo.

— Mãe, Mason não fugiu — digo. — Ele não pode ter fugido.

Com uma expressão preocupada, ela pega minha mão.

— Você não sabia mesmo? Sei que é importante não trair a
confiança de um amigo. Mas, nesse caso, a coisa certa a fazer é contar tudo a um adulto.

Minha mãe olha bem nos meus olhos.

— Eu não sabia de nada. — Um soluço trêmulo de choro sobe
por minha garganta. — Se soubesse, eu diria.

Ela assente e aperta minha mão com mais força.

— Certo. Você vai ficar bem, Willow. Estou aqui com você.
Não vai precisar enfrentar isso sozinha.

Noto que ela não diz que Mason vai ficar bem, ou mesmo
que vai ficar tudo bem. Só que *eu* vou ficar bem. Meus olhos se
enchem de lágrimas, e por um momento estou à deriva outra vez,
com meu corpo e meu coração desesperados para encontrar algo
em que se segurar. Então minha mãe aperta minha mão de novo
e eu recupero o chão.

— Tudo bem — diz ela, se levantando, puxando a mão e a
acomodando gentilmente sobre minha cabeça por um momento.

— Agora vamos ajudar Emma e Simon a procurar por ele.

***

Quando terminamos de nos vestir e saímos correndo rumo à casa de Sage, a alvorada já tingiu o céu de um lindo rosa-bebê que parece totalmente incongruente com meus sentimentos. Mason me mandou algumas mensagens, a última dizendo **Boa noite, Willow.** O que isso significa?

Minha mãe e eu percorremos todo o caminho em silêncio. Consigo acompanhar o ritmo acelerado sem nenhuma dificuldade, o que é novidade para mim. Emma e Simon esperam por nós nos degraus da entrada. Pela expressão de ambos, sei que não encontraram Mason lá dentro.

— Ele não está aqui — diz Simon, e o aperto em meu coração fica ainda mais forte.

Olho para a casa, impressionada com sua aparência normal. Como pode continuar assim quando o mundo está desmoronando?

— Vocês conferiram o telhado?

Simon assente.

— Nem sinal dele.

Emma se aproxima, voltada para mim.

— Willow, as coisas podem ficar perigosas muito rápido quando um adolescente foge de casa. Já liguei para a polícia e para a assistente social, e estão todos a caminho. Só que, quanto mais tempo ele ficar desaparecido, mais perigoso fica. Cada minuto importa. Consegue pensar em qualquer coisa que poderia nos ajudar a descobrir para onde ele foi?

Reviro a mente, mas nada me ocorre.

— Não...

— É possível que Mason não tenha fugido? — pergunta minha mãe. — Ele não pode ter saído para caminhar, andar de bicicleta ou coisa do tipo?

— Ele tem um histórico de fugas — revela Simon.

FEITIÇO PARA COISAS PERDIDAS

Viro o rosto para ele no mesmo instante, totalmente em choque.

— Como assim?

Emma expira com força.

— Mason teve problemas em alguns lares e fugiu algumas vezes. Os assistentes sociais pareceram apreensivos com a vinda dele, mas decidiram arriscar por causa da minha ligação pessoal com a mãe dele.

Minha mente gira em confusão. Mason não mencionou nenhuma fuga para mim. Nem escreveu nada a respeito no diário.

— Não estou entendendo — digo.

— Para onde ele fugiu das outras vezes? — pergunta minha mãe.

— Para a casa de amigos, abrigos, parques... — conta Emma. — Uma vez conseguiu chegar a uma instituição por onde a mãe havia passado, mas quando chegou ela já não estava mais lá.

Meu estômago embrulha diante da ideia de Mason procurando pela mãe sem conseguir encontrá-la.

— A maior parte dos adolescentes que fogem tenta voltar para casa — explica Simon —, mas Mason não tem uma casa para onde voltar... — A frase morre no ar.

Tenho certeza de que estamos todos pensando a mesma coisa. Mason pode ter ido para *qualquer lugar*, o que torna nossa busca ainda mais assustadora.

Emma abraça o próprio corpo.

— Sabemos que Mason chegou umas onze da noite, porque eu o ouvi entrando. Mas não sei quanto tempo depois ele foi embora. A janela do quarto estava entreaberta, acho que Mason escapou por ali.

— Então ele chegou pouco depois de ter saído da casa.

Pego o celular. São quase seis da manhã, o que significa que sete horas se passaram desde a última vez que o vi. Quão longe pode ter ido? Uma frase do diário de observação me vem à mente. *A Terra viaja a trinta quilômetros por segundo.* Mason já pode ter ido muito, muito longe. Ainda mais considerando que nem sabemos que direção seguiu.

— O que vocês estavam fazendo aqui? — pergunta Emma.

Todos os adultos voltam os olhos para mim, e sinto meu rosto queimar.

— Estávamos procurando por uma carta. Minha tia... deixou uma sequência de cartas com pistas ao fim, relacionadas à história da minha família. Mason estava me ajudando a encontrar.

Minha mãe fica completamente imóvel do meu lado. Tomo o cuidado de não olhar para ela.

— Não conseguimos achar a última carta — continuo —, por isso fizemos um feitiço no telhado ontem à noite. Minhas tias--avós que escreveram para a gente.

Emma e Simon parecem confusos. Minha mãe pergunta, de um jeito firme e articulado:

— Que tipo de feitiço?

— Um feitiço para encontrar coisas perdidas. A gente teve que fazer uma lista de coisas que perdemos.

— E o que tinha na lista dele? — indaga minha mãe.

— Um monte de coisas. Um tênis, um livro... Depois ele me contou sobre a mãe. Disse que não sabia onde ela estava e que vinha tentando descobrir. Que fazia pesquisas em bases de dados de diferentes presídios e procurava informações sobre ela na internet. Ele encontrou um envelope com o endereço de uma clínica de reabilitação e mandou um e-mail para o diretor. — Meu cérebro confuso está conseguindo juntar as peças agora. — Mas Mason disse que a pessoa não respondeu.

Emma e Simon olham um para o outro por um longo momento.

— Vocês sabem onde ele está? — questiono, com a esperança se insinuando em minha voz.

— Não. Mas acho que Mason foi atrás da mãe. Então é melhor fazermos o mesmo. Obrigada, Willow. — Emma hesita por um momento, então diz: — Ele deixou algo para você.

Endireito o corpo na mesma hora.

— O quê?

Ela enfia a mão na bolsa, e quando vejo a capa azul desgastada do diário de Mason o pânico volta a crescer dentro de mim. Tem WILLOW escrito nela. Por que Mason fez isso? Sei que o diário é importante para ele. Será que o deixou mesmo para mim?

— Ah — solto, com um nó na garganta.

Emma estica o caderno e eu o pego, com os dedos firmes.

— O que é isso? — pergunta minha mãe.

Inspiro fundo.

— É onde Mason registra as observações que faz do céu. É muito importante para ele.

— O que significa que *você* é muito importante para ele — explica Emma, com uma expressão indecifrável. — Dei uma lida atrás de pistas, mas não encontrei nada. Ele escreveu sobre você no fim.

O nó em minha garganta fica ainda mais apertado. Quero abrir o diário agora mesmo, mas estou ansiosa demais para fazer isso na frente de todo mundo.

— Precisamos encontrar Mason.

— E vamos encontrar — garante Simon, mas o rosto de Emma conta outra história.

O nó em minha garganta fica tão apertado que chega a doer. Vão encontrar Mason, não vão?

— Vamos entrar em contato — diz minha mãe. — Mas, por favor, avisem se houver qualquer coisa que pudermos fazer para ajudar nesse meio-tempo.

— Muito obrigado, Mary — agradece Simon, com os ombros caídos.

Vê-lo cabisbaixo me deixa ainda mais preocupada.

Emma me dá um abraço bem apertado, e por um momento fico surpresa demais para reagir, então ela me solta e vai correndo com Simon na direção do carro. Pouco depois, já estão acelerando pela rua.

Minha mãe e eu ficamos em silêncio por alguns segundos, ouvindo apenas o barulho dos insetos. Meu cérebro deu um nó, mas quando olho para o céu, tenho certeza de uma coisa: as estrelas já existiam antes de Mason e vão continuar existindo depois, mas, para mim, as constelações não fazem sentido algum sem ele. Sem Mason, não passam de um punhado de estrelas aleatórias.

Eu me aproximo da entrada da casa para poder ler o caderno à luz da varanda. Está na última página.

Coisas que Willow e o céu noturno têm em comum:
1. São lindos
2. São imprevisíveis
3. Me deixam feliz por estar vivo.

Depois que leio, eu me sento na varanda, com minha mãe a meu lado, e enterro o rosto nos joelhos, com as lágrimas finalmente escorrendo pelo rosto. Mason fugiu mesmo. Isso é uma despedida.

Minha mente fica voltando ao que ele me disse no telhado. *Parece um começo.* Então era isso, só *parecia* um começo? Àquela altura, ele já devia saber que iria embora, o que significa que o beijo de ontem à noite também foi uma despedida. Mas não tive essa sensação, e não é isso que eu quero. Eu o conheço há pouco tempo, mas sinto que poderia haver algo importante entre a gente, e tudo o que quero é a chance de descobrir se é verdade. Quero isso por nós dois. E quero isso por mim. Mas sei que é muito possível que nunca tenha essa chance.

FEITIÇO PARA COISAS PERDIDAS

Passado algum tempo, minhas lágrimas cessam. Quando eu me viro para minha mãe, fico surpresa em ver que seus olhos estão tão vermelhos quanto os meus.

— Mãe?

— Desculpe. É que... — Ela puxa os joelhos junto ao peito. — Foi assim que Sage partiu.

Um arrepio me percorre, fazendo com que eu endireite as costas.

— Como assim?

Ela olha para a casa.

— O ano em que tia Daisy faleceu foi muito difícil para Sage. Para mim também, lógico, mas Sage não soube lidar com a doença dela. Eu recebia ligações o tempo todo para ir buscar minha irmã em festas e bares. Sage foi até presa. Ela não era assim antes, e eu fiquei preocupada. Então, na noite do velório de tia Daisy, ela foi embora.

Minha mente se esforça para entender tudo isso. A casa e as cartas de Sage me permitiram vislumbrar quem minha tia era, e ela não me parece ser alguém que abandonaria a própria irmã.

— Por que Sage foi embora?

Minha mãe balança a cabeça.

— Não sei. Só encontrei um bilhete dizendo "Desculpe". Nunca mais tive notícias dela. — Minha mãe suspira, balançando os pés sem parar. — Passei meses tentando encontrar Sage, mas ela sumiu. Imagino que tenha sido a maldição da família Bell agindo.

Choque e tristeza se espalham pelo meu corpo a partir de meu peito.

— Então você perdeu sua tia e sua irmã.

Penso na carta de Sage. *Não importava quão profundamente amassem a irmã ou a mãe, a tia ou a prima, a avó ou a filha, a maldição se insinuava, arrancando o relacionamento pela raiz e bloqueando o sol. As mulheres da família Bell sempre esperavam perder aquelas a quem mais amavam.* A maldição talvez não seja o que ela achava que era, mas a privou do que amava mesmo assim. Ela vem carregando essa dor a vida toda.

— E minha mãe. E... uma pessoa com quem estava me relacionando — conta ela.

Minha mãe olha para a casa ao lado, e eu me lembro do que Marigold disse durante a cerimônia da lua. *É sempre um garoto, não é?* Fico louca para perguntar a respeito, mas tenho medo de que ela pare de falar se eu a interromper.

Ela suspira de novo.

— Perder Sage foi de longe a pior coisa que já me aconteceu. Pior que o divórcio, que a perda da minha mãe, que todo o resto. Talvez porque deixou um monte de perguntas sem resposta. Doía demais ficar aqui, então tive que ir embora. Nunca achei que fosse voltar.

Não consigo nem respirar, de tão pesado que está meu coração. Não é à toa que minha mãe odeia este lugar. Ele a lembra dos piores momentos de sua vida.

Ela se inclina um pouco em minha direção.

— Willow, sinto muito por não ter contado antes. Você estava certa quanto a meu medo. Todo mundo que já amei me deixou em algum momento, mas você não tem nada a ver com isso. Sinto muito que tenha sido tão afetada.

Sinto meu coração quase explodir. Agora que minha mãe se abriu para mim, é minha vez de me abrir para ela.

Respiro fundo.

— Depois do divórcio... foi como se você tivesse se fechado para mim — revelo. — A gente era tão próxima, mas com a mudança para Los Angeles você se transformou em uma desconhecida. Sinto sua falta. Sinto muito sua falta. — Assim que as palavras deixam minha boca, sinto seu peso no fundo do peito.

Os olhos dela voltam a lacrimejar.

— Quando engravidei de você, tive tanto medo de estragar tudo, que nem minha mãe, que decidi que seria a mãe perfeita. Comprei todos os livros possíveis, fiz todos os cursos disponíveis. Queria ser bem-sucedida na maternidade. Mas ninguém me disse que a maternidade é uma longa despedida. Assim que a criança nasce, você começa a prepará-la para te deixar. É seu único objetivo. — Minha mãe olha para a casa por um momento. — Willow, sinto muito sobre a briga que tivemos em casa. Quando você me disse que queria passar seu último ano em Paris, entrei em pânico. Sabia que logo você ia se formar, mas a ideia de nossa separação acontecer um ano antes… — Ela expira com força.

Sinto um aperto no coração. De repente, minha mente repassa cada interação que tivemos nos últimos anos. Minha mãe sempre me pareceu distante e preocupada, só que, mais do que isso, morria de medo de que eu fosse embora. Porque ela não quer nem um pouco isso.

Ela olha para mim e diz:

— Talvez este não seja o momento apropriado, mas tem algo que eu queria conversar com você. Não estou pronta para que você vá embora, ainda não. Por isso, ontem à noite, depois da nossa discussão, liguei para a mãe de Bea para pedir um conselho. Ela soube de um curso de verão para recém-formados. Começa em Paris, mas passa por quase uma dúzia de outros países.

Sou tomada pela surpresa, mas, quando olho nos olhos da minha mãe, ela parece com seu antigo eu. Determinada. Firme.

— Sério? — pergunto, cautelosa.

— Sério. Olha aqui.

Ela pega o celular e abre o site, depois passa para mim. Por um momento, fico só vendo as fotos do carrossel, em choque. Países Baixos. Croácia. Polônia. Suíça. Bulgária. O nome do curso é "Encontre seu lugar no mundo: um curso para recém-formados".

— Eu adoraria que você fosse — diz ela. — Seria um primeiro passo para viajar sozinha. E assim podemos passar mais um ano juntas.

Meu coração não cabe em mim, não sei se de surpresa ou se por ela ter dito que quer que passemos mais um ano juntas.

— Mãe, isso... — Respiro fundo. — Tipo, vão ter que me aceitar primeiro, lógico, mas parece perfeito.

— Você vai ser aceita. E esse curso vai ser só o começo para você. — Ela dá um sorrisinho. — Eu nunca disse isso a ninguém, mas Daisy me ensinou a ler mãos. Vi seu futuro muito tempo atrás.

A surpresa cresce dentro de mim.

— Sério? De verdade?

— Deixa eu te mostrar.

Estendo a mão e ela a segura na sua, então passa um dedo no meio da minha palma.

— A linha maior é a linha da vida. A sua é bem longa, o que reflete a energia e o entusiasmo que você tem pela vida. Sua Willowcidade.

Willowcidade. Sinto como se brilhasse por dentro, e as lágrimas voltam a fazer meus olhos arderem.

— Gosto disso.

Minha mãe aperta minha mão de leve.

— Todo mundo gosta. Bem, está vendo essas linhas menores embaixo, que a cortam? São as linhas de viagens, e as suas são as mais claras e profundas que já vi. Notei quando você ainda mal andava, e fiquei muito surpresa. Significa que você vai ter várias oportunidades de viajar, em especial a lugares muito distantes de onde nasceu. Também significa que você vai ter sorte.

Parece que meu coração explodiu, lançando partículas em milhões de direções diferentes. Sinto a boca doer de tanto sorrir.

— Significa isso mesmo?

FEITIÇO PARA COISAS PERDIDAS

Ela volta a apertar minha mão de leve.

— Sei do seu futuro de viajante há muito tempo. Foi por isso que mandei você para Paris quando seu pai e eu estávamos nos divorciando. Você já estava perdendo tanto de sua identidade, eu queria que pelo menos tivesse um gostinho de quem ia se tornar.

Eu nem deveria ter mais lágrimas, mas elas vêm de novo. Minha mãe não só me vê como também me apoia. Esse tempo todo. Com essa constatação, vem outra. Quero sair para o mundo, mas também quero isso. Ficar sentada na varanda, ao lado da minha mãe, com a distância entre nós finalmente começando a se dissolver.

— Já estou com saudade de você — disparo.

Ela abre um sorrisão.

— Tenho saudade desde o dia em que você nasceu. Mas você vai levar um pouco de mim junto. Uma casa de verdade, um lar, é isso, certo? — Minha mãe olha para a casa de Sage e suspira. — Nunca deixei este lugar de verdade. Não mesmo. Talvez seja esse o motivo pelo qual estava com tanto medo de voltar: porque precisaria admitir isso.

Assinto, o nó na garganta apertado, e ela se inclina para a frente e toca o medalhão que tenho no pescoço.

— Agora, voltando ao que você disse antes. O que são essas cartas que Sage deixou?

Ela diz "Sage" com um tom diferente, de maneira um pouco menos sofrida.

Respiro fundo.

— Descobrimos a verdadeira história por trás da maldição das Bell. A bruxa não é quem você pensa, e o que aconteceu com Lily foi algo completamente diferente do que todos pensam. Sage contou essa história em uma série de cartas. Cada uma tinha uma pista que levava à próxima.

Os olhos da minha mãe parecem pesados, e por um momento tenho medo de que se feche outra vez. Então ela diz:

— É óbvio que Sage descobriu. Ela sempre foi mágica. — Minha mãe abraça os próprios joelhos. — Você me mostra as cartas?

A última carta é a nossa história. Você sabe onde encontrá-la. Respiro fundo.

— Aham. E, na verdade, preciso da sua ajuda para encontrar a última.

Resta uma história a contar.

Esta história começou, como muitas histórias começam, com uma menina que cresceu demais para o espaço que o mundo havia aberto para ela. Seu nome era Rosemary.

Rosemary e sua irmã, Sage, eram filhas de uma mulher com a alma de um dente-de-leão. Ela entrava e saía de suas vidas, tão imprevisível quanto os ventos do Sul. Um dia, a mãe as levou para Salem e deixou as garotas na porta da frente de sua tia Daisy. Foi uma das coisas mais bondosas que fez pelas filhas.

Rosemary e Sage eram diferentes das garotas com quem estudavam. Em vez de uma mãe que fazia bolinhos para a festa da escola, tinham uma mãe que ligava de vez em quando de pequenas cidades cujo nome elas nunca se lembravam, e uma tia que lia o futuro em xícaras de chá. Outras garotas tinham patins e bonecas, enquanto Rosemary e Sage tinham uma casa antiga cheia de relíquias de família. Outras garotas faziam festas de aniversário e tinham aulas de balé, mas as duas tinham uma à outra e seu vizinho Peter, um garoto extremamente tímido que brincava com elas quando reunia coragem e deixava maços de flores sob o salgueiro quando não tinha.

Era o bastante.

Uma noite, tia Daisy contou a elas sobre a maldição da família. Rosemary deu risada, mas Sage ficou com medo, porque uma parte dela a reconhecia. Era possível que se tornasse como a mãe, decidida a procurar amor em lugares onde nunca encontraria?

A mãe visitou as filhas apenas mais algumas vezes, parecendo mais envelhecida e cansada a cada visita. Quando chegaram à adolescência, as irmãs já não achavam mais que podia ser ela à porta, não prendiam mais o fôlego quando o telefone tocava.

Tia Daisy ficou doente logo depois que as garotas terminaram a escola, e enquanto ela definhava Sage se perdia, pouco a pouco. Descobriu que seus medos eram fundamentados, que a alma de dente-de-leão da mãe havia se enraizado nela, e não demorou muito para que ficasse fora até tarde toda noite, bebendo e se divertindo, enquanto Rosemary passava aquele longo ano cuidando da tia.

Na noite em que Daisy morreu, Rosemary estava sozinha. Sage não atendeu nenhuma de suas ligações.

Foi Rosemary quem planejou o velório. Foi um evento muito bonito, realizado no jardim, e metade da cidade apareceu para falar de Daisy e comer as quiches e saladas que Rosemary havia passado o dia todo preparando. Sage parecia desconfortável em seu vestido. Quando tentou escapar do evento, se deparou com uma cena que a surpreendeu.

Peter estava pedindo Rosemary em casamento debaixo do salgueiro. E Rosemary negou.

Sage se escondeu atrás de alguns arbustos e ficou ouvindo a verdade se desdobrar lentamente.

Sim, Rosemary tinha passado o ano inteiro cuidando da tia, mas tivera tempo para se apaixonar por Peter.

Agora ele queria que fossem fazer faculdade na cidade de Nova York e começassem sua vida juntos lá. Poderiam se casar naquele mesmo dia, no dia seguinte ou quinze anos depois. Não importava. Agora que Daisy tinha morrido, Rosemary estava livre.

Só que Daisy não era o único motivo pelo qual Rosemary havia ficado em Salem. Ela também ficara por Sage. Era tudo o que a irmã tinha e não podia deixá-la para trás. Peter tentou argumentar com Rosemary, dizer que ela merecia ter sua própria vida. Sage tinha que lidar com seus próprios erros, traçar seu próprio caminho. Não cabia à irmã salvá-la. Mas Rosemary se manteve firme. Ela disse, baixinho: "Não vou abandonar Sage."

Enquanto ouvia, a irmã primeiro ficou em pânico, depois sentiu vergonha. O tempo todo, tentara se convencer de que suas escolhas só impactavam a ela, quando na verdade também tinham efeito na vida de Rosemary.

Peter disse que não ia pedir de novo. Que não suportaria se despedir de novo. Se ela fosse recusar, precisava ter certeza. Rosemary respondeu que já tinha se decidido. Quando Peter deixou a sombra do salgueiro, Rosemary puxou um galho e deu um nó na ponta. Era um feitiço de amor, um pedido de que seu amado voltasse quando fosse a hora certa. Ela não tinha certeza. Mas não ia abandonar a irmã.

Sage voltou para dentro da casa e passou o resto da noite andando de um lado para outro. Em seu coração, sabia que sua alma de dente-de-leão não se transformaria da noite para o dia. Levaria anos, e quilômetros, e uma maturidade que ainda não tinha. Ela também sabia que a irmã manteria sua palavra: nunca sairia de seu lado, mesmo que isso significasse sacrificar seus próprios desejos.

Rosemary nunca iria embora. Mas Sage poderia ir.

Ela partiu aquela noite, na lua cheia. Tinha muito a dizer à irmã, mas, no fim, só conseguiu pensar em uma palavra para escrever no bilhete que passou por baixo da porta dela: Desculpe.

Depois disso, Sage percorreu um caminho longo e sinuoso. Viu muitos lugares e conheceu muita gente, mas, não importava quantos anos passassem, sempre que se olhava no espelho era o reflexo da irmã que a olhava de volta. Pouco a pouco, sua alma se tranquilizou, e ela começou a ansiar por retornar a suas raízes.

Sage voltou a Salem, mas àquela altura Rosemary havia replicado a ação da irmã, desaparecendo sem deixar rastro. Sage não tinha como encontrá-la, mas conhecia o poder da intenção. Se recriasse a magia de sua infância, talvez a irmã voltasse. Àquela altura, a casa já estava abandonada fazia anos, e Sage passou meses redescobrindo os tesouros que haviam povoado sua juventude. No processo, encontrou pistas, fragmentos históricos que a conduziram ao coração da maldição familiar. Era uma questão de afastamento. Separação. E a única maneira de quebrar uma maldição era por meio da reconciliação. Se duas Bell conseguissem se reencontrar, a maldição acabaria.

Sage ficou impaciente, ainda mais em seu aniversário de quarenta anos, quando descobriu que talvez não chegasse a comemorar nenhum outro. Ela tentou encontrar a irmã de novo, mas Rosemary estava escondida e Sage sabia que só conseguiria encontrá-la no momento certo. A maldição saberia a hora de chegar ao fim.

Por isso, ela confiou. E se despediu. Quando achava que não lhe restava mais tempo, escreveu as cartas e pro-

nunciou suas últimas palavras para o céu noturno, certa de que um dia encontrariam sua irmã.

Tudo é como é. Que assim seja, hoje, esta noite, sob a lua, sobre o mar.

Sage

32
Mason

Fico olhando para a porta branca arranhada enquanto tento compreender o que acabou de acontecer. Minha mãe fechou a porta na minha cara. Não pode ser verdade. Não é possível que ela quisesse fazer isso.

Meu coração dispara, furioso. Bato na porta, primeiro baixo, depois mais alto.

— Mãe? Mãe!

Tem que ser um engano. É um engano. Por algum motivo, ela não está entendendo. De repente me vejo batendo na porta com ambas as mãos.

— Mãe! Abre!

— Você!

A porta atrás de mim se abre com tudo. É a senhora de antes, com o telefone na mão.

— Vai embora daqui. Agora! Estou chamando a polícia.

Mal consigo enxergar. Minha cabeça está zumbindo, meus braços e pernas tremem. Não posso ser encontrado pela polícia. Meu coração me impulsiona para a frente, para longe da porta da minha mãe, e meu estômago embrulha. Preciso sair daqui. Agora.

Não sei como, mas encontro o caminho para fora do condomínio, arfando, com lágrimas escorrendo pelas bochechas. Consigo chegar à calçada antes de vomitar.

Então começo a chorar, mais do que achei que pudesse. Choro pelo menino de cinco anos que tentava segurar os olhos da mãe abertos para mostrar um desenho que fez, porque tudo o que queria era que ela se orgulhasse dele. Choro pelo menino de sete anos que foi para a cama com fome depois comer apenas condimentos o dia todo, porque era a única coisa que havia na casa. Choro pelo menino de nove anos, sentado no banco de trás do carro da assistente social, vendo pela janela a mãe se afastando cada vez mais.

E, acima de tudo, choro pelo menino de hoje. O menino sentado aqui na calçada.

Esse tempo todo, minha mãe foi meu destino. Meu objetivo. O que me fazia seguir em frente era a crença de que procurava por mim tanto quanto eu procurava por ela. Achei que estivesse lutando pela minha guarda, mas na verdade estava escondida. Apareci em sua porta e ela nem me deixou entrar.

Talvez sinais existam, mas, se for o caso, minha mãe e eu não somos o tipo de gente que os recebe. Somos o tipo de gente que enfrenta dificuldades e sofre. Como pensei que seria diferente? Fico sentado na calçada, chorando até as lágrimas esgotarem, então, porque não tenho mais o que fazer, começo a andar. Meus pés estão cansados, meus pulmões queimam de exaustão e da fumaça dos carros passando. Atravesso uma passarela, depois um cruzamento e chego a um parque depredado. Tenho umas setes horas antes que escureça, mas o que vou fazer depois? Ficar perambulando pelas ruas à noite? Tentar encontrar um abrigo para jovens ou uma área isolada em um parque? E se eu for roubado ou pego pela polícia? E o que vou fazer amanhã?

Passo horas caminhando, até meus pés ficarem doloridos e eu precisar parar em um posto de gasolina para comprar água. Sinto meu coração palpitar e estou com tanta fome que nem sinto mais. Sigo em frente. O que mais posso fazer?

Tomo toda a água e fico querendo mais. Acabo em um parquinho, onde uma jovem mãe empurra uma criança pequena no balanço. Minha aparência deve estar tão ruim quanto me sinto por dentro, porque, quando fazemos contato visual, ela desvia o rosto na mesma hora. Encontro um banco coberto de grafites e me sento. Abro a mochila para conferir o que tenho, mesmo que já saiba. Vinte e quatro dólares, roupas, alguns livros e itens de higiene.

Só isso. É tudo o que tenho no mundo.

Continuo revirando a mochila, com a respiração cada vez mais rasa, até encontrar algo que ainda não tinha visto. É o programa da peça, que as meninas tinham deixado na mesa do computador para mim, mas não dei muita atenção na hora. Devem ter colocado na minha mochila depois. Dessa vez, nem ligo para a purpurina.

A primeira página lista as meninas em seus respectivos papéis de diretora, coreógrafa e "criadora dos *figurinhos*". Elas me desenharam na página seguinte, e sei disso porque estou segurando um caderno azul e meu cabelo é um rabisco preto. Estou em um navio, com três estrelas amarelas acima de mim no fundo pintado de giz de cera preto. Um balão de fala sai de minha boca com as palavras: *ARRR, MARUJOS!*

A página seguinte é a "História da peça". Apesar dos desvios de ortografia e gramática e da letra toda inclinada, consigo ler. *Mason o pirata está procurando tezouros e se perde! Mais ele tem um barco e vai se aventurá! Vem ver esse teatrinho incrível. Mason vê as estrelas 1 2 3 e segue elas até o tezouro! Ele danssa muito e talveis até dá espacate!*

Meu corpo congela. Leio a penúltima linha outra vez. *Mason vê as estrelas 1 2 3.*

Volto para o desenho que elas fizeram de mim para admirar as estrelas. Ali estão elas. Um. Dois. Três. Exatamente como minha mãe disse.

É então que identifico os sinais de verdade.

Eu me lembro das meninas me forçando a ensaiar. De Emma me passando uma caneca de café quente na bancada da cozinha. De Simon me arrastando para seus passeios de bicicleta, e Nova na água gelada, recitando com a expressão fervorosa fatos sobre bichos-preguiça.

E, principalmente, eu me lembro de Willow sentada diante de mim no telhado e de conseguir contar a ela exatamente como me sinto.

Minha mãe estava errada. Sinais não vêm sempre em três. Vêm em dezenas. Em centenas. Vêm em tantos quanto forem necessários. Eu nem precisava ter procurado pelos sinais, porque estava nadando neles. Eu os estava *respirando*.

A mãe com o bebê está arrumando suas coisas, então hesita e vem empurrando o carrinho devagar em minha direção.

— Ei, você está bem?

Ela é mais nova do que eu pensava. Tem pele marrom-escura e usa óculos grandes. Parece cansada, mas bondosa. Igual a Emma.

Engulo em seco, depois balanço a cabeça.

— Não. Preciso de ajuda.

33
Willow

Observar minha mãe ler a última carta de Sage quase acabou comigo.

Depois que ela leu a pista na última carta que Mason e eu achamos, levantou-se e foi imediatamente até o salgueiro. Então enfiou a mão em um buraco em forma de coração do outro lado do tronco. Parece que elas deixavam mensagens uma para a outra ali.

A carta estava protegida por uma caixinha à prova d'água. Minha mãe tentou ler para mim, mas sua voz falhou, as lágrimas rolando por todo o rosto, então acabei lendo o restante.

Estou começando a me acostumar a ver minha mãe chorando.

Depois, passamos um longo tempo sentadas em silêncio, com as costas apoiadas no tronco, ouvindo o vento balançar os galhos do salgueiro. Suas mãos tocam a terra e seus olhos estão fechados. Estendo a mão e pego o dedinho dela com o meu.

— Você está bem?

Há um longo silêncio antes que ela responda.

— Eu queria... queria ter ficado sabendo que ela estava procurando por mim. Você teria amado sua tia.

— Eu já amo — declaro, e ela aperta o meu dedinho com o seu.

A carta está sobre minhas pernas, e passo os olhos por ela outra vez. *E a única maneira de quebrar uma maldição era por meio da reconciliação. Se duas Bell conseguissem se reencontrar, a maldição acabaria.*

Só então a compreensão me atinge, de maneira suave, como um dente-de-leão caindo com o vento. Minha mãe e eu somos Bell, o que significa que nossa reconciliação tem um significado.

— Acho que acabamos com a maldição.

— Sim — murmura ela. — Acho que sim.

Levo a mão ao medalhão que está em meu pescoço. Talvez seja minha imaginação, mas uma lufada de vento agita os galhos a nosso redor, produzindo um ruído que lembra as ondas do mar. De repente, uma imagem vívida surge em minha mente. A sereia, livre da pedra e da cauda, andando determinada rumo à praia, onde uma menina ruiva a espera, de braços abertos. *Obrigada, Willow.*

Sinto as lágrimas se acumularem outra vez em meus olhos e aperto o medalhão. *Obrigada, Thalia.*

Minha mãe e eu voltamos a ficar em silêncio. Ela parece perdida em pensamentos, e eu leio a carta de novo. É difícil aceitar o fato de que essa é a última carta de Sage que vou ler. Parte de mim gostaria de continuar encontrando vislumbres dela para sempre. Eu me lembro da menção do vizinho. ... *as duas tinham uma à outra e seu vizinho Peter, um garoto extremamente tímido que brincava com elas quando reunia coragem e deixava maços de flores sob o salgueiro quando não tinha.*

— E o Peter? — pergunto.

— Estava na Califórnia, até onde sei. — Minha mãe olha para mim, com cara de culpa. — Dei uma procurada depois do divórcio.

É estranho pensar na minha mãe fuçando um ex-namorado na internet.

— Você entrou em contato?

— Não mesmo. Essa história faz séculos. Fora que sei que o magoei. Espero que tenha seguido em frente e esteja muito feliz.

A imagem da minha mãe ajoelhada sob o salgueiro de repente me vem à mente.

— Quem você estava invocando aquela noite, aqui embaixo?

— O quê?

Ela vira o rosto para mim, e seus olhos se arregalam de surpresa.

— Mason e eu estávamos no telhado. A carta fala sobre o feitiço dos nós.

Minha mãe expira, e seus ombros relaxam um pouco.

— Ele. Vir para cá despertou velhos sentimentos. A primeira pessoa que a gente ama… é bem especial, não acha?

Ela olha nos meus olhos, e percebo que está se referindo a Mason. Não sei se estou apaixonada por ele, mas sei que, se tiver a chance, isso vai acontecer. Mas e se eu não tiver a chance? E o mais importante: será que Mason está bem?

A preocupação me invade.

— Vão encontrar ele, não vão?

— Acho que sim.

Minha mãe fica em silêncio por um momento, então pergunta:

— Quer fazer o feitiço dos nós? Para Mason?

Olho para os galhos.

— Como funciona?

— Eu te mostro.

Nós nos levantamos.

— Escolha um galho, o que chamar sua atenção. Depois, segure bem e feche os olhos.

Obedeço. Escolho um galho verde, leve e flexível, cujas folhas pendem de forma graciosa em direção ao chão. Fecho os olhos.

— Agora visualize Mason. Em detalhes.

Isso é fácil. Eu o visualizo no telhado, com a luz da vela refletida nos olhos, e penso na sensação da mão dele na minha.

— Agora invoque a magia do salgueiro. Diga o que deseja, mentalmente ou em voz alta. Depois dê um nó no galho. Forte o bastante para não se desfazer, mas não tão forte que quebre o galho.

364   JENNA EVANS WELCH

Mantenho os olhos fechados e sinto a proteção do salgueiro a minha volta. As palavras vêm fácil. *Por favor, salgueiro, mantenha Mason a salvo. E, se for possível, traga-o para mim.* Abro os olhos e dou o nó, com cuidado. É mais fácil do que imaginei. Solto o galho e me afasto.

Quando olho para minha mãe, seu olhar é brando.

— Essa árvore tem um bom histórico.

— É?

Ela assente.

— Muitos anos atrás, pedi amor a ela, que me mandou você. Foi por isso que te dei o nome de Willow.

Uma calmaria toma conta de mim. Mason vai ficar bem. Tem que ficar.

— Eu sabia.

— Você sabia. — Minha mãe aponta para a porta. — Agora vamos entrar.

Não expressamos isso em palavras, mas minha mãe e eu decidimos ficar na casa até ter notícias dos Morgan. Para passar o tempo, ela me apresenta todos os cômodos e me conta histórias sobre cada um deles. Não consigo tirar Mason da cabeça, mas mesmo assim as histórias me arrebatam. Minha mãe me mostra onde ela e Sage tentaram chocar os ovos de um ninho de tordo abandonado, e um baú cheio de vestidos, luvas e chapéus antigos, com os quais passavam horas se vestindo. Também me mostra um painel secreto na biblioteca que se abre para revelar um pequeno armário cheio de conchas e vidro marinho, e as peônias sob as quais ela e Sage construíram jardins em miniatura. Até lemos um pouco do Livro das Sombras, minha mãe me contando a história por trás de cada feitiço. Sua infância, de muitas maneiras, foi dolorosa, mas também foi mágica.

Em algum momento, acabamos nos jogando nos sofás da sala, eu em um, ela em outro. A luz entra pelas grandes janelas, o Livro das Sombras está aberto no colo da minha mãe. Se Mason não estivesse desaparecido, este seria um dos melhores dias da minha vida.

Mas ele ainda não foi encontrado. E nenhuma parte minha se esquece disso.

— Simon respondeu? — pergunto.

Minha mãe tem mandado uma mensagem a cada hora pedindo notícias.

— Nenhuma novidade — diz ela, com certo pesar, então mostra o celular. — Mas as tias mandaram mensagem. Estão fazendo feitiços para ele. Poppy disse que devem terminar logo. E pediu que eu te dissesse: "Não se preocupe, querida. Ele já está voltando para você."

— Espero que sim.

Deixo o corpo afundar ainda mais no sofá. Quero acreditar em Poppy, mas não consigo parar de pensar no que Emma disse: *Cada minuto importa.* O problema é que o relógio se recusa a parar.

Preciso pensar em outra coisa. Qualquer coisa. Eu me ajeito no sofá, ficando de lado para ver o rosto da minha mãe.

— E quanto à casa? Já aceitou a oferta que fizeram? — questiono, mas a pergunta parece um pouco forçada. Com Mason desaparecido, a venda perdeu grande parte de sua importância.

— Aceitei verbalmente, mas não assinamos nada ainda. — Ela está com os braços atrás da cabeça e olha para o teto, pensativa. — Aqui é bem gostoso de ficar, não acha?

Uma faísca de esperança surge dentro de mim.

— Você consideraria... ficar com a casa? — indago.

Minha mãe se mantém em silêncio por um longo momento.

— Não sei como funcionaria. E a oferta foi boa. Muito boa. O processo vai atrasar porque Simon está ocupado com Mason, lógico, mas não quero que o comprador perca o interesse.

Penso no homem que olhava animado para a casa e suspiro, voltando a afundar no sofá.

— Não vai acontecer. Toda vez que vi o cara, ele olhava para a casa como se mal pudesse esperar para entrar.

— Como assim? — Ela dá uma risadinha, mas parece confusa. — De quem está falando?

— Do comprador. Ele ficou rodeando a casa e me encheu de perguntas. Até me deu um cartão, mas não entreguei a você, óbvio, porque eu nem deveria estar aqui, para começo de conversa.

Faz só alguns dias, mas parece outra vida.

Ela se senta.

— Quem fez a oferta foi uma mulher, de outro estado. Ela está atrás de um lugar para abrir uma pequena pousada. Vem visitar amanhã. De quem você está falando?

— Sério? — Eu me sento também. — Falamos do cara para Simon. Acho que o nome dele era Santo. Sato? Algo assim.

— Sato? — pergunta ela. Sua voz está calma, mas algo em seu tom me faz procurar seus olhos.

— É. Está tudo bem?

Minha mãe se inclina para a frente.

— Você ainda tem o cartão?

— Talvez esteja na mochila.

Minha mãe me segue até a porta, onde a deixei, depois fica olhando enquanto reviro a bagunça dentro da mochila. Fico esperando que me repreenda por não ser mais organizada, mas tudo o que faz é pegar o cartão que encontro todo amassado no fundo. Eu me aproximo para lê-lo também. *J. P. Sato, advogado imobiliário.*

— Isso mesmo. O nome dele é Sato — confirmo.

— E ele é advogado — sussurra minha mãe.

Seu pescoço fica vermelho, assim como o meu, e a encaro enquanto as peças se encaixam.

FEITIÇO PARA COISAS PERDIDAS   367

Aponto para o cartão.

— O P é de Peter, né?

Minha mãe não consegue tirar os olhos do cartão.

— É. É ele.

Meu coração bate como as asas de um beija-flor.

— Vai ligar para ele?

Nesse exato momento, minha mãe recebe uma notificação no celular, e ambas damos um pulo. Ela tira o aparelho do bolso e arregala os olhos assim que olha para a tela, aliviada.

— É Simon. Encontraram Mason.

34

Mason

Emma me pede para ficar parado. Não mexer nem um músculo, nem um dedo, nem um fio de cabelo.

A mulher que encontrei no parque se chama Deja. Depois que fala com Emma, ela insiste em esperar comigo. Ficamos sentados à sombra por várias horas, comendo o cereal e tomando o iogurte do bebê dela, que se chama Andre, enquanto o sol se põe devagar. Estou nervoso, mas decidido. Não sei o que vai acontecer, mas sei que esperar aqui é a coisa certa a fazer.

— Você não precisa ficar comigo até ela chegar — digo a Deja.

Andre me olha enquanto a mãe o balança sobre um joelho.

— Preciso, sim — insiste ela. — Se Andre tiver problemas um dia, quero que alguém esteja com ele.

Isso faz meus olhos arderem um pouco.

— Na verdade, sou bastante comportado — explico. — Só tomei algumas decisões ruins.

— Eu sei. Dá para saber só de olhar para você. Toda criança comportada toma uma decisão ruim de vez em quando.

Andre solta um barulhinho gorgolejante e Deja acaricia debaixo do queixo dele.

— Ouviu, Andre? Até você.

Emma deve ter pisado fundo o caminho inteiro, porque chega em três horas e meia. O carro entra no estacionamento cantando pneu. Emma buzina duas vezes quando vê a gente.

— Deve ser ela — diz Deja.

— É.

Meu coração bate tão forte que sinto os ouvidos latejando. Emma abre a porta do veículo com tudo e sai. Ela ainda está de pijama e nem se dá ao trabalho de fechar a porta.

Quando nossos olhos se encontram, congelo. Como vou pedir desculpa? Não tenho tempo de decidir, porque Emma vem correndo em minha direção e me dá um abraço bem apertado, que me deixa sem palavras. Ela está chorando e respirando com dificuldade, e por um momento fico surpreso demais para reagir. Não é nem um pouco o que eu estava esperando.

Emma se afasta ligeiramente.

— Mason. Fiquei tão preocupada. Tão preocupada.

Lágrimas escorrem por seu rosto. Quando Emma me olha nos olhos, acredito nela. Essa pessoa — essa desconhecida, na verdade — se importa comigo. A ideia faz meu coração doer.

— Estou bem — digo.

Emma se vira para Deja.

— Muito obrigada. Você não sabe o quanto ter esperado aqui com ele significa para mim.

— Foi um prazer — responde Deja, depois sorri para mim. — Boa sorte, Mason.

— Obrigado — digo.

Deja coloca Andre no carrinho e os dois se afastam, acenando.

As emoções tomam conta de mim e esvaziam minha mente. Não consigo tirar os olhos de Emma. A reação que teve ao me ver foi muito diferente da reação da minha mãe. Nunca a vi tão emocionada.

Respiro fundo.

— Emma…

Ela coloca uma folha de papel dobrada em minhas mãos.

— Sente, Mason. Preciso que você leia isso.

Olho para o papel, confuso.

— O que é?

— Leia — insiste ela.

Eu me sento no banco.

O papel está dobrado em três. Quando o abro, percebo que é uma carta. A caligrafia está um pouco trêmula, mas sei de quem é na mesma hora.

Querida Emma,

No passado, prometemos que faríamos qualquer coisa uma pela outra, e estou aqui para pedir que cumpra sua promessa.

Mason está com dezesseis anos, e há dezesseis anos falho com ele. Faz muito tempo que estou tentando ficar sóbria, só que agora não acho mais que vou conseguir. Mason merece mais. Você consideraria ser guardiã dele? É um garoto incrível, atencioso, bonzinho, inteligente e paciente. Tudo o que eu gostaria de ser. Você vai adorá-lo.

Já falei com a assistente social.

Ela deve ligar para você em breve.

Naomi.

P.S.: Ele adora observar as estrelas.

Quase não consigo terminar de ler a carta, porque minha visão fica turva. Tudo que está escrito nela me machuca. Uma dor física irradia do meu coração para o resto do meu corpo. *Ela desistiu.* E não só isso: pediu que Emma fosse minha guardiã. Foi por isso que minha mãe agiu como agiu hoje. E foi por isso que os Morgan me encheram de estrelas assim que entrei na casa. Por causa do que minha mãe falou.

— Por que a assistente social não me disse nada? — pergunto.

— Sua mãe me mandou essa carta há seis meses, mas não conseguiram encontrá-la para confirmar se ela estava de fato abrindo mão da sua autoridade parental — explica Emma, e vejo no rosto dela que sente muito em relação a tudo isso. — Por coincidência, logo depois que você se mudou me ligaram para dizer que sua mãe tinha aparecido e oficializado tudo. O plano era esperar uma semana ou um pouquinho mais, até você se adaptar, e então iríamos conversar com você sobre o que ia acontecer.

Abrindo mão da sua autoridade parental. Então ela me deixou mesmo.

Seguro a carta com força demais enquanto soluços gigantes tomam conta de mim. Perdi minha mãe duas vezes em um único dia. Ninguém deveria ter que passar por isso.

Não sei por quanto tempo continuo chorando, mas em algum momento a tempestade parece acalmar, e então eu me dou conta da mão de Emma em minhas costas, traçando círculos lentos. Ela não diz nada, mas eu me concentro em sua mão e na maneira como faz com que eu me sinta conectado com a Terra.

Por fim, a tempestade passa. Tudo ainda dói e não tiro a cabeça das mãos, mas pelo menos estou respirando. Procuro me concentrar nisso agora, e em meus pés no chão, em meus cotovelos apoiados nos joelhos. O pior aconteceu, mas continuo aqui.

Passo mais um minuto inteiro em silêncio, até que Emma diz:

— Desculpe, Mason. Eu deveria ter contado antes. Na hora.

Ela tem razão. Deveria ter contado mesmo. Mas está me pedindo desculpa, e independentemente das atitudes de Emma, nada desfaz o que minha mãe fez.

— Por que… — Minha voz falha, e faço uma pausa antes de tentar outra vez. Mostro a carta. — Por que você concordou?

Ela nem hesita.

— Porque sua mãe foi uma das melhores amigas que já tive. Precisei encerrar nossa amizade em certo momento, mas nunca deixei de me importar com ela. Da última vez que a vi, eu disse que poderia ajudar se ela precisasse pagar uma clínica de reabilitação. Achei que Naomi não iria se interessar, mas depois ela entrou na Céu Noturno. Alguns meses depois, essa carta chegou.

Emma pega minhas mãos, e seus dedões se engancham nos meus.

— Mason, eu concordei por causa dela, mas agora é por sua causa.

Levanto o rosto e vejo que seus olhos não hesitam.

— Queremos que fique conosco — continua ela. — Queremos você na família. Podemos adotar você ou podemos continuar no esquema do acolhimento familiar, não tem problema. Posso enfrentar toda a burocracia necessária para fazer isso acontecer. Mas só posso fazer isso se você quiser ficar com a gente também.

Algo cresce dentro de mim tão rápido que mal consigo processar o que está acontecendo.

— Eu amava sua mãe, Mason. *Amo* sua mãe. — Emma me encara, e vejo que seus olhos estão vermelhos. — Sinto muito se pareci distante. Achei que estava preparada, mas desde que você entrou pela porta não paro de pensar em tudo o que aconteceu entre nós duas, e foi muita coisa. Não queria que isso afetasse você, mas é óbvio que afetou. — Ela baixa os olhos e enxuga as bochechas. — Quero ter um bom relacionamento com você, Mason, e estou mais do que disposta a me esforçar para isso. Vou brigar por você, vou fazer tudo o que for preciso. Não vai ser fácil. Sei disso. — Emma volta a levantar os olhos, séria. — Mas eu topo, se você topar.

As palavras são gentis e reverberam por todo o meu corpo. Sei por experiência própria que promessas nem sempre são mantidas. Mas, nesse exato momento, tem uma pessoa que não é obrigada a me amar me dizendo que posso contar com ela. Então acredito em Emma.

Nem preciso procurar por uma resposta, porque ela se forma bem diante de meus olhos, expandindo e comprimindo, esquentando, até que algo novo em folha nasça.

— Vamos para casa? — pergunta Emma. — Lá a gente continua a conversa.

Família não é algo que todo mundo tem. Sei disso. Passei grande parte da minha vida sem ter uma. E não faço ideia de como esta família vai ser no futuro. Mas, no momento, sei que é a certa para mim.

— Tá — concordo, com a voz rouca.

— Tá — repete Emma, com uma voz aliviada e feliz. Ela se levanta. — Então vamos, vamos para casa.

Fico esperando que Emma me leve direto para casa, mas não é o que acontece.

Primeiro paramos para comer hambúrguer e batata frita. Vou ao banheiro e faço o que posso para melhorar minha aparência, trocando de roupa e jogando água no rosto. Nunca voltei para uma casa de onde havia fugido, e a perspectiva de rever todos aqueles rostos me aterroriza. Também reservo uma fração de segundo para pensar em Willow. Sei que ela já deve estar de volta a Los Angeles, mas quando chegar em casa talvez eu possa ligar e me explicar, e talvez ela compreenda. A ideia me deixa um pouco em pânico.

Uma coisa de cada vez.

Depois de uma hora de viagem, começa a chover, e o zumbido suave do rádio combinado com as gotas batendo no para-brisa criam a melhor canção de ninar possível. Emma diz para eu me deitar no banco de trás, e em poucos minutos estou dormindo profundamente, com o rosto contra o cinto de segurança, as pernas encolhidas e alguém em quem confio no volante. Talvez seja a melhor soneca que já tirei.

Quando acordo, está escuro e meu pescoço dói. Eu me sento e tento me localizar. O carro está parado, e eu me sobressalto ao descobrir que estou de volta a Salem, mas não na casa dos Morgan, e sim na rua Orange.

Todas as janelas estão iluminadas, muitas delas com velas, e tem algo de festivo na aparência da casa. Até as flores parecem mais coloridas na escuridão. Acho que vejo até um flash de luz no telhado, mas talvez seja minha imaginação. Sinto um aperto no peito, mas também uma chama de esperança.

— O que estamos fazendo aqui?

— Você quer ver Willow, não? Ou prefere esperar?

A chama se intensifica. Não quero esperar.

— Ela está aqui?

Emma se vira para me olhar e aponta para a porta, como se já soubesse o que vou fazer.

— Aham. E está esperando você. Posso voltar em vinte minutos? Vou ficar esperando um pouco mais para a frente.

— Tá — concordo.

Minhas pernas formigam e meu corpo parece meio esquisito, mas consigo sair do carro e caminhar com minhas pernas fracas na direção da porta. Como vou explicar tudo o que aconteceu desde a última vez que vi Willow?

Estou na metade do caminho, tentando não ter um troço, quando uma janela se abre de repente e vejo o rosto sorridente de Marigold.

— Oi, Mason!

Paro na hora, como se a surpresa tivesse feito meus pés criarem raízes. O que Marigold está fazendo aqui? Logo Poppy e Violet se juntam a ela na janela do segundo andar. As três acenam freneticamente para mim.

— Bem-vindo de volta, querido! — exclama Violet.

— Olha, você deu um susto na nossa menina — declara Poppy.

Volto a sentir o aperto no peito. Eu entraria em pânico se Willow desaparecesse no meio da noite. O que vou dizer a ela?

— Desculpa.

Marigold aponta para a porta, entusiasmada.

— Não é para a gente que você tem que dizer isso. Vamos, bata à porta, Mason. Ficaremos de olho! Dissemos à mãe de Willow que serviríamos de damas de companhia.

As três dão risada, e sinto que meu rosto fica vermelho, como o de Willow costuma ficar.

Vou ter que fazer isso com plateia? Olho para trás e constato horrorizado que Emma ainda não saiu com o carro. Estou cercado.

Não sei como, mas consigo chegar até a porta, e, antes mesmo que eu bata, ela se abre com tudo, iluminando os degraus da frente. É Willow, mas parece ser a sua versão de conto de fadas. Está descalça, usando um vestido coral que de alguma maneira faz com que tudo nela pareça ainda mais ela. Willow parece ter mais sardas, sua pele parece mais rosada, seus olhos parecem maiores. Não sei absolutamente nada sobre vestidos, mas tenho certeza de que esse é especial — o decote parece um coração e a saia rodada parece ser de outra época.

Só que o que realmente me faz parar é o *cabelo* dela.

É a primeira vez que a vejo de cabelo solto, e é como se todo o ar deixasse os meus pulmões. O cabelo de Willow é longo e cai em ondas caóticas que ao mesmo tempo combinam com sua personalidade e roubam todo e qualquer pensamento coerente meu. A coroa de galhos de salgueiro e flores que ela tem na cabeça é ainda mais surpreendente. Nunca, na minha vida inteira, vi nada tão bonito quanto Willow nesse momento. Como é que vou falar com ela agora?

— Ah… É … — digo.

Emma buzina, depois sai com o carro, enquanto eu meio que aceno para ela.

— O que foi que ele disse? — pergunta Poppy, da janela.

— Acho que "ah" e "é" — responde Violet. — Não começou muito bem.

É um desastre de primeira categoria.

Willow dá um passo à frente, o que permite que eu veja seu rosto melhor.

— Você voltou.

Sinto meu coração dar um salto, embora a voz dela pareça estranha. Fora que Willow não está sorrindo. Será que queria que eu voltasse? Emma disse que Willow estava me esperando, então por que parece tão incerta?

Fala alguma coisa, Mason. Abro a boca, mas as palavras se recusam a sair. *Fala qualquer coisa.*

— Você está… — Quase digo "Você está igual à galáxia de Andrômeda". É uma galáxia deslumbrante, com tons rosados e trilhões de estrelas, mas seria uma comparação esquisita. Fora que Andrômeda não chega nem perto da beleza de Willow.

Ela parece se dar conta de que não vou terminar a frase e baixa os olhos.

— Obrigada. — Willow hesita, então diz: — As tias fizeram essa coroa. Tem algo de cada mulher família. Deveria me dar coragem…

Apesar da escuridão, vejo que ela está corada. Seu pescoço fica rosado de repente.

— Eu… — Sou incapaz de completar a frase.

Baixo os olhos e balanço os pés. *Você consegue, Mason.*

Alguém dá risada na janela.

— É Mason quem precisa de uma coroa para dar coragem. O gato comeu a língua dele!

Alguém me mata, por favor.

Willow dá outro passo à frente e levanta a cabeça para olhar para as tias.

— Agora chega. Vocês disseram que iam me dar espaço, lembram?

— Quem disse isso? — questiona Marigold. — Quero ver o show.

— Não! Não é um show — diz Willow, ficando ainda mais vermelha.

— Certo, gente, vamos dar um momento a eles — anuncia Violet, levando as irmãs para dentro e fechando a janela.

Agora somos só nós dois. Eu, suando de um jeito intenso, e ela, corando de um jeito intenso. É a nossa cara.

Não que sejamos um casal. Estraguei qualquer chance disso. A menos que Willow acredite em segundas chances...

— Sinto muito pelas tias — diz ela, sem me olhar nos olhos.

— Estão superempolgadas com... isso. — Willow faz um gesto que parece abarcar nós dois. Então me encara por uma fração de segundo, depois desvia o rosto. — Elas tinham todo um plano, incluindo o vestido. Acho que mandaram fazer quando eram adolescentes e sempre brigaram para ver quem ia usar. Não consegui fazer com que mudassem de ideia.

— Que bom — respondo, provavelmente no maior eufemismo de todos os tempos. — Você está... deslumbrante. — Consigo pensar em uma palavra, por fim.

Ela relaxa os ombros, mas ainda está longe demais de mim. Então volta a subir os degraus, o que nos deixa olho no olho e me faz pensar no beijo na escada. Só que não posso pensar nisso agora. Não quando tenho tanto a dizer.

Então começa a falar.

— Estou te devendo um pedido de desculpas — digo, lançando as palavras.

— Você estava planejando fugir? Ontem à noite?

Willow ergue as sobrancelhas um pouco, quase em desafio, e minha garganta fica seca.

— Não! É lógico que não.

Ela parece cautelosa, o que faz sentido. Eu continuo:

— Depois que fizemos o feitiço... cheguei em casa e recebi uma mensagem com o endereço da minha mãe. Acho que o feitiço funcionou — explico, as palavras jorrando. — Então decidi ir atrás dela. Eu precisava disso. Passei tanto tempo procurando por ela, e achei que precisasse de mim. Mas estava errado. Quando encontrei...

A dor volta a crescer dentro de mim, recente e aguda. Os olhos de Willow se abrandam, e eu desvio o rosto. Se quero contar tudo, preciso manter o foco.

— Ela ainda é uma dependente química. Ela não tem... — Hesito. Nunca me abri tanto com alguém. Talvez um dia seja capaz de entrar em detalhes com Willow, mas não vai ser hoje. — Ela não tem como tomar conta de mim. Então liguei para Emma. Fiquei esperando em um parque até que ela chegasse.

Os olhos de Willow procuram os meus, e faço uma pausa para me recompor.

— Emma me perguntou... se quero ficar aqui. Definitivamente.

Parece que inventei essa última parte. Será que algo "definitivo" existe para mim?

Willow se inclina um pouco para a frente.

— Eles vão adotar você?

Dou de ombros.

— Não tenho certeza. Vou esperar um tempo. De qualquer maneira, quero ficar com eles. São o tipo de pessoa que não vai me abandonar, sabe? Pensei em experimentar esse lance de família. E... — Essa é a parte mais difícil. — Quero... isso. — O que estou tentando dizer é "quero você", mas parece significativo demais, e minha boca não consegue formar as palavras. Por que dizer o que eu quero é tão difícil?

Willow assente, com a expressão séria.

— Fiquei preocupada. Superpreocupada. Todo mundo ficou.

— Sinto muito mesmo. — Dou um passo na direção dela, então me forço a parar. — E desculpa por ter ido embora sem explicação.

— Você podia ter confiado em mim — diz ela.

— Eu sei.

Ficamos nos encarando por um momento. Um cheiro doce de chá chega do jardim, e as esperanças estão cantando como nunca. Por um momento, eu me permito viver o agora. Talvez Willow diga que não quer isso, mas a possibilidade ainda existe.

Então ela diz:

— Minha mãe talvez fique com a casa. Ela saiu com um velho amigo agora à noite, e… — Willow hesita. — Falamos de passar o resto do verão aqui e até da possibilidade de eu terminar o ensino médio aqui também. Ela está pensando em tirar um ano sabático, para que a gente possa passar mais tempo juntas antes que eu vá para a faculdade.

Sinto meu coração saltar. Na verdade, ele está flutuando. Willow está dizendo o que eu acho que está dizendo? Na teoria, é a melhor notícia da história, mas a julgar pela expressão dela, talvez Willow não tenha uma bandinha marcial dentro do peito como eu. O que significa para nós se ela ficar em Salem?

Mas será que existe um "nós"? A realidade me atinge com tudo. Talvez não, se a linguagem corporal dela indica alguma coisa.

— Isso é ótimo — disparo.

É ótimo em muitos sentidos. Willow está me dizendo que talvez passe um período mais longo em Salem. Há um dia, eu soube, lá no fundo, que algo importante estava começando, mas agora que traí a confiança dela, talvez não haja futuro para nós dois. O pensamento toma forma e se expande, ocupando todo o meu peito. Se eu tinha alguma dúvida de como me sentia em relação a Willow, já não tenho mais. Quero ficar com ela. Hoje, amanhã e quantos dias mais ela quiser ficar comigo. E o que é mais importante: quero que isso comece agora. Por isso, mesmo que a possibilidade de ter meu coração partido exista, preciso tentar.

— Willow... — Respiro fundo. — Ontem à noite, quando estávamos aqui, quando beijei você, quando eu disse que parecia um começo... eu falei sério. De verdade.

Aí está. Meu coração.

Ouço um barulho que lembra muito o de uma janela sendo aberta furtivamente, mas Willow continua olhando para mim. Então, sigo em frente:

— Gosto muito, muito, muito de você. — "Gosto" parece pouco, mas se ela me der uma chance, teremos tempo para palavras mais intensas. — Sinto que posso te contar qualquer coisa. Você é engraçada, fofa e linda. Tudo é mais divertido com você.

A expressão dela não se altera. Ou será que tem um sorriso se insinuando?

— Tipo o que é mais divertido comigo?

— Explorar Salem, fazer um passeio guiado, entrar escondido em casas antigas, observar as estrelas... — Será que devo continuar? *Dar uns beijos em escadas. Jantar com senhorinhas que adoram ficar espiando os outros.* — Fazer feitiços em telhados. Procurar pistas. — A esperança parece encontrar seu caminho. Pode ser pouca, mas é determinada. — Cada minuto com você é mágico.

Tudo isso combina muito com Salem, mas estou sendo sincero. Magia é quando elementos triviais se unem e formam algo totalmente novo. É exatamente o que está acontecendo aqui.

O sorriso de Willow reluz, o que faz com que pareça que tem um balão enchendo dentro do meu peito.

— Não está dizendo tudo isso só porque estamos em Salem, né?

Balanço a cabeça de forma vigorosa.

— Você seria mágica em qualquer lugar. Na verdade, vai ser mágica no mundo todo. — Respiro fundo. — Podemos começar de novo?

FEITIÇO PARA COISAS PERDIDAS

O sorriso dela brilha mais do que qualquer coisa que eu já tenha visto no céu noturno.

—Já estamos fazendo isso.

Avanço na direção dela, ignorando a comemoração animada vinda da janela. Willow não hesita nem um segundo: pula em meus braços e leva a boca até a minha. O que sinto é maior do que qualquer outra coisa que já tenha sentido. Uma estrela explodindo. Átomos se invertendo.

Gravidade.

Tudo é como é. Que assim seja,
hoje, esta noite,
sob a lua, sobre o mar.

Agradecimentos

Todo o meu amor e toda a minha gratidão a Laurie Liss e a equipe da Sterling Lord, obrigada por estarem sempre do meu lado; Simon & Schuster Books for Young Readers, em especial Justin Chanda, Kendra Levin, Nicole Ellul (obrigada pelos últimos oito anos; minhas histórias não seriam o que são sem você), Chrissy Noh, Nicole Russo, Lisa Moraleda, Morgan York, Sarah Creech, Tom Daly, Jenica Nasworthy, Katherine Devendorf, Lindsey Ferris, Chava Wolin, Sara Berko, Alyza Lui e Dorothy Gribbin.

Pela ajuda com a pesquisa: Carter Cesareo, por me contar tudo sobre Salem; Carolyn Christensen, por suas ideias maravilhosa e bruxescas; Meg Hastings, por me contar sobre sua experiência recebendo crianças no sistema de acolhimento familiar (estou pronta para os esquilos); Sarah Timms Thompson, por me ensinar sobre o mundo do planejamento de eventos; Ali Fife, pela noite espontânea de observação do céu; Stacy Smith, pelo passeio fantasma; a equipe do hotel The Merchant Salem, pela contribuição; o fantasma do hotel The Merchant, por não ter aparecido na minha frente (sim, eu dormi três noites com a luz acesa); meu *coven*, por fazer feitiços comigo por Zoom e ser um espaço seguro para expor meus maiores medos e esperanças; meus leitores no mundo todo, por tornar minha vida como escritora muito maior e melhor do que mesmo uma grande sonhadora como eu poderia ter imaginado — vocês são muito importantes para mim!

Pelo amor e apoio de modo geral: minha família, em particular meus irmãos e pais maravilhosos; Sam e Nora, vejo e amo as pessoas que são; e David (sempre David), você sabe o que fez.

Por fim, agradeço à Jenna de nove anos de idade. Um dia, seus livros vão conectar você com muito, muito amor.

1ª edição	MARÇO DE 2023
impressão	IMPRENSA DA FÉ
papel de miolo	PÓLEN NATURAL 70G/M²
papel de capa	CARTÃO SUPREMO ALTA ALVURA 250G/M²
tipografia	ADOBE CASLON PRO